中央财经大学中央高校基本科研业务费专项资金资助
北京外国语大学王佐良外国文学高等研究院出品
国家社科基金青年项目“英国文学公共领域研究（1640—1726）”（14CWW012）结项成果

外国文学研究丛书

英国文学公共领域研究（1640—1726）

霍盛亚 著

外语教学与研究出版社
FOREIGN LANGUAGE TEACHING AND RESEARCH PRESS
北京 BEIJING

图书在版编目（CIP）数据

英国文学公共领域研究 ：1640—1726 / 霍盛亚著. —— 北京 ：外语教学与研究出版社，2024. 9. ——（外国文学研究丛书）. —— ISBN 978-7-5213-5743-1

I. I561.06

中国国家版本馆 CIP 数据核字第 2024TT2685 号

英国文学公共领域研究（1640—1726）

YINGGUO WENXUE GONGGONG LINGYU YANJIU (1640—1726)

出 版 人　王　芳
责任编辑　李　鑫
责任校对　宋微微
装帧设计　奇文云海
出版发行　外语教学与研究出版社
社　　址　北京市西三环北路 19 号（100089）
网　　址　https://www.fltrp.com
印　　刷　北京盛通印刷股份有限公司
开　　本　650×980　1/16
印　　张　27.5
字　　数　372 千字
版　　次　2024 年 9 月第 1 版
印　　次　2024 年 9 月第 1 次印刷
书　　号　ISBN 978-7-5213-5743-1
定　　价　118.00 元

物料号：357430001

“外国文学研究丛书”编委会

丛书总序

由北京外国语大学王佐良外国文学高等研究院策划、外语教学与研究出版社出版的“外国文学研究丛书”就要与读者见面了。近年来，我国外国文学界同仁一直在积极探索有效途径，提升我们的学术研究水平，增强我国学者的国际学术话语权。王佐良外国文学高等研究院专门策划了这套外国文学研究丛书，旨在将我国学者在外国文学研究领域取得的最新优异成果及时介绍给国内学者，也希望以此丛书促进我国学者与世界同领域学者的学术对话，借此提升我国外国文学学科在世界学术界的影响力。

“外国文学研究丛书”定位于国内具有影响力的学者以中文撰写的外国文学研究专著。这是一套开放性丛书，范围包括以下五个方向的内容：外国文学理论与批评研究、经典作品与作家批评、比较文学理论与批评、外国文学史研究、文化批评研究。高等研究院邀请了国内知名学者加入编委会，向我国外国文学界学者征集研究书稿并参与审稿。

近年来我国外国文学学者中学术造诣深湛之人很多，他们为我国外国文学研究倾注了大量心血，在外国文学作品与作家、理论与思潮、历史与文化等方面做出了精到的解读。在世界文学格局不断发生变化的今天，他们的研究为我们了解外国文学的发展进程打开了一个窗口。我们希望通过这样一套丛书，展示他们在外国文学研究领域取得的成就，也为广大的研究者提供一个学习、对话、交流的平台。相信他们的著作将为读者带来思想的震撼、精神的启迪和阅读的快感。

这套丛书的出版，得到了我国诸多外国文学学者的鼎力相助和大力支持，也得到了外语教学与研究出版社的全力配合，特此表示衷心的感谢！

北京外国语大学　金莉

2017年7月18日

目　录

导 论

在《漫长的革命》（*The Long Revolution*）一书中，文化研究奠基人雷蒙德·威廉斯（Raymond Williams）曾讨论过文学与社会之间的奇妙互动，他指出："文学与社会之间的关系会在变化的历史条件下发生相当大的变化。社会变化了，文学也会随之发生变化，尽管其变化方式常常不可预料，因为它本身是社会发展的一部分，而不只是对这种社会发展的反映。"[1]威廉斯认为文学并不只是社会发展的"镜子"，它本身就是社会发展的组成部分，威廉斯的门生、文学理论家、马克思主义研究者特里·伊格尔顿（Terry Eagleton）也曾指出文学"是一种完全属于它自身的有机社会：它很重要，因为它完全是整个社会的一种意识"[2]。文学和社会之间的关系很难剥离开来，"有时候，某个上升中的社会群体会创造出一些新的机构，他们好像能给属于这个社会群体的作家带来解放"[3]，被解放

---

1. 雷蒙德·威廉斯．漫长的革命，倪伟译．上海：上海人民出版社，2013：257.
2. 特里·伊格尔顿．现象学，阐释学，接受理论——当代西方文艺理论，王逢振译．南京：江西教育出版社，2006：35.
3. 雷蒙德·威廉斯．漫长的革命，倪伟译．上海：上海人民出版社，2013：257.

了的作家又反过来通过文学实践将文学上升为一种社会意识，完成这一互动建构过程需要仰仗一个对话领域，在这一领域中，作家与社会公众之间的“公共对话是可能的”[1]。社会学对知识分子在社会变革中所发挥的作用的研究早已卷帙浩繁，但从文学角度研究作家如何将作品上升为社会的、公众的意识的研究却略显不足，在众多理论中，尤尔根·哈贝马斯（Jürgen Habermas）提出的“文学公共领域”理论最为引人瞩目。

作为法兰克福学派第二代的中坚人物，哈贝马斯继承并发扬了康德哲学，致力于重建“启蒙”传统，并对后现代主义思潮进行了深刻的批判，他提出了人类的三种旨趣（knowledge interest）、公共领域的结构转型、交往理性（communicative rationality）以及技术统治等一系列振聋发聩的理论，他也因此被誉为“当代的黑格尔”和“后工业革命最伟大的哲学家”。哈贝马斯著作等身，迄今已有数十部付梓，主要代表作包括：《绝对性与历史：谢林思想的二重性》（博士论文，1954）、《大学生与政治》（1961）、《公共领域的结构转型》（1962）、《理论和实践》（1963）、《社会科学的逻辑》（1967）、《认识与兴趣》（1968）、《抗议运动与高校改革》（1969）、《社会科学的逻辑》（1970）、《体系研究的成果是什么》（1971）、《哲学－政治侧影》（1971）、《晚期资本主义的合法性危机》（1973）、《历史唯物主义的重建》（1976）、《政治短文集》（1981）、《交往行为理论》（1981）、《道德意识和交往行为》（1983）、《交往行为理论（补充与论证）》（1984）、《现代性的哲学话语》（1985）、《新型的混乱》（1985）、《一种对遗憾的清算》（1987）、《后形而上学思维》（1988）、《追加的革命》（1990）、《作为未来的过去》（1991）、《文本与语境》（1991）、《对话语伦

1. 雷蒙德·威廉斯．漫长的革命，倪伟译．上海：上海人民出版社，2013：221.

理学的解说》(1991)、《在事实与规范之间》(1994)、《人生现实与有效性》(1994)等。虽然早在1994年哈贝马斯就已从法兰克福大学荣休，却仍然笔耕不辍，活跃在国际学术舞台。2003年，他还曾两次发表声明，反对伊拉克战争、支持加速欧洲一体化进程。后来他与雅克·德里达(Jacques Derrida)共同就“9·11”事件发表批判性文章，哈贝马斯本人凭借其学术成就在2015年获得了有“人文学科的诺贝尔奖”之称的“克鲁格人文与社会科学终身成就奖”。哈贝马斯的思想与观点的影响力早已超越了学术圈，他被《时代周刊》列为20世纪100名世界名人之一。

学界将哈贝马斯的思想分为四个阶段：1959—1968年为前交往期，主要研究的议题是资产阶级公共领域的实际分析及认识论的历史重建；1969—1981年为交往期，初步建立起了交往行为理论体系；1982—1989年为后交往期，反对后现代主义并建立了“后形而上学思想”，对交往行为理论进行了元论证；1990—2000年是反思期，将交往行为理论应用于政治哲学领域，主张建立一种新型的话语政治模式。总之，对哈贝马斯而言，其所有重要理论都可以归结为“交往”二字。从20世纪80年代起，哈贝马斯的著作不断被翻译成汉语出版，早在1994年重庆出版社就出版了两卷本的《交往行动理论》；1999年学林出版社出版了《公共领域的结构转型》和《认识与旨趣》；上海人民出版社2000年出版了“哈贝马斯文集”(包括《合法化危机》《包容他者》和《后民族结构》，2018年和2019年进行了再版)，接着又在2004年出版了《交往行为理论》；2009年上海世纪出版集团出版了《合法化危机》；译林出版社分别于2011年和2012年出版了《现代性的哲学话语》与《后形而上学思想》；上海人民出版社在2018年再版了《交往行为理论 第一卷：行为和理性与社会合理化》一书。中国学术界出现了研究哈贝马斯的热潮。

通过对哈贝马斯学术著作的梳理可以大致看出他研究兴趣的转变过程，但他从始至终都对“交流”“理性”等话题保持着极大兴趣，有研究者指出哈贝马斯“童年时代，由于口腔手术的影响，他与同龄儿童以及其他人交流时，也遇到了许多困难。这一经历反而为他后来对公共交往的认识提供了重要的生活经验源泉”[1]。这从一个角度解释了这位哲学家为何对交往和理性如此着迷，其不仅对他个人生活影响巨大，更在他学术事业中占据了举足轻重的地位，交往和理性是哈贝马斯整个理论大厦中的基石，而哈氏最早开始论及这一议题的著作便是《公共领域的结构转型》（以下简称《公共领域》）。古德（Luke Goode）在《尤尔根·哈贝马斯：民主与公共领域》（*Jürgen Habermas: Democracy and the Public Sphere*）一书的序言中曾指出：“对哈贝马斯的批评性评论经常认为‘公共领域’与哈氏其他研究‘关联性不大’（discrete）。我希望借由此书阐明‘公共领域’是哈贝马斯整个学术研究的基础，尽管这一议题还未受到学界明显的关注。”[2]研究者不断提醒学者要重视哈氏这部早期著作，并对其进行更加深入的研究。

哈贝马斯于1961年完成《公共领域》一书，该书的创作是基于其获得海德堡大学教授资格的论文，其写作也无法脱离当时作者所处的历史背景。20世纪60年代初期，战后的第一代德国人成为社会中坚力量，与在军队里服过役、带着满腔失落归来的上一代人不同，战后一代的学者“最重要的工作就是将民主引入联邦德国，具体说是引进一个自由主义的西方政府体系——亦即鼓励建成市民社会的体系”[3]，哈贝马斯正是这股潮

1. 陈勋武．哈贝马斯评传．广州：中山大学出版社，2008：10.
2. Goode, Luke. *Jurgen Habermas: Democracy and the Public Sphere*. London: Pluto Press, 2005, 1.
3. Hohendahl, Peter Uwe. “Recasting the Public Sphere.” *October* Vol. 73 (Summer, 1995): 29.

流中的重要助推人，“作为霍克海默（Max Horkheimer）和阿多诺（Theodor Adorno）的学生，哈贝马斯对当代市民社会理论所做的重要贡献便始自他对于‘公共领域’兴起的历史性研究”[1]。可以说公共领域问题是哈贝马斯所有理论的起点和基石，《公共领域》是哈氏运用历史学和社会学进行综合研究的重要著作，它“代表了自由主义理论在探讨公共领域问题时，将‘抽象’和‘具体’方法结合起来的尝试”[2]，这种研究方法的结合使得这本专著具有了很强的“行动”意义。在《公共领域》中“哈贝马斯不但找到了批判现代社会的一个突破点，而且找到了合理化与合理性具体地体现在具体的历史文化中的承载者：公共领域。在《公共领域的结构转型》中，哈贝马斯不仅明确地提出公共领域这一概念，而且认为改造公共领域是社会合理化与合理性的关键”[3]。1989年此书的英译本付梓，有评论家认为该书“对于认识启蒙运动及其与当代政治生活之间的连续关系产生了即时且深远的影响”[4]。

另外，哈氏的公共领域概念“为历史学家提供了一种新的方式，通过假定在漫长的18世纪出现了一个新的社会基础，以及关于公共生活的新思想，将社会与意识形态变化之间的关系概念化”[5]。除《公共领域》外，哈氏在其《作为“意识形态”的技术与科学》（1967）和《合法化危机》

---

1. Ehrenberg, John. *Civil Society: The Critical History of an Idea*. New York: New York UP, 1999, 219.
2. Roberts, John Michael. *The Aesthetics of Free Speech: Rethinking the Public Sphere*. New York: Palgrave Macmillan, 2003, 121.
3. 陈勋武．哈贝马斯：当代新思潮的引领者．北京：九州出版社，2014：57.
4. Hill, Mike and Warren Montag. "Introduction: What Was, What Is, the Public Sphere? Post-Cold War Reflections", *Masses, Classes, and the Public Sphere*. Ed. Mike Hill and Warren Montag. London and New York: Verso, 2000, 2.
5. Cowan, Brian. "What Was Masculine about the Public Sphere? Gender and the Coffeehouse Milieu in Post-Restoration England". *History Workshop Journal*, No. 51 (Spring, 2001): 129.

（1973）等著作中又进一步对公共领域的文化意义以及社会功能进行了深入探讨。即便是在哈贝马斯的中、晚期作品中，“公共领域”也始终如影随形，不时出现在他的论述之中。1989年在《公共领域》英译本发行暨公共领域研究专题研讨会上，哈贝马斯本人首次公开承认这本著作是理解他思想体系的“入口”，2004年他在京都被授予终身成就奖时也反复强调“公共领域”“语篇”和“理性”是他学术著作和政治生活中最重要的三个概念。

但是，学界对哈贝马斯的公共领域理论的接受过程却一波三折，“一方面，该理论备受批评，始终有人指责它‘过于理想’‘欧洲中心主义’‘毫不掩饰的男权特征’。另一方面，每论及民主、公民权和交流等问题时，都无法避免会引用这一理论”[1]。公共领域一词已经成为新闻学、媒体研究、文化研究、政治哲学、社会学等诸多学科中难以回避的热点，有学者甚至将这一现象称之为“哈贝马斯效应”（the Habermas effect）。卡尔霍恩（Craig Calhoun）曾这样描述公共领域理论对其他学科的深刻影响：“努力理解公共话语（public discourse）的历史、基础和内化过程的重要性在多个学科日益凸显。它启发了政治学中的民主理论（democratic theory），文学和文化批评中的自省（self-reflection）研究，哲学和文化研究中关于现代主义和后现代主义的辩论，伦理学和法学研究中的新方法，社会学、历史学和信息的经验研究。在这些领域中的辩论都受哈贝马斯著作的影响。”[2]因此在1989年的那场专题研讨会上，卡尔霍恩邀请了来自历史学、社会科学、文学、传媒和哲学的一流学者共同研

1. Goode, Luke. *Jurgen Habermas: Democracy and the Public Sphere*. London: Pluto Press, 2005, 1.
2. Calhoun, Craig. "Preface." *Habermas and the Public Sphere*. Ed. Craig Calhoun. Cambridge, Massachusetts, and London: The MIT Press, 1996, vii.

讨公共领域这一重要理论，但与其他学科对此问题的密切关注相比较，文学领域对此问题的研究十分有限，即便哈氏对资产阶级公共领域的结构转型的研究其实是始于他对“文学公共领域”问题的研究。

哈氏在《公共领域》的初版序言中说他研究的目的在于“从18和19世纪初英法德三国的历史语境，来阐明‘资产阶级公共领域’(bürgerliche Öffenlichkeit)的理想类型”[1]，如此看来，后来那些认为哈贝马斯所建构的公共领域过于理想化的批评者们并没有真正理解作者本人的研究意图。古德进一步指出“《公共领域的结构转型》并非为了满足我们的怀旧情绪而提供了一段历史，哈贝马斯本人也从来没有像批评者所说的那样理想化18世纪欧洲的公共领域。恰恰相反，这一理论为我们提供了一个认识过去与当下种种困境之间联系与断裂的参照系”[2]，也就是说古德认为公共领域的意义不在历史而在当下，是认识当下的一个历史参照。哈贝马斯在仔细研究了英法德三国17、18世纪的文化、政治和经济后，提出了一个马克斯·韦伯式的关于资产阶级公共领域的理想模式，以及其后来的范式转换，这本书是“截至目前哈贝马斯主要著作中最具历史性的作品”[3]。

在《公共领域》中，哈贝马斯总结称资本主义社会自形成后共经历了两次巨大的社会结构转型：第一次是由封建君主专制转向资产阶级自由的公共空间，第二次是由资产阶级自由的公共空间转向现代大众社会下的福利国家。哈贝马斯研究认为公共空间的第一次转型发端于17世纪

---

1. 哈贝马斯．公共领域的结构转型，王晓珏等译．上海：学林出版社，1999：2.
2. Goode, Luke. *Jurgen Habermas: Democracy and the Public Sphere*. London: Pluto Press, 2005, 4.
3. Calhoun, Craig. "Preface." *Habermas and the Public Sphere*. Ed. Craig Calhoun. Cambridge, Massachusetts, and London: The MIT Press, 1996, vii-viii.

晚期的英国，之后在法国、德国、美国等国生根发芽，历经约150年的时间，直至19世纪早期最终完成。而在第一次社会结构转型中，他认为最重要的成果就是资产阶级公共领域的形成。

在《公共领域》中哈贝马斯对这一概念的历史性追溯是从古希腊时期开始的。他认为基于古希腊高度发达的城邦体系，自由民的“公共领域”（koine）和“私人领域”（idia）之间存在明显界限，他们的生老病死都发生在“私人领域”中，在其中“希腊家主（the Greek head of household）仅应付基本生存之需”[1]，而“公共领域是自由王国和永恒世界，因而和必然王国、瞬间世界形成鲜明对比”[2]。这个时期公共领域中的“公共”一方面指自由民关心和共享的事情，另一方面也指“具有法律组成的与共同利益的‘社群’或‘共同体’（community）”[3]。在这样的“古典公共领域”中，那些自由民的“私人领域还受求生的欲望和获取生活必需品之劳动的制约，而公共领域则完全摆脱了这些制约，为个性提供了广阔的表现空间。因此，如果说私人领域还让人有些羞涩的话，那么公共领域则使人引以为豪”[4]。在这样的“古典公共领域”中，“人们才能把一切事物看得真真切切，公民才能进行平等对谈，从而把事物表达出来，并使之形象化；彼此无差别的人才能通过争论，把最好的衬托出来，使之个性鲜明。也只有在公共领域中，亚里士多德所制定的一系列德行才能证明有效，并得到广泛认可”[5]。因此，公民的城邦生活事实上是

1. Calhoun, Craig. “Introduction: Habermas and the Public Sphere.” *Habermas and the Public Sphere*. Ed. Craig Calhoun. Cambridge, Massachusetts, and London: The MIT Press, 1996, 6.
2. 哈贝马斯．公共领域的结构转型，王晓珏等译．上海：学林出版社，1999：3.
3. 蔡英文．政治实践与公共空间：阿伦特的政治思想．北京：新星出版社，2006：96.
4. 李佃来．公共领域与生活世界：哈贝马斯市民社会理论研究．北京：人民出版社，2006：81.
5. 同上。

一种公共政治生活，这种生活在市政广场、议事大厅、会场、法庭、公共食堂等地进行，公民围绕政治和文化话题展开社会交往。这样的古典公共领域通过平等自由的商谈和辩论的形式开展，建立在“共同活动（实践）之上——这种实践可能是战争，也可能是竞技活动”[1]。

但同时也要注意到，在希腊时期的公共领域中公民能否参与公众生活取决于领主的地位，因此并不能让所有“公众”参与进来，“公众是自由的，尽管公共领域中的自由公民的前提是对私产的自由支配（所以大多数人都被排除在公众之外）”[2]。古典公共领域成了解决希腊人私人之间、私人与公共之间冲突的有效途径和手段。到了罗马时期，“公”和“私”的界限是由罗马法来规定的，这样的公共领域被称作“res publica”。古典公共领域在文艺复兴时期逐渐被强化，并对西方社会具有了真正意义上的“规范力量”[3]，从而保证西方世界的“意识形态本身就有着能够跨越数个世纪而保持稳定的延续性”[4]。虽然古典公共领域已经具备了些许现代“公共”的意味，但依然与资产阶级公共领域有着本质区别，卡尔霍恩指出他们的区别主要在于“（资产阶级公共领域）被定义为是由参与针对国家权威的辩论的私人个体组成的公众。与希腊时期的公共概念不同，个体主要在包括家庭的私人领域中生成。此外，拥有私人领域是与国家统治抗争获得的自由之一”[5]。

到了中世纪，虽然罗马法中规定了“公”与“私”的界限，但这一

1. 哈贝马斯．公共领域的结构转型，王晓珏等译．上海：学林出版社，1999：3.
2. Calhoun, Craig. “Introduction: Habermas and the Public Sphere.” *Habermas and the Public Sphere*. Ed. Craig Calhoun. Cambridge, Massachusetts, and London: The MIT Press, 1996, 6-7.
3. 哈贝马斯．公共领域的结构转型，王晓珏等译．上海：学林出版社，1999：4.
4. 同上。
5. Calhoun, Craig. “Preface.” *Habermas and the Public Sphere*. Ed. Craig Calhoun. Cambridge, Massachusetts, and London: The MIT Press, 1996, vii.

界限并不适用于封建社会的法律体系，因为欧洲封建社会中并不存在希腊、罗马古典意义上的“公共领域”与“私人领域”的对立。由于制度发生了变化，旧的“公”“私”界限消失了，因此不管是在古典意义上还是在现代意义上，“公共领域”与“私人领域”在欧洲封建时期都不存在——“君主和宗教有绝对权力，农民对自己生活没有任何的控制权，即便他们回到自己的屋里关上门也没有下工。国王和代表‘神’的教堂在他们回家后也依然能够控制他们。事实上，私人空间（一个个人可以决定里面发生什么、允许谁进入的空间）只有到17世纪后半叶才真正出现”[1]。

但在欧洲封建制度中又确实存在一些具有“公共性”特征的人（例如国王）或物，所以为了保持研究体系的连贯性，哈贝马斯将这一时期的公共领域命名为“代表型公共领域”（representative public sphere），以同“古典公共领域”和“（资产阶级）公共领域”相区分。这种公共领域的出现和发展与某些个人的特殊标志密切相关，例如“权利象征物（徽章、武器），生活习性（衣着、发型），行为举止（问候形式、手势）以及修辞方式（称呼形式、整个正规用语），一言以蔽之，一整套关于‘高贵’行为的繁文缛节”[2]，这些代表了所谓的代表型公共领域。陶东风认为中世纪代表型公共领域和宫廷文化政治的基本特点是“公私不分、缺乏民主原则和开放性、不存在自律的私人个体”[3]。所以，能够成为这一公共领域参与主体的仅限于领主、骑士、教士等人，由全体公民缩减成个别集团代表，由广场等交往空间退居到宫廷之中，最重要的是这种公共领域

1. Mckee, Alan. *The Public Sphere: An Introduction*. Cambridge: Cambridge UP, 2005, 34.
2. 哈贝马斯．公共领域的结构转型，王晓珏等译．上海：学林出版社，1999：7.
3. 陶东风．文学公共领域的理想类型与应然品格．东方丛刊，2008（4）：1.

不再通过商谈和辩论来解决公共事务。有学者指出，这种中世纪时期的“代表型公共领域”与现今的“大众调和型公共生活景象”（mass-mediated spectacles of public life）并无明显联系，它“仅是在人们的面前呈现，而并不在代表公众的舞台上表演。事实上，就这点而论根本没有‘公众’，只是‘公共展示’而已。一个明显的公共领域及与其对立的明显的私人领域都是缺失的”[1]。

经过封建制度的改编，古典公共领域最终萎缩成代表型公共领域，这一公共领域在15世纪的法国勃艮第宫廷中发展到了极致。到了中世纪后期，随着商品经济的发展、民族和主权国家的形成、城市化程度的不断加深，以及市民阶层力量的壮大，传统的贵族政治开始走向没落，代表型公共领域赖以生存的基础——封建势力、教会和贵族阶级开始分化，新的“公”与“私”的对立开始显现。一种新型的公共领域在佛罗伦萨、巴黎和伦敦陆续出现，“新兴的贸易和金融资本主义（哈贝马斯这里主要集中研究了英国、法国和德国）最终催生了‘市民阶层’的出现，这一阶层以‘私有’作为存在的基础，从而使得‘公共’的概念发生了很大变化”[2]，资本主义萌芽时期的贵族文化与资产阶级文化共同滋生的人文主义于16世纪出现了，直到此时“才有现代意义上的公共领域与私人领域之分”[3]。代表型公共领域“公私不分”的社会结构土崩瓦解，“一个需要所有公民自由并受到公平公正对待的社会也需要一个公共领域来保证他们的意见能够形成普遍共识（general agreement）”[4]，用哈贝马斯的话来说：“代表型公共领域萎缩了，这就为另一个领域腾出了空间，这就是

1. Goode, Luke. *Jurgen Habermas: Democracy and the Public Sphere*. London: Pluto Press, 2005, 4.
2. Ibid.
3. 哈贝马斯．公共领域的结构转型，王晓珏等译．上海：学林出版社，1999：10.
4. Mckee, Alan. *The Public Sphere: An Introduction*. Cambridge: Cambridge UP, 2005, 16.

现代意义上的公共领域，即公共权利领域。”[1]

宫廷中的代表型公共领域的一部分从国家当中分离，并且与对抗国家公共权威的市民阶层结成联盟，借助报刊等新兴媒体建立起一个“公共交往空间”。在这样的空间中“代表‘市民社会’的资产阶级就意识到自己是国家政治权力的对立面，意识到自己是正在形成中的资产阶级公共领域里的公众，于是就利用‘公共观念’（Public Opinion）作为公共权威的抽象对应物，发展出了‘市民社会的公共领域’”[2]。他们将这一领域“从一种与公共权威的自由辩论发展为对它的合法性约束”[3]，这样一来，现代意义上的公共领域就产生了。此外，早期自由资本主义时期新的交往因素——商品交换和信息交换——也加速了代表型公共领域的萎缩，因为通过商品的流通和信息的交换，国家和社会的分离加速了。哈氏在《公共领域》中指出这个新型的公共领域在欧洲的黄金发展期是在1680年到1730年之间。不过，这个时间段遭到了贝克（Keith Michael Baker）、埃莱（Geoff Eley）等学者的一致批判，而哈贝马斯自己也在1992年出版的《哈贝马斯与公共领域》（*Habermas and the Public Sphere*）一书的“公共领域再思考”部分承认了这个时间不够准确。

然而，资产阶级公共领域的产生并非一蹴而就，而是经过了一个巧妙伪装的“中间过程”——即哈氏所称的“文学公共领域”（literarische Öffentlichkeit）。一个首先于17世纪后期的英国以及18世纪初的法国出现的资产阶级公共领域的“雏形”，或者按照哈贝马斯原话说“政治公共领域是从文学公共领域中产生出来的；他以公众舆论为媒介对国家和社会

1. 哈贝马斯．公共领域的结构转型，王晓珏等译．上海：学林出版社，1999：17.
2. 杨仁忠．公共领域论．北京：人民出版社，2009：101.
3. 同上。

的需求加以调节”[1]。事实上持这一看法的并非哈贝马斯一人，罗杰·夏蒂埃（Roger Chartier）在研究法国大革命时也曾指出：“政治公共领域由数种要素组构而成，它直接源于文学公共领域，建立在沙龙、咖啡馆和报刊的基础之上。其首要的定义是，一个私人在其中公共地运用他们的理性的空间。”[2]对于文学公共领域的形成过程及其本质将在本书第二章第一节进行详细论述。

通过以上研究不难看出，对从代表型公共领域、文学公共领域到资产阶级公共领域的历史性梳理成为哈贝马斯《公共领域》的理论起点，他对公共领域的两次转型的研究无疑是振聋发聩且影响深远的。然而，自这本专著的德语版于1962年问世以来，哈贝马斯除了在1964年为一套百科全书写了一个关于“公共领域”的词条、为1990年德语新版《公共领域》写了序言、在1998年给一位中国学者复函外，他已经很少再论及这一议题了。他自己也承认，“我这些年来已另有关怀，对于各种散见的研究文献也缺乏全面的了解。更何况当时的研究已经综合运用了各个不同学科大量难以驾驭的文献”[3]，该书从初版到再版的三十年中，“各种研究和理论课题已经发生了变化”，加上“我自己的理论同样也变化了，变化的当然不是基本特征，而是理论结构”，所以他才在1990年德语新版序言中对“公共领域”的部分内容进行了修正和补充说明。但从序言发表至今，已经又过去了三十年。在当下的理论语境中，结合对（文学）公共领域的最新研究反观哈贝马斯的公共领域理论不难发现这一理论依旧未解决以下问题。

---

1. 哈贝马斯．公共领域的结构转型，王晓珏等译．上海：学林出版社，1999：35.
2. 罗杰·夏蒂埃．法国大革命的文化起源，洪庆明译．南京：译林出版社，2015：18.
3. 哈贝马斯．公共领域的结构转型，王晓珏等译．上海：学林出版社，1999：1.

第一，哈贝马斯本人在“1990年版序言”中说：“要想提炼一个具有特殊意义的概念，就必须把它在一个十分复杂的社会现实中所具有的一系列典型特征描述清楚。和任何一个一般的社会学课题一样，历史趋势和历史事例的选择、统计意义和衡量轻重都是一个问题；倘若我们不能像历史学家那样追本溯源，而仅仅依靠二手资料，那么这个问题当中将隐藏着巨大的风险。”[1]正是基于这样的认识，哈贝马斯在研究“公共领域”问题时尝试用历史学研究方法，将英法德三国作为一个整体进行研究。这虽有助于从宏观上总结欧洲“公共领域”发展的一般性规律，但也同时抹杀了三个国家公共领域各自发展的特殊性，尤其是这三个欧洲国家在经济、社会、历史、文学及文化上存在着极大的差异，很难探寻三个国家文学公共领域发展的共性，因此对文学公共领域进行国别性的研究就更有必要了。另外，从1962年该书首次出版至今，在过去的近六十年中，对英国国别史、文学史的研究取得了一些新的突破，这都使得单独研究“英国文学公共领域”成为可能。

第二，哈贝马斯在《公共领域》中论及“文学公共领域”问题时，相对于整本书的分量，几乎是寥寥数语带过，言之不详。他这样做的原因，一方面是他的研究重心主要放在资产阶级公共领域形成及其第二次转型上；另一方面，哈贝马斯作为哲学家并不擅长文学研究，所以很多学者都指责哈贝马斯在研究文学公共领域问题时“经验缺乏”，加之英国文学本身有着悠久的历史和独特的文学传统，作为德国学者的哈贝马斯论及的17、18世纪英国文学又是最纷繁芜杂的，以至于他对这一时期文学公共领域的研究流于表面。所以，只有通过对这一时期典型作家（或作家群体）的文学公共活动的研究，以及对其典型作品的分析，才能发

1. 哈贝马斯．公共领域的结构转型，王晓珏等译．上海：学林出版社，1999：1.

现哈贝马斯“文学公共领域”理论运用于英国文学研究的价值以及之前研究的不足，从而丰富哈贝马斯的公共领域理论，并为未来英国文学乃至文学研究提供新的视角。

第三，在研究哈氏资产阶级公共领域第二次结构性转型（也就是财团操纵公共媒体阶段）时，南希·弗雷泽（Nancy Fraser）等学者提出了“其他公共领域”（alternative public spheres）的说法以挽救哈贝马斯发达资本主义时期悲观的“再封建化的公共领域”（refeudalized public sphere）说法，她指出：“从历史角度看，很难将由咖啡馆和男性期刊构成的18世纪公共领域与如影随形的‘从属者的对立公众’相分离。这些公众改变了资产阶级‘文学界’的特征和文化风貌。”[1]在此基础上弗雷泽提出了其著名的“反公共领域”（counterpublic sphere）理论。这些新的理论发展迫使哈贝马斯在1990年《公共领域》的再版序言中承认，他在写作时没有考虑到亚文化公共领域，“排挤机制在进行分野和压制的同时，也唤起了无法抵消的对抗力量。如果我们带着这样的目光去审视资产阶级公共领域，那么，将女性从这个又一次被男性统治的世界中排挤出去的行为，就呈现出另一副面貌，与我写作此书时截然不同”[2]。而事实上公共领域从一开始便是多元的，例如，“在居统治地位的公共领域之外，还有一种平民公共领域，和它唇齿相依”[3]。虽然哈贝马斯认识到了这些问题，但在其后的研究中却并没有尝试去补充与修正。而事实上这样的亚文化公共领域与公共领域的对抗并非只出现在资产阶级公共领域时期，哈贝马斯在

1. Fraser, Nancy. “Rethinking the Public Sphere: A Contribution to the Critique of Actually Existing Democracy.” *Habermas and the Public Sphere*. Ed. Craig Calhoun. Cambridge, Massachusetts, and London: The MIT Press, 1996, 109-142.
2. 哈贝马斯．公共领域的结构转型，王晓珏等译．上海：学林出版社，1999：7.
3. 同上：6.

对作为其前身的文学公共领域的研究中就将女性和平民阶层排除在外，这也是在对“文学公共领域”进行新的考量时所不能忽视的问题。

第四，对哈贝马斯“公共领域”的理论源头的判定尚无统一的说法，但汉娜·阿伦特（Hannah Arendt）无疑是这一理论的重要启蒙者，阿伦特的“私人领域—社会领域—公共领域”的三分理论框架取代了近代政治哲学中的“国家与社会”的二分法，从而建立了公共领域的现代理论解释系统。随着理论界的不断挖掘，阿伦特关于“世界”和“公共领域”的联系和区别的理论对更好地认识“文学公共领域”也大有裨益。她认为，“世界（world）不是‘自然’（nature），它是由人工制品组成的人造物质空间，是与纯自然世界不同的文明世界……人工世界虽然是公共领域依托的物质基础，并且具有公共性，但本身还不是公共领域……使物质的世界转化为公共领域的是人的言行，人在世界中进行的言说和行动把世界建构为一个呈现（appearance）的空间，一个意义的世界”[1]，那么在对“文学公共领域”进行考察时，不能单纯聚焦于“领域”本身而忽视“人”——作家、批评家和读者——对这个领域的建构作用，更准确地讲，只有把“文学公共领域”与“文学家”之间的互动关系放在中心地位，这个研究才更完整和全面。陶东风举了这样一个例子：“一个由诸多的文学书籍、杂志组成的图书馆和阅览室只是一个物质空间（约相当于阿伦特说的世界），只有当文学公众聚集在图书馆或阅览室围绕文学及相关公共议题进行交往对话的时候，这个物质的空间才转化为文学的公共领域。”[2]寥寥数语不仅凸显了“人”在构建“文学公共领域”时的核心

1. 陶东风．阿伦特式的公共领域概念及其对文学研究的启示．四川大学学报，2010（1）：31.
2. 同上。

作用，还区分了“公共领域”与“公共机构”（或曰“公共空间”）的区别，此为后话，将另辟章节再议。哈贝马斯在《公共领域》中对文学公共领域的讨论语焉不详，便忽视了其中“人”的作用，忽视了“文学家”在推动文学公共领域形成时所发挥的决定性作用，忽视了文学作品读者的公共活动与该领域形成之间的互动关系。

哈贝马斯的“公共领域”理论一经提出便引发了学界的大讨论，尤其是1990年《公共领域》英文版出版后，越来越多的英语学者加入了公共领域研究的队伍之中，目前国内外学者的研究大致可以分为以下几类：

第一，对哈贝马斯文学公共领域概念的理论溯源研究。杰夫·埃里（Geoff Eley）研究发现哈贝马斯文学公共领域理论不仅源于阿伦特，还受到了雷蒙德·威廉斯著作的影响，尤其受其《文化与社会：1780—1950》一书的启发；出版于2017年的《哈贝马斯公共领域的批判》（*Habermas's Public Sphere: A Critique*）是近年来最为系统地研究哈贝马斯公共领域理论的著作，此书将哈贝马斯公共领域理论置于德国理论传统之中进行重新挖掘，细致地研究了哈贝马斯公共领域理论与康德、马克思、施密德理论之间的关系。可惜的是，本书依然没有对哈氏的文学公共领域理论源头以及该概念本身进行研究，但值得注意的是他指出哈贝马斯对公共领域发源地——咖啡馆等文化机构的文学活动的研究采用了社会学和历史学的方法，而这种方法实际上是受到了汉斯·施贝尔（Hans Speier）的《公共舆论的历史性发展》（1950）一文的启发。

第二，对文学公共领域理论的相关研究。在美国现代语言协会组织的文学公共领域专题研讨会上，罗温斯顿（Joseph Loewenstein）教授发表了题为“论哈贝马斯‘文学’或‘前’公共领域”的论文，深入探究了文学公共领域研究的本质；瑞典学者特布姜（Torbjorn）在《文学公共领域导论》一文中对文学公共领域的理论意义和价值进行了论述，他认为这种文学研究的“文化转型”有效地改变了自俄国形式主义以来对文学文本研究的迷恋，从文化角度入手拓宽了文学研究的视野。兰道尔（David Randall）的《精神特质、诗学与文学公共领域》一文从古典修辞学中的“ethos”一词入手，“建立了哈贝马斯公共领域转型与修辞诗学的历史性叙述的变化之间的联系，旨在为文学公共领域的历史性修辞建构提供学理基础”[1]。耶鲁大学性别研究教授迈克尔·沃纳（Michael Warner）的两部著作——1992年出版的《共和时期的文学：18世纪美国的出版物和公共领域》（*The Letters of the Republic: Publication and the Public Sphere in 18th Century America*）和2005年出版的《公众与反公众》（*Publics and Counterpublics*）都围绕美国特定的历史事件与其公共领域之间的关系展开研究，在后一部著作中，沃纳试图寻找公共性、艺术和政治的完美契合点，探讨了在当下“公众”是如何被建构的等问题。在《公众与反公众》的最后，沃纳在对18世纪著名杂志《观察者》进行研究的基础上重新定义了“公众”一词，他认为“（公众）是一个关于交往的进行性空间（ongoing space of encounter）”[2]。尼古拉斯·福克斯（Nicholas Fox）提出了“哈贝马斯文学批评理论”的概念，他认为“‘哈贝马斯文学批评理论’为解释文学与政治之间的关系奠定了理论基础：文学如何转化为行动并形成观念，这样的观念通过改变读者而改变具体的政治实践”[3]，这些都是

1. Randall, David. "Ethos, Poetics, and the Literary Public Sphere." *Modern Language Quarterly*, 69: 2 (June 2008). p. 222.
2. Warner, Michael. *Publics and Counterpublics*. New York: Zone Books, 2005, 90.
3. Fox, Nicholas Hengen. "A Habermasian Literary Criticism." *New Literary History*, Vol. 43, No. 5, Spring 2012. p. 236.

通过文学公共领域实现的。科尔克拉苏尔（D. L. Colclasure）在2010年出版的《哈贝马斯与文学理性》（*Habermas and Literary Rationality*）一书中从文学理性的角度入手对哈贝马斯的交往理性理论在文学中的应用进行了研究，其中对文学公共领域、文学言语行为等议题有所涉及，但也不够深入。

第三，对亚文学公共领域（subsidiary literary public sphere）的研究。在这个方面，吉列斯皮（Katharine Gillespie）2009年出版的《17世纪的家庭生活和歧见：英国女性作家和公共领域》研究了17世纪从英国内战到政权过渡期的六位女性小册子作家如何通过她们的文学创作，争取她们在私人和公共领域的话语权。大卫·诺布鲁克（David Norbrook）在《女性、文学共和国和17世纪中期的公共领域》一文中也研究了英国女性作家通过文学创作活动对公共领域进行建构的历史。

第四，另有一些学者对公共领域进行了跨学科研究，从而拓宽了哈贝马斯“公共领域”理论的广度。如加拿大学者查尔斯·泰勒在“全球化”背景下，提出了“嵌入的公共领域”（nested public sphere）概念；杰弗里·亚历山大（Jeffery Alexander）综合了文化理论与市民社会的研究，对公共领域进行了文化意义上的解读；尼克·克罗斯莱（Nick Crossley）则在论文集《后哈贝马斯时代：公共领域研究的新视野》（*After Habermas: New Perspectives on the Public Sphere*）中邀请各学科专家重新审视了哈贝马斯的公共领域理论和《公共领域》一书，并将公共领域的研究推进到“网络时代”。有的学者从米哈伊尔·巴赫金（M. Bakhtin）等思想家的理论中吸取合理因子，进一步揭示了公共领域理论的当代意义。由迈克·希尔于2000年编写的论文集《大众、阶级和公共领域》（*Masses, Classes and the Public Sphere*），则更加深入地研究了哈贝马斯“公共领域”在政治学和社会学领域的意义，其中的很多学者都试图重新定义或者拓展哈贝马斯的“公共领域”概念。

第五，运用文学公共领域理论对文学作品和作家公共活动开展的研究。诺布鲁克（David Norbrook）的专著《书写共和国：1627—1660年的诗歌、修辞与政治》一书研究了英国革命前后，例如弥尔顿（John Milton）、马维尔（Andrew Marvell）等主要诗人的诗作，他的一个研究重点便是这些诗人对共和国公共问题认识的作用，这对于认识和理解英国文学公共领域肇始阶段文学家的公共活动开展情况非常有启发性。由加拉格尔（Susan VanZanten Gallagher）主编的《文学与公共领域的复兴》（*Literature and the Renewal of the Public Sphere*）是一本将文学公共领域理论应用于文学文本研究的论文集，论文集共收录了十四篇相关论文，涉及多国作家的多部文学作品，但都围绕作家和文学作品在公共领域建构过程中的作用展开。安德鲁·麦凯恩（Andrew McCann）出版于1999年的著作《18世纪90年代的文化政治：文学、激进主义与公共领域》（*Cultural Politics in the 1790s: Literature, Radicalism and the Public Sphere*）一书运用哈贝马斯文学公共领域理论对18世纪末英国文学与现代性的关系、文化政治学等议题展开了研究，是目前笔者搜集到的唯一一部直接运用公共领域理论对英国文学展开研究的著作。特雷弗·罗斯（Trevor Ross）出版于2018年的《书写公共：十八世纪英国的文学与出版自由》考察了文学观念的文化史在公共领域中的地位，从英国出版业的发展和审查制度的历史性变革中研究了文学公共功能的变化。

国内对哈贝马斯“文学公共领域”展开系统性研究的是陶东风。陶教授在《文学公共领域的理想类型与应然品格》一文中，较为详细地梳理了哈贝马斯“公共领域”和“文学公共领域”概念的历史生成与流变过程，在此基础上，他提炼出了一个作为一般理论范畴使用的“文学公共领域”概念。围绕这个概念，陶教授总结了五条文学公共领域发挥功能和作用的规范。他在《论文学公共领域与文学的公共性》一文中进一步阐发了文学公共性的特征。在2010年发表的《阿伦特式的公共领域概念及其对文学研究的启示》一文中，陶教授对文学公共领域的本质进行了归纳，提出了文学公共领域是一个“自由争胜”的空间，是话语、交谈、协商的领域，是“意见”的领域，而非“真理”的领域等重要观点。

还有一些中国学者将哈贝马斯的文学公共领域理论置于中国语境下，考量中国的近现代文学现象，如郭剑鸣的《关于中国近世文学公共领域的思考》及《文学公共领域：中国近世市民社会的一种雏形》，仲红卫与张进的《论清末民初文学公共领域的形成及特征》等，还有些学者则借鉴文学公共领域理论来考量中国当下的文学现象，如文彦波的《中国当代文学公共领域的存在方式及表现特征》、赵勇的《文学活动的转型与文学公共性的消失——中国当代文学公共领域的反思》等。

综上，不难发现中外学者针对“文学公共领域”的研究尚未解决以下问题：

第一，对哈贝马斯公共领域在政治学领域内的研究已经数不胜数，而对于其前驱阶段的文学公共领域的研究则稍显不足。同时，哈贝马斯在建构文学公共领域理论时，将英法德三国作为整体进行讨论，这样做抹杀了三国文学公共领域各自的差异，而对文学公共领域开展的单一国别研究则相对较少。

第二，国内外学者对于哈贝马斯文学公共领域理论的接受缺乏批判性，据笔者研究，单就术语本身而言，从德语的“Literarische Öffenlichkeit”到英语的“literary public sphere”，再到汉语的“文学公共领域”，这个译介过程中已经出现了误译和误读的情况，而目前这种对概念正本清源的研究还不够。

第三，哈贝马斯在建构文学公共领域之初就将女性作家和其他阶级作家以及普通读者排除在外，使得哈氏建构的文学公共领域并不完整，因为据笔者研究发现文学公共领域并非一个单一声部的领域，而是一个倡导自由、平等的多声部的开放空间。

基于对关键概念“资产阶级公共领域”和“文学公共领域”流变过程的梳理和重新审视，立足对国内外最新文献的阅读和分析，本专著将对文学公共领域这一概念进行溯源性研究，以期认识其本质以及它与资产阶级公共领域之间的关系，并考察这一术语在传播过程中，由于翻译而造成的内涵与外延的变化。尤为值得注意的是，本专著将英国文学公共领域从哈贝马斯原来的英法德三国研究范畴中抽离出来作为主要研究对象，以英国历史和文化为现实依据，细查文学公共领域在英国从肇始、成熟到转型的全过程，并以作家作品为主要研究内容，在此基础之上总结英国文学公共领域的特征。此外，书中对英国女性文学公共领域、宗教文学公共领域以及平民文学公共领域进行了补充研究，以完善哈贝马斯的文学公共领域理论，重建英国多声部的文学公共领域。最后，作者基于以上研究，尝试总结哈贝马斯的文学观，或曰哈贝马斯文学批评理论（Habermasian Literary Criticism）。

为了实现以上研究计划，本专著将分九章开展相关研究：第一、二章，研究哈贝马斯文学公共领域的理论源头、其概念的内涵及外延，以及这一概念在“理论旅行”过程中由于翻译造成的变异。第三、四、五章对英国文学公共领域的肇始、成熟、转型的全过程进行具体研究。为弥补上文提到的哈贝马斯研究的不足，特专辟章节研究英国女性文学公共领域（第六章）、英国宗教文学公共领域（第七章）和英国平民文学公共领域（第八章），进而对多声部的英国文学公共领域展开研究。在此基础上，第八、九章提出哈贝马斯文学批评这一概念，并将文学公共领域理论放置在大众心理、多声部及文学言语行为等理论框架中进行更深层次的审视。

在研究过程中将使用以下研究方法：

第一，历史研究方法。英国文学公共领域的出现首先是英国历史发展的使然，它能够首先在英国产生，某种程度上得益于英国独特的历史发展规律，因此，为了更好地研究这一现象，就要对文学家所处的特殊历史、社会与文化进行具体考察。在对英国文学公共领域的研究过程中，将大量阅读第一手文学、历史和文化文献，从而提高本论文的研究精准性。

第二，文本细读法。文学研究的基本对象是作家与作品，英美新批评所常用的文本细读法为我们研究文学与文学公共领域提供了切实可行的方法。在本书论述的过程中，笔者将查阅涉及17、18世纪作家第一手资料的书信、报纸、作品等，为得出正确的结论提供坚实基础。

第三，归纳法。通过对英国历史、英国文学公共领域自身发展规律的把握，归纳英国文学公共领域自身发展的特点以及英国文学家在其形成过程中起到的建构作用。

本研究的意义和价值在于：首先，西方学界目前对于公共领域的关注主要集中在政治学、社会学领域内，而在文学领域的研究非常欠缺，尤其是“资产阶级公共领域”还发端于文学公共领域，所以本论文的研究可以丰富哈贝马斯文学公共领域的研究。同时，通过将哈贝马斯的公共性理论引入文学研究之中，反过来可以拓宽文学研究的视野。第二，本论文将哈贝马斯的研究对象细化，抽出英国做单独的国别性研究，这样可以为英国文学研究，尤其是17、18世纪的英国文学研究提供新的视角。在这一研究过程中，将会挖掘传统上被忽略的一些作家和作品，比如作为文学家的哈林顿及其《大洋洲》的文学价值，以及佩皮斯（Samuel Pepys）和伊夫林（John Evelyn）的日记对确立资产阶级知识分子"主体性"建构的作用等。第三，基于以上历史文化事实，本论文将系统研究英国文学公共领域从产生到成熟再到转型的全过程。通过这样的系统分析总结出英国文学公共领域所独有的特征，从而对哈贝马斯文学公共领域理论进行丰富，这是本论文的理论价值。第四，本论文的研究虽然着眼于英语文学公共领域向政治公共领域的过渡时期，但随着新媒体时代的到来，新的文化、文学现象不断涌现，这就造成文学家与新的"文学公共领域"之间关系的变化，所以本论文的研究还可为研究当代文学家与新型的"文学公共领域"之间的关系提供启示，这也是本论文研究的现实意义。

从2009年笔者第一次阅读哈贝马斯的《公共领域》起，弹指一挥间，十几年便如白驹过隙忽闪而过，其间信息技术、社交媒体和人工智能等科技革命已经深刻地改变了人类的生活，公共领域也难逃被它们形塑的命运。但越是在逆全球化、信息碎片化的今天，对公共领域的思考越具有现实的意义。通过本书对1640—1726年间英国文学公共领域的研究，我们可以看到文学如何在特定历史条件下塑造和反映社会意识并与之互动的，更好地理解文学公共领域在形成社会共识和推动社会变革方面发挥了关键作用。这不仅有助于深化我们对历史和文化的理解，也为当代中国的公共领域建设提供了宝贵的借鉴。

随着数字技术的迅猛发展，文学公共领域在数字时代也面临着新的发展和挑战，互联网和社交媒体的普及使得信息传播更加迅速和广泛，赋予了更多人参与公共讨论和文学创作的机会。如何在数字时代维护公共领域的健康发展，确保理性对话和多元声音共存成为新的课题。伟大的哲学家其伟大之处往往在于他的前瞻性，在于他能够通过现象直达本质的能力，哈贝马斯正是如此，他早在几十年前便洞见了公共领域在现代社会中所面临的问题，并为理解和应对这些问题提供了理论依据，这都使得他的研究展现出持久的生命力和广泛的应用价值。

第一章

哈贝马斯文学公共领域的理论溯源

迈克尔·霍夫曼（Michael Hofmann）2017年出版的《哈贝马斯公共领域之批判》（*Habermas's Public Sphere: A Critique*）是近年来最为重要的一本研究哈氏公共领域的著作，在此书的前言部分，霍夫曼说："哈贝马斯发展出了最为全面的现代公共领域概念，其也是影响最为深远的一个概念，尤其是在这一概念从德语译到英语之后。甚至时至今日，记者抑或是学者都还会习惯性地仿照公共领域一词创造出媒体领域（mediasphere）这样的词。"[1]从某种程度上来讲，《公共领域》提供了一种影响深远的思维范式和广为接受的视角。但哈氏的公共领域并非"僵化"的"死"了的理论，而是随着时代的变化不断发展和不断被阐释的理论。当然，任何理论都不会凭空出现，哈贝马斯的公共领域和文学公共领域理论也不例外，作为"资产阶级公共领域"（政治）的前身，文学公共领域必然和政治公共领域一脉相承。公共领域一词也绝非哈氏首创，在他之前的很多历史学家、哲学家、美学家、政治家都对这个术语有过探讨。那么在开始研究英国文学公共领域之前，首先要解决的任务就是厘清这一关键

---

1. Hofmann, Michael. *Habermas's Public Sphere: A Critique*. Madison: Fairleigh Dickinson UP, 2017, x.

术语的学术脉络、理论谱系及其内涵与外延。

埃德加（Andrew Edgar）曾这样评价哈贝马斯："他无疑已经成了他那一代人中最有影响、广受赞誉的德国哲学家和社会理论家。在一个由后现代主义者支配着的思想环境中，作为对他所谓的'现代性规划'的辩护，从而也是对服务于政治解放这一目标的对真理和正义的启蒙式追求的辩护，他的著作依然保持着独立，即使引起了争议。除了在对德国、法国和美国的社会学传统进行重读和整合的基础上提出了一种宏大的社会理论之外，其丰富的作品还涵盖了语言哲学、认知和发展心理学、关于国家和历史的马克思主义式的阐述、伦理学和法律，也包括对欧洲和德国当今政治发展所进行的连续不断的系列评论。"[1]哈氏的学术功底非常深厚，著作涉及的领域也非常庞杂，但《公共领域》"对公共领域的关注突显了民主和交往理性观念在哈贝马斯著作中的基础性地位"[2]。然而，对英语世界的读者而言，理解《公共领域》有很多"学术障碍"。

一方面，这本书所使用的研究方法带有典型德国学术传统的深刻烙印，哈氏的著作中明显可以看到综合运用了历史学、政治学、哲学和社会学的方式方法，这是法兰克福学派的一大特征，这就使得研读哈氏著作时要对这一学派的基本理论以及研究方法有所了解。另一方面，该书在英译本中大量略去参考书目，使得读者更难完整勾勒出公共领域理论的学术起源。霍夫曼在《哈贝马斯公共领域之批判》中的一个尾注中对哈氏论述公共领域问题的著作和文章进行了极为详尽的梳理和"学术重评"（scholarly reassessment），这对于未来更深入地研究公共领域以及文

1. 安德鲁·埃德加．哈贝马斯：关键概念，杨礼银、朱松峰译．南京：江苏人民出版社，2009：1—2.
2. 同上：143.

学公共领域等问题无疑具有非常大的帮助。第三，哈贝马斯在《公共领域》出版后实际上对这一议题的理解和研究进行了一定程度的修正和再阐释，这都可以在此书再版后的“1990年版序言”中发现一些端倪，霍夫曼曾对哈贝马斯“重提”公共领域这一概念的文章和著作做过细致入微的梳理，这个梳理可以帮助学者清晰地厘清公共领域的学术来源与之后的变化。

哈贝马斯在以下文章和著作中重新探讨了公共领域问题:《理论与实践》一书的前言“连接理论与实践尝试的难点”（Some Difficulties in the Attempt to Link Theory and Practice），以及“哲学与科学之间：作为批评的马克思主义”（Between Philosophy and Science：Marxism as Critique）、“自然法则与革命”（Natural Law and Revolution）、“关于社会哲学的政治古典学说”（The Classical Doctrine of Politics in Relation to Social Philosophy）、“黑格尔论法国革命”（Hegel’s Critique of the French Revolution）、“论黑格尔的政治书写”（On Hegel’s Political Writing）等章节中；在《认识与旨趣》第一部分第三章的“作为社会理论的认识理论观”（The Idea of the Theory of Knowledge as Social Theory）和“作为意识形态的科技”（Technology and Science as “Ideology”）中；在1973年出版的《文化与批评》（*Kultur and Kritik*）第一部分中的“资产阶级宪政国家的立法问题”（Legitimation Problems of the Bourgeois Constitutional State）、“论‘政治参与’的概念”（On the Concept of Political Participation）、“公共领域研究百科”（The Public Sphere：An Encyclopedia Article），第四部分的“回应”（Responses）、“论历史哲学的批判”（On the Critique of the Philosophy of History）、“两次革命的历史”（The History of the Two Revolutions）、“好君主的乌托邦”（The Utopia of the Good Despot）、“论历史的主题”（On the Subject of History）等部分；出版于1971年的《政治哲学简况》

（*Philosophical-Political Profiles*），尤其是其中的“谢林式的马克思主义者——欧内斯特·布洛赫”（Ernest Bloch：A Marxist Schelling）和“犹太哲学家的德国理想主义”（The German Idealism of the Jewish Philosophers）两部分；1973年出版的《立法危机》中的“精神热月与反抗主体性的重生”（Psychic Thermidor and the Rebirth of Rebellious Subjectivity）；《交往行动理论》第二卷中的“社会批判理论的任务”（Task of a Critical Theory of Society）及“神话的纠缠与启蒙：重读《启蒙辩证法》”（The Entwinement of Myth and Enlightenment：Re-reading *Dialectic of Enlightenment*）；《现代性的哲学话语：十二场讲座》中的第一场讲座“现代性的时间意识及其自我保证的需要”（Modernity's Consciousness of Time and Its Need for Self-Reassurance）和第二讲“黑格尔的现代性概念”（Hegel's Concept of Modernity）；《再论席勒之〈审美教育书简〉》（Excursus on Schiller's Letters on the *Aesthetic Education of Man*）（载于《自制与统一：访谈录》）一文；载于《法律与价值》（*Law and Value*）中的第二讲“论资产阶级宪法国家的理念”（On the Idea of the [Bourgeois] Constitutional State）以及第三部分的“资产阶级宪政国家理念下的理性自然法则替代”（The Substitution of Rational Natural Law through the Idea of the [Bourgeois] Constitutional State）；发表于1986年的《自治的恐惧：英语世界中的卡尔·施密特》（“The Horrors of Autonomy：Carl Schmitt in English”）一文；发表于1988年的《作为程式的人民主权论》（“Popular Sovereignty as Procedure”）；《在事实与规范之间》的第七章“商议性政治：民主的程式概念”（Deliberative Politics：A Procedural Concept of Democracy）、第八章“市民社会和政治公共领域”（Civil Society and the Political Public Sphere）、第九章“法的范式”（Paradigms of Law）以及本书第三部分的“资产阶级宪政国家危机及法律的程式阐释”（The Crisis of the [Bourgeois] Constitutional State and the Procedural Interpretation of Law）；1993年出版的《联邦共和国政治知识分子史中的卡尔·施密特》（*Carl Schmitt in the Political Intellectual History of the Federal Republic*）；哈贝马斯于2004发表一篇题为《康德设想与分裂的西方》（"The Kantian Project and the Divided West"）的文章。

通过霍夫曼的梳理可以看到公共领域理论的形成受到了欧洲很多理论和理论家的影响，本章的主要目的就是要探寻公共领域的理论源头，并在此基础之上分离出哈氏文学公共领域理论的理论源头，从而为理论上认识英国文学公共领域提供学理依据。

第一节　哈贝马斯公共领域的理论溯源

哈贝马斯的《公共领域》被认为是对霍克海默、阿多诺《启蒙辩证法》的继承及对20世纪五六十年代政治绝望的公开批判，同时也是对法兰克福学派传统的继承与发扬。霍夫曼曾指出哈贝马斯写作《公共领域》的真实意图在于"他一方面将此书视为是对卡尔·施密特（Carl Schmitt）及其学生雷音哈特·克赛雷克（Reinhart Koselleck）隐晦的驳斥，另一方面，该书是对霍克海姆和阿多诺《启蒙辩证法》一书尖锐却同样隐晦的反对"[1]，因此，"可以从哈贝马斯在不同时期探讨的不同领域的问题来观察他的社会和政治观念演进过程，尤其是在'理性''话语'和'公共领域'等问题上"[2]。但是这种观察对于英语国家读者存在语言障碍，并且要求他们具备对学术传统的基本认识。另外，前文已经有过交代，英语版的《公

1. Hofmann, Michael. *Habermas's Public Sphere: A Critique*. Madison: Fairleigh Dickinson UP, 2017, ix.
2. Ibid.

共领域》中的参考书目部分被大量删减，使得读者根本无法全面掌握哈贝马斯写作过程中参考的所有文献和所使用的研究方法，另据德国学者的研究发现，哈贝马斯在德语原作中也仅仅列出了他认为“重要”的参考文献，这就为非德语研究者研究本著作带来了更大的挑战。因此，作为重要的补充，笔者希望在本节还原哈贝马斯在研究“公共领域”问题时受到了哪些欧洲理论（尤其是德国）传统的影响，从而更好地梳理公共领域以及文学公共领域等概念的理论谱系。

第一，作为一本德国人文社会科学著作，霍克海默、康德乃至马克思等学者都对哈贝马斯写作此书时所运用的方法论产生过影响。在《公共领域》中，随处可见康德的影子，从根本上讲“哈贝马斯论点的持久影响在很大程度上归功于这样一个事实——它深受启蒙运动中康德传统所孕育的独特哲学自由主义的影响，从而得以塑造”[1]，霍夫曼指出“哈贝马斯的公共领域概念建立在对伊曼努尔·康德理性的、批判性的公众典范进行深入且精妙的理论重建的基础之上，而康德的理想型公众是其资产阶级宪政国家和启蒙方法的组织原则”[2]，早在康德那里就已经开始对“理性”“公众”等问题进行过探讨。此外，康德为哈贝马斯理想型资产阶级公共领域提供了最充分的表述，“在这个公共领域中实践理性（practical reason）被制度化（institutionalized），其崇尚论争而非地位与传统的理性话语规范”[3]，这些都在哈氏的《公共领域》中得到了进一步的升华与扩

1. Emden, Christian J. and David Midgley. "Introduction: Changing Perceptions of the Public Sphere." *Changing Perceptions of The Public Sphere*. Eds. Christian J Emden and David Midgley. New York: Berhahn Books, 2012, 2.
2. Hofmann, Michael. *Habermas's Public Sphere: A Critique*. Madison: Fairleigh Dickinson UP, 2017, 3.
3. Calhoun, Craig. "Introduction: Habermas and the Public Sphere." *Habermas and the Public Sphere*. Ed. Craig Calhoun. Cambridge, Massachusetts, and London: The MIT Press, 1996, 2.

充。究其本质而言，《公共领域》是一部典型的马克思主义作品，克雷默（Lloyd Kramer）就曾指出"《公共领域》建立在一个经典马克思主义观点之上——一个充满活力的资产阶级在18世纪掌权并在1789年法国大革命之时取得了最大的胜利"[1]，他因此也受到了马克思作品的深刻影响。

第二，哈贝马斯在《公共领域》中对席勒的继承也尤为明显。首先，该书第二章第六部分"市民家庭和公众私人性的机制化"以及第七部分"文学公共领域与政治公共领域的关系"中的许多观点，甚至这些章节的写作框架都受到了席勒《论剧院作为一种道德机关》（*Legitimate Theater as a Moral Institution*）以及《美育书简》等的影响。其次，席勒1795年1到6月期间发表在《时序女神》（*Horae*）上的《美学信笺》（*Aesthetic Letters*）曾探讨过在私密领域（原文为intimate sphere，为和哈贝马斯的"私人领域"相区分，笔者将此译作私密领域）内培养出的"自由"和"人文主义精神"，可以看到，虽然使用的术语不同，但席勒对于私密领域的讨论显然对哈氏深有启发。再次，哈贝马斯提出的文学公共领域与席勒提出的德国理想主义和浪漫主义时期的"救赎型"人道（redemptive humanitaet）也有着千丝万缕的联系，霍夫曼正是基于此才表示"席勒为哈贝马斯资产阶级私密领域和文学公共领域之间的理想关系提供了最充分的表述"[2]，这一关联在目前国内的研究中还鲜有涉及。最后，《公共领域》开篇章节对希腊罗马时期"古典公共领域"怀旧式的描述也来自席勒对希腊文明"高贵的简洁和平静的伟大"的遥想。

第三，哈贝马斯对资产阶级公共领域从崛起、衰落到最后的陷落的

---

1. Kramer, Lloyd. "Habermas, History, and Critical Theory." *Habermas and the Public Sphere*. Ed. Craig Calhoun. Cambridge, Massachusetts, and London: The MIT Press, 1996, 239-240.
2. Hofmann, Michael. *Habermas's Public Sphere: A Critique*. Madison: Fairleigh Dickinson UP, 2017, 74.

这种范式转型研究很明显是受到了C. 怀特·米尔斯（C. Wright Mills）的启发。这一点哈贝马斯在参加1981年斯塔恩贝会议接受采访时也正面承认了，当然有学者指出他对这种范式研究的借鉴，最早可追溯至1904年罗伯特·E. 帕克的博士论文。

第四，霍夫曼指出哈贝马斯在研究早期公共领域时主要观察了咖啡馆、沙龙等文化机构，而他的研究对象无一例外都是当时的文学家，这就使得他的研究方法虽然是历史的和社会学的，但却同时呈现出了文学的维度，而这种独特研究视角受到了德裔美国学者汉斯·施贝尔（Hans Speier）发表在《美国社会学刊》（*American Journal of Sociology*）上的《公共舆论的历史性发展》（"Historical Development of Public Opinion"，1950）一文的启发。这篇论文指出18世纪是现代舆论观念形成的关键时期，作者对18世纪英国和法国社会的一些重要文化变化，特别是阅读大众的扩大，以及咖啡馆和沙龙等文化机构的出现等问题进行了研究和探讨。施贝尔将德国社会学家西梅尔（Simmel）的研究传统与英国历史相结合，指出咖啡馆是资产阶级政治解放的主要推动机构，它成为收集、传播新闻，进行政治辩论和文学批评的中心，他的研究重点是要指出英国咖啡馆和法国沙龙中开展的讨论和辩论有助于发挥公共舆论在民主政治中的突出作用。哈贝马斯大量借用了施贝尔的研究，尤其是他对英国咖啡馆与资产阶级公共领域起源所做的论述。然而，施贝尔的名字和这篇文章的题目却仅仅出现在《公共领域》的一个并不引人注目的脚注之中，哈贝马斯也许认识到这样做对施贝尔有失公允，因此在这之后，他赞扬了施贝尔建立了咖啡馆与公共舆论之间的联系。但是，无论是施贝尔还是哈贝马斯的研究都"仅仅是用了很简短的一个章节对英国咖啡馆进行了讨论，并将其作为公共领域发展的典型来研究”[1]，这显然是不够深入和彻底的，因此在本专著的第三章将对这一点进行更加深入的论述。

第五，哈贝马斯的公共领域理论还受到了德国社会学家、政治学家、经济学家和哲学家马克斯·韦伯（Max Weber）的影响。有研究者认为由韦伯所开创的将历史与社会合二为一的研究方式对后来的社会学研究产生了深远的影响，这在哈贝马斯的《公共领域》中体现得最为明显。也就是说，哈氏在研究公共领域时综合运用历史学和社会学的方法是受到了韦伯学术研究的影响。

第六，随着对德国思想家研究的不断挖掘，德国著名历史学家莱茵哈特·科塞莱克（Reinhart Koselleck）对哈贝马斯公共领域理论所产生的影响也越来越受到学者的关注。科塞莱克最为著名的《批判与危机》一书直接启发了哈贝马斯的公共领域理论，哈氏将公共领域理论作为对科塞莱克现代国家理论（theory of the modern state）的最直接回应。科塞莱克所谓的“道德批评”与英国文学公共领域所呈现的一些特征非常接近，尤其是艾迪生（Joseph Addison）等人通过报刊对读者进行的道德教育。科塞莱克“鼓励他（哈贝马斯）详细阐述公共与私人之间历史辩证法的讽刺性变种（ironic variant）”[2]。但二人的研究又存在很大区别，科塞莱克对于公共领域的发展整体持更为悲观的态度，他甚至认为自18世纪起公共领域便已经开始走向衰落（这也许和他在德国遭受的不公有关系），而哈贝马斯对于公共领域尤其是对18世纪的公共领域相对乐观。

---

1. Ellis, Markman. "General Introduction." *Eighteenth-Century Coffee-House Culture* (Vol. 1 Restoration Satire). Ed. Markman Ellis. London: Pickering & Chatto, 2006, xv.
2. Vopa, Anthony J. La. "Conceiving a Public and Society in Eighteenth-Century Europe." *The Journal of Modern History*, Vol. 64, No. 1 (Mar., 1992): 99.

除以上理论和学者对哈贝马斯产生过影响外，在众多既有的研究中，阿伦特对哈贝马斯公共领域理论的影响是被学界广泛承认的，而且认为其对哈贝马斯的影响非常深远。

汉娜·阿伦特是最早对公共领域进行系统研究的学者之一，也是对哈贝马斯公共领域影响最大的学者之一。有学者认为从学者本身的经历来看，阿伦特和哈贝马斯“都经历过德国的残酷统治，对它毒化和摧毁公共生活有极深的体会”[1]。阿伦特“建立了以古希腊城邦政治生活为典范的共和主义古典式公共领域模式”[2]，这和哈氏所建构的“古典公共领域”如出一辙。从她1958年出版的《人的境况》（*The Human Condition*）一书中，我们能够厘清她对于“公共领域”研究的整体脉络：她以人的活动之生命（vita active）范畴的区分为框架，对人的公共言行实践场所（praxis）提出了一种“剧场式”（dramaturgical）的阐释，她认为“人的‘实践’活动必须落实在一开放的、平等的人际之公共空间。在其中，个人彼此争胜，亦表现其优异的言行。犹如在一剧场中，个人把他最优异的言行表达给在场的其他人”[3]。阿伦特研究的重点是公共领域作为一种共同空间的“公开性”和建立在个体多样性基础上的“同一性”，公开性意指进入公共空间的话题可以被不同的人“看到”，同一性则指不同立场的人共同关注“同一个对象”。

阿伦特和哈贝马斯都强调在权力机构之外公民对公共事务的讨论和

---

1. 徐贲．通往尊严的公共生活．北京：中央编译出版社，2016：21.
2. 黄月琴．公共领域的观念嬗变与大众传媒的公共性——评阿伦特、哈贝马斯与泰勒的公共领域思想．新闻与传播评论，2008（2）：1.
3. 蔡英文．公共领域与民主共识的可能性．许纪霖主编，公共空间中的知识分子．南京：江苏人民出版社，2007：92—93.

参与，而且“就公共领域、公共性与公共舆论的作用而言，哈贝马斯和阿伦特互为补充、互相充实”[1]，但是两人也“都了解资产阶级公共领域的实际历史表现和资产阶级公共领域思想之间存在差距”[2]。他们均对当代世界政治公共领域的走向深感焦虑，但是与哈贝马斯所采取的对资产阶级公共领域的出现、转型所进行的详细的历史和社会学研究不同，阿伦特对政治公共领域的存在充满怀疑。哈贝马斯至少“构想出一个可以不受权力和利益影响的交换意见的可能性论坛的存在，而阿伦特在‘真实与政治’一文中把政治公共领域描述成了讹传和谎话的领域”[3]。哈贝马斯“在阿伦特的基础上进一步去思考如何使公共领域与现代性接壤，并历史性地考察了公共领域在资本主义代议制民主制度内部如何实现的过程，从而构建出一个自由主义代议制民主条件下的资产阶级公共领域类型”[4]，二人的不同具体体现在：

首先，通过颠覆近代哲学确立的国家与社会的二分理论范式，阿伦特提出了著名的“劳动–工作–行动”以及与之相对应的“私人领域–社会领域–公共领域”的三分范式，从而建立了自己的公共领域理论体系。在劳动、工作和行动中，只有行动是不受约束、按照自律进行交往的人类活动，这种行动活动的范围就是公共领域，也就是政治生活领域。阿伦特认为“从历史上看，城市国家和公共领域的兴起极有可能是以牺牲

---

1. Bernstein, Richard J. "The Normative Core of the Public Sphere." *Political Theory*, 2012 40 (6): 772.
2. Ibid.
3. Wetters, Kirk. *The Opinion System: Impasses of the Public Sphere from Hobbes to Habermas*. New York: Fordham UP, 2008, xiv.
4. 黄月琴．公共领域的观念嬗变与大众传媒的公共性——评阿伦特、哈贝马斯与泰勒的公共领域思想．新闻与传播评论，2008（2）：1.

家庭和家族的私人领域为代价的"[1]。在研究中世纪公共领域时，阿伦特认为"虽然人们难以把中世纪的公共领域完全等同于宗教领域，但是在封建制度下，世俗领域却彻底变成了古代所谓的私人领域，其标志是一切活动都被纳入家庭场所中，在那里他们只有私人的重要性，从而真正的公共领域荡然无存了"[2]，在这一点上阿伦特与哈贝马斯所谓的"代表型公共领域"可以说是异曲同工。阿伦特的三分范式确实对哈贝马斯公共领域理论产生了直接影响——在《公共领域》中，哈贝马斯对公共领域的建构也是基于对国家权力中心、公共领域以及私人领域三个要素的讨论之上的，只是对于三者之间的关系的论述不大相同，如果说阿伦特的公共领域理论"无法承载西方现代性的意义，那么，哈贝马斯是从阿伦特所否定的现代性的脉络中，提出了另一种公共领域的理念"[3]。

其次，在阿伦特的公共领域中，个体就公共事务各抒己见，通过选出的代表达成共识，形成公共意志，这一领域成为"不同意见（doxa）都得以表达、交流乃至争鸣的空间，而不是独一真理（aletheia）君临天下的空间"[4]。换言之，阿伦特认为公共领域是一个"意见"领域而非"真理"领域，这显然给哈贝马斯很大的启示，有学者认为："阿伦特的'公共'并不再为公共所使用，或者代表公共，而是公共参与。她号召人们勇敢地进入公共空间，成就自己的公民身份，而不是由某个人或者某些阶层的人以公共的名义代替'沉默的大多数'发言"[5]。从本质上讲，一方

---

1. 汉娜・阿伦特．人的境况，王寅丽译．上海：上海人民出版社，2009：18.
2. 同上：21.
3. 蔡英文．公共领域与民主共识的可能性．许纪霖主编，公共空间中的知识分子．南京：江苏人民出版社，2007：94—95.
4. 汪海．行动——从身体的实践到文学的无为．北京：北京大学出版社，2013：37.
5. 同上。

面，阿伦特的公共领域并没有摆脱古希腊直接民主的传统，她“关心的重点不是公共领域的结构而是公共领域的本质”[1]。因此，有学者批评阿伦特对“公共领域”的研究缺乏历史经验和社会构成，这也不无道理，而正是在这一点上哈贝马斯从阿伦特手中接过公共领域研究的接力棒，将重点放在了“公共领域”的结构的历史和社会性研究上。另一方面，“她（阿伦特）的公共领域的理论跟现代性的处境难以产生接合之点。这来自她对西方现代性的重要建制，如市场经济、市民社会、主权国家以及自由主义的意识形态，给予否定性的批判。因此，她的公共领域的理念如何在现代处境中呈现意义，就显得黯然不彰”[2]，阿伦特的公共领域理论要更抽离于历史与社会，而哈氏的公共领域理论更具批判性也更符合现代语境的需要。较之阿伦特的公共领域理论，哈氏的理论生命力直到今日都不可小觑。

再次，阿伦特借助戏剧艺术来理解政治事件，发展出政治与文学都是语言的艺术，都是超功利、富有创造性的活动，且本质都是追求自由的认识，提出了戏剧性公共领域的概念，这和哈贝马斯对文学公共领域论的讨论显然也不在一个维度上。

第四，阿伦特在“社会的崛起”（“The Rise of the Social”）一文中对私人领域扩展到公共领域过程的论述显然给了哈贝马斯启发。科恩（Jean L. Cohen）和阿拉托（Andrew Arato）在《市民社会和政治理论》（*Civil Society and Political Theory*）一书中曾对两者的关系开展过研究，他们指

---

1. 杨仁忠．公共领域论．北京：人民出版社，2009：16.
2. 蔡英文．公共领域与民主共识的可能性．许纪霖主编，公共空间中的知识分子．南京：江苏人民出版社，2007：92—93.

出哈贝马斯的“公共领域在社会学上根源于以国家为特征的古典模式”[1]，而根据上文的梳理，这正是阿伦特的学术贡献之一。

第五，阿伦特认为18世纪革命精神是从资产阶级公共领域中发展起来的，“这一公共领域是有形公共自由的表现——当同行之间相互辩论、协商并产生行动时，这种自由便产生了”[2]，这样类似的表述同样能够在哈贝马斯的公共领域理论中看到，他们都注意到了辩论、协商以及其所形成的革命性精神对资产阶级公共领域形成的重要影响。

阿伦特、哈贝马斯对“公共领域”的研究并未中断，它在加拿大政治学家查尔斯·泰勒那里得到了继承和发扬。泰勒和这两位理论家最大的不同在于，他认同哈贝马斯的公共领域理念，但是他更加关注公共领域在现代社会条件中如何建制化。黄月琴认为泰勒“试图挽救哈贝马斯式的已然瓦解的公共领域，引入了安德森（Benedict Anderson）的‘社会想象’的概念，另辟蹊径地以社会讨论的议题为维度去重新定义公共领域，并且把公共媒介作为现代公共领域构成的基本要件”[3]。

第二节　雷蒙德·威廉斯与哈贝马斯的文学公共领域论

哈贝马斯《公共领域》对于18世纪末及19世纪初英国文学研究很有启发，安德鲁·麦凯恩（Andrew McCann）等学者都曾运用公共领域理论对这一时期具体文学作品进行过研究。但正如浪漫主义研究专家詹姆

---

1. Cohen, Jean L and Andrew Arato. *Civil Society and Political Theory*. Cambridge, MA: MIT Press, 1992, 201.
2. Bernstein, Richard J. "The Normative Core of the Public Sphere." *Political Theory*, 2012 40 (6): 771.
3. 黄月琴．公共领域的观念嬗变与大众传媒的公共性——评阿伦特、哈贝马斯与泰勒的公共领域思想．新闻与传播评论，2008（1）：1.

斯·钱德勒（James Chandler）所说的那样，从“公共”概念出发研究英国文学并不新鲜，早在20世纪五六十年代雷蒙德·威廉斯在其《漫长的革命》与《1780—1950年的文化与社会》两本著作中凸显了“公共”理念的中心地位。埃莱也曾指出威廉斯的《文化与社会》一书对哈贝马斯的文学公共领域研究其实有很大启发，他甚至说《公共领域》的前半部分几乎都是对威廉斯观点的接受，就连哈贝马斯的写作方法都与威廉斯从“文学世界”到社会结构的分析相类似，而哈氏《公共领域》的后半部分则与威廉斯的《漫长的革命》里很多观点保持一致。笔者经阅读梳理后认为，威廉斯对哈贝马斯文学公共领域理论的影响主要体现在以下几个方面：

第一，威廉斯关于“沟通”的论述，不仅启发了哈贝马斯早期公共领域中的理性交流（以辩论和讨论为主要形式）方式的研究，还成为哈氏后期“交往理性”的重要理论来源。威廉斯指出“我们实际存在的人类组织是为了沟通而存在的，在艺术以及其他形式的沟通中（最明显的就是性关系，这是我们最基本的沟通程序，在其中生命被赋予和接受），沟通的能力可不像感觉、智力或意志那样，是一种抽象的东西，它就植根于某些完整的组织模式之中：成功或失败与整个自我休戚相关”[1]。同哈贝马斯一样，威廉斯也非常看重沟通在人类社会运行的重要作用，他从文化的角度思考了文学的沟通功能。这些论述与哈贝马斯终其一生所探讨的许多话题都密切相关，尤其是文学公共领域理论，凸显的正是沟通在作家与读者之间的作用。

第二，威廉斯从文化视角研究历史的方法更是给了哈贝马斯研究文

1. 雷蒙德·威廉斯. 漫长的革命，倪伟译. 上海：上海人民出版社，2013：44.

学公共领域的灵感。威廉斯提出“文化史必定大于个别历史的总和，因为这些个别历史之间的关系以及整个组织的特殊形式，才是文化史尤为关注的对象。所以，我更乐意把文化理论定义为对整体生活方式中各因素之间关系所作的研究。对文化进行分析，是试图去发现作为这些关系的综合体的组织的性质。在这个语境中分析某些特定的作品或制度，也就是要分析它们基本的组织类型，分析构成整体组织各个部分的这些作品或制度所体现的各种关系。在这种分析中，一个关键词是‘模式’：任何一种有效的文化分析都以发现一些独具特征的模式为起点，而一般文化分析所关注的正是这些模式之间的关系，这些模式有时揭示了迄今仍被割裂开来思考的各种活动之间所存在着的意想不到的同一性和相似性，有时也暴露了某些意想不到的断裂”[1]，这是威廉斯文化批评的要义。而哈贝马斯在《公共领域》中对文学公共领域的研究基本上就是按照这样的研究范式展开的，他首先运用历史方法对文学公共领域的产生过程进行了研究，但又在此基础上更进一步，对17、18世纪文学家生活方式中的各种关系和组织进行了更细致的文化考察，从而还原了英法德三国文学公共领域的特征。

第三，威廉斯还在研究中特别关注了中产阶级的崛起，他指出“我们已经在文化制度的领域看到了一种重要的阶级关系。我们可以看到，诸如阶级状况（尤其是中产阶级对有着不同政见的工人阶级的态度变化）、伴随工业经济发展而来的技术扩张，以及与这种经济有着天然联系的产权和分配的类型，都对印刷、书籍出版、剧院这样的文化制度产生了影响，而这些制度的形式以及他们所表达出来的目的，也对某些文

1.　雷蒙德·威廉斯．漫长的革命，倪伟译．上海：上海人民出版社，2013：55.

化产品产生了看得见的影响，如出现了新的新闻样式，连续性出版物给小说带来了一些变化，为迎合形成中的新的读者群而对材料作某些改变等”[1]，他将中产阶级的出现与文化和文学的发展关联在一起进行了尝试性的研究，而这些都在哈贝马斯论述“（资产阶级）文学公共领域”时被反复提及。

第四，哈贝马斯对文学公共领域赖以生存的诸如咖啡馆、沙龙等“文化机构”的考察及对文学家的公共活动的研究同样是从威廉斯那里获得了灵感。威廉斯曾说“当我们看到从某个新的社会群体中涌现了一批重要作家时，就不能只看作家本人，还应注意他们所在的更大的社会群体所创造的各种新的机构和形式”[2]，哈贝马斯正是受此启发研究了文学公共领域在兴起过程中与一些特定的“文化机构”之间的密切联系的。

第五，哈贝马斯在研究文学公共领域时对“小说”这一文类的关注，除了受伊恩·瓦特（Ian Watt）的《小说的兴起》（*The Rise of the Novel*）一书影响，同样也受到了威廉斯的启迪，他提到“在文学中，在18世纪早期的英国，随着一个独立的中产阶级的兴起而发展起来的家庭戏剧尤其是小说，已成为表现这种新的意识的主要工具”[3]，哈贝马斯显然也关注到了这一细节，并将小说的兴起、中产阶级的发展与文学公共领域的发展关联在一起。

本章对哈贝马斯公共领域理论的来源进行了尝试性的探寻，但正如霍夫曼对哈贝马斯公共领域理论演变的研究所揭示的那样，哈氏本人对这一术语的理解始终处在不断变化与深入的过程中。那么对于这样一个

1. 雷蒙德·威廉斯．漫长的革命，倪伟译．上海：上海人民出版社，2013：70.
2. 同上：255.
3. 同上：292.

动态变化的概念受到了哪些理论、哪些批评家的影响的研究也必然是不断深入和变化的，就像霍夫曼曾提出的问题：哈贝马斯在写作《公共领域》时是否受到过汤普森1963年出版的《英国工人阶级的形成》一书的影响？如果当时没有，那么在其写作“1990年版序言”时，此书是否对他公共领域理论的修正有影响呢？类似的研究还将随着哈贝马斯理论研究的不断深入而被抽丝剥茧般地揭示出来。

在对哈氏公共领域的理论源头进行梳理之后，本书的第二章重点要解决的问题就是文学公共领域这个概念的提出、内涵及外延，以及这个概念在“理论旅行”的过程中经由不同语言翻译时发生了哪些变化和误读。

第二章

哈贝马斯的文学公共领域理论

卡尔霍恩在评价《公共领域》时曾概括说此书的“重点是要揭示公共领域的退化”，因此“很多读者会受其对20世纪大众批判的影响，但在我看来此书最重要的是前半部分，在这一部分哈贝马斯对公共领域进行了历史性的研究并从中尝试寻找到一个公共领域的标准典范（normative ideal）”[1]。这一评价是中肯的，因为很多学者的注意力很容易被此书后半部分振聋发聩的观点所吸引，但单从文学研究者的角度来看，此书的前一部分更值得研读，尤其是在这一部分，哈贝马斯提出了文学公共领域这一概念，“它证明了在文学和批评的社会学研究方面富有成果。从这一角度来看，人们能够理解文学的历史价值和当代价值，及其在整个社会框架内的作用。当我们从一种基于内部批评的文学批评方法向基于社会历史和社会学的方法过渡时，都绕不开哈贝马斯的研究”[2]，这正是哈贝马斯文学公共领域理论对文学批评的最大贡献——他为深陷文本、细读无

---

1. Calhoun, Craig. "Introduction: Habermas and the Public Sphere." *Habermas and the Public Sphere*. Ed. Craig Calhoun. Cambridge. Massachusetts, and London: The MIT Press, 1996, 39.
2. Hohendahl, Peter. "Jürgen Habermas: 'The Public Sphere'." *New German Critique* No. 3 (Autumn, 1974): 48.

法自拔的研究范式重新找到了一种指向外部社会的研究视角，使人们从“公共性”的角度重新开始检视文学和文学家的社会功能。

在第一章中笔者已经基本厘清了哈贝马斯公共领域的学术来源，本章将尝试研究以下问题：哈贝马斯的“资产阶级政治公共领域”与“文学公共领域”这两个概念之间有什么关系，这两个概念在《公共领域》出版之后又有了哪些新的变化，这两个概念在分别被翻译为英语、汉语的过程中其本身的意义发生了哪些变化。

第一节　哈贝马斯文学公共领域概念的内涵及外延

正如陈勋武教授研究指出的那样，“公共领域”这个概念是认识哈贝马斯所有重要理论的基础，因为这一概念“其一是为分析历史性变化提供了范例，其二是为政治批评树立了规范”[1]，通过提出这个概念，哈贝马斯试图“重构社会文化与政治之间的辩证关系，这种在他的《启蒙辩证法》中进一步发展的对文化产业的理论，具有历史性的特点”[2]，换言之，“公共领域”首先是一个历史性概念，但也是在这一点上，哈贝马斯备受批评，批评者认为“哈氏带有修正主义历史观（revisionist historiography）”[3]，但这些批评显然有失公允，威利（Joachim Whaley）的评价可能更为客观：“哈贝马斯对公共领域结构的描述（以及康德对它可能成为什么样的理想化的构想）最初即是一种理想的形态，而非基于经

1. Hohendahl, Peter Uwe and Marc Silberman. “Critical Theory, Public Sphere and Culture. Jürgen Habermas and His Critics.” *New German Critique* No. 16 (Winter, 1979): 92.
2. Ibid. 89.
3. Goode, Luke. *Jürgen Habermas: Democracy and the Public Sphere*. London: Pluto Press, 2005, 30.

验历史。事实上，在随后他发展出来的公共领域理论中，哈贝马斯逐渐摆脱了对任何历史模型的依赖。然而，他仍然被他的书所引发的关于历史的讨论所吸引。1989年，他指出后来的历史研究证明他的公共领域建构是准确无误的。”[1]公共领域这一概念最早从历史研究中诞生，尤其是对英法德三国的历史的研究，最后走向理想化和理论化，那么文学公共领域是否也具备以上“公共领域”的概念特征呢？

在对哈氏文学公共领域概念本身进行抽丝剥茧前，首先要解释的便是何为“公共”？

在政治学中“公共”是“对共同关切和重要事宜进行开放、包容和有效思考的政治理想的标志”[2]，但是正如克尔凯郭尔和李普曼（Walter Lippmann）所担心的那样，“公共”这个抽象的概念过于模糊，几近是个“幽灵”（phantom），因而无法对其进行准确判定，罗斯也指出“公共这个概念无法被准确定义，因为从根本上来说它就是不稳定的（unstable）”[3]。尽管英国科学家罗伯特·博伊尔（Robert Boyle）早在1665年的《偶思》（*Occasional Reflections*）中便首次使用了“公共”一词，但据历史学家布朗宁（T. C. W. Blanning）指出，事实上直到18世纪，“公共”才获得了其现代意义，并成为文化和政治合法化的主要来源。沃帕（Anthony J. La Vopa）也认为，“‘公共’首先呈现出公认的现代形态，并

---

1. Whaley, Joachim. "A Public Sphere Before Kant? Habermas and the Historians of Early Modern Germany." *Changing Perceptions of The Public Sphere*. Eds. Christian J. Emden and David Midgley. New York: Berhahn Books, 2012, 18.
2. Ryan, Mary P. "Gender and Public Access: Women's Politics in Nineteenth-Century America." *Habermas and the Public Sphere*. Ed. Craig Calhoun. Cambridge, Massachusetts, and London: The MTI Press, 1996, 259.
3. Ross, Trevor. *Writing in Public: Literature and the Liberty of the Press in Eighteenth-Century Britain*. Baltimore: Johns Hopkins UP, 2018, 7.

成为强大的意识形态结构。这种建构是启蒙运动的特色产物，标志着启蒙运动话语与广泛的社会经济和制度变迁之间产生了至关重要的交汇”[1]。德语中公共“是以‘开放、公开’（Öffene）为词根的，强调了‘任何人都可以走近、进去’这样的意思，如公开的便道、公开的法庭审判，是将它与私人领域——拉丁语中的privare所代表的含义——划分开来，可以奉为公众使用的含义”[2]。在阿伦特看来，“公共”首先意味着“任何在公共场合出现的东西能被所有人看到和听到，有最大程度的公开性”[3]，因此，“公共”最重要的意思首先是开放和公开。其次，“公共”一词还“表示世界本身，就世界对我们所有人来说是共同的”[4]，是一种共同生活的体验。哈贝马斯对“公共领域”的讨论也是按照从“公共”（öffentlich）到“公众”、从“公共性”再到“公共领域”的顺序展开的，他首先给“公共”下了这样一个定义：“举凡对所有公众开放的场合，我们都称之为‘公共的’”[5]。此外，哈贝马斯还指明“公共”的存在取决于两个先决条件，**一是对所有公众的开放，即公共要具有“开放性和可及性”[6]（“open and accessible”）；二是对公众的开放一定是在一些具体的场合中开展的，亦即公共要依托一定的物理场所而存在。**

由德语“Öffene”演变而来的“公共领域/公共性”（Öffentlichkeit）

---

1. Vopa, Anthony J. La. "Conceiving a Public: Ideas and Society in Eighteenth-Century Europe." *The Journal of Modern History* Vol. 64, No. 1 (Mar, 1992): 79.
2. 伊丽莎白·诺尔-诺伊曼．沉默的螺旋：舆论——我们的社会皮肤．北京：北京大学，2013：61.
3. 汉娜·阿伦特．人的境况．上海：上海人民出版社，2009：32.
4. 同上：34.
5. 哈贝马斯．公共领域的结构转型，王晓珏等译．上海：学林出版社，1999：2.
6. O'Sullivan, Tim. Ed. *Key Concepts in Communication and Cultural Studies*. London: Routledge, 1994, 250-251.

大概是最令人困惑的一个概念，哈贝马斯说公共性本身表现为一个独立的领域，即公共领域，它和私人领域是相对立的[1]。在哈氏看来，公共领域“说到底就是公众舆论领域，他和公共权力机关直接相抗衡。有些情况下，人们把国家机构或用来沟通公众的传媒，如报刊也算作‘公共机构’”[2]，在这里哈贝马斯虽然言简意赅但却厘清了几个关键概念之间的关系。在他看来：**公共领域和私人领域相对立，公共领域就其本质而言就是公共舆论领域，公共领域的功能之一就是公共舆论，这个领域的作用是和公共权力机关相对抗**。正是基于这一认识，有研究者将“文学公共性”定义为“文学活动的成果进入到公共领域所形成的公共话题（舆论）。此种话题具有介入性、干预性、批判性和明显的政治诉求，并能引发公众的广泛共鸣和参与意识”[3]。

那么，该如何定义“公共领域”呢？在《公共领域》整本书中，哈贝马斯并没有明确地定义过到底什么是“公共领域”。但他对“公共领域”进行了历史性的梳理：它起源于古希腊和古罗马，古希腊城邦中的公共物理空间、城邦、公民直接讨论和参与公共生活成为了公共领域的古典形态，公民活动在公共领域中进行，非公民则不被允许参与这种公共生活。“在高度发达的希腊城邦里，自由民所共有的公共领域（Koine）和每个人所特有的私人领域（Idia）之间泾渭分明。公共生活（政治生活）在

1. 对此，南希·弗雷泽显然有不同意见，她不断告诫研究者要更加批判性地审视“私人”和“公共”两个术语。这类术语并不单单是对社会领域的指称，他们是一种文化分类（cultural classification）和修辞标签（rhetorical labels），在政治话语中此类强有力的术语常常被用来将一些趣味、观点和话题去合法化（delegitimate），从而起到维稳（valorize）的作用。
2. 哈贝马斯．公共领域的结构转型，王晓珏等译．上海：学林出版社，1999：2.
3. 赵勇．文学活动的转型与文学公共性的消失——中国当代文学公共领域的反思．文艺研究，2009（1）：31.

广场上进行，但并不固定；公共领域既建立在对谈（Lexis）之上——对谈可以分别采取讨论和诉讼的形式，也建立在共同活动（实践）之上——这种实践可能是战争，也可能是经济活动。”[1]总之这种公共领域“既为希腊公民倾听意见与发表政见提供了场所，又为他们相互交往廓出了空间”[2]。伊格尔顿也认为，“在古典公共领域，私人经验提供了公共交往的基础：参与者正是作为普通公民相遇，每个人的主体自主权是它们的社会话语的结构”[3]；杨仁忠也指出这种早期形态的公共领域“既是古希腊城邦制度的产物和特点，又是古希腊人解决个人之间、个人与社会之间冲突的基本途径、手段和方式”[4]。

这种古典形态的公共领域后演变为中世纪以代表王权和宫廷贵族为特征的代表型公共领域，最后形成了所谓的“资产阶级（政治）公共领域”。公共领域的形成是“深层次的、漫长的社会转型过程的明显结果”[5]，尤其是“资产阶级公共领域”带有明显的历史特殊性，它是“一个具有划时代意义的范畴，不能把它和源自欧洲中世纪的‘市民社会’（Bürgerliche Gesellschaft）的独特发展历史隔离开来，使之成为一种理想类型（Idealtpy），随意应用到具有相似形态的历史语境当中”[6]，它是在市

---

1. 哈贝马斯．公共领域的结构转型，王晓珏等译．上海：学林出版社，1999：3.
2. 杨仁忠．希腊城邦文明与古典公共领域——公共性的历史源头及其启示．新乡学院学报（社会科学版），2013（2）：2.
3. Eagleton, Terry. *The Function of Criticism*. London: VERSO, 2005, 121.
4. 杨仁忠．希腊城邦文明与古典公共领域——公共性的历史源头及其启示．新乡学院学报（社会科学版），2013（2）：1.
5. Eley, Geoff. "Nations, Publics, and Political Cultures: Placing Habermas in the Nineteenth Century." *Habermas and the Public Sphere*. Ed. Craig Calhoun. Cambridge, Massachusetts, and London: The MTI Press, 1996, 291.
6. 哈贝马斯．公共领域的结构转型，王晓珏等译．上海：学林出版社，1999：1.

民社会获得独立并由具有主体性的自律个体（既是私人又是公众）组成的，从事对公共事务进行政治讨论的一个公共领域，并且，“理想来说，（这一）公共领域应当对所有人敞开，而一致意见应当通过更好论据的力量来获得，而不是通过自然力量的运用或威胁来获得”[1]。这种现代公共领域虽然与古典公共领域及中世纪代表型公共领域存在亲缘关系，但却又有着本质的区别，“这是一个从市民社会中产生、处于国家和社会之间并对二者进行调节的**社会文化交往领域**”[2]，它的重要性在于“汇集了新的公共空间的中产阶级（男性）陌生人，并鼓励他们形成对社会公共事务的批判性讨论”[3]。用哈贝马斯的话讲，资产阶级公共领域“首先可以理解为一个由私人集合而成的公众的领域；但私人随即就要求这一受上层控制的公共领域反对公共权力机关自身，以便就基本上已经属于私人，但仍然具有公共性质的商品交换和社会劳动领域中的一般交换规则等问题同公共权力机关开展讨论”[4]。

但是，对于资产阶级公共领域形成的时间，学者们并未达成一致意见，就整个欧洲历史来看，有学者认为“16世纪商业资本主义的发展，加上政治权力体制形式的变化，为早期欧洲出现新的公共领域创造了条件”[5]。这个新的公共领域呈现出一些与之前不同的特征，它的特点是“由个人组成，他们聚集在一起，就重新管理市民社会和国家行为展开辩

---

1. 安德鲁·埃德加．哈贝马斯：关键概念，杨礼银等译．南京：江苏人民出版社，2009：143.
2. 杨仁忠．公共领域论．北京：人民出版社，2009：12.
3. Roberts, John Michael. “Outline of a Marxist Commodity Theory of the Public Sphere.” *Historical Materialism*, (2016): 7.
4. 哈贝马斯．公共领域的结构转型，王晓珏等译．上海：学林出版社，1999：32.
5. Thompson, John B. “The Theory of the Public Sphere.” *Theory, Culture & Society* 10.3 (1993): 175.

论。这一新的公共领域不是国家的一部分，相反，它是一个可以面对和批评国家的领域”[1]。而在欧洲诸国中，“英国为资产阶级公共领域的出现创造了最有力的条件”[2]，也最早出现了这一领域。还有学者认为这一公共领域出现的时间要更晚一些，“大约在1750年，普通公民越来越多地介入讨论——公共讨论——对于一些共同关注的问题的讨论。当‘普通’人可以就国家管理做出决策时——即民主因子出现时——公共领域也出现了”[3]，这个时间显然有待商榷，尤其是该时间忽略了哈贝马斯提到的文学公共领域阶段这个前驱阶段的存在。

虽然哈贝马斯没有明确定义何为公共领域，但很多学者都做过这个尝试：例如，英国18世纪研究专家布朗宁认为“无论社会面貌如何，所有欧洲国家都开始接受一种新的文化空间（cultural space）——公共领域的出现。公共领域处于家庭的私人世界和国家的官方世界之间，它是一个论坛，而且是私人在公众中说理的媒介，这个媒介具有调节市民阶层与国家关系的重要功能，在这个论坛中，以前孤立的个人可以聚集在一起交流信息、看法和做出批评”[4]。综上，在布朗宁看来，公共领域是一种文化空间，是一种论坛。本哈比（Seyla Benhabib）认为哈贝马斯所说的公共领域是指“一种自由自主的政治讨论空间，其中人们通过各种民主的论坛（包括报纸、杂志、集会、结社，甚至咖啡馆）自由自主地讨论社会政治生活的重大问题和重大社会政策、交流思想和观念，因此‘公

1. Thompson, John B. "The Theory of the Public Sphere." *Theory, Culture & Society* 10.3 (1993): 176.
2. Ibid.
3. Mckee, Alan. *The Public Sphere: An Introduction*. Cambridge: Cambridge UP, 2005, 8.
4. Blanning, Tim. *The Pursuit of Glory: Europe 1648-1815*. London: Penguin Books, 2007, xxv.

共领域’如果宽泛地理解还包括文学、艺术甚至科学公共领域”[1]，这一概念肯定了公共领域走向成熟后的“政治性”特征，但同时也兼顾了其前驱阶段由文学、艺术开始的特性。艾莱（Geoff Ele）认为它是“一个社会生活的场域，在其中公共舆论得以形成，该领域对全体公民开放”[2]，这个概念则强调了公共领域参与主体的广泛性。当然有的学者认为公共领域仅仅是“一个空间（space），在这个空间里，公共舆论得以通过非正式审议的方式被组织起来，而这种审议具有合法且有效的政治力量”[3]，它存在的形态是物理性的，但却引发了一种社会功能。中国学者汪晖早在1995年的《读书》杂志的词语梳理专栏里就试图定义过资产阶级公共领域，他认为资产阶级公共领域“是指介于市民社会和国家之间进行调节的一个领域，在这个领域中，有关一般利益问题的批判性的公共讨论能够得到体制化的保障，形成所谓公共意见（public opinion），以监督国家权力并影响国家的公共政策”[4]。

根据以上例举出的定义不难看出，不论如何定义公共领域，都应涵盖它的以下要点：第一，寻求信息的“普遍可及性”，意即资产阶级（当然还不完全包括女性和无产者）要求不受限制地获得以往宫廷权贵才能

1. Benhabib, Seyla. “Models of Public Space: Hannah Arendt, the Liberal Tradition, and Jürgen Habermas.” *Habermas and the Public Sphere*. Ed. Craig Calhoun. Cambridge, Massachusetts, and London: The MTI Press, 1996, 73.
2. Eley, Geoff. “Nations, Publics, and Political Cultures: Placing Habermas in the Nineteenth Century.” *Habermas and the Public Sphere*. Ed. Craig Calhoun. Cambridge, Massachusetts, and London: The MTI Press, 1996, 289.
3. Owen, David. “Dilemmas of Inclusion: The All-Affected Principle, the All-Subjected Principle, and Transnational Public Sphere.” *Transnationalizing The Public Sphere*. Ed. Kate Nash. Cambridge: Polity Press, 2014, 112.
4. 汪晖．公共领域．读书，1995（6）：6.

获知的信息，该领域对所有人都开放，各方都有权力针对公共问题发表各自的意见和看法；第二，寻求将个体意志上升为集体诉求的“公共性”，实现的方式主要依靠“公共舆论”；第三，表达诉求时要保持“理性”；第四，公共领域依托一定的物理空间存在，而且公共领域的这种物理依托并不是因为该空间的机构性特质，而是因为它具备使对话成为可能的特质。综上，公共领域不是一个固定的场所，而是一个抽象的域（“一个人们互动的虚拟的空间”[1]）、一种对话机制甚至是一种社会生活。

具体到资产阶级公共领域，哈贝马斯指出它具有六个构成要素，即：“1）公共论坛（forum）；2）私人（private people）；3）会合（come together）；4）公共意见或舆论（public opinion）；5）合法性（legitimation）；6）公共权威（public authority）”[2]，但最本质的属性还是公共性[3]。哈氏对资产阶级公共领域六要素和一本质的总结是基于欧洲商品和信息交换的历史性发展而来的，资本主义“其最重要的贡献在于它制度化了一种新的、更为强化的私有意识，这种意识建立在对可自由支配的生产资料的拥有之上”[4]，它能够出现的前提则是“政治上的控制得到公众对信息公开民

---

1. McKee, Alan. *The Public Sphere: An Introduction*. Cambridge: Cambridge UP, 2005, 2.
2. 李丁赞．市民社会与公共领域．许纪霖主编，公共空间中的知识分子．南京：江苏人民出版社，2007：71.
3. 虽然哈贝马斯中后期的理论出现了所谓的“语言学转向”，但如果将之与这些构成要素和属性的关键词进行比较，就不难发现从根本上来说，其后期的交往理性等理论都是对公共领域延伸出的问题的纵深研究和思考，其交往理性的规范与原则或许都是从对文学、政治公共领域中人们的交流模式的观察中得来的，他也是最早意识到文学和咖啡馆等文化机构在塑造政治公众过程中的重要性的学者之一。
4. Calhoun, Craig. “Introduction: Habermas and the Public Sphere.” *Habermas and the Public Sphere*. Ed. Craig Calhoun. Cambridge, Massachusetts, and London: The MIT Press, 1996, 15.

主要求的有效抑制，政治公共领域才能通过立法机构对政府施加制度性影响”[1]。

在18世纪的欧洲各国，国家和社会的界限日益清晰，同时，私有意识的出现使得公共权力领域和私人领域逐渐分离。公共领域以宫廷为代表，私人领域则由游离于统治阶层之外的第三等级（The Third Estate）组成。在这样的私人领域中，个人与个人集合，形成了一个与国家权力领域展开“对话”的领域。他们对话的方式是新兴资产阶级知识分子跟从宫廷中游离出来的边缘贵族习得的，这种对话方式是之前宫廷中的一种社交方式，“在与资产阶级知识分子相遇过程中，那种充满人文色彩的贵族社交遗产通过很快就会发展成为公开批判的愉快交谈而成为没落的宫廷公共领域向新兴的资产阶级公共领域过渡的桥梁”[2]。布朗宁也曾提醒公共领域研究者：在早期公共领域形成阶段，是贵族起到了极大的推动作用，而非资产阶级。早期欧洲资产阶级公共领域的发展并不完全一致，例如这种社交方式在英国最先是在咖啡馆中确立的，在法国则主要是在沙龙中，但不论哪里，“贵族都是早期资产阶级公共领域的主力”[3]，这些人的“修辞和观念控制着公共话语，底层人民可以参与辩论，但他们也必须认识到赋予他们这一权利的人很早之前就已经掌握了这一权利”[4]。

另外，欧洲“城市化”中的各种文化机构为公共交往模式提供了更

---

1. Eley, Geoff. "Nations, Publics, and Political Cultures: Placing Habermas in the Nineteenth Century." *Habermas and the Public Sphere*. Ed. Craig Calhoun. Cambridge, Massachusetts, and London: The MIT Press, 1996, 289.
2. 罗杰・夏蒂埃．法国大革命的文化起源，洪庆明译．南京：译林出版社，2015：34.
3. Calhoun, Craig. "Introduction: Habermas and the Public Sphere." *Habermas and the Public Sphere*. Ed. Craig Calhoun. Cambridge, Massachusetts, and London: The MIT Press, 1996, 7.
4. Ross, Trevor. *Writing in Public: Literature and the Liberty of the Press in Eighteenth-Century Britain*. Baltimore: Johns Hopkins UP, 2018, 18.

多合法的交流平台，在与公共权力领域抗争的过程中便形成了一种极其特殊的“公共领域”——它“建立在意志的自由参与、对话者的平等以及思想活动绝对的公正无私之上，文学共和国——它不是由启蒙哲人而是由上个世纪的学者们创制的，为自由公开地检视宗教或立法问题提供了模式和支持”[1]。这个所谓的“文学共和国”（Republic of Letters）其实就是哈贝马斯所说的“文学公共领域”，“一批来自不同社会但被相同意识形态凝聚在一起的知识分子迅速成长起来”[2]。

如前所述，资产阶级（政治）公共领域和文学公共领域是前后相继的关系。资产阶级（政治）公共领域的重要功能是与国家公共权力相抗衡，而文学公共领域的重要功能就是训练资产阶级，将这些私人经验转化为公共话语，从而进入这种抗衡之中，因此，具有政治批判功能的公共领域是从文学公共领域中萌发而来的。为什么首先是在文学中产生这种“公共性”的呢？因为一方面，“文学在民族文化形成过程中发挥着中心作用，为个人提供了解放经验，这一经验对他们这些被称为现代公众的成员来说具有举足轻重的作用”[3]，换言之文学培养了资产阶级的私人经验，并将之上升为一种民族性的文化。另一方面，“文学的公共性与作为社会中人的作家是联系在一起的。离开了作为公共人物的作家便无法有效地讨论文学的公共性或公众影响。文学是人的思想和创造的结果，是思想者个人在具体的社会环境和公共群体中与他人共同拥有生存世界的方式。作家选择了文学这种与他人交往的方式不是出于审美或艺术的理

---

1. 罗杰·夏蒂埃．法国大革命的文化起源，洪庆明译．南京：译林出版社，2015：24.
2. Blanning, Tim. *The Pursuit of Glory: Europe 1648-1815*. London: Penguin Books, 2007, 488.
3. Ross, Trevor. *Writing in Public: Literature and the Liberty of the Press in Eighteenth-Century Britain*. Baltimore: Johns Hopkins UP, 2018, 181.

由，而且因为文学创作本身体现了人的公共生活和行动特征。文学创作本身就是一种积极生活、介入与他人共同生活世界的方式"[1]。文学的公共性建立在作为公众人物的作家之上，作家具有通过作品与读者或公众进行对话的先天优势，一旦作家将私人体验上升至对公共问题的讨论，便会让文学呈现出强烈的"公共性"。

"文学公共领域"这一概念是哈贝马斯首先提出的，和资产阶级公共领域一样，它也是一个历史性概念，用来指18世纪英法德三国出现的特殊历史现象。这一概念在《公共领域》的前半部分至关重要，哈贝马斯在早期的公共领域结构转型中强调了"文学公共领域在政治公共领域发展中发挥的核心历史作用"[2]，甚至于"鉴于他作品的整体规范基础，哈贝马斯明确赞同文学公众在文化领域乃至在政治公共领域所发挥的核心作用"[3]。不夸张地说，文学公共领域是哈氏"公共领域"的基石。

在对文学公共领域进行历史性的梳理之前，还要确定哈贝马斯文学公共领域中"文学"一词的指涉范围。有学者认为，这个概念要比一般意义上的"文学"更宽泛，例如陶东风便认为"哈贝马斯的'文学'也包括其他艺术形式"[4]，"包括了各类评论文体，甚至包括咖啡馆、酒吧、沙龙等谈论文学的场所"[5]，当然，这些其实并没有摆脱文学的范畴。威利指出"我们应该警惕人为地缩小这一术语的含义，而把它译为'文学'。鉴于哈贝马斯的研究重点之一是'阅读公众'的出现，我们最好在这里

---

1. 徐贲．文学的公共性与作家的社会行动．文艺理论研究，2009（1）：1.
2. Colclasure, David L. *Habermas and Literary Rationality*. New York and London: Routledge, 2010, 1.
3. Ibid. 2.
4. 陶东风．阿伦特式的公共领域及其对文学研究的启示．四川大学学报，2010（1）：30.
5. 陶东风．论文学公共领域与文学的公共性．文艺争鸣，2009（5）：28.

将之译为‘识字’”[1]。对于这一观点，笔者不敢苟同，原因是：首先，在德语版《公共领域》中，哈贝马斯使用的是“literarische”一词，这个词的形容词原形为“literarisch”，意思接近英语中的“literary”一词，因此汉语将之译为“文学的”，在哈贝马斯的原著中，他也并没有将这个词的意思扩大，用来指涉除文学以外的其他艺术领域。其次，在《公共领域》中，虽然哈贝马斯并没有特意解释“文学”概念的内涵和外延，但我们可以从他的论述中推测出这个词在他看来就是指一般意义的“文学”，因为当哈贝马斯阐释文学公共领域问题时，总是围绕“作家”、“作品”、“文学评论”等问题展开，而从未扩展至绘画、舞蹈、音乐等其他艺术形式。再次，根据笔者收集到的文献，在现有的研究成果中，对文学公共领域中“literarische”的认识基本已形成了共识——它就是指文学。故而，**哈贝马斯的“文学公共领域”在笔者看来，就是指以文学为表征的介于代表型公共领域与新兴的资产阶级公共领域的这样一个特殊的公共领域发展阶段，在孕育了资产阶级政治公共领域后，文学公共领域成为公共领域多个声部中的重要组成部分，与政治公共领域共同存在。**

同公共领域这个概念一样，哈贝马斯并没有给文学公共领域下一个明确的定义，他只是对此进行了这样的描述：“（文学公共领域）是公开批判的练习场所，这种公开批判基本还集中在自己内部——这是一个私人对新的私人性的天生经验的自我启蒙过程。”[2]文学公共领域与政治公共领域最大的不同是在讨论内容的不同上——“哈贝马斯认为文学公共领

1. Whaley, Joachim. "A Public Sphere Before Kant? Habermas and the Historians of Early Modern Germany." *Changing Perceptions of The Public Sphere*. Eds. Christian J Emden and David Midgley. New York: Berhahn Books, 2012, 124.
2. 哈贝马斯．公共领域的结构转型，王晓珏等译．上海：学林出版社，1999：34.

域预示着（prefiguration）一个围绕国家政策展开讨论的政治公共领域的出现，而文学公共领域探讨的是文化而非政治议题"[1]。陶东风参照哈贝马斯的上述描述为文学公共领域下过这样一个定义，即"**一定数量的文学公众参与的、集体性的文学–文化活动领域，参与者本着理性平等、自主独立之精神，就文学以及其他相关的政治文化问题进行积极的商谈、对话和沟通**"[2]。笔者认为这个概念已经精准地对文学公共领域进行了定义，但还存在几个问题有待商榷：一，文学公众的指称模糊，文学活动的具体参与主体通常由两个要素构成，即作家和读者，当然在17、18世纪的英国，随着文学资助人的退场、书商的出现，文学公共领域的参与主体更加丰富了，因为只有通过他们，文学家的作品才能够和大众读者取得更为广泛、深入的联系，从而具有更大范围的"公共性"；二，如前所述，当文学跨越了"文学性"的藩篱而与政治共谋时，文学公共领域也就会让位于政治公共领域，故而在文学公共领域内通常会回避直接讨论政治问题，转而通过讨论文学议题来隐含地表达政治诉求。

为了更好地定义"文学公共领域"，有必要简单梳理一下其产生的原因和呈现出的外部特征。按照哈贝马斯的说法，18世纪欧洲各国由于商品和信息的交换促使国家和社会相互分离，进而形成了"国家政权"和"私人领域"两个社会空间。而在"私人领域"内部又发展出一个私人集合在一起的、以城市资产阶级知识分子和从宫廷中游离出来的边缘贵族作为主要成员的、与国家政治权力构成"对话"的公共领域，这个领域介于"国家政权"与"私人领域"之间，并且"一系列新的机构加强了

---

1. Holub, Robert C. *Jürgen Habermas: Critic in the Public Sphere*. London and New York: Routledge, 1991, 3.
2. 陶东风．阿伦特式的公共领域及其对文学研究的启示．四川大学学报，2010（1）：31.

'城市'的核心地位。这些新机构虽然各不相同，但在英国和法国具有同样的社会功能：咖啡馆的繁华时期是在1680—1780年，沙龙则是在摄政和革命之间。无论何处，它们都首先是文学批评中心，其次是政治批评中心，在批评过程中，一个介于贵族社会和市民阶级知识分子之间的有教养的中间阶层开始形成了"[1]。这些文学家借助咖啡馆、沙龙、戏院等机构，讨论和批评文学与文艺话题，在反复演练的过程中文学家和读者公众形成了批判意识，掌握了公共交往能力和公共舆论的技巧，也就是说"文学的公共性是在作者与不同公众的多样、多元互动中形成的"[2]，他们相遇的场域便是文学公共领域，文学公共领域除了训练新兴的资产阶级（男性），还锻炼了文学作品的"受众"——一个具有批判性和自律性的读者群（这理应包括女性读者和一些无产者读者），也就是哈贝马斯所说的"通过阅读小说，也培养了公众，而公众在早期咖啡馆、沙龙、宴会等机制中已经出现了很长时间，报纸杂志及其职业批评等中介机制使公众紧紧地团结在一起。他们组成了以文学讨论为主的公共领域，通过文学讨论，源自私人领域的主体性对自身有了清楚的认识"[3]。

文学公共领域不仅教会读者基本的交往技能和批判技巧，还让他们对"自身"有了新的认识，资产阶级的"主体性"借助公共领域这个交往空间变成了"主体间性"的交流。文学公共领域最初是依赖城市中文学阅读的公众开展，以咖啡馆、沙龙以及各种宴会为具体平台，通过对文学、艺术话题的批评与讨论，为公众介入政治讨论奠定了基础。也就是说，**文学公共领域和政治公共领域共同构成了"资产阶级公共领域"**

1. 哈贝马斯．公共领域的结构转型，王晓珏等译．上海：学林出版社，1999：37.
2. 徐贲．文学的公共性与作家的社会行动．文艺理论研究，2009（1）：4.
3. 哈贝马斯．公共领域的结构转型，王晓珏等译．上海：学林出版社，1999：55.

（哈贝马斯时常笼统地称之为公共领域），文学公共领域是资产阶级政治公共领域的前身，它最重要的功能在于“帮助形成极具特点的文化作为自发领域的现代概念”[1]，在于“它将针对共同关切的对象的理性批评话语制度化，并使之直接进入到政治讨论中”[2]，在于“可以让私人或者家庭通过个人消费构成想象的共同体，正因如此公众可以变成一个稳定和谐的集体”[3]。更准确地说，按照哈贝马斯的理解“文学公共领域也不是什么地道的资产阶级公共领域；他和王室的代表型公共领域之间保持着一定的联系。成熟市民阶级中的资产阶级先锋派通过与‘上层社会’、与王公贵族社会交往掌握了公开批判的技巧；随着现代国家机器越来越独立于君主政体的个人领域，‘上层世界’自身也在不断地摆脱宫廷，在城市里构成了一种平衡势力。‘城市’不仅仅是资产阶级社会的生活中心；在与‘宫廷’的文化政治对立之中，城市里最突出的是一种文学公共领域，其机制体现为咖啡馆、沙龙以及宴会等”[4]。准确地说，文学公共领域是代表型公共领域和政治公共领域的中间状态。正是在咖啡馆这样的文化机构中，资产阶级知识分子养成了聊天、辩论、批评的习惯，他们的聊天内容逐渐从文学、艺术作品的讨论转向政治、经济等话题。总之，文学公共领域虽然没有马上实现政治上的“公共性”，但由于它为资产阶级提供了一个演练的平台，一个公共舆论的“练兵场”，从而直接孕育了政治公共领域。报纸和期刊的发行加深了公众对自身主体性的认识，壮大

1. Calhoun, Craig. “Introduction: Habermas and the Public Sphere.” *Habermas and the Public Sphere*. Ed. Craig Calhoun. Cambridge, Massachusetts, and London: The MIT Press, 1996. 12.
2. Ibid. 13.
3. McCann, Andrew. *Cultural Politics in the 1790s: Literature, Radicalism and the Public Sphere*. London: Macmillan Press, 1999, 12.
4. 哈贝马斯．公共领域的结构转型，王晓珏等译．上海：学林出版社，1999：37.

了投身文学公共领域的队伍，“除了帮助形成主体性，文学公共领域最大的贡献还在于为政治公共领域的出现打下了制度性的基础（institutional bases）”[1]。

陶东风认为文学公共领域得以出现和发展依赖于三个基本条件（实际上他列出了四个条件）：首先是要有文学公众的参与，这里的公众参与必须是“围绕文学而进行的主体间交往对话”[2]，因而“一个人在孤独状态下从事的文学活动（无论是单个作家的创作，还是单个的读者的文学阅读、文学接受），都不能构成文学公共领域（虽然其作品的主题、所探讨的问题等或许具有公共意义），因为这里没有人与人之间的交往对话”，也就是说复数公众的出现是文学公共领域存在的最基本的条件，离开这个参与主体，“公共”便无从谈起。但是陶教授并未将文学“言后行为”所具有的公共性纳入其中，也就是没有将文学作品与读者构成的“主体间性”的交流可能引发的公共行为纳入到讨论的范围中。第二，文学公共领域要依托一定的物质空间，但是“使物质的世界转化为公共领域的是人的言行，人在世界中进行的言说和行动把世界建构为一个呈现（appearance）的空间，一个意义的世界”[3]，具体到文学公共领域来说，“一个由诸多的文学书籍杂志组成的图书馆和阅览室只是一个物质空间（相当于阿伦特说的世界），只有当文学公众聚集在图书馆或阅览室围绕文学及相关公共议题进行交往对话的时候，这个物质的空间才转化成文学的公共领域”[4]。文学公共领域开展活动必然有赖于一些物质基础，但绝不是

---

1. Calhoun, Craig. “Introduction: Habermas and the Public Sphere.” *Habermas and the Public Sphere*. Ed. Craig Calhoun. Cambridge, Massachusetts, and London: The MIT Press, 1996, 12.
2. 陶东风．阿伦特式的公共领域及其对文学研究的启示．四川大学学报，2010（1）：31.
3. 同上。
4. 同上。

说物质空间可以直接成为抽象的公共领域。在这里一定要将哈贝马斯的文学公共领域从文化机构、公共空间这些具体物理空间中抽离，不能将之混淆，更不能将之画等号，我们只可以“把‘公共空间’理解为产生‘公共领域’的地点和场所”[1]。第三，存在一系列独立于国家权力领域之外的民间文学活动、文学机构、文学对谈规则，这和第二点的物理性空间又有不同，侧重强调在这些空间内开展的具体公共活动。第四，文学公共领域中的交往和沟通必须“本着公共理性的精神进行”[2]，这一条件的概括准确地反映出了哈贝马斯公共领域理论的理想化，在对英国文学公共领域进行具体研究时便能发现，虽然绝大多数的文学对话与争论是理性的，但并不能避免其间存在暴力因素，并非人人都能够遵从这一原则。

对于为什么这种争论的练习首先发生在文学领域，而不是在哲学领域，哈贝马斯解释为：“一方面，哲学越来越变成一种批判哲学，文学和艺术只有在文艺批判的语境中才有可能生存；另一方面，通过对哲学、文学和艺术的批评领悟，公众也达到了自我启蒙的目的，甚至将自身理解为充满活力的启蒙过程。”[3]而为什么资产阶级公共领域一定要经过文学公共领域这样一个过渡时期，哈贝马斯也曾有过论述，他认为“在公共权力机关的公共性引起私人政治批判的争议最终完全被取消之前，在它的保护下，一种非政治形式的公共领域——作为具有政治功能的公共领域的前身的文学公共领域（literarische Öffentlichkeit）已经形成”[4]，换句话讲，正是文学公共领域表面上看起来的“去政治性”才保护它向政治公

1. 向琳．波西米亚：独立知识分子与公共空间．四川大学学报（哲学社会科学版），2010（3）：76.
2. 陶东风．阿伦特式的公共领域及其对文学研究的启示．四川大学学报，2010（1）：31.
3. 哈贝马斯．公共领域的结构转型，王晓珏等译．上海：学林出版社，1999：36.
4. 同上：34.

共领域的转型。但实际上，借助文学的外表，作家和读者进行的公共活动早已经带上了政治的烙印。

通过以上对文学公共领域历史演进的简单梳理，在本研究中，文学公共领域被试图定义为：**依托咖啡馆、沙龙等具体文化机构，介于国家权力领域与私人领域之间，由文学创作者、文学评论家和阅读大众组成，依照自律和理性原则对文学作品和文学议题展开讨论的公共领域。文学公共领域并不是一个具体的物理空间，而是一种对话和辩论的机制。**这个定义继承了前人的研究成果，又进行了适当的补充：首先，此定义承认了公共领域的发展并非无本之木，它存在和判定的依据都要在诸如咖啡馆这样的具体文化空间中寻找；其次，这个定义考虑到了参与文学公共领域建构的文学家群体的丰富性，这个参与主体绝非仅限于“资产阶级文人”，而应该是有两种形态，即“主题性的公共空间和跨区域的公共空间。前者是指区域性的集会，公众们以共同关心的主体聚集在一起，那是一个有形的空间，比如沙龙、酒吧、广场、街道、学校、社团等等。而跨区域的公共空间，则是包括报纸、杂志、书籍和电子传媒在内的公共传媒，它们是一个无形的、想象性的舆论共同体，以共同的话题将分散在各地乃至全世界的陌生人结合为一个现代的公众。按照查尔斯·泰勒的看法，公共领域的参与者不一定是哈贝马斯所说的资产阶级，而是一群有着共同主题的陌生人群”[1]。文学公共领域也同样是这样一个由主题性公共空间和跨区域公共空间构成的对话机制，哈贝马斯本人也在“1990年版序言”中对此进行了补充性论证，除作家外，随着现代

1. 许纪霖．导言：重建社会重心——现代中国知识分子与公共空间．许纪霖主编，公共空间中的知识分子．南京：江苏人民出版社，2007：19.

文学批评的诞生，文学评论家也成为文学家的一分子，参与到文学公共领域的建构中，他们构成了一类特殊的读者，一类继承了宫廷交流方式的特殊读者；第三，文学公共领域不同于公共空间或者文化机构，它并不是一个物理的存在，而是同政治公共领域一样，是一种对话的模式和理性交往的形式，“对于任何规模的公众来说，他们所活动的那个空间都是一个‘公共领域’，它可以随时随地形成，又随时随地消失，规模可大可小。学术会议和会议后的闲聊，记者编辑间的饭局交谈，网络聚会和短评，只要有人就特定公共问题在没有外力强制的情况下，平等、理性地交换意见，就算是有了公共领域。无论是咖啡馆、沙龙，还是饭馆、茶楼或者网站，它们的公共领域价值，全在于为公众聚会提供了一个面对面议论公共问题的场所”[1]。换言之，能够促成理性对话与交流的物理空间才是文学公共领域存在的关键，这一点至关重要，也是哈贝马斯公共领域最易被误解的地方。第四，这个定义考虑到了文学公共领域与政治公共领域两者之间的关系，它们都以介于“公”、“私”两个领域之间的真空形式存在，在本质上具有“同一性”，同时因为所探讨的话题、所开展的公共事务的内容和形式都各不相同，故属于同一事物发展的不同历史阶段。正如科尔克拉苏（David L. Colclasure）所理解的那样：“我认为，文学公共领域作为政治与文化公共领域的重叠，在一种独特的审美理性，即文学理性的假设下运作。”[2]

那么，哈贝马斯的文学公共领域具有哪些特征呢？首先是“结构性”，它从代表型公共领域中来，在发展过程中孕育了政治公共领域，具

---

1. 徐贲．通往尊严的公共生活．北京：中央编译出版社，2016：266.
2. Colclasure, David L. *Habermas and Literary Rationality*. New York and London: Routledge, 2010, 4.

有很完整的结构特性，有物理性的空间、有多元的参与主体、有辩论的基本要求，这都是具有结构性特征的。其次是“伦理性”，有学者认为哈贝马斯的文学公共领域本质上是伦理公共领域[1]，因为“公民社会要用一种道德意义上的公共性去影响和限制国家权力，将它转化为道德政治。道德意义上的公共性，它的原则是人人自由、平等、同情和相互尊重。在这个基础上的人际认同和信任（即道德亲和力）与人际压迫、背叛、冷漠和孤独形成了批判性的对比。公民社会因其道德公共性而可以成为一种新型社会力量”[2]，这一点在斯蒂尔与艾迪生创办的报纸中对中产阶级实施的所谓“都市教育”里可窥一斑。再次，文学公共领域具有“世俗性”的特征，一旦从贵族阶层的代表型公共领域走向公众，原来的公共领域便会必然走向对世俗生活的关注，文学公共领域亦然，“文学公共领域反映的都是各种各样公众集体生活中所关心的文学和文化文本中的重大事件”[3]。从一开始，文学公共领域中所探讨的话题也不可能仅限于文学问题，它必然会向普通生活（尤其是政治生活）扩展，加之政党政治在英国的迅猛发展，文学公共领域便很快向政治公共领域转型。

那么，文学公共领域是如何通过文学来干预公共生活的呢？艾伯里认为在文学公共领域中，“私人聚集成公众，摒弃不同观点，通过争论文学、文化文本形成共同兴趣，之所以能够如此的原因是，通过从读者变成演说家（rhetor），他们开始表明自己基于公众的主体性——或多或少能将个人对文学文化文本的反映转变成一些共同关切的论述”[4]。这里提出

1. Hofmann, Michael. *Habermas's Public Sphere: A Critique*. Madison: Fairleigh Dickinson UP, 2017, 189.
2. 徐贲．通往尊严的公共生活．北京：中央编译出版社，2016：436.
3. Eberly, Rosa A. *Citizen Critics: Literary Public Sphere*. Chicago: U of Illinois P, 2000. 9.
4. Ibid.

了一个很关键的问题，即在文学公共领域中，如果仅有文学家的写作和读者阅读其实是不够的，他们还需要有变身成为“演说家”的过程。即通过习得表达、争论、辩论这样的修辞术来讨论文学话题，公众，尤其是新兴的资产阶级知识分子很快便习得了这样的修辞术，从而加速了具有批判功能的资产阶级政治公共领域的形成，因为“就资产阶级公共领域的批判力量来说，文学公共领域是远远不够的，为了有力地对抗公共权力领域，它必须上升为政治公共领域”[1]。

当文学公共领域内讨论的话题由文学议题扩展为与政治相关的问题，并逐渐用来对抗君主而实现保护自身财产的目的时，文学公共领域便开始转向了。当然，下文的研究也显示出：即便从一开始也绝不存在一个“纯然”的文学公共领域。用哈贝马斯的话说，“参与讨论的公众占有受上层控制的公共领域并将它建成一个国家政治权力的批判领域，这样一个过程表现为已经具备公众和论坛的文学公共领域的功能转换”[2]，当资产阶级知识分子从文学公共领域中认识到“自律”与“主体性”的价值，他们私人性的经验就开始转向关注公众生活的点点滴滴，关注与自身利益密切相关的政治问题，关注代表自己利益的政党的表述，便促成了文学公共领域向资产阶级政治公共领域的转型。到18世纪末，欧洲现代意义上的资产阶级政治公共领域也就最终诞生了。

为什么文学公共领域可以成为政治公共领域的典范或者是“前身”呢？首先，它提供了一个“诞生自决断的言论模式，而这种言论模式不用再对古老权威负责：由于批评活动的合法性不再与接受信仰和阶级特

1. 李佃来．公共领域与生活世界：哈贝马斯市民社会理论研究．北京：人民出版社，2006：87.
2. 同上：55.

权相关联，私人便可以聚集在文学公共领域中辩论价值和实际问题，这在以前都被认为是神圣不可侵犯的权利"[1]，换句话讲，文学公共领域自代表型公共领域中诞生，却帮助人们（主要是指市民阶层）演练了自没落贵族那里学习到的辩论技能，培养了人们关注公共问题的意识。第二，文学公共领域是一个"平等参与的模式，一种承认互惠合法化的言语模式：所有私人都可以参与公开讨论，因为他们尊重彼此的发言权，遵守文明礼节和理性论证的原则，并以之来对待彼此"[2]。若想要在公共领域内实现最为有效的辩论和争论，最为重要的就是遵守这些规范，而这种对规则的尊重以及所形成的规范意识对于之后的政治公共领域具有规约性的启示。第三，文学公共领域是一种"规范性的抽象模式，陌生人能够一起做决定，因为他们意识到：文学公共领域内的所有私人在从事与私人无关的事情时，都可以在一定程度上终止自己的个性，在与他人进行辩论时，他们都有动力加入到辩论之中，因为他们希望能够在个人自决与集体自决之间进行调节"[3]。当私人进入公共领域后他们在规则的约束下由个体的"私人"转变为参与公共事务辩论的"公众"，文学公共领域有效地将公与私相区分，而且指导参与公共问题讨论的个体抛弃他们的阶级、性别等身份。

那么哈贝马斯对英法德三国文学公共领域的历史性梳理是否毫无瑕疵呢？有学者并不这样认为，例如威利指出："克塞莱克（Keselleck）和哈贝马斯提出的公共领域的最初概念有一个重要含义。双方都强调，公

---

1. Ross, Trevor. *Writing in Public: Literature and the Liberty of the Press in Eighteenth-Century Britain*. Baltimore: Johns Hopkins UP, 2018, 165-166.
2. Ibid.
3. Ibid.

众最初是由于其参与文学活动而形成的，后来才投身于政治活动中。事实上，有证据表明，这个顺序也许应该颠倒过来。第一批公众是通过参与神学、政治和法律等问题的讨论形成的。在1700年之前，最普遍的阅读形式是报纸和小册子，它们对一个民族国家或公众的形成有巨大的推动作用，而后才扩展（深化或提炼）至文学领域。”[1]在笔者接下来的研究中也确实发现了这一问题，在研究过程中很难将文学、文化、宗教、政治、性别等因素相区隔，因此很难说公共领域仅从“文学”（更困难的是，有时“文学”这一概念本身也并非固定不变）中发端出来的。严格来说，文学公共领域或许只是公共领域多个声部中的强音，而随着公共领域的发展，政治公共领域开始取代这个时代强音，成为新的主导声部，这也从另一个方面凸显出了哈贝马斯公共领域理论“过于理想化”的问题。古德则批评哈贝马斯赋予文学公共领域的“前身”功能的表述“有些模糊”[2]。因为“毕竟，表面看来哈贝马斯描述的文学公共领域是18世纪的现象，但17世纪才是对新闻和信息出版出现大量关注的时代”[3]，因为“总体上来说，17世纪的出版业尚不能反映出哈贝马斯在18世纪公共领域中所发现的‘批判性说理’（critical reasoning）。大篇幅的商品价格、税、国家公告等并不能建立起批判性思考国家事务的‘批判性说理’”[4]。

较之对公共领域的研究，文学公共领域尚未得到学界应有的重视，造成这一现状的原因很多：一方面是由于“哈贝马斯并未对这个资产阶

1. Whaley, Joachim. "A Public Sphere Before Kant? Habermas and the Historians of Early Modern Germany." *Changing Perceptions of The Public Sphere*. Eds. Christian J. Emden and David Midgley. New York: Berhahn Books, 2012, 24.
2. Goode, Luke. *Jurgen Habermas: Democracy and the Public Sphere*. London: Pluto Press, 2005, 7.
3. Ibid.
4. Ibid.

级公共领域的‘初期形式’进行过持续的描述”[1]，以至于有人认为这种并不持续的研究暗示“考虑到本书的历史和分析重心散布全书，这个概念不过是临时起意构想出来的（casually conceived）”[2]。甚至有学者说“这个‘初期形式’领域不过是个由并没有完全描述清楚的多个群体构成的‘大杂烩’（amalgam）：印刷品的读者不知怎么就被描述成了一个‘阅读的公众’，这个公众由那些喜欢读手抄小报（后来有了复印出来的报纸）、相隔甚远的商人和金融家，又或是那些依然保有宫廷人文主义（courtly humanism）情怀的人、早期秘密社团和学会的成员、剧院常客组成”[3]，也就是说哈贝马斯对文学公共领域的参与主体的相关分析和论述由于篇幅比较有限，所以不够深入。另外，“哈贝马斯并没有解释清楚这个‘非’政治的‘初期’公共领域转变成了政治公共领域的过程”[4]，这些都是哈氏对文学公共领域研究的不足之处，但都将在本专著中得到补充。

第二节 《公共领域的结构转型》之后哈贝马斯对（文学）公共领域的再思考与新观点

1989年哈贝马斯的《公共领域》终于有了英译本，卡尔霍恩组织了来自社会学、政治学、哲学、文学、传媒学等多个学科的专家召开了一次影响深远的学术研讨会，研讨会后出版了《哈贝马斯及公共领域》的

---

1. Loewenstein, Joseph and Paul Stevens. "Introduction: Charting Habermas's 'Literary' or 'Precursor' Public Sphere." *Criticism*, Volume 46, No. 2 (Spring. 2004): 202.
2. Ibid.
3. Ibid.
4. Ibid.

论文集。这本论文集是迄今为止对哈贝马斯公共领域进行多角度研究的最为系统和深入的一本书。与会者就公共领域应该被理解为是一个事实还是一种规范，是存在于现在还是仅出现在过去，是否仅是一种可望而不可即的政治理想等问题进行了深入的研究与探讨。在研讨会后期前来参会的哈贝马斯对与会学者的提问一一做出了详细解答，这些问答也被收录在论文集的最后部分。这是当时《公共领域》出版近三十年后哈贝马斯第一次就公共领域相关问题与英语学术界学者进行的交流。通过回答学者提问，哈氏对自己的公共领域理论做出了一些反思和修正，这对我们认识英国文学公共领域也非常重要。在这里，笔者尝试对哈氏在问答中关于文学公共领域议题的主要观点进行总结：

第一，哈贝马斯对公共领域（包括文学公共领域）的提出进行了补充和说明，他指出“公共领域这个概念是一个分析性工具（analytical tool），用以归置一些特定的现象并将它们置于归类框架的一部分特定语境之中”[1]，这是哈贝马斯对公共领域概念本质的概括，这也决定了对文学公共领域本质的认识，即文学公共领域同样也是一个分析性工具，在本专著中被用来分析17、18世纪英国文学中的“公共性”特征。它具有方法论的特征，也可以被提炼出来以研究其他国家不同历史时期的文学公共性问题。

第二，哈贝马斯承认了他对公共领域的建构过于理想，“我至少对区分公共领域的理想类型和它被建构的真实语境之间的关系研究得不够仔

1. Habermas, Jürgen. "Concluding Remarks". *Habermas and the Public Sphere*. Ed. Craig Calhoun. Cambridge, Massachusetts, and London: The MIT Press, 1996, 462.

细”[1]。这是哈贝马斯公共领域最为人所诟病之处，因此在研究英国文学公共领域时务必要还原其形成时所处的历史和文化语境，对所谓的真实语境进行细致入微的研究，规避这种理想建构的趋势。

第三，哈贝马斯并不认同批评者对欧洲公共领域起源时间的重新确定，他指出“我认为我在书中试图定义的公共领域，只有在高雅文化和流行文化分野转型时才会出现，这也正是前现代社会的特点。流行公共领域在18世纪末与文学公共领域的竞争中出现，这在18世纪末法国革命中就可以看到。我对于在不改变这个概念意义本身的前提下，能否将公共领域的起源追溯至16、17世纪持保留意见”[2]。换言之，哈贝马斯依旧坚持认为（政治）公共领域是在18世纪末才开始出现的，而文学公共领域早已有之，那么早期文学公共领域是否孕育了政治公共领域的因子，具体欧洲各国从什么时候开始产生文学公共领域，哈贝马斯依旧没有明言，这将在本专著中尝试解决。

第四，哈贝马斯对批评他建构的公共领域将性别、族裔、阶级和大众文化等因素排除在外也进行了驳斥，他指出“这类批评只有在提出明确标准并能够自证这些标准适用于文学公共领域的支持者和参与者的情况下方可实施”[3]。也就是说他认为如果要批评他的公共领域具有“排他性”，一定要拿出确实的证据来才更具说服力，要提出排他的标准才足以让这一观点站得住脚，那么在研究多声部的英国文学公共领域时也要找到具体的例证来证明这一“排他机制”的存在及其存在的机制。

1. Habermas, Jürgen. “Concluding Remarks”. *Habermas and the Public Sphere*. Ed. Craig Calhoun. Cambridge, Massachusetts, and London: The MIT Press, 1996, 463.
2. Ibid. 464-465.
3. Ibid. 466-467.

第五，哈贝马斯首次对公共领域内存在的“暴力”问题进行了说明，他明确指出“任何我所知的公共领域都依靠暴力维系”[1]。哈氏之所以得出这个结论，一方面是他对后来历史的观察使得他认识到他对公共领域理论“理想化”建构的致命缺陷，另一方面在认识到资产阶级公共领域确实存在“排他机制”时，哈氏也考虑到了这种机制在实施的某些时候是通过暴力实现的，这在英国文学公共领域出现时也同样存在。这个问题将在本书第四章进行更加具体的探讨与研究。

《公共领域》德语版于1962年完成，但直到1989年才被译为英语，之后除了“1990年版序言”，哈氏再未对公共领域有过系统性论述。因此“1990年版序言”也就成为管窥哈贝马斯公共领域理论变化的又一重要文献。哈氏在该序言中表示：“三十年后再来重读此书，我越想做一些改动，进行删减和增补，就越加清醒地意识到此举之不可为。如果真要这样做，那么，我首先就必须解释清楚，为何没有对全书进行重写。”[2]也就是说哈贝马斯曾有过对公共领域问题进行重新研究和论述的想法。霍夫曼的研究也证明了这一点：“在近二十年毁誉参半的评价中，哈贝马斯曾在1981年首次公开表示要重写他这本最畅销的学术著作，直到1990年彻底放弃。”[3]原因是哈贝马斯认为这远远超出了他的能力范围，加之“我这些年来已另有关怀，对于各种散见的研究文献也缺乏全面的了解。更何况当时的研究已经综合运用了各个不同学科大量难以驾驭的文献”[4]。但是，《公共领域》毕竟引发了学界的广泛关注，时至今日针对其中一些观

---

1. Habermas, Jürgen. "Concluding Remarks". *Habermas and the Public Sphere*. Ed. Craig Calhoun. Cambridge, Massachusetts, and London: The MIT Press, 1996, 475.
2. 哈贝马斯．公共领域的结构转型，王晓珏等译．上海：学林出版社，1999：1.
3. Hofmann, Michael. *Habermas's Public Sphere: A Critique*. Madison: Fairleigh Dickinson UP, 2017, 227.
4. 哈贝马斯．公共领域的结构转型，王晓珏等译．上海：学林出版社，1999：1.

点的批评之声仍然不绝于耳，哈贝马斯并非对这些批评充耳不闻。他在“1990年版序言”中对这些批评做出了回应，对“公共领域”的一些问题也进行了修正，他的这些修正体现在“他对此书的设计做了极为详尽的、极具哈氏风格的说明”[1]。在本节笔者尝试总结哈贝马斯在“1990年版序言”中对文学公共领域相关问题进行的修正，以期对哈氏文学公共领域理论有更新、更深刻的认识。

首先，哈贝马斯承认“和任何一个一般的社会学课题一样，历史趋势和历史事例的选择、统计意义和衡量轻重都是一个问题；倘若我们不能像历史学家那样追本溯源，而仅仅依靠二手资料，那么，这个问题当中将隐藏着巨大的风险。历史学家批评我‘经验欠缺’，是十分中肯的”[2]。他对公共领域问题进行的历史性研究存在这样的问题，同样，他对文学公共领域部分的研究也存在这样的问题。通过霍夫曼的研究其实也能看出来，哈贝马斯并不善于进行历史性的研究，他的研究多是基于前人的“二手资料”，这一点哈氏在“1990年版序言”中依旧是有所保留地承认了，例如哈氏同意艾莱对他的批评，他也部分承认“威廉斯（R. Williams）的交往社会学研究的主要是早先以文化批判为特征、由受过教育的市民组成的文学公共领域向由大众传媒和大众文化操纵的领域的转型过程。威廉斯的研究很有启发意义”[3]。这也是为什么在本专著的前一部分笔者研究威廉斯文化理论与哈氏文学公共领域之间的关系的原因，因为哈氏本人已经对这一点进行了修正。

其次，哈贝马斯有所保留地承认了他对公共领域（包括文学公共领

---

1. Hofmann, Michael. *Habermas's Public Sphere: A Critique*. Madison: Fairleigh Dickinson UP, 2017, 227.
2. 哈贝马斯．公共领域的结构转型，王晓珏等译．上海：学林出版社，1999：2—3.
3. 同上：4.

域）的“理想化”建构，这一点也是哈氏饱受批评的一点。对此在“1990年版序言”中哈贝马斯首先说：“艾莱坚持他的不同观点，认为我对资产阶级公共领域的过分渲染导致了不正确的理想化，即，夸张了以阅读为中介、以交谈为核心的公共交往的合理层面。资产阶级公众的前提是，在共同阶级利益的基础上，彼此争斗的不同党派至少在原则上能够达成共识。即便人们认为，资产阶级公众具有某种程度上的同质性，并以此为出发点，也不能错误地侈谈单数意义上的公众。”[1]也就是说艾莱认为单一的资产阶级构成的公众是不存在的，也没有一个单数意义的公众。对此，哈贝马斯辩解道：“随着我模式中观察距离的变化，资产阶级公众内部发生了分化，撇开那些分化不谈，如果人们一开始就考虑到相互角斗的种种公共领域，考虑到摒除于主导公共领域之外的交往过程具有的能动性，那么，情况就并非如此了。”[2]所以哈贝马斯实际上是承认了他的公共领域论的过度理想化的问题，而这种理想化体现得最为淋漓尽致的就是哈贝马斯对资产阶级以外的其他阶级和对女性的忽视。

第三，哈贝马斯承认了他对其他阶级在资产阶级公共领域形成过程中所作贡献的忽视，他将他们统称为“亚文化公共领域”。他对此的补充研究是从对代表型公共领域的构成开始的，他指出“传统形式的代表型公共领域排挤民众这一行为显现了另一种作用。这里，民众构成了衬托统治阶级、贵族、教会显贵以及国外等展示自身及其地位的背景。民众被代表型统治排挤在外，因此，民众属于建构这一代表型公共领域的前提条件之一”[3]，哈贝马斯突出强调了“民众”作为代表型公共领域“背

1. 哈贝马斯．公共领域的结构转型，王晓珏等译．上海：学林出版社，1999：2—3.
2. 同上。
3. 同上。

景”的功能与作用。而为了解释资产阶级公共领域多声部现象的存在，他从福柯（M. Foucault）的理论入手，称“如果对某一公共领域的构成来说，遭到排挤的群体具有建设性的作用，那么，此处谈及的‘排挤’可以从福柯意义上来理解。在同一个交往结构中，如果同时形成了几个竞技场，在居于统治地位的资产阶级公共领域之外，如果还存在着其他亚文化公共领域或者某一阶级的公共领域，而且能够相互妥协，那么，‘排挤’也就获得了另外一层不太激进的意义。在写此书时，我根本没有考虑到亚文化公共领域。有关某一阶级的公共领域，我在前言中虽然有所提及，但没有进行深入研究”[1]，哈贝马斯进一步承认：“将文化和政治方面业已动员起来的下层阶级排挤在外，这本身即已表明，公共领域一开始就是多元的。在居统治地位的公共领域之外，还有一种平民公共领域，和它唇齿相依。”[2]启发哈贝马斯对资产阶级公共领域构成进行修改的除了福柯，还包括巴赫金。哈氏也直接指出：“真正使我认识到大众文化（Volkskultur）内在动力的，是巴赫金的杰作《拉伯雷和他的世界》（*Rabelairs und seine Welt*，1987）。大众文化显然绝不仅仅是背景，也就是说，绝不是主流文化的消极框架，而是定期出现、反抗等级世界的颠覆力量，具有自身的正式庆典和日常规范。这一惯常看法揭示出，排挤机制在进行分野和压制的同时，也唤起了无法抵销的对抗力量。如果我们带着这样的目光去审视资产阶级公共领域，那么，将女性从这个又一次被男性统治的世界中排挤出去的行为，就呈现出另一副面貌，与我写作此书时截然不同。”[3]哈氏接受了理论家对他的批评，在“1990年版序

1. 哈贝马斯．公共领域的结构转型，王晓珏等译．上海：学林出版社，1999：5.
2. 同上：6.
3. 同上：6—7.

言”中重点修正了“亚文化公共领域”的问题，承认了这个领域（当然也包括文学公共领域这个前驱阶段）阶级的多声部性。

第四，哈贝马斯在“1990年版序言”中还讨论了公共领域的父权特征，“小家庭具有父权特征，这一点毋庸置疑。小家庭是市民社会私人领域的核心，同时也是自我指涉的主体性所具有的新型心理经验的源泉。其间成长起来的女性主义研究文献使我们更加清楚地认识到，公共领域本身就带有父权特征。公共领域很快地超出了女性参与建构的阅读公众，获得了政治功能。问题在于，女性从资产阶级公共领域中被排挤出去，与工人、农民和‘暴民’（Pöbel），也就是说，‘没有独立地位’的男性从资产阶级公共领域中被摒除出去，其方式是否相同”[1]，这从某种程度上是哈氏对南希·弗雷泽对他所做批评的回应。哈氏承认公共领域具有父权特征，通过将女性公共领域与平民公共领域的排除机制进行比较，哈贝马斯更进一步指出“与阶级斗争的机制不同，性别关系的改变不仅深入经济制度，而且波及私人领域的核心，即小家庭内部空间。由此可见，政治公共领域并不是偶然由男性统治的，性别决定了政治公共领域的结构以及它与私人领域的关系，从这个意义来说，排挤女性这一行为对政治公共领域具有建设性影响。与排挤没有平等权的男性不同，排挤女性影响了公共领域的结构”[2]。哈氏这些最新的表述对研究文学公共领域的构成，尤其是对女性文学公共领域的研究很具启发性。

第五，哈贝马斯补充了文学公共领域向政治公共领域转型的相关说明和解释。他认为“在法国大革命的冲击下，原本以文学和艺术批评为

---

1. 哈贝马斯．公共领域的结构转型，王晓珏等译．上海：学林出版社，1999：7.
2. 同上：8.

特征的公共领域渐趋政治化了。这种情形不独出现在法国，在德国也是如此"[1]，奇怪的是，哈贝马斯在"1990年版序言"中抛开了他在原著中重点分析的英国文学公共领域，仅谈了法国与德国的情况，当然，这就使得本专著对英国文学公共领域的研究显得更加有意义。同时，哈贝马斯还提出了这个转型中的两个必要条件，一为"公共领域将经济市民（Wirtschaftsbürger）变为国家公民（Staatsbürger），均衡了他们的利益，使他们的利益获得普遍有效性，于是，国家消解成为社会自我组织（Selbstroganisation）的媒介。只有在这个时候，公共领域才获得了政治功能"[2]；二是"具有政治功能的公共领域不仅需要法治国家机制的保障，它也倚赖于文化传统和社会化模式的合拍，倚赖于习惯自由的民众的政治文化"[3]。

哈贝马斯在"1990年版序言"中最重要的修改是他将"资产阶级公共领域由兴盛到衰落的时间节点向前提了近25年，从原来的1871/1873提前到了1848/1849年之间，这个时间节点正是霍亨戴尔（Hohendahl）在1978年就提议哈贝马斯修改的"[4]，哈氏对政治公共领域的兴衰时间进行了如此大幅的修改，却没有对其前身的文学公共领域的起止时间进行调整，那么英国文学公共领域发展的具体时间节点是否如哈氏此前所言呢？这个问题将在本专著中得到解决。

第六，在"1990年版序言"中，哈贝马斯借魏勒（H. U. Wehler）研究德国资产阶级公共领域的成果，尝试总结了构成文学公共领域的要素：

---

1. 哈贝马斯．公共领域的结构转型，王晓珏等译．上海：学林出版社，1999：3—4.
2. 同上：11.
3. 同上：29.
4. Hofmann, Michael. *Habermas's Public Sphere: A Critique*. Madison: Fairleigh Dickinson UP, 2017, 235.

第一，一个阅读公众的形成，“一般的阅读公众主要由学者群以及城市居民和市民构成，他们的阅读范围已超出了为数不多的经典著作，他们的阅读兴趣主要集中在当时的最新出版物上”[1]，换言之阅读群体的阅读兴趣始于文学经典，但很快便转向公众所关心的公共话题读物。第二，随着足够多的阅读公众的产生，“一个相对密切的公共交往网络从私人领域内部形成了”[2]，并且“以文学作品为核心，通过阅读而形成的公众交往空间开始出现”[3]，单个的读者并不能成为文学公共领域出现的动力，只有通过阅读，作家、读者、出版商三者共同结成公共交往的网络时，文学公共领域才可能出现，但作为这个链条的最顶端，文学家始终都发挥着极其重要的作用。第三，有了阅读的公众和交往的空间，就需要一定的规约来约束这个空间中的公共文学活动，资产阶级知识分子借鉴了从游离贵族那里习得的平等交往原则、自由讨论方式和决策时遵循多数的原则，并将这些原则贯彻于实践中。这些要素经过一定时间的演练后普及到政治领域中，随即向资产阶级政治公共领域转型，因此二者的关系是密不可分的，“在公众舆论的自我理解中，公共领域是一个不可分裂的整体。如果私人不仅想作为人就其主体性达成共识，而且想作为物主确立他们共同关心的公共权力，那么文学公共领域中的人性就会成为政治公共领域发挥影响的中介”[4]。在经过了文学公共领域的训练后，“参与讨论的公众占有受上层控制的公共领域并将它建成一个公共权力的批判领域，这样一个过程表现为已经具备公众和论坛的文学公共领域的功能转换。以

1. 哈贝马斯．公共领域的结构转型，王晓珏等译．上海：学林出版社，1999：3.
2. 同上：101.
3. 同上：3.
4. 同上：59.

文学公共领域为中介，与公众相关的私人性的经验关系也进入了政治公共领域”[1]。

1989年之后，正如哈贝马斯所说，他的研究兴趣有了大的改变，他也再未对公共领域问题进行过系统的研究，直到1996年出版的《事实与规范之间》一书中，哈贝马斯针对批评者对他公共领域理论的批评进行了一些新的修订。通过对当代资本主义社会的公共领域做出更有说服力的定义，他克服了原有公共领域概念的不足，即认为“公共领域是一种社会现象，就像行动、行为、交往或集体一样，但它却不同于传统的‘社会秩序’这样的社会学现象，公共领域不能被视为一种机构，更不能被视为一种组织。它甚至无法区分能力和作用，也缺乏明确的成员规约和统一的表达观点的规范，在公共领域中，交流被筛选并合成为带有明显主题特征的意见”[2]。这对思考英国文学公共领域的本质以及具体表现形式颇具启发。哈贝马斯注意到女权主义者对他的批评，也对弗雷泽所说的“反公共领域”进行了讨论，并在此基础上提出了“其他公共领域”（alternative public sphere），他这样做是为了证明，他对于公共领域的叙述“可以重新制定（reformulated），从而为女权主义所用”[3]。这就为公共领域在新的历史语境下重获生命创造了可能，同样，文学公共领域也存在很多“其他公共领域”，它的构成是多声部的。另外，在此书中他还区分了所谓的“强”和“弱”两种公众，也就是说公众在通过公共领域表现个人关注时存在力量的差异。英国文学公共领域中也存在这样两种公众。

1. 哈贝马斯．公共领域的结构转型，王晓珏等译．上海：学林出版社，1999：55.
2. J. Habermas. *Between Facts and Norms: Contribution to a Discourse Theory of Law and Democracy*. W. Rehg (trans.). Cambridge: MIT, 1996, 360.
3. Allen, Amy. "The Public Sphere: Ideology and/or Ideal?" *Political Theory*, Vol. 40, No. 6 (December 2012): 824.

第三节 哈贝马斯文学公共领域的“译”与“异”

陶东风曾撰文指出：“‘公共’、‘公共性’、‘公共领域’，以及与之相对的‘私人’、‘私人性’、‘私人领域’，都是一些含义暧昧、歧义纷呈、多义交叉的概念，以至于使用这些概念所产生的混乱和所澄清的问题一样多。其中相当重要的原因，是不同的人在使用这些概念时，常常意指不同的东西，或者同时意指好多东西。”[1]造成这一术语使用与解读混乱的原因很大程度上是对这一术语的翻译造成的。故而，在本章的最后一节，笔者想对哈贝马斯文学公共领域的翻译做一简评，毕竟在理论旅行的过程中，一些核心概念必然会在不同的学术语境中发生偏移。尤其是《公共领域》的原文是德语，后被译为英语，虽然此书的汉语版是依据德语版而来，但国内研究者所阅读的研究文献却基于其英语译本，这就使得对文学公共领域的理解产生了很多误读与误解。

布朗尼（Harry Browne）曾指出德语中的“公共”只能译作英语中的名词“public”，因为“‘publicity’（宣传、公开、广告等）在英语中已经有了其他意思，而如果选择‘publicness’便忽略了这个词的实体性”[2]，他据此称“哈贝马斯所说的公共是具有实体维度的，sphere这个词便译出这层意义”[3]。笔者并不同意这一观点，抛开哈贝马斯在著作中使用了“cultural institutions”（文化机构）这样的词来区分这些实体公共场所与“public sphere”不说，这位学者对于公共领域的本质的理解也过于狭窄，

---

1. 陶东风．阿伦特的公共领域概念及其对文学研究的启示．四川大学学报（哲学社会科学版），2010（1）：30.
2. Browne, Harry. *Public Sphere*. Ireland: Cork UP, 2018, 15.
3. Ibid.

这都是"公共"一词从德语译为英语时所产生的认知偏差。著名德裔美国学者霍亨戴尔认为德语的"Öffentlichkeit"比英语的"public sphere"更为抽象，它甚至指"公开的想法（the idea of being public），而并不具体指代社会或经济结构"[1]。

《公共领域》的中文译者们曾指出，学术界在翻译"公共领域"一词时，主要参照的是英语中的"public sphere"一词，或者是德语中的"Öffentlichkeit"（文学公共领域德语原为"literarische Öffentlichkeit"）一词。而在翻译成汉语的过程中，除了译为"公共领域"外，还出现了"公共话语"、"公共空间"等多个译法，在术语使用上非常混乱。由于每一译法均出自不同的历史和文化语境，再加上了学者们各自的解读，所指的内容便大相径庭了。有学者曾提议该词在社会学中应译作"公共领域"，而在思想史中则该译为"公共性"，有的学者则认为"Öffentlichkeit是作为一个抽象的术语使用，而Publickum则被用作一个更具体的术语，虽然他们通常指的是一回事"[2]。针对这种术语使用混乱的现象，黄宗智针对中国的特殊情况，主张使用"第三领域"（Third Realm）的概念来取代"公共领域"一词。这个概念消解了公共领域明显的价值意义，比起哈贝马斯的公共领域概念，"它也可以更为清晰地界分出一种理论上区别于国家与社会的第三区域"[3]。综上，在本专著中笔者更倾向于同意"哈贝马

---

1. Hohendahl, Peter Uwe. "Recasting the Public Sphere." *October*, Vol. 73 (Summer, 1995): 31.
2. Tortarolo, Edoardo. "Censorship and the Conception of the Public in Late Eighteenth-Century Germany: Or, are Censorship and Public Opinion Mutually Exclusive?" *Shifting the Boundaries: Transformation of the Languages of Public and Private in the Eighteenth Century*. Eds. Dario Castiglione and Lesley Sharpe. Exeter: U of Exeter P, 1995, 45.
3. 黄宗智．中国的"公共领域"与"市民社会"？——国家与社会间的第三领域．黄宗智主编，中国研究的范式问题讨论．北京：社会科学文献出版社，2003：269.

斯的德语Öffentlichkeit可以译为‘公共领域’，但更准确的应该是‘公共性’”[1]这一观点。但为保证术语使用的规范，本专著依然采用了“（文学）公共领域”的译法。

除了公共领域一词的翻译引发普遍争议外，还有学者认为“资产阶级”（bourgeois）一词的翻译同样存在很大问题。布朗宁教授就曾说“德语中的bürgerlich一词并没有固定所指，它既可以用来指‘市民’（例如市民阶层中的civil一词），也可以指‘家庭’（例如莎拉·山布逊的《家庭悲剧》中的‘domestic’），甚至可以指‘像市民般的’（例如‘纽伦堡市民’中的burghers）以及‘资产阶级’。这一翻译存在的问题在于会造成实质性的混淆，因为哈贝马斯的‘资产阶级公共领域’是否根源于阶级身份从来也不那么明确”[2]，正是语言使用存在的差异让“（文学）公共领域”问题的研究变得更加复杂。而汉语中的“资产阶级”一词的翻译主要是基于英语而来，这样一来在翻译的过程中“bürgerlich”的意义其实是发生了些变化的。如此一来，英语世界的学者指责哈贝马斯公共领域过于偏狭，强调资产阶级男性的批评可能本身就有失公允。

有学者曾论及文学在公共领域中的作用问题，认为文学在公共领域中绝非仅是某种工具，而是一种中介，用哈贝马斯的话说文学构成了一种独特的文学公共领域，并成为一种现代性话语。对文学公共领域的理解也要放在整体现代性话语中。理解文学公共领域有助于理解现代性话语和市民公共领域，其也揭示了现代社会的变迁。于是，文学公共领域

1. Salvatore, Armando. "Introduction: Rethinking the Public Sphere Through Transnationalizing Processes: Europe and Beyond". *Rethinking the Public Sphere Through Transnationalizing Porcesses*. Ed. Armando Salvatore. London： Palgrave MacMillan, 2013. p. 8.
2. Blanning, T. C. W. *The Culture of Power and the Power of Culture: Old Regime Europe 1660-1789*. Oxford and New York: Oxford UP, 2002, 11-12.

成为代表型公共领域和资产阶级政治公共领域的中间过程。同时，虽然“历史学家们并没有找到比‘公共领域’更加令人信服的替代性方案，许多批评家似乎对他的基本论点感到满意”[1]，但也要清醒地认识到，哈贝马斯的公共领域本身并不是十全十美、放之四海皆准的真理，盖斯屈奇（Andreas Gestrich）提醒研究者，《公共领域》“不是一本历史学家的著作，哈贝马斯是一位社会学家和社会哲学家，更是一位政治幻想家和民主斗士”[2]，他的“历史论点的建构是为了适应自己政治分析的需要”[3]，这也是《公共领域》最大的弱点之一。

艾莱认为欧洲公共领域的出现与以下条件密切相关：“都市文化在城市和地方（metropolitan and provincial）的发展为在当地组织的公共生活（集会场所、音乐厅、剧院、歌剧院、演讲大厅及博物馆）提供了新鲜的舞台、社会交往（出版社、出版公司以及其他文学媒体，借由阅读和语言社团发展起来的阅读公众，订阅式出版和图书馆，便利的交通，咖啡馆、酒馆和俱乐部等社交中心）所需的新的基础设施以及新的自发性组织。”[4]以上这些条件几乎囊括了英法德三国公共领域兴起的所有共有条件，但是对于英国（文学）公共领域自身具体发展条件的研究却存在问题。对17、18世纪的英国文人，“特别是新兴中产阶级的文化人来说，通过虚构文学来思考、应对当代社会问题和思想问题，乃至介入政治时

1. Gestrich, Andreas. "The Public Sphere and the Habermas Debate." *German History*, Vol. 24 No. 3 (2006): 416.
2. Ibid. 414.
3. Ibid. 415.
4. Eley, Geoff. "Nations, Publics, and Political Cultures: Placing Habermas in the Nineteenth Century." *Habermas and the Public Sphere*. Ed. Craig Calhoun. Cambridge, Massachusetts, and London: The MIT Press, 1996, 291.

事，是他们认为的从文的正途”[1]。对于他们通过文学公共领域介入政治的主要方式，英国著名文化学者马克曼·艾利斯（Markman Ellis）做过以下论述：“在哈贝马斯的描述中，公共领域建立在一些能够进行无等级差别的平等辩论的个人之上。他们的讨论先是在文学领域内，进而转入新闻和政治领域。这些个人在咖啡馆聚集从而形成了一种新的公共文化。哈贝马斯认为，道德散文、文学批评以及一些期刊都是一种‘漫谈’机制（discursivity）运行的中心方式。咖啡馆为这种忽略阶级差别、培养容忍态度的讨论提供场所，使得任何人都可以加入到讨论之中。在这个过程中，咖啡馆里的社交培养了就公共问题展开理性辩论的习惯，这一点对哈贝马斯的公共领域在市民社会中运作的机制来说具有关键意义。”[2]但英国文学公共领域在实际发展的过程中是否完全按照其理论建构呢？他的结论是否能够在英国文学史的发展中得到印证呢？这些都将是本专著以下部分要解决的问题。

---

1. 黄梅．推敲“自我”：小说在18世纪的英国．北京：生活·读书·新知三联书店，2003：5.
2. Ellis, Markman. "An Introduction to the Coffee-house: A Discursive Model." *Language & Communication*, 2008(28): 156-164.

第三章

英国文学公共领域的肇始（1640—1688）

雷蒙德·威廉斯在《漫长的革命》一书中告诫我们："要寻找各种意义和价值以及关于人类创造性活动的记录，当然不能只局限于艺术作品和思想性作品，各种制度和行为方式也应该纳入视野。同时，我们对过去的很多社会以及我们这个社会以往各阶段的认识，在很大程度上依赖于这些至今仍有着强大感染力的思想性作品和想象性作品，根据这些作品来描述文化，虽然不够完整，但至今也有一定道理。"[1]威廉斯认为在对文艺作品和思想性作品进行研究时，要将之置于社会制度和行为方式的语境中进行考察，反之亦然，当我们对一段社会历史进行追溯时，文学文艺作品也是重要的参考。这一点对于我们考察英国文学公共领域具有指导意义：一方面，在研究英国文学公共领域时一定要将文学家以及他们的作品置于其所处时代的各种制度和大众的行为方式之中进行考察，而公共领域本身就是一种制度、一种行为方式，是"组织人类经验的重要机制"[2]；另一方面，要对文学公共领域这种制度或者行为方式进行研

1. 雷蒙德·威廉斯．漫长的革命，倪伟译．上海：上海人民出版社，2013：51.
2. Roberts, John Michael. "Outline of a Marxist Commodity Theory of the Public Sphere." *Historical Materialism*, (2016): 15.

究，必须从文学作品、史料中挖掘。

为什么要研究英国文学公共领域呢？第一，文学公共领域首先是在英国发端的，法国直到18世纪中期才出现了具有批判能力的公众，而直到法国大革命后才形成了“将批判冲动制度化的能力”[1]（the capacity to institutionalize its critical impulses），更不用说“第四等级”的出现了，据研究，法国的文学公共领域直至大革命才开始向政治公共领域转型。相比法国，德国的文学公共领域发展得就更晚了一些，贵族并未从宫廷中游离出来，更没有与资产阶级知识分子相遇形成市民阶层，缺乏公共领域形成的阶级基础，但确实出现了一些带有政治内容的报刊，并在阅读社团中传播、讨论，尽管参与其中的大众人数十分有限。第二，哈贝马斯认为“英国是公共领域发展的典范”[2]，之所以这么说在于“审查制度的去除使得公共话语的发展走上了新台阶。自由信息的提供以及对大众的教育使得大众形成经过深思熟虑而不仅仅是一致的公众意见”[3]。换言之，哈贝马斯认为审查制度在英国的健全发展、公共话语的形成、自由信息的流通、大众接受“都市教育”等都促进了文学公共领域的发端。公共领域在英国发展得最为全面也最为深入，所以能够成为欧洲公共领域的典范。从本专著的这一部分开始，笔者将对英国文学公共领域（1640—1726）进行深入、具体的国别性研究。

扎雷特（David Zaret）曾指出哈贝马斯对英国公共领域的研究还存在

---

1. Calhoun, Craig. "Introduction: Habermas and the Public Sphere." *Habermas and the Public Sphere*. Ed. Craig Calhoun. Cambridge, Massachusetts, and London: The MIT Press, 1996, 14.
2. Ibid.
3. Ibid.

三个问题：第一，“该领域的发展早于哈贝马斯所说的18世纪”[1]，这一观点得到了很多学者的支持，因为哈贝马斯指出英国公共领域出现在17世纪的最后十年，这样说实际上忽略了公共领域在英国大革命前后这个关键时期的发展。即便英国公共领域确实要到18世纪才进入其发展的全盛期，但也是经过了17世纪中期出现的文学公共领域的孕育才产生的。扎雷特通过对《圣经》的阅读、实验科学的发展、印刷文化的昌盛和资本主义发展的研究修正了哈贝马斯的观点——“公共领域兴起于17世纪而非18世纪”[2]。当然，还有的学者认为资产阶级公共领域在1647年10月28日于伦敦一座教堂内发生的“普特尼辩论”（Putney Debates）中露出端倪。在这场由英国革命时期独立派高级军官和平等派之间进行的辩论中，他们就未来国家政治制度的发展方向展开了辩论，争论的焦点是国家政权的形式和普选权力是否要加上财产数额限制的问题，有人据此认为它是“资产阶级公共领域出现和形成的一个重要里程碑”[3]，甚至这场辩论中提出的思想都是“西方关于公共领域对话‘合理性’理论和实践的分水岭”[4]。这场辩论确实已经呈现出公共领域的一些特征，并且这次辩论和哈贝马斯所描绘的单一声部的资产阶级公共领域大为不同，已经出现了资产阶级（高级军官）与无产者（平等派）同时围绕公共事务展开辩论的情况。还有的学者认为公共领域出现得更早，它的历史涵盖了“从宗教改革到

1. Zaret, David. “Religion, Science, and Printing in the Public Spheres in Seventeenth-Century England.” *Habermas and the Public Sphere*. Ed. Craig Calhoun. Cambridge, Massachusetts, and London: The MIT Press, 1996, 220.
2. Kramer, Lloyd. “Habermas, History, and Critical Theory.” *Habermas and the Public Sphere*. Ed. Craig Calhoun. Cambridge, Massachusetts, and London: The MIT Press, 1996, 245.
3. Roberts, John Michael. *The Aesthetics of Free Speech: Rethinking the Public Sphere*. New York: Palgrave Macmillan, 2003, 11.
4. Ibid. 12.

18世纪的整个历史时期”[1]。第二，扎雷特还指出“将公共舆论视为政治的仲裁者而给予更多重视的是大众文化而非知识群体，后者反而成了哈贝马斯叙述的重点”[2]，对于英国文学公共领域的研究也是如此，研究的重点不仅要放在代表知识群体的文学家身上，更要关注来自大众的读者。第三，扎雷特还指出“当考虑到英国革命事件本身以及其所造成的后果时，宗教问题就变得十分明显”[3]，而且扎雷特指出宗教问题与大众文化其实是相互关联的，“在帮助公众使用更具批判性和理性的思维的过程中，这种宗教中的大众倡议对于政治话语形成有着深刻的影响”[4]。总之，扎雷特试图将公共领域的转型置于一般文化发展的广阔背景下，从根本上讲，他认为“公共领域转型的背后，是心态的转变”[5]。

按照哈贝马斯的理解，不论是资产阶级政治公共领域还是作为其前身的文学公共领域的出现都至少需要具备以下几个条件：第一，存在商品和信息的交换，这种交换促使国家与社会相分离，进而造成公共领域与私人领域的分离，能为公共领域的存在创造一个“真空”，这是公共领域存在的前提（当然这也遭到许多批评者的反对，他们认为“这种自由主义的公共领域事先假定了由商品生产控制的私人领域和由统治权威

---

1. Lake, Peter and Steve Pincus. "Rethinking the Public Sphere in Early Modern England." *Journal of British Studies*, Vol. 45, NO. 2 (April 2006): 270.
2. Zaret, David. "Religion, Science, and Printing in the Public Spheres in Seventeenth-Century England." *Habermas and the Public Sphere*. Ed. Craig Calhoun. Cambridge, Massachusetts, and London: The MIT Press, 1996, 220.
3. Ibid.
4. Ibid.
5. Gestrich, Andreas. "The Public Sphere and the Habermas Debate." *German History*, Vol. 24 No. 3 (2006): 425-426.

组成的公共领域的分离”[1]）。第二，一个公众交流的平台、固定机制或文化机构的产生，是公共领域存在的具体保障。第三，作为公共领域参与主体的私人要完成“新的私人性的天生经验的自我启蒙过程”[2]，这是公共领域形成过程中对参与主体的要求。因为随着近代资产阶级的出现，他们除了在政治、经济上有了代表自己本阶级利益的诉求外，也试图在文化、文学领域中有别于封建贵族阶层。代表他们利益的文学家和批评家遂通过他们的文学创作和批评活动，在封建的、公私不分的独断型话语领域内渐进地建立起了一个私人化的话语空间，这个话语空间通过引发公共舆论逐渐帮助资产阶级获得公共话语权。在这个过程中，资产阶级获得的不仅仅是话语权，他们还从没落贵族那里习得了宫廷中鉴赏文学作品的方式和方法。起初他们只是在文学领域内小试牛刀，通过讨论文学作品介入公共生活，随着越来越多的政治话题被带入这个领域，文学公共领域迅速向政治公共领域转型。

除了上述三个基本条件，英国文学公共领域的产生还具备了其他条件。第一，伦敦城市化进程加快、印刷技术的发展、书籍阅读的普及等形成了越来越多的读者群体和交往共同体。第二，英国咖啡馆恰好在这个时期兴起并迅速发展，为文学公共活动提供了实体场所，从而直接助推了英国文学公共领域的发展。这一点恰恰是欧洲其他国家所不具备的，也是英国文学公共领域相对德法两国较早出现的客观原因。第三，借由文学创作、文学阅读和围绕文学话题展开的讨论，资产阶级的私人

1. Zaret, David. “Religion, Science, and Printing in the Public Spheres in Seventeenth-Century England.” *Habermas and the Public Sphere*. Ed. Craig Calhoun. Cambridge, Massachusetts, and London: The MIT Press, 1996, 215.
2. 哈贝马斯．公共领域的结构转型，王晓珏等译．上海：学林出版社，1999：34.

主体性得以启蒙，并借助英国民族主义日渐彰显。第四，相对于欧洲其他国家，英国的审查制度也相对宽松，这促成了期刊的向前发展，“期刊新闻成为新兴公共领域的一个关键要素，私人聚集在咖啡馆和其他社交中心，就议会和王室的活动进行批判性讨论”[1]。

正如前论所述，有学者提出在研究英国文学公共领域的过程中，最大的研究误区在于“忽略了整个17世纪的英国”[2]，而实际上这些论坛、公共舆论在英国革命中的许多事件中已经占据中心。正是基于此，本研究将英国文学公共领域的研究起点放在了1640年。

第一节　英国文学公共领域肇始的条件

从根本上说，文学公共领域能够首先在英国兴起与英国独特的历史、社会、文化有着密切联系，这也使得英国文学公共领域呈现出与法德两国文学公共领域迥然不同的特征。“在英国和法国，从17世纪后半叶开始，新的组织和机构，新的社交形式还有新的更广泛、更快的交流方式都出现了，这一切都使得公共舆论有了更多呈现的方式和更大的力量”[3]，这些因素对于文学公共领域的形成同样重要，毕竟公共舆论是公共领域的风向标。另外，文学公共领域对市民阶层最重要的作用应该是其

1. Thompson, John B. "The Theory of the Public Sphere." *Theory, Culture & Society* 10.3 (1993): 176-177.
2. Zaret, David. "Religion, Science, and Printing in the Public Spheres in Seventeenth-Century England." *Habermas and the Public Sphere*. Ed. Craig Calhoun. Cambridge, Massachusetts, and London: The MIT Press, 1996, 216.
3. Harris, Bob. *Politics and the Rise of the Press, Britain and France 1620-1800*. London and New York: Routledge, 1996, 104.

“团结性”的力量。“这意味着要在寻求共同旨趣的基础上，精确地弥合不同个人与团体的需求、感受及规范等差异，亦即特别意志与普遍意志之间的差异”[1]，公共领域通过讨论共同话题的方式让个体及团体“开蒙”，尤其是“文学”可以培养大众对共同旨趣的追求。笔者认为文学公共领域能够在英国发挥这种团结作用，首先是因为它具备了以下条件：

一、乡绅崛起、英国城市化与印刷技术的发展

法国历史学家基佐在《1640年英国革命史》一书中认为封建贵族、僧侣以及皇权先后在古代欧洲历史上发挥了统治作用，正是这三种力量此消彼长的斗争使得欧洲在很长一段时期内保持着自由、繁荣和开明的局面，这个局面同样也为英国文学公共领域的发展提供了一个长期稳定的外部环境。

1455—1485年的“玫瑰战争”使得英国旧封建主被消灭殆尽，一个新的君主制的王朝——都铎王朝随之建立，但主张“主权在神”的教会对这个新王朝的制约越发变本加厉。为了打破神权控制，实施彻底的君主专制，满足当时社会对建立统一民族国家的普遍渴望，民族国家这一政治实体在都铎王朝时期逐渐形成。该王朝是英国君主专制历史上的黄金时期，也是英国从封建主义向资本主义的过渡时期。这时的西欧，资本主义开始发展，伦敦逐渐步入城市化发展的轨道，城市人口开始增长。经济的发展迫切需要一个安定的政治环境，于是民族利益的需要与国王的专制结合在了一起，这在莎士比亚笔下的亨利八世口中有所反映：“各

1. McCarthy, Thomas. “Practical Discourse: On the Relation of Morality to Politics.” *Habermas and the Public Sphere*. Ed. Craig Calhoun. Cambridge, Massachusetts, and London: The MIT Press, 1996, 59.

位大人，我把你们团结为一体，你们就应当永远团结。这样，我就愈来愈强大，你们也就会得到愈来愈多的荣誉。”[1]民族主义与王权结合客观上为资本主义的发展创造了相对稳定的环境。

罗马宗教势力对这样一个全新的民族国家的制约直接导致亨利八世进行宗教改革，改革从根本上削弱了贵族的力量，同时又为英国乡绅力量的崛起创造了条件。乡绅们通过购买被没收的教会地产，成为有影响力的阶层，随着他们自身经济实力的提升，他们渴望与其经济地位相匹配的政治权力和社会地位。所以这个阶层更为热衷政治活动，参与到公共事务的管理之中，也更加关心国家的一些重大决策。“乡绅崛起”成为英国历史发展过程中非常独特的历史现象，而这一阶层的出现与之后市民阶层的崛起、公共领域的诞生都有着千丝万缕的关联，这在哈贝马斯的研究中并未被考虑在内。

为了迎合日渐强大的专制王权和处于上升期的乡绅的需要，对君主的神圣化和歌颂便成了这一时期英国文学的特征之一，例如在《亨利八世》中，莎翁借大主教克兰默之口预言刚出生的伊丽莎白公主“会给这片国土带来无穷的幸福”，连“《圣经》上的示巴女王也不及她这样渴求智慧和美德”[2]，又如埃德蒙·斯宾塞（Edmund Spencer）的长诗《仙后》（*The Faerie Queene*）的开篇第四节中就有这样一段歌颂女王的描写：

> 随他们以俱来，啊光明的女神，
> 你是仁爱的影像，威严的象征，

---

1. 莎士比亚．莎士比亚全集，朱生豪等译．北京：人民文学出版社，2010：108.
2. 同上：112.

这最伟大海岛之伟大的女性，
你的光明像太阳神的灯，普照大地。
请你以仁慈的光射入我的弱眼，
提起我的过于卑猥低贱的思想，
去想象你那真正光荣的化身，
我的拙笔所不能表达的题材：
啊我最敬重的神，请听我的歌唱！[1]

（梁实秋译）

这首诗中歌颂的“光明的女神”、“海岛（英国）之伟大的女性”指代的正是伊丽莎白一世，整首长诗中的“仙后”指的也是这位女王，她被歌颂为“仁爱”与“威严”，是英国最伟大的女性。这些英国文学作品在王权至上观念确立的过程中发挥了很大作用，借用文学作品文学家强化了这些对王权的“神化”，此时的文学家及其作品很多都依旧属于宫廷文化的重要组成部分。

英国王权在与教权角力获胜后便急于确立其合法性，既然这种合法性不能来自宗教，自然而然就要来自民族国家中“人民”的认可。所以自亨利八世起，王权开始操纵议会以获取民意。但也是从这时起，英国历史发展的最大矛盾开始凸显了出来：“既然王权发展到这时已不得不把民意视为合法性的基础了，那么，它有什么理由对民族实行专制制度

1. Edmund Spenser. *The Faerie Queene* [DB/OL]. http://www.gutenberg.org/files/15272/15272-h/15272-h.htm, 2005-03-07.

呢？专制主义的矛盾正是在这里。”[1]1588年，英国打败了西班牙无敌舰队，由此开始了它的海上霸权之路，它的专制王权也开始动摇。

詹姆士一世继位后，却逆历史潮流地重提“君权神授”的说法，此时再想强化、巩固王权专制已无基础，且完全背离英国作为民族国家向前发展的实际要求。从1603年到1640年的几十年间，国王与议会的关系每况愈下，双方由不和上升为武力对抗。从1614年到1621年的七年间，詹姆士没有再召集议会，继任者查理一世也从1629年到1640的十一年中实行了无议会的统治。专制王权的保留与民族国家的发展最终引发了暴力革命——1649年查理一世被送上断头台，英国君主制被废除，并建立了共和国。历史学家钱乘旦、陈晓律指出：“与‘君权神授’相反，议会的权利来自现世，来自于人民，因此它有最高主权！”[2]“人民主权”的观念已在英国生根发芽，恢复王权统治已再无可能。然而，英国革命的结果却让英国人民大失所望，革命以推翻专制为目标，却以建立了另一个专制政权收场，克伦威尔变成了实际上的无冕之王，甚至比之前的国王更加专横。

与政治上的波澜起伏不同，英国尤其是伦敦的经济发展迅速，城市化的趋势越发突出。城市为商品和信息交换提供了平台，这是形成资产阶级公共领域的关键，因为这两种交换代表了“资本的兴起，原本天衣无缝的权威的网开始破裂，公共领域和私人领域所代表的国家和市民社会的不同开始显现”[3]。同样是在城市中，家庭结构也开始发生变化，“随着资产阶级家庭与劳动场所的分离，一种新的倡导爱、自由与教育的‘私

1. 钱乘旦，陈晓律. 在传统与变革之间：英国文化模式溯源. 南京：江苏人民出版社，2010：23.
2. 同上：49.
3. Blanning, T. C. W. *The Culture of Power and the Power of Culture: Old Regime Europe 1660-1789*. Oxford and New York: Oxford UP, 2002, 8.

密空间'开始出现"[1]。可以说正是城市化为上述两种变化创造了条件，从而促成了资产阶级公共领域的出现。这两个空间并非完全对立，而是互相补充的，"公共领域那些传统的、强制性的表达规则并不能完全控制人们对现实的感知，因此私人领域是对公共领域的补充：在公共领域之外，人们拥有一种生活，一种表达他们自己的形式和一些没有任何传统能够强行剥夺的权利。但公共领域也是一种对私人领域的修正；自然人是动物，单纯依据家庭之爱的规则而度过的生活将会产生一种自然的缺陷：不文明；而公共领域修正了这种自然的缺陷。如果文化的缺点是不公平，那么自然的缺点就是它的野蛮。"[2]在这一点上，资产阶级公共领域的出现与古典公共领域的兴起类似，古希腊公共建筑的大量出现为城邦生活的开始创造了客观条件，也推动了古典公共领域的出现，而现代资产阶级公共领域的产生同样也和城市化的进程密不可分。

马克思曾说过："虽然在十四和十五世纪，在地中海沿岸的某些城市已经稀疏地出现了资本主义生产的最初萌芽，但是资本主义时代是从十六世纪才开始的。"[3]就英国而言，从16世纪末开始，英国海外贸易受到王室重视并得到大力支持。1650年之后，随着英国海军势力的日益强大，海外贸易持续且迅速发展。借助重商主义政策的刺激，英国经济取得了更快的发展，也对英国的城市化有了新的要求，新的城市体系随着经济发展迅速形成。伦敦当仁不让地成了英国民族经济发展的中心城市，城市化的第一个特征就是"人口日渐密集的过程（a process of

1. Blanning, T. C. W. *The Culture of Power and the Power of Culture: Old Regime Europe 1660-1789*. Oxford and New York: Oxford UP, 2002, 8.
2. 理查德·桑内特．公共人的衰落，李继宏译．上海：上海译文出版社，2014：125.
3. 中共中央马克思恩格斯列宁斯大林著作编译局编．马克思恩格斯全集：第23卷．北京：人民出版社，1972：784.

population concentration）”[1]，伦敦这座城市吸引了来自英国各地希望挖到“第一桶金”的人，不夸张地说“英国形成的民族经济体系就是伦敦经济体系。伦敦变成了世界上最大、最繁忙、最富有的城市”[2]。

基恩对英国城市化的研究也为伦敦城市化的历史事实提供了佐证，他的数据同样显示从1050年至1700年伦敦的人口始终排名第一，在全国总人口的占比由1.1%增长至11%。

表一：英国的城市化，1050—1700年（单位：人）[3]

	不同历史时期的总人口					
	1050年	**1100年**	**1300年**	**1500年**	**1600年**	**1700年**
英格兰和威尔士总人口	1,600,000	2,000,000	6,000,000	2,500,000	4,200,000	5,250,000
伦敦						
在市镇中的排名	1	1	1	1	1	1
总人口	17,000	24,000	＞80,000	50,000	200,000	575,000
占人口比例	1.1%	1.2%	＞1.3%	2.0%	4.8%	11%

从1500年到1750年，伦敦的人口是英国第二大城市人口的20倍。而从1650年开始，像伯明翰、曼彻斯特和利物浦这样的新城市在英国也逐渐加入城市化进程。

---

1. Tisdale, Hope Eldridge. "The process of urbanization." *Social Forces* 10 (1942): 311-316.
2. 刘景华．英国城市现代化的准备阶段：1500-1750．钱乘旦、高岱主编，英国史新探：全球视野与文化转向．北京：北京大学出版社，2011：266—267.
3. 德里克·基恩．700—1700年的市镇和贸易．钱乘旦、高岱主编，英国史新探：全球视野与文化转向．北京：北京大学出版社，2011：127.

德国、法国及意大利等国拥有更多数量的大城市，但英格兰及威尔士的大城市则呈现出强劲的增长态势。这些大城市中没有行会的约束，所以个人经济活动相对自由，人员的流动也比较容易。上述数据表明，在重商政策刺激之下，城市中的经济活动冲破了家庭的小单位而步入社会层面，这个过程就是阿伦特所说的“社会的兴起”（the rise of the society）的过程。这个兴起的实质是社会再生产的私有化，也是哈贝马斯所说的“从积极意义上看，重商主义的‘统一体系’已经促使社会在生产过程的私有化开始萌芽：社会再生产过程是私有化可以按照市场自身的规律自主地逐步进行。因为随着受到上层支持的资本主义生产方式逐步扩展开来，社会关系也采取了交换关系的形式。随着市场领域的扩张和解放，商品所有者获得了私人自律；‘私人’一词的肯定意义正是依据以资本主义方式自由支配财产的权利概念而产生的”。[1]

城市化除带来了“社会的兴起”还引起了“社会的城市化”（the urbanization of society）——“城市化的过程还会涉及人们的城市行为、思维模式与活动方式”[2]。也就是说，城市化的过程还会对生活在其中的人进行“城市教育”，以帮助他们更加适应城市生活，参与城市中的公共活动正是社会城市化的形式之一，所以说，伦敦的城市化也带来了社会的城市化，并推动了英国文学公共领域的发展。

城市经济结构的变化同时也带来了社会流动的加剧和社会结构的变迁，导致英国近代市民社会的形成和市民构成来源的多样。下图反映的是1630年至1660年伦敦个别公会中学徒籍贯的分布情况：

1. 哈贝马斯．公共领域的结构转型，王晓珏等译．上海：学林出版社，1999：84—85.
2. Vries, Jan de. *European Urbanization 1500-1800*. Cambridge, Massachusetts: Harvard UP, 1984, 12.

表二：1630年至1660年伦敦个别公会学徒的籍贯[1]

公会名称	学徒数量	伦敦	近畿诸郡	米德兰	北部	东部	南部和西部
盔甲制造公会	399	21.30	20.80	28.82	12.03	2.25	11.52
面包师公会	1049	6.51	28.51	32.63	12.37	2.96	14.06
外科医师公会	374	24.33	23.53	22.19	12.03	5.39	8.82
屠夫公会	390	12.56	22.31	36.66	10.00	4.10	13.84
木匠公会	528	12.31	22.53	34.84	9.84	1.32	15.34
铸造师公会	255	17.32	13.44	22.74	18.93	5.88	13.72
细木匠公会	1709	16.21	24.62	32.70	10.06	2.04	10.59

在哈贝马斯看来，市民社会的形成是公共领域出现最为重要的条件。因为，为了达到保护市民阶层的权利和与政治国家抗衡的目的，一个从市民社会中产生，处于国家和社会之间，对二者进行调节的社会交往空间（即公共领域）才可能出现。市民社会的形成对英国文学领域的出现最大的作用是：一个有闲有钱的阅读公众开始出现了，这个阅读公众的出现又直接推动了英国印刷业的发展。这就像培根曾说过的那样，印刷“改变了世上所有事物的命运和状态”[2]，印刷技术的提高让信息的复制变得更加容易，也更易于将信息传达到更广泛的公众那里。也就是说

1. Patten, John. *English Towns 1500-1700*. England: Dawson Archon Books, 1978, 240.
2. Bacon, Francis. *Novum Organum*. Trans. G. W. Kitchin. Oxford: Oxford UP, 1855, 100.

信息传播的效率更高了，影响也更广了，而反过来，公共领域又团结了市民阶层，因为正如卡尔霍恩所说的那样“公共领域的重要性在于它作为社会团结模式的潜力”[1]，市民社会成为公共领域最主要的参与主体，而成熟的公共领域又反过来变成市民阶层进行公共交往的平台，二者是相互依存、相互促进的关系。但这二者之间的催化剂恰恰是印刷技术，因为正如弗林特（Christopher Flint）研究所说：“印刷文学的生产和流通取得了很大的进步，加上咖啡馆等场所的兴起，出版的作品可以有效地得到分享和讨论，这促使欧洲人开始关注公共舆论的作用，这又可以帮助塑造公民社会。”[2]弗林特所描述的实质上就是公共领域、印刷技术和公民社会之间的关系。

英国现代意义的印刷技术可追溯至1470年，早期的印刷品都是文学作品或者是普通读物，读者主要由牧师、学者和学生构成，但是这个阅读公众发展的速度缓慢且规模非常有限。威廉斯认为造成这种情况的原因是，“读者大众的历史可绝不只是与技术水平相关，事实上它自始至终都与两个很艰难而且经常混淆不清的价值问题纠结在一起，在很多情况下，甚至是那种很平常的记录也受到了它们的影响。一方面是担心随着读者圈的扩大，标准会降低，文学会受到‘流水账’的威胁。与此相关却又包含着其他偏见在内的，根本上就是一种政治恐惧，即担心一旦普通人都能阅读，素养和秩序（有时候两者可以互相代替）就会遭受威胁。”[3]笔者认为除上述原因外，阅读公众发展缓慢的原因还在于：一，

1. Calhoun, Craig. "Introduction: Habermas and the Public Sphere." *Habermas and the Public Sphere*. Ed. Craig Calhoun. Cambridge, Massachusetts, and London: The MIT Press, 1996, 6.
2. Flint, Christopher. *The Appearance of Print in Eighteenth-Century Fiction*. Cambridge: Cambridge UP, 2011, 12-13.
3. 雷蒙德·威廉斯．漫长的革命，倪伟译．上海：上海人民出版社，2013：166.

直到16世纪，英国的文盲率还比较高，能够阅读的群体数量十分有限；二，阅读公众的增加在当时被认为会威胁英国社会的行为准则，同时还会亵渎文学的高雅地位，这时的文学依然属于宫廷文化中的重要部分，所以其发展受到了刻意的限制；三，统治者认为，普通人阅读会威胁到国家的安定和团结，一旦通过阅读获取了更多的知识和信息，便会挑战统治者的权威；四，由于印刷技术不成熟，印刷品的成本还比较高，超出了普通人的消费能力。

而到了17世纪，准确地说是在英国内战前，印刷业的发展便已经达到了令人惊讶的速度。多位研究者对此开展过研究，雷文统计认为"16世纪的前十年只有400本左右的书出版，到17世纪30年代出版图书总量激增至6000余本，到18世纪头十年增加至21,000余本，到18世纪90年代已经多达56,000余本"[1]。在《漫长的革命》一书中，威廉斯也做过统计："实际上，读物的数量和质量都在稳定地上升，书价从霍林思赫德时候的26先令降到莎士比亚时期的4便士或6便士（6便士相当于当时两顿饭钱）。在16世纪初，印刷商的数量只有两到三家，1558年上升到13家，1563年有34家，1577年有40家，而在1590至1595年间，更是上升到97家。其后，通过特许专卖权来实施的贸易保护限制了印刷商的数量，但在1649年和1660年，伦敦仍然至少有60家印刷商，在17世纪90年代，又开始有了飞速的发展，尤其是扩展到了郡县。剔除谣曲集和小册子之后，实际出版的书籍数量很难估计，但总的趋势很明显：1510年有13种，1530年有28种，1550年有85种，1581年可能有150种，此后大体稳定在这个数字上，直到

1. Raven, James, Helen Small, and Naomi Tadmor. "Introduction: The practice and representation of reading in England." *The Practice and Representation of Reading in England.* Eds. James Raven, Helen Small, and Naomi Tadmor. Cambridge, 1996: 5.

内战时期和共和政体时期，才有了更迅速的上升。王政复辟时代有所下降，年均出版量稳定在100种左右，直到18世纪中期为止。与此同时，每版印数从16世纪最高的1,500左右（语法书和祈祷书除外，它们可以高达3,000本），上升到了平均2,000本，在18世纪之前，每版印数基本维持在这个水准上。《失乐园》在两年内卖了1,300本，非常流行的夸尔斯的《寓意画和象形文》（*Emblems and Hieroglyphikes*）更是在两年里卖了5,000本。同时，我们也可以通过'预卜历书'（prognosticating Almanacks）的销量来估算更普通的读者大众的规模，在1646年到1648年间，在众多流行历书中，每一种的平均销量都超过了16,000册，谣曲集、大报和廉价小书的读者数量至少不下20,000。"[1]这里的数据一方面显示了出版印刷业的长足发展，另一方面说明了宗教文学在一开始就对英国文学公共领域的形成产生很大的影响，这从威廉斯的数据里便可窥一斑。

出版印刷业的井喷式发展一方面是因为内战的爆发终止了几乎所有的审查制度，从而解放了这一行业；另一方面，内战期间，大众更加渴望通过阅读获取政治局势变化的最新信息，从而保证自身安全。16世纪初，英国还只有两三家印刷厂，而到了1649年，通过讨论经典作品而进行政治辩论越来越受公众的欢迎，这也直接促进了印刷业的向前发展。

印刷技术的提升造成的第一个结果是"阅读"方式的改变。首先，"面对数量更多、阅览时间更少的文本，读者的阅读日益灵活易变"[2]。印刷技术使得可供阅读的作品日益增多，读者阅读的效率也提高了，"书的这种数量变化带来了重要的实质性后果。因为有更多的书可以读，读者

1. 雷蒙德·威廉斯．漫长的革命，倪伟译．上海：上海人民出版社，2013：168—169.
2. 罗杰·夏蒂埃．法国大革命的文化起源，洪庆明译．南京：译林出版社，2015：84.

构成及阅读方式都发生了改变。当印刷出的书很小且昂贵时，文本就被反复阅读，而且还只局限于宗教、指导和教育类话题，读者也就限定在牧师、律师和信徒的范围内。简言之，这是一种‘精读’。一旦有数千种更大且更廉价的书可供选择时，就会有更多寻找相关主题信息、实用建议和娱乐的新读者加入进来，他们一次读一本，读完就抛弃。简言之，这是一种‘泛读’。在16世纪，一个图书馆可能只有一百本书而已，却足以让拥有者成为饱读诗书的大学者，而到了18世纪末，私人拥有数千卷书已经司空见惯，不足为奇。”[1]从这种“精读”到“泛读”的转变中，读者和图书生产形成了一种良性的互动，读者群体不断壮大。第二，印刷技术造成阅读个人化，使得“阅读从根本上变成一种静默的独处的私密行为”[2]，但是这种私密行为又和“阅读作为一种社会姿态（social gesture）有关系——这既不是在讲坛也不是在咖啡馆中发生，而是在一群受过教育的、有特权的和清醒的绅士们在一起时才会形成”[3]，或者按沃帕所说的：“作者和读者之间的亲密关系是匿名的、非个人的、人为的。这造成了一个诱人的悖论：印刷似乎创造了一种透明的平等，这种平等是充斥了各种等级术语的日常社会关系中面对面交流所无法承认的。”[4]在这种印刷所形成的透明平等中，人们得以暂时摆脱等级的束缚，从而更加自由地表达自己的观点。第三，恭顺性阅读变为批判性阅读，如夏蒂埃所说：“阅读的宗教成分减少，它已失去了所承载的权威性和神圣性。人们对书

1. Blanning, Tim. *The Pursuit of Glory: Europe 1648-1815*. London: Penguin Books, 2007, 479-480.
2. 罗杰·夏蒂埃．法国大革命的文化起源，洪庆明译．南京：译林出版社，2015：84.
3. Johns, Adrian. "Reading and Experiment in the Early Royal Society." *Reading, Society and Politics in Early Modern England*. Ed. Steven N. Zwicher. Cambridge: Cambridge UP, 2003. 247.
4. Vopa, Anthony J. La. "Conceiving a Public and Society in Eighteenth-Century Europe." *The Journal of Modern History*, Vol. 64, No. 1 (Mar., 1992): 109.

籍集体的和崇敬的关系——以恭顺与服从为核心，让位于一种更自由、更随意的和更具批判性的阅读方式”[1]，或者说阅读同样经历了“世俗化”的过程——“阅读方式的变化是更大范围转变的组成部分，历史学家通常把这种更大范围的转变概括为去神圣化进程”。[2]

从这个角度来看，阅读更像是一场引发社会巨变的文化革命，“阅读也就失去了长期以来一直拥有的那种宗教意蕴。读者与文本之间的一种新关系因此得以建构起来，读者不敬服权威，反过来不断地为新鲜事物所诱惑和心生幻灭，不再倾向于信服和拥护。这种新的阅读方式，在日常行为实践直接关联性方面，大规模地践行着康德所谓的‘个人公开运用理性’”[3]。这就是印刷技术的提升所产生的最直接后果——将阅读提升为一种文化革命，不论是隐私、个人阅读还是个人对文化产品的消费都变成了一个由个人组成的想象共同体的公众，一个拥有了“主体性”的资产阶级个人开始公开运用理性思考与自己密切相关的公共问题。当然，扎雷特认为印刷业还产生了更为深刻的影响，他指出“虽然哈贝马斯在讨论阅读大众的兴起时含蓄地提到印刷革命，但他狭义地认为，印刷革命是传播和分享思想的手段，而不是形成新思维方式的独立随机因素”[4]，也就是说印刷革命让阅读公众的思维方式发生了变化。

印刷业发展造成的第二个结果是增加了阅读大众的力量，对于这个读者大众出现的历史，威廉斯曾做过简单追溯，他指出：“根据对读者

1. 罗杰·夏蒂埃. 法国大革命的文化起源，洪庆明译. 南京：译林出版社，2015：84.
2. 同上：85.
3. 同上。
4. Zaret, David. “Religion, Science, and Printing in the Public Spheres in Seventeenth-Century England”. *Habermas and the Public Sphere*. Ed. Craig Calhoun. Cambridge, Massachusetts, and London: The MIT Press, 1996, 213-214.

大众（reading public）这个词的不同解释，历史学家可以放开手来，为读者大众在英国的出现选择几个不同的日期。经常性的阅读——即使是读报纸，仅仅是在20世纪，才在我们大多数人当中普及开来，而只是我们这一代，经常读书的人才勉强够得上多数。但在19世纪，也有过阅读方面的巨大扩展，这种扩展有时候是波澜壮阔的。在18世纪，同样也有过重大的扩展，既创办了定期性的报章杂志，也改变了文学的社会基础。由此再往前追溯，便可以发现，在17世纪的时候，其实也有过这种发展，尽管发展得并不平衡，我们甚至还可以将这种发展追溯到引入印刷术的15世纪70年代。事实上，如果我们取一个最低限度的定义，探寻定期制作各种书籍复本的历史，那么在这个国家里，我们至少可以上溯到公元8世纪。”[1]按照威廉斯的研究来看，读者群早在公元8世纪便已经在英国出现了。但这一群体的发展速度相对缓慢，限制其壮大的最客观原因显然是印刷技术的落后。一旦解决了技术瓶颈，阅读公众便开始激增。

在《漫长的革命》中威廉斯对阅读大众的分类以及他们的阅读趣味开展过以下研究："在阅读大众形成初期，我们可以看到一种发展模式，这种模式将在之后的时间里以更大规模再次出现：一个对文学、哲学和类似作品感兴趣的稳定增长的公众的出现及一个对更偶然和短暂阅读感兴趣的快速增长的公众的出现。就阅读内容所占的比例来看，读者尤为喜欢阅读小册子和歌谣，他们并不挑剔所读内容，这说明一方面流行的传统娱乐方式已经向印刷读物转移，另一方面也反映出，在英国内战期

1. 雷蒙德·威廉斯．漫长的革命，倪伟译．上海：上海人民出版社，2013：164.

间大众对社会问题尤其是政治问题的感兴趣程度达到了顶点。”[1]威廉斯与哈贝马斯对读者大众构成的认识显然存在差异，哈贝马斯认为这个阅读大众的主体是资产阶级白人男子，而威廉斯则认为“有两种为数众多、举足轻重的比较贫困的人，很可能享有阅读的时间和机会——他们是学徒和家庭佣人，尤其是后者”[2]，阅读大众并不仅限于资产阶级，在威廉斯看来“下层社会，尤其是学徒和家庭佣人，特别是其中的男仆和女仆的日渐增多的闲暇、奢华和文学要求，在当时得到了如此之多的慷慨激昂的评论，确实令人瞩目。在估计家庭佣人这个社会集团在文学上的重要性时，切不可忘记的是，他们构成了一个相当之大而且非常引人注目的阶级，在18世纪，或许他们构成了国民中一种最大的职业集团”[3]。这在哈贝马斯分析公共领域参与主体时是没有考虑过的，虽然他在再版序言中承认了对“平民公共领域”的不公正处理，但他却并未对此做出修改，而威廉斯的上述研究则表明这些“亚文学公共领域”不仅确实存在而且规模巨大。

印刷业与读者公众的发展还间接地推动了英国图书馆的发展，“大量流动性和订阅制图书馆在城乡出现即是这个阅读公众形成的明证”[4]。这种可供借阅的图书馆甚至改变了传统的阅读模式——人们不用去反复读原本仅有的那几本书，读者有了更多的阅读选择，到了18世纪这种图书馆变得愈加开放和商业化，到1800年前后“伦敦至少有100所，其他省有近

1. Williams, Raymond. *The Long Revolution*. Longdon: Chatto and Windus, 1961, 160-161.
2. 雷蒙德·威廉斯．漫长的革命，倪伟译．上海：上海人民出版社，2013：164.
3. 伊恩·瓦特．小说的兴起，高原、董红钧译．北京：生活·读书·新知三联书店，1992：45.
4. Speck, W. A. *Literature and Society in Eighteenth-Century England: Ideology, Politics and Culture, 1680-1820*. London and New York: Longman, 1998, 10.

1000所这样的图书馆”[1]。

“印刷革命”的第三个“副产品”是它在文学家、文学作品与读者之间创造了一种独特的体验。一则，印刷市场“为18世纪的作家提供了一个客观的公众身份，并为与大众读者的直接交流开辟了前所未有的前景”[2]；二则，它也为阅读大众在文学作品中体验“自我”创造了机会，这用哈贝马斯的话来说，“一方面，读者通过阅读重温文学作品中所表现出来的私人关系；他们根据实际经验来充实虚构的私人空间，并且用虚构的私人空间来检验实际经验。另一方面，最初靠文学传达的私人空间，亦即具有文学表现能力的主体性事实上已经变成了拥有广泛读者的文学；同时，组成公众的私人就所读内容一同展开讨论，把它带进共同推动向前的启蒙过程当中”[3]。印刷“提供了一种相较于舞台而言，更少受到公众态度审查的敏感性的文学媒介，一种在本质上更适宜于交流私下情感和幻想的媒介”[4]。与受到严格审查的戏剧表演相比，读者会更轻松地讨论他们在阅读时的体验，通过体验文学作品，他们可以更好地认识自己的身份。在阅读期刊时，这种身份变化更加复杂，读者和作家之间的关系往往会互换，阅读《旁观者》的读者现在可以给《旁观者》写信，从而将身份转变为作者，但无论怎样“阅读和写作在某种意义上是次要活动，公共领域的中心活动是对话”[5]，而正是印刷使得这些对话关系成为可能。

---

1. Blanning, Tim. *The Pursuit of Glory: Europe 1648-1815*. London: Penguin Books, 2007, 480.
2. Vopa, Anthony J. La. "Conceiving a Public and Society in Eighteenth-Century Europe." *The Journal of Modern History*, Vol. 64, No. 1 (Mar., 1992): 108.
3. 哈贝马斯．公共领域的结构转型，王晓珏等译．上海：学林出版社，1999：54.
4. 伊恩·瓦特．小说的兴起，高原、董红钧译．北京：生活·读书·新知三联书店，1992：223.
5. Griffin, Dustin. "Fictions of Eighteenth Century Authorship." *Essays in Criticism*, Vol. XLIII, No. 3 (July, 1993): 187.

以上印刷业所引发的文化革命对英国文学公共领域的发展起到了至关重要的作用，“通过印刷这个公共媒体，人们习得了私人启示（private revelation）和亲密交谈（intimate conversation）的技巧”[1]。不得不说，这种所谓的私人启示在文学作品发挥了重要作用，而亲密交谈则确立了理性对话在公共交谈中的作用。印刷业的兴起为文学生产奠定了坚实的市场基础，使得文学从宫闱之中一步步走向大众，形成了一个稳定的消费群体，并逐渐成为普通大众生活的一部分，印刷技术让文学经历了“世俗化”的过程。此外，印刷业的发展加速了信息的传播速度和效率，让私人日益成为公众的一分子。印刷革命的影响极其深远，以至于伊恩·瓦特都曾惊叹：“读者与文学所设想的虚构人物之感情的最为强烈的共鸣，竟会由于利用了印刷这种最不为情感所影响、最客观、最社会化的交流媒介而产生，这是自相矛盾的。”[2]就英国文学公共领域的发展而言，印刷品为其向政治公共领域的跨越提供了必要条件，因为只有通过阅读，大众才能作为平等的“人”在文学公共领域依照自律原则展开训练式的讨论，并逐渐就公共问题达成一致，从而将个人主体性的经验上升为公共性的经验，“公共与私人的连续性由不断变化的‘公共性’来调节，而这种连续性是由印刷生产和消费引发的观念所形成和维系的。这一观念明确了作者与读者的关系，而正是他们成为公众最基本的构成单位”[3]。

---

1. Brewer, John. "This, That and the Other: Public, Social and Private in the Seventeenth and Eighteenth Centuries." *Shifting the Boundaries: Transformation of the Languages of Public and Private in the Eighteenth Century.* Eds. Dario Castiglione and Lesley Sharpe. Exeter: U of Exeter Press, 1995, 11.
2. 伊恩·瓦特．小说的兴起，高原、董红钧译．北京：生活·读书·新知三联书店，1992：230.
3. Lee, Benjamin. "Textuality, Mediation, and Public Discourse." *Habermas and the Public Sphere.* Ed. Craig Calhoun. Cambridge, Massachusetts, and London: The MIT Press, 1996, 408.

但也应注意的是哈贝马斯对印刷技术、阅读革命（reading revolution）与英国文学公共领域之间的关系的论述看似无懈可击，却存在另一个悖论，正如古德所指出的那样"在将17、18世纪出版业的发展视为欧洲沙龙和咖啡馆中批判性辩论的延伸的情况下，哈贝马斯忽视了这样一个事实，即大规模印刷业的发展事实上带来了公众对话（public dialogue）的衰落。因为，在复杂的、分化的和政治中心化的社群（politically centralized societies）中，一个热衷政治活动的公众的出现必然要借助印刷业的大规模发展"[1]，也就是说印刷业的发展必然会造成人与人直接对话的减少，又如何能加速资产阶级之间的对话呢？古德认为哈贝马斯没有认识到这一点是因为他："小心翼翼地颂扬的18世纪公众或许是在一些特定的环境中（例如咖啡馆）参与了批判性对话，但整体来看，尤其是与希腊时期的城邦（polis）相比较，他们实际上都是在构建想象的共同体（imagined communities）。"[2]也就是说印刷技术确实使得人们面对面的直接交往减少了，但印刷技术的发展却适时地与英国民族主义相遇，恰到好处地帮助英国民族国家形成"想象的共同体"，这样一个共同体一旦形成，便会对涉及自身的公共问题异常敏感和热衷。所以，公共对话、辩论、说理不仅没有减少，反而更加激烈，这更易于一个良性的（文学）公共领域的形成。

除此之外，瓦特在《小说的兴起》中也提醒我们要客观认识这个崛起的阅读大众，因为客观历史事实是："对绝无仅有的那几个可能喜欢阅读的人来说，除却缺乏闲暇时间和购书款项之外，还有其他一些困难。

1. Goode, Luke. *Jurgen Habermas: Democracy and the Public Sphere*. London: Pluto Press, 2005, 96-97.
2. Ibid.

几乎没有独处的机会即其一项，在伦敦尤其如此，住房拥挤情况简直骇人听闻；通常没有阅读所需的足够光线是其二，甚至白天也是如此。17世纪末还在征收的窗户税，把窗户减少到了最低限度，剩下的那些窗户通常也是深陷墙内，还覆盖着兽角、纸和绿色玻璃。入夜，照明更是严重问题，因为蜡烛，即使小蜡烛，也被认为是一种奢侈。”[1]在研究的过程中不能为了建构英国公共领域的发展而夸大它所产生的历史阶段的实际情况。

二、民族主义、市民阶层与文学公共领域中的交往共同体

哈贝马斯在《公共领域》中强调了市民阶层对公共领域形成的作用，但并不认为“民族主义”与公共领域兴起之间存在关联，他甚至刻意将民族主义从公共领域的发展历史中剔除出去。这一点遭到了艾莱和霍亨达尔的批评，他们认为哈氏这样做的用意在于“他需要的是一个对民主更宏大的西方定义，之后他便找到了‘现代性’”[2]，这才故意抛开民族主义不谈。也就是说，哈贝马斯通过探讨公共领域要揭示的是现代性的发展，这是他整个学术计划的逻辑起点，所以他才刻意回避了民族主义这个更难驾驭的议题。但是，探讨公共领域的兴起时绝不可能绕过“民族主义”。这一点可以从“公共”一词意义的变化中看出来，查阅《牛津英语词典》便可发现在17世纪末之前“公共”一词主要和民族及共和相关联，词源为拉丁语中的“publicatio”，恰巧是在“公共领域”兴起之时，“公共”一词也开始被赋予了更加丰富的内涵，开始指代超越民族之外共

1. 伊恩·瓦特．小说的兴起，高原、董红钧译．北京：生活·读书·新知三联书店，1992：45.
2. Hohendahl, Peter Uwe. “Recasting the Public Sphere.” *October*, Vol. 73 (Summer, 1995): 35.

同体中的成员，这个概念开始“超越文化、历史和统治之外存在”[1]，到18世纪“公共”的概念几乎等同于社会力量，并且在市民社会中“公共既是指市民身份本身，也是商议的具体地点”[2]，“公众”、“公民”与“民族”始终都纠缠在一起，很难剥离开讨论与研究。

布朗宁曾提出过“政治民族主义”和“文化民族主义”两个概念，他认为区分这两种民族主义的重要性“在于它可以撼动‘民族主义’的出现是在19世纪的欧洲这样被普遍接受的观点”[3]。这位历史学家认为民族主义早在19世纪之前便出现了，布朗宁的两种民族主义的区分对认识公共领域的区分很有启发，因为文学公共领域可以被视为是“文化民族主义”的产物，政治公共领域则是“政治民族主义”的产物，只是“至少在早期现代阶段，英国民族主义并不与王朝相关。如果一个君主表现出维护英国利益的一面，民族主义就会倾向于该君主，但如果情况相反，民族主义便会抛弃这个君主”[4]。哈贝马斯应该也注意到了研究者对他忽视“民族主义”的批评，所以，他在之后的研究中刻意用交往共同体替代了“民族主义”一词。

随着英国民族国家的出现，一个新的交往共同体也产生了——“作为政府的对应物，市民社会建立了起来。迄今为止一直局限于家庭经济的主动性和依附性冲破了家庭的藩篱，进入了公共领域”[5]。在《公共领

1. Ross, Trevor. *Writing in Public: Literature and the Liberty of the Press in Eighteenth-Century Britain*. Baltimore: Johns Hopkins UP, 2018, 11.
2. Ibid. 12.
3. Blanning, T. C. W. *The Culture of Power and the Power of Culture: Old Regime Europe 1660-1789*. Oxford and New York: Oxford UP, 2002, 17.
4. Ibid. 356.
5. 哈贝马斯．公共领域的结构转型，王晓珏等译．上海：学林出版社，1999：18.

域》的序言中，哈贝马斯指出“‘资产阶级公共领域’是一个具有划时代意义的范畴，不能把它和源自欧洲中世纪的‘市民社会’的独特发展历史隔离开来”[1]。虽然“要在有关书籍中寻找关于市民社会的清晰定义自然是徒劳的”[2]，但哈贝马斯还是对这一阶层进行了描述，他认为“市民社会（civil society）总的说来一直是私人领域，因而与公共权力机关或政府（government）是相对立的。现代早期的市民社会依照职业来划分社会地位”[3]，在哈贝马斯看来市民社会的核心构成是“由非国家和非经济组织在自愿基础上组成的。这样的组织包括教会、文化团体和学会，还包括独立的传媒、运动和娱乐协会、辩论俱乐部、市民论坛和市民协会，此外还包括职业团体、政治党派、工会和其他组织等”[4]，这些特性都是资产阶级政治领域形成后才逐渐完备的，那么对文学公共领域而言，这些市民阶层的重要文化组织或机构则是咖啡馆、俱乐部中的文人团体，新兴的文学报纸与刊物的参与者等。

然而要让市民阶层成为资产阶级公共领域的参与主体就要对他们进行必要的教育，“在这个主要由重商主义政策激发并应运而生的阶层当中，政府当局引起了反应，从而使作为公共权力的对立面的公众意识到自己是公共权力的对立面，意识到自己是正在形成当中的资产阶级公共领域中的公众。这是因为，形成这样一种资产阶级公共领域，其前提是市民社会对私人领域的公共兴趣不仅要受到政府当局的关注，而且要引起民众的注意，把它当作是自己的事情”[5]。市民阶层认识到自己是公共权

1. 哈贝马斯．公共领域的结构转型，王晓珏等译．上海：学林出版社，1999：1.
2. 同上：29.
3. 同上：12.
4. 同上。
5. 同上：18.

力对立面和自己作为公众的过程都是在文学公共领域中完成的，这一点在下文论述的咖啡馆中文学家参与的公共活动中体现得最为明显。在市民社会进入公共领域后，适逢印刷技术有了极大的发展，“这种‘市民’阶层是公众的中坚力量，而他们从一开始就是一个阅读群体”[1]。

此外，哈贝马斯还判定，“公共领域将经济市民（Wirtschaftsbürger）变为国家公民（Staatsbürger），均衡了他们的利益，使他们的利益获得普遍有效性，于是，国家消解成为社会自我组织（Selbstorganisation）的媒介。只有在这个时候，公共领域才获得了政治功能”[2]，换言之，只有市民阶层成为公民，政治公共领域才具备转型的条件。那么文学公共领域的重要功能也就一目了然，就是通过文学公共活动的训练将刚从家庭中走出来的“私人”凝聚成为市民阶层，并通过文学公共领域将他们培养成国家公民。如果说“公共领域是现代性最重要的组成部分”[3]的话，那么文学公共领域实际上已经在发挥对市民阶层进行现代性、公共性教育的功能和作用。

哈贝马斯提出的资产阶级公共领域是现代性进程中的重要组成，“在一个平等、自由、公平和舒适的启蒙价值贯穿始终的文化中，公共领域的概念对于理解社会是如何在现代性的历史进程中组织起来的十分有用，而不是在等级森严、尚权传统浓厚的文化中”[4]。文学公共领域首先让文学阅读从宫廷走向普罗大众，让文学经历了深刻的世俗化过程，“公共领域并不是要消除私人的身份，恰恰相反，它对于形成共同身份至关重

1. 哈贝马斯．公共领域的结构转型，王晓珏等译．上海：学林出版社，1999：22.
2. 同上：11.
3. McKee, Alan. *The Public Sphere: An Introduction*. Cambridge: Cambridge UP, 2005, 8.
4. Ibid. 9.

要”[1]，也就是说文学公共领域在帮助新兴的资产阶级于阅读中形成共同身份发挥了积极作用。

文学公共领域一经确立，便开始发挥它的巨大作用，对哈贝马斯而言“资产阶级公共领域大体上是建立在平等对话（egalitarian dialogue价值之上的”[2]，而这种平等对话是通过在文学公共领域中训练习得的。弗林特经过研究也得出过类似的结论，他认为“理性化和建立共识的沟通方式可以建立一种民族团结，使得读者能够帮助提高公众意识和理性的辩论”[3]。在哈贝马斯《公共领域》之后的重要著作《合法化危机》中，他曾提出过“交往共同体”（Kommunikationsgemeinschaft）的概念，他认为“这些人作为实践话语的参与者，对规范的有效性要求加以检验，一旦他们有理由来接受规范的有效性要求，他们也就形成了一种信念：即在既定环境中所提供的规范是‘正确的’。规范的有效性要求的基础不是缔约双方的非理性行为意志，而是由理性所产生的对规范的承认，这些规范在任何时候都可以接受质疑”[4]，这一点对于研究英国文学公共领域形成过程中的参与主体非常有启发性，因为“市民阶级”本身便是一种“交往共同体”，只是这个共同体需要经过文学公共领域的整合才能更好地参与到政治公共领域中，整合的方式便是通过文学公共活动确立某种群体认同。这里所说的群体认同“是一种有条件的公共行为，这个条件就是公共生活必须能为认同提供它所需要的实际资源，也就是那些具有日常生活意义的，可以认同并值得认同的东西。除非群体认同体现为公众行为，它

1. McKee, Alan. *The Public Sphere: An Introduction*. Cambridge: Cambridge UP, 2005, 56.
2. Goode, Luke. *Jurgen Habermas: Democracy and the Public Sphere*. London: Pluto Press, 2005, 9.
3. Flint, Christopher. *The Appearance of Print in Eighteenth-Century Fiction*. Cambridge: Cambridge UP, 2011, 48.
4. 尤尔根·哈贝马斯．合法化危机，刘北成等译．上海：上海世纪出版集团，2009：115.

并没有实质的公共生活意义。就公众行为而言，认同是一种有亲和力和凝聚力的公共生活方式，不只是一种‘心理’感觉”[1]。如果说印刷技术的提升为英国文学公共领域的发展提供了“硬件支持”，交往共同体提供了参与主体这样的“软件建设”，那么软硬件之间的碰撞还需要一个实际的交流平台。在英国，一颗神奇的豆子所形成的独特文化正在悄无声息地改变着英国公众的饮食乃至生活习惯，它就是——咖啡豆。

三、作为英国文学公共领域兴起的文化机构——咖啡馆与报刊的出现

具备了历史、思想环境的文学公共领域，通过印刷技术的推动依旧需要借助一个机制化的具体空间，才可以在英国发挥它的作用。这里需要再次着重指出的是：在下文的研究中会主要涉及英国咖啡馆这个文学公共领域，但一定要清楚地认识到哈贝马斯的公共领域在“本质上是隐喻性的”[2]，它并不是一个具体的存在空间（造成这种误解的原因是对这个术语的翻译），而是一个“虚拟的空间”（a virtual space）、“一个‘漫谈’的领域”（a discursive realm）。咖啡馆并不等同于公共领域，“尽管他（哈贝马斯）将公共领域映射到某些空间——城镇、志愿协会等，但正是在这些空间中的活动的性质创造出了公共领域”[3]。尽管“哈贝马斯将

1. 徐贲．通往尊严的公共生活．北京：中央编译出版社，2016：4.
2. Mckeon, Michael. "Parsing Habermas's 'Bourgeous Public Sphere'." *Criticism*; Spring 2004, 46, 2: 275-276.
3. Brewer, John. "This, That and the Other: Public, Social and Private in the Seventeenth and Eighteenth Centuries." *Shifting the Boundaries: Transformation of the Languages of Public and Private in the Eighteenth Century*. Eds. Dario Castiglione and Lesley Sharpe. Exeter: U of Exeter P, 1995, 4-5.

咖啡馆、沙龙等作为资产阶级‘公共领域’产生的机制加以讨论，但他并没有将之等同于‘公共领域’本身，也就是说‘公共领域’只是一个抽象的存在”[1]，也正是在这一点上，现代公共领域与古典公共领域中的集会、广场、会议大厅等地方（agora, the public square, the meeting hall, or the like）相区别。哈贝马斯是最早认识到英国咖啡馆对欧洲公共领域产生巨大作用的学者之一，诚如安德鲁斯所说：“哈贝马斯将资产阶级公共领域的兴起不仅仅归结于该阶级经济力量的崛起，他还将这个阶级进行的社会实践和社交形式考虑在内。他确实是第一位认识到文学界、其他社团和诸如咖啡馆的聚会场所对政治公共领域的形成具有重要作用的学者。”[2]

除了哈贝马斯外，在《法国大革命的文化起源》一书中，夏蒂埃也曾说：“‘文学公共领域’建立在产生新合法性的机制之上，如咖啡馆、沙龙和期刊。这种合法性基于一系列新的原则：自由地行使批判能力，教会、学院和政府机构失去了它们宣称拥有的批判能力的垄断权；所有的人都平等地参与思想和观念的比较，不管在现实社会中将他们分离开来的等级和身份；有意地表现和形塑新形成的公众的批判，时髦的文学精英把自己视为新公众的代言人和教导者。”[3]夏蒂埃将咖啡馆、沙龙视为一种合法性的机制，正是在这些机制中人们建立起了理性的观念、批判的思维与方法。徐贲也说：“哈贝马斯在讨论公共领域的时候特别强调人与人之间自由而平等的对话机制，那就是，人们平等地在一个共享的

---

1. 向琳．从“公共领域”到“公共人”：美国知识分子的波西米亚传统．求索，2010（10）：138.
2. Gestrich, Andreas. "The Public Sphere and the Habermas Debate." *German History*. Vol. 24, No. 3, 2006, 417.
3. 罗杰·夏蒂埃．法国大革命的文化起源，洪庆明译．南京：译林出版社，2015：143.

空间中聚集，以理性参与者的身份面对面地讨论，协商与彼此有关的共同问题。在哈贝马斯那里，公众领域的公共场所标志是沙龙、咖啡馆、剧场等。”[1]这位学者也强调咖啡馆等文化场所提供的是一种对话机制，在其中发生了商讨、协商等公共活动。有别于德国和法国文学公共领域发端自沙龙、俱乐部等较封闭、隐秘的文化空间，英国文学公共领域则完全脱胎于咖啡馆这个历史上第一次摒弃了阶级歧见的、开放的交流空间——“咖啡馆被视为是一个新奇独特的社会空间（social space），在该空间内阶级之间的差异被暂时悬置，围绕政治和哲学展开的不受限的辩论在其中日渐繁荣”[2]。对哈贝马斯而言，英国咖啡馆满足他“理想公共领域”的所有条件：它对所有人开放（当然并不包括所有女性和无产者），它为资产阶级的公共活动提供具体的场所，最重要的是在咖啡馆中人们可以清醒地、理性地探讨文学乃至政治的话题，而不受到任何束缚。正是咖啡馆的这些特征，才让它很轻易地被英国人所接受。议会崛起、政党政治勃兴、斯图亚特王朝复辟之后咖啡馆的兴旺这三个现象甚至“成为英国自由进步的一个标志”[3]。

17、18世纪的英国人异乎寻常地热爱饮用咖啡，到18世纪的前十年，伦敦已经有超过3000家咖啡馆，每家咖啡馆都有着相对固定的群体。报刊的出现使得咖啡馆的发展如烈火烹油般繁荣，咖啡馆凝聚和团结了不同的小圈子，并上升为全国性的规模，咖啡馆在英国的发展与德法形成了鲜明的对比，“在法国，私人家中举办的沙龙等公共机构发挥着更重要的作用，团结了以贵族为主力的文学公共领域和新兴的资产阶级

---

1. 徐贲．通往尊严的公共生活．北京：中央编译出版社，2016：231.
2. Cowan, Brian. *The Social Life of Coffee*. New Haven & London: Yale UP, 2005, 2.
3. Cowan, Brian. "The Rise of the Coffeehouse Reconsidered." *The Historical Journal*, 47, 1 (2004): 22.

政治公共领域。在德国，主要由学者和其他人士组成的圆桌社团（table societies）聚在一起。这之外的其他机构数量非常少”[1]。很明显，这两种形式的公共机构在规模与参与程度上都无法与英国咖啡馆相比较。

那么，作为舶来品的咖啡又是如何征服英国人的呢？科万认为：“17、18世纪的英国深刻地见证了上流社会的猎奇、商业和贸易的发展，以及都市市民阶层的出现，这些都为不列颠群岛异常开放地接受咖啡消费创造了条件。”[2]这基本上概括了咖啡在英国成功落地的主要原因，其中“猎奇”尤为重要。

咖啡、茶叶与可可并称为世界三大饮料，咖啡以其独特的味道改变了欧洲人延续了一千多年的生活方式：他们不再一起床便开始饮酒，而改喝咖啡来提神醒脑。曾经有一位法国哲学家不无几分夸张地说：“咖啡的出现，带给了欧洲人自使用火以来最伟大的文明。”[3]咖啡这颗引发了欧洲人“饮食革命”的种子恰好为英国文学公共领域内的理性交流提供了一个实体平台——咖啡馆。

咖啡并非土生土长的西方饮品，它最早产自埃塞俄比亚，后经阿拉伯地区传入欧洲。咖啡一词源于公元7世纪埃塞俄比亚的小镇卡法（Kaffa），当地人将咖啡称为“布纳”（Buna）。一些到此流亡的阿拉伯人在返回家园时，将这种饮品引入了阿拉伯，“直到15世纪中期，咖啡才逐渐为居住在红海盆地的人所接纳，继而成为流行的饮品”[4]，他们根据卡法小镇的名字，称这种饮料为“卡瓦”（Qahwah）或“可法”（Kefa）。咖啡

1. Calhoun, Craig. “Introduction: Habermas and the Public Sphere.” *Habermas and the Public Sphere*. Ed. Craig Calhoun. Cambridge, Massachusetts, and London: The MIT Press, 1996, 12.
2. Cowan, Brian. *The Social Life of Coffee*. New Haven & London: Yale UP, 2005, 30.
3. 郑万春．咖啡的历史．哈尔滨：哈尔滨出版社，2007：4.
4. Cowan, Brian. *The Social Life of Coffee*. New Haven & London: Yale UP, 2005, 1.

迅速在麦加城流行，当地很快便出现了第一家咖啡馆，也成为人们娱乐和交流的场所。由于在咖啡馆中人们经常讨论宗教、政治等问题，因此曾一度被官方关停，这与英国咖啡馆之后的遭遇也有几分相像。到16世纪，奥斯曼土耳其人占领阿拉伯部分领土后，也养成了喝咖啡的习惯，他们改称咖啡为“咖威”（Qahwe或Kave）。咖啡随即在土耳其各地流行，在这里“喝咖啡的礼仪习惯增强了平等主义思想，因为所有人都依次得到咖啡，顾客中没有谁为别人服务，此外，每个人都按照到来的先后入座，而不是按照通常的奥斯曼帝国等级差别入座”[1]。英国绅士乔治·桑蒂斯（George Sandys）曾在自己的旅行笔记中记录过：“虽然他们没有小酒馆，但是他们有咖啡馆，与酒馆类似。他们几乎整日坐在里面谈天，喝一种叫做咖啡的东西。”[2]

这类对于遥远“东方”的叙述为咖啡及其饮用习惯增添了额外的神秘感，因为饮用这种黑乎乎、热乎乎的液体，无法避免地让他们与自己所熟悉的欧洲饮用文化做一比较，并感到分外新奇。

1615年，到伊斯坦布尔寻求可以获利的东方商品的威尼斯商人将咖啡带回了欧洲，意大利人称之为“咖佛”（Cafe）。由于土耳其人和阿拉伯人在很长的一段时期内都对咖啡贸易实施了垄断，为打破这种垄断，荷兰人于1699年把咖啡引入今天的雅加达种植，并很快让这里成为咖啡的新产地。随着咖啡登陆荷兰与意大利，西欧诸国也纷纷开设咖啡馆。目前，对于16世纪到18世纪咖啡、茶叶等东方饮品缘何能够进入欧洲社会的解释主要有四种，即“新古典主义经济学中的利润最大化动机说、

---

1. 马克曼·艾利斯．咖啡馆的文化史，孟丽译．桂林：广西师范大学出版社，2007：11.
2. Sandys, George. *Description of the Turkish Empire*. London: Da Capo Press, 1613, 63.

社会竞争说、功能说或是意识形态/文化冲动的主观动机说”[1]。

咖啡文化在英国的最初发展相对缓慢，是“迂回渐进和不断调试地进入到英国人日常生活的基本结构中的”[2]，因此科万称之为是一种“逐渐被接受的味道（acquired taste）”[3]。首先接受它奇怪味道的是英国的“艺术猎奇者群体”（virtuoso community），这个群体主要由宫廷中的贵族和新兴资产阶级构成，前文提到的英国绅士乔治·桑蒂斯就是这个群体的典型代表。这些猎奇者在17世纪引领了咖啡消费的新潮流，他们中有的人亲自前往东方猎奇并撰写游记，受这类文学作品启发的国内猎奇者也开始“了解、书写和饮用咖啡”[4]，因此科万才说“如果没有猎奇者文化的培养，英国的咖啡饮用不过就是只有个别英国人拥趸的奇怪土耳其习俗罢了”[5]。从一开始是咖啡所具有的“异域特质和咖啡馆与众不同的异域感受吸引了17世纪的英国消费者”[6]，有学者把这种将异域文化商业化的独特文化现象称之为“消费者东方主义（consumer orientalism）”[7]。《便士大学：咖啡馆的历史》（*The Penny Universities: A History of the Coffee-houses*）一书的作者爱顿·伊利斯（Aytoun Ellis）研究史料时发现：“英国甚至整个基督教国家的第一家咖啡馆是在牛津而非伦敦开始营业的。”[8]这家叫做“天使”的咖啡馆于1650年由一名叫雅克布（Jacob）的犹太人经营，这家咖

1. Cowan, Brian. *The Social Life of Coffee*. New Haven & London: Yale UP, 2005, 7.
2. Ibid. 3.
3. Ibid. 5.
4. Ibid. 7.
5. Ibid.
6. Ibid. 115.
7. Ibid. 116.
8. Ellis, Aytoun. *The Penny Universities: A History of the Coffee-houses*. London: Secker & Warburg, 1956, xiv.

啡馆很快就因为“公共辩论和新闻传播而备受赞誉”[1]。

英国咖啡馆首先出现在牛津这并不偶然，这里一方面有着对东方文明着迷的文化学者，另一方面还有许多实验科学团体，他们都欢迎这种新奇的来自东方的神奇饮品，尤其是咖啡进入英国市场时常被贴上具有“提神醒脑”的药用标签，这更加受到猎奇者的欢迎。1657年（这个时间学术界还存在争论，如科万认为准确时间应该是在1652年）伦敦的第一家咖啡馆由一个叫做帕斯夸·罗塞（Pasqua Rosée）的希腊人创办，他受雇于一个叫做丹尼尔·爱德华（Daniel Edwards）的商人。彼时是“国王和女王们依然笃信能够通过天赋的权利来实行制裁的时代，是任何普通人参与政治活动都会令人担忧而非受到欢迎的时代”[2]，但是咖啡馆的出现终将改变这一切，从17世纪中叶开始，“沙龙和咖啡馆成为讨论的场所，受教育的精英们可以相互交流，在或多或少的平等基础上与贵族互动”[3]，这也体现出咖啡味道被接受的过程也是一个“社交化的过程（a process of socialization）”[4]的特征。

与之后的咖啡馆文化不同，英国早期咖啡馆具有排他和超然（exclusivity and aloofness）的特征，“这与它作为商业性饮食区域的定位所该有的开放性相悖”[5]，毕竟最早喜欢饮用咖啡的人只有那些东方猎奇者和牛津的学者们，但也正是这些人奠定了“咖啡馆群体的牛津社交模式”[6]，

1. Ellis, Markman. "Introduction." *Eighteenth-Century Coffee-House Culture* (Vol 1 Restoration Satire). Ed. Markman Ellis. London: Pickering & Chatto, 2006, xliii.
2. Cowan, Brian. *The Social Life of Coffee*. New Haven & London: Yale UP, 2005, 3.
3. Thompson, John B. "The Theory of the Public Sphere." *Theory, Culture & Society* 10.3 (1993): 176.
4. Ibid. 6.
5. Cowan, Brian. *The Social Life of Coffee*. New Haven & London: Yale UP, 2005, 91.
6. Ibid. 94.

并且使得这种模式很快在伦敦得到全面发展。这种在咖啡馆中形成的特殊交流和沟通礼仪（civility）并非到光荣革命时期或是《闲谈者》和《观察者》问世时才兴起，而是早在"咖啡馆牛津过渡期便已经初露端倪"[1]。在咖啡馆中"猎奇者"的对话和辩论弥补了印刷制品无法面对面沟通和交流的不足，咖啡馆"为争论提供了一个空间，使在其中的人们能够以即时和相对不受限制的方式沟通"[2]，而对于这些猎奇者而言，咖啡馆也为他们提供了一个"建立或贬损学术声誉的重要场所"[3]。到了17世纪后半叶，猎奇者"对异域文化的追逐与伦敦的商业文化相融合，恰逢咖啡馆等都市公共场所为他们提供了社交空间，其中的社交模式的形成正是这些猎奇者在其中发挥了关键性作用"[4]。

17世纪英国咖啡馆的发展不可能仅仅依靠这些"猎奇者"，而是主要靠那些拥有资本且追逐咖啡贸易巨大利益的海外商人。他们敏锐地觉察到了咖啡所能带来的巨大商机，开始将咖啡进口到英国市场。只是咖啡贸易在17世纪发展得相当缓慢，随着英国人对咖啡豆需求的增加，在阿拉伯半岛咖啡豆的种植开始变多，并出现了咖啡贸易的重要港口城市摩卡（Mocha）。伦敦首家咖啡馆开业后的第五年，"一家公司决定于1657年12月从他们苏拉特代理商那里订购十吨咖啡运回英国销售"[5]，而到了17世纪80年代，英国国内对咖啡的需求量越来越大，咖啡也成了东印度公司重要的进口商品之一。

斯图亚特王朝复辟后英国咖啡馆的"东方味道"吸引了更多的顾客，

---

1. Cowan, Brian. *The Social Life of Coffee*. New Haven & London: Yale UP, 2005, 102.
2. Ibid. 106.
3. Ibid.
4. Ibid. 114.
5. Ibid. 60.

随着价格的不断下降，任何人都可以走进咖啡馆品尝这种异域饮品，同时也加入到咖啡馆的社交中来。而之前这是只有那些猎奇者和游记作家才有的权利，渐渐地英国咖啡馆开始走向公众，而不再仅是猎奇者的天下。英国咖啡馆进入了更加快速的发展期，因为它非常符合此时社会、经济和文化的需要：斯图亚特王朝复辟后的“商业革命”（commercial revolution）事实上不仅使得英国进出口贸易大幅增长，更是在英国文化史上写下了浓墨重彩的一笔。咖啡馆遍布都市街头巷尾，不断壮大的市民阶层在咖啡馆中相遇，咖啡馆确立起了它在英国人日常生活中不可取代的地位。但是，斯图亚特王朝复辟不仅让国王重掌大权，还带回来了国王妄图再次控制咖啡馆内言论和文化的专制行径，可惜“17世纪中期咖啡馆的出现是复辟后英国政治不再是17世纪早期的‘翻版’的明证”[1]。尽管遭遇各种制约，针对国王的各种言论还是在咖啡馆中四处散布，而且这些刚开始还只是星星之火的言论很快便上升为公共舆论，吸引了更多公众的关注和热议，并呈现出了燎原之势。

哈贝马斯曾说：“在斯图亚特王朝，直到查理二世，文学和艺术一直都是供国王应酬所用。”[2]查理二世复辟归来后，他重开了伦敦的剧院，并首次允许女演员登台表演，放松了对科学的禁锢，尝试让它对日常生活的奥秘进行探索，因此事实上复辟时期的科学与艺术都取得了一些进步。1662年旨在促进艺术与科学繁荣的英国皇家学会（Royal Society）的成立便是明证。在这一时期，既产生了科学家牛顿、哲学家洛克，还产生了德莱顿（John Dryden）等大批文学巨匠。但同样也是在斯图亚特王

---

1. Cowan, Brian. *The Social Life of Coffee*. New Haven & London: Yale UP, 2005, 261.
2. 哈贝马斯．公共领域的结构转型，王晓珏等译．上海：学林出版社，1999：37.

朝复辟时期，洛塔等咖啡俱乐部、谈论政治的小册子一夜之间就消失殆尽，因为建立俱乐部的行为和公开谈论政治的作品都被认为是犯了煽动罪而被严令禁止，可是共和时期形成的在咖啡馆议事的习惯却被保留下来。在斯图亚特王朝复辟的头一个十年中，“咖啡馆是进行详尽文学研究的主体，是寻找理解和控制他们思想的场所，是新式文化的发祥地”[1]。17世纪60年代末，咖啡馆已经在英国扎根落户，并取得了长足的发展。1663年伦敦咖啡馆的数量已经达到82家，1664年都柏林第一家咖啡馆开张，在1665年至1666年伦敦大瘟疫期间还不断有新的咖啡馆开张，1673年爱丁堡第一家咖啡馆开张，同年，格拉斯哥也有了首家咖啡馆。“17世纪末，任何一个伦敦人，不管是在市中心还是在威斯敏斯特区，甚至是在偏远的切尔西村，只需要步行至街角便能发现一家咖啡馆。”[2]在英国几乎每座城市里都至少有一家咖啡馆，人们在这里聚集，谈论时政或做生意，因而咖啡馆成了做生意和谈新闻的最佳地点。

根据约翰·斯塔奇在《咖啡及咖啡馆的特点》一书中所记载的：咖啡馆里每个角落都是自由的，那里不分贵贱，任何人都可以光顾，谁来了都可以坐下来喝咖啡，因为这里没人会给谁让座。这是黄金时代唯一给人平等待遇的场所，也是咖啡馆最大的特点。不管是谁，只要到了咖啡馆就可以坐在空的座位上品尝咖啡，座位不会为特权阶级预留，你旁边的人也不会拒绝你坐在身旁，这种“座位的平等权”让所有的顾客产生一种“虚幻的”平等感。即便在等级依旧森严的复辟时期，座位建立起来的平等原则依旧倡导交谈的平等和公开。1670年的一首短诗再现了

1. 马克曼·艾利斯．咖啡馆的文化史，孟丽译．桂林：广西师范大学出版社，2007：66.
2. Ellis, Aytoun. *The Penny Universities: A History of the Coffee-houses*. London: Secker & Warburg, 1956, 43.

咖啡馆中的这一情形：

> 你若对才智和幽默钟情，
> 期盼听到消息，
> 渴盼与来自世界各地的人相遇，
> 荷兰人、丹麦人、土耳其人和犹太人，
> 我便将你送到一个会面场所，
> 这里绝对新奇；
> 去咖啡馆听听吧，
> 全是箴言。[1]

与之后洛塔俱乐部等略有不同的是，这一时期咖啡馆呈现出一定程度的“公开性”，“在复辟时期不仅咖啡馆广泛分布在全国各地，而且它们也欢迎任何人，无论其性别、社会地位或是政治观点如何”[2]，抑或是财富多少，都可以参与发言。就在咖啡馆这样的小环境中，那种等级制度“被消除”的感觉加强了，“从一开始，咖啡馆就具有了一个非常复杂的身份，因为社交性（sociability）被视为其首要特征”[3]，例如在1674年伦敦的一个咖啡馆规约中这样写道：

---

1. Robinson, Edward Forbes. *The Early History of Coffee Houses in England*. London: Cambridge UP, 1893, 150.
2. Pincus, Steve. " 'Coffee Politician Does Create': Coffeehouses and Restoration Political Culture." *The Journal of Modern History*, Vol. 67, NO. 4 (Dec., 1995): 814.
3. Klein, Lawrence E. "Coffeehouse Civility, 1660-1714: An Aspect of Post-Courtly Culture in England." *Huntington Library Quarterly*, Vol. 59, No. 1 (1996): 32.

首先，士绅、商人都欢迎，
都可坐一起，不能相冒犯；
卓越之地，勿介怀，
找到座位就请坐；
也不必，有人来，
便起身为他让座。[1]

如果想加入哈林顿的洛塔俱乐部，必须要交付一定的费用，还要购买洛塔小册子，这样的俱乐部虽然欢迎听众，但却通过这种方式保证了俱乐部的“私密性”，具有明显的排他性。而当人们进入英国这些呈现“公开性”的早期咖啡馆时，就会让自己融入这个氛围中。这一点与人类学家的某些研究结果十分吻合，在很多社会形态中，人们习惯在一些特定的地方进行社交活动（比如四川的茶馆），而在这些地方，尽管没有成文的法则来规范人们的行为，但社交活动的参与者也知道行为的规范，并自觉遵守，同时他们也会自发地规范那些行为不和的外来者，这样的现象被社会学家厄文·高夫曼（Erving Goffman）称之为公共社会行为基本准则。值得注意的是英国咖啡馆的这种社交准则与市民阶层城市生活之间的关系非常密切。不过，必须承认的是“绝对的公开性”在这时的英国也是不可能出现的，比如这时的咖啡馆中依然存在一些“行为准则”和不言自明的“潜规则”，当时许多的咖啡馆里都会张贴一些食客行为准则，例如以下：

---

1. Ellis, Aytoun. *The Penny Universities: A History of the Coffee-houses*. London: Secker & Warburg, 1956, 46.

咖啡馆的规则

先生随便进，先要你愿意，
读过公民法，以下听详细。
不论什么人，此地都欢迎，
大家坐下来，不会冒犯谁。
位置无好坏，人人可落座，
只要能找到，就请坐下来。
就是贵人来，也不必让座，
你我都花钱，让座非公平。
有人发咒誓，请先出罚金，
十二个便士，争吵全没收。
每人上一杯，咖啡来补偿，
咖啡喝下去，你我成朋友。
安静别争闹，感伤人莫哭，
欢语共举杯，今夕复何夕。
莫多谈神圣，莫亵渎《圣经》，
国事兹重大，言语须虔诚。
笑谈最无恙，力戒伤旁人，
仍记静声语，更防叱责言。
牌戏和骰子，游戏非可玩，
赌博如下注，不过五先令。
输赢非小可，每每引纠纷，
不如买咖啡，众人来共饮。
客官盈门来，无非寻欢乐，

也无四季景，得失两无碍。
最后送一言，人人勿违怠，
饮资如常付，日日迎君来。[1]

有些历史学家认为这正是咖啡馆不够“公共”的明证，它通过设置各种限制阻止所有人进入咖啡馆。这首诗实际上是在戏仿本·琼森用拉丁语创作的诗歌《欢乐法则》（“Leges Convivales：Rules for the Tavern Academy, or, Laws for the Beaux Esprit”），虽然“是为了将都市化的城镇中流行的有教养的风格与过去那些繁琐到令人窒息的成规相区分”[2]，但咖啡馆里的不成文的潜规则确实是存在的，比如女性通常是不得进入咖啡馆的，公然进入咖啡馆的女性也会被认为行为不端，所以，实际上，咖啡馆是男人的世界。

另外，进入咖啡馆的人还至少应该识字，因为在这里除了喝咖啡闲聊，店主还会向顾客提供报纸和新闻期刊来阅读，由此，咖啡馆也成为了流言、谣言和丑闻传播的温床。正是基于这些史实，斯蒂夫·品卡斯在《咖啡馆政治家确实创造了公共领域：咖啡馆与复辟时期的政治文化》（“Coffee Politicians Does Create：Coffeehouses and Restoration Political Culture”）一文中如是说：“不同于这些对17世纪后期英国政治文化的解读，我认为哈贝马斯的公共领域的确是在17世纪后期的英国形成，它的形成是人们对政治讨论的热衷以及保护英国民主的渴求促成的。这样的公共领域不局限于大城市，也不存在性别或阶级的排异性，也不被辉格

1. 马克曼·艾利斯．咖啡馆的文化史，孟丽译．桂林：广西师范大学出版社，2007：66.
2. Cowan, Brian. *The Social Live of Coffee: The Emergence of the British Coffeehouse*. London: Yale UP, 2005, 102.

党所操控。我反而认为，在复辟时期的英国、苏格兰和爱尔兰，咖啡馆的无处不在以及公共领域都受到政治、宗教人物乃至一些忠诚的辉格党的保护。公众意见深入人心代表着一个政治和社会空间构成了公共领域的概念。”[1]

咖啡馆对英国人而言，是市民交流政治观点，讨论文学、科学等话题的重要场所，因为“进入这个公共领域中（笔者认为此应为公共空间而非哈贝马斯所说的公共领域）意味着摆脱了家庭私人性的限制、市场的约束，这两个条件的满足是自由公共辩论出现的前提。这样的辩论在诸如咖啡馆这样的人群聚集型环境（associational environments）中发生，也是在咖啡馆中‘旁观者’随处可见，并将这些辩论变成了印刷读物”[2]。咖啡馆对英国人生活的重要性是不言而喻的，在这个被戏称为“便士大学”的地方，任何人真的只需要花费几个便士，便能获得一杯咖啡，更能获得与众人交流的机会，这正是咖啡馆社交的优势——“相对轻松、廉价和可以频繁进行”[3]。

可以说在17至18世纪，不论是皇家学会的产生还是新科学的诞生，抑或是英国散文的发展与现代意义上的报纸的出现，都和咖啡馆有着些许关系。咖啡馆当之无愧地成为新兴的“文学公共领域”进行交流的平台。就像伊利斯所注意到的那样：“在第一间咖啡馆于英格兰建立以后的三百多年中，它把来自社会各界的人首次团结在了一个民主的大集会中，使得人们暂时搁置我们这个民族所特有的陋习。通过这样的集会，

1. Pincus, Steve. "Coffee Politicians Does Create: Coffeehouses and Restoration Political Culture." *The Journal of Modern History*, 1995, 67(4): 811.
2. Halasz, Alexandra. *The Marketplace of Print: Pamphlets and the Public Sphere in Early Modern England*. Cambridge UP. 1997, 44.
3. Cowan, Brian. *The Social Life of Coffee*. New Haven & London: Yale UP, 2005, 104.

人们可以感知到共同的危机，第一次是克伦威尔的专政和军事独裁，之后是复辟后宫廷的僭越妄为。当咖啡馆为理智的辩论和讨论提供场所之前，只有酒馆向人们提供交往的空间，但在这个空间里往往助长了酗酒的恶习。而正是在早期的咖啡馆里，为获得政治自由的努力不断实践并最终取得胜利。不论你的级别、信仰还是政治立场如何，只要你愿意遵守一些基本的行为准则，都可以到咖啡馆来。”[1]这就是咖啡馆与之前流行的酒馆最大的区别，饮用咖啡被视为与“清醒和有礼节的行为相关”[2]。

英国共和时期政治风云突变，就连生活在当时的人都很难预知自己的明天。1649年查理一世被送上断头台，英国成立了共和国，并处在护国公克伦威尔的独裁之下。1658年护国公暴毙之后，权力被传给了他的儿子理查。1659“护国议会”成立不久便同军队发生了冲突，继而遭到解散。军队又从曾被清洗的长期国会中召集残余成员组成了“残余议会”。可是好景不长，这个议会很快也被军队废除了，但这个议会又于当年年底重新执政以代替由军官组成的“安全委员会”。从1649年到1660年的2月，英国共和体制在不断的实验中走过，直至走向最不可能的结果——斯图亚特王朝复辟。在这个历史过程中，“（咖啡馆）这个论坛，从内战（1642—1651）、子民弑君（1649）、共和国的建立（1649—1653）、克伦威尔摄政（1653—1658）再到斯图亚特王朝复辟（1660）等重大历史事件中，都是公共舆论发挥作用的中心舞台”[3]。尤其是在英国共和国时期，伦

1. Ellis, Aytoun. *The Penny Universities: A History of the Coffee-houses.* London: Secker & Warburg, 1956, xv.
2. Cowan, Brian. *The Social Life of Coffee.* New Haven & London: Yale UP, 2005, 32.
3. Zaret, David. “Religion, Science, and Printing in the Public Sphere in Seventeenth-Century England.” *Habermas and the Public Sphere.* Ed. Craig Calhoun. Cambridge, Massachusetts, and London: The MTI Press, 1996, 216-217.

敦的每次政治剧变都会营造出狂躁的革命氛围，大量的印刷品和革命的蓝图四散传播，“咖啡馆的兴起与这几十年的印刷的不断进步密不可分。咖啡馆经营者希望他们的客户在消费这种热饮时，还能有大量的东西阅读和讨论——咖啡馆便成了阅读小册子和杂志的地方”[1]。当争吵变成革命热情的最佳释放途径，咖啡馆恰恰满足了这种革命热情的需要，并成为议论共和国的理想场所，因为它为各种政治小册子的传播、政见交流提供了开放的平台和空间：“新闻报道、讽刺文章和私人日记都把咖啡馆看作共和论者、政治批评家和议论国事者的天然家园。”[2]而在不断的共和体制试验过程中，咖啡馆确立了自己在英国的独特地位，当然，在这个确立过程中咖啡馆中的公共舆论并非得到政策制定者全心欢迎，事实上，在确立过程中，国家权力机关通过一系列限制性措施与咖啡馆中的公共舆论展开了激烈的交锋与斗争，因为“审查制度和公众舆论被视为相关实体。他们的关系通常是：公共舆论表达了市民社会的需求，代表了一个识字社群不受限制的创造性活动，而审查制度则代表了国家机构对舆论所体现出的颠覆性危险的压制性活动”[3]，在国家权力机关看来，“（公共舆论）从始至终都受到国家和地方政府的制约。因为他们假设那些忠于王室和教会的人比其他人更适合成为‘第四等级’的监护者”[4]。

新闻报纸、小册子和私人日记在这里随意传播，咖啡馆的客人们也

1. Klein, Lawrence E. "Coffeehouse Civility, 1660-1714: An Aspect of Post-Courtly Culture in England." *Huntington Library Quarterly*, Vol. 59, No. 1 (1996): 32.
2. 马克曼·艾利斯．咖啡馆的文化史，孟丽译．桂林：广西师范大学出版社，2007：48.
3. Tortarolo, Edoardo. "Censorship and the Conception of the Public in Late Eighteenth-Century Germany: Or, are Censorship and Public Opinion Mutually Exclusive?" *Shifting the Boundaries: Transformation of the Languages of Public and Private in the Eighteenth Century.* Eds. Dario Castiglione and Lesley Sharpe. Exeter: U of Exeter P, 1995, 133.
4. Cowan, Brian. "The Rise of the Coffeehouse Reconsidered." *The Historical Journal*, 47, 1 (2004): 30.

在这里有了与在酒馆中不同的体验。咖啡馆和酒馆一样都是公共的区域，人们可以在这里进行社交活动，但是和酒馆大不相同的是“之前喜欢在酒馆里与朋友会面的那些主顾发现咖啡馆不仅消费起来更经济而且可以清醒着谈话，这种清醒的感觉本身就很新奇”[1]。他们改变了以往在酒馆里社交的习惯，选择了更“清醒”地与朋友会面，公开自由地与他们讨论时政，而且“在咖啡馆里所讨论的话题并不受限制，这便直接促进了英国的政治自由观念的形成”[2]。而17世纪英国人围绕咖啡是否对人体有害的争论并非真的在意它是否会引起健康忧虑，而是在意“作为新社交机构，咖啡馆的崛起所带来的政治隐患”[3]。另外，由于咖啡大量被进口到英国，饮用咖啡变得越来越低廉，这就使得“非精英人士（non-elites）开始对公共事务畅所欲言，而之前这仅限于特权阶级”[4]，对此科万虽然同意咖啡馆社交对公共领域形成的积极作用，但他也指出：“咖啡馆学习（learning）环境对所有人的相对开放性使得这个新的文化机构虽然对所有人一视同仁，但却无益于促进学习。不仅如此，由于和过多粗俗的、浅涉的、笨拙的人打交道，反而降低了咖啡馆的学习功能。”[5]这是咖啡馆社交对（文学）公共领域发展最大的弊端，也是为何哈贝马斯认为无产者进入公共领域反而会降低了其运行的原因之一。

为了迎合咖啡食客的需要，咖啡馆自身也进行了一系列的改革和调整，比如，17世纪的咖啡馆老板通常都会给自己的咖啡店印发一种代金

1. Ellis, Aytoun. *The Penny Universities: A History of the Coffee-houses*. London: Secker & Warburg, 1956, 32.
2. Suter, Keith. "The Rise and Fall of English Coffee Houses." *Contemporary Review*, 2005, Feb: 108.
3. Cowan, Brian. *The Social Life of Coffee*. New Haven & London: Yale UP, 2005, 40.
4. Ibid. 42.
5. Ibid. 100.

币。这种代金币最早是因为在给主顾找钱的时候没有足够的零钱而送给客人的。这种代金币通常由黄铜或是合金制成，其上标明了咖啡馆的名称、地址和代金值，客人在下次光顾的时候可以使用这样的代金币消费。这样做除了可以为咖啡馆做宣传，获得更多固定的顾客外，还能够为咖啡馆做出清晰的定位，什么样的人喜欢光顾这里一目了然。“物以类聚，人以群分”虽然不够恰当，但却能准确地描述出光顾这些咖啡馆的顾客的情况。这也说明了一个问题：不同的咖啡馆已经开始发展出不同的消费群体，它们既是开放的公共空间，也在英国的发展过程中形成了各自的特点，英国人根据自己的文学品位、政治倾向选择不同的咖啡馆，“以这种方式，他们在都市社群中开始形成自选的、明确的小群体”[1]。

在众多咖啡馆中，一家以土耳其人头像作为代金币图案的咖啡馆最为有名，因为在这个被称作“业余议会”（Amateur Parliament）的咖啡馆中詹姆斯·哈林顿（James Harrington）成立了洛塔俱乐部。这个俱乐部从1649年创立，于1660年停办，在整个共和时期的英国伦敦享誉全城，它甚至与之后创立的皇家学会之间也有关系——因为“哈林顿的俱乐部为一种新的科学学会制定了政治与组织规范”[2]。“俱乐部”这个称谓是英国日记作家塞缪尔·佩皮斯（Samuel Pepys）首先使用的，它用来指在17世纪末的咖啡馆中围绕文学、政治和其他话题进行辩论的社团。这种辩论社团从某种程度上来说，是英国文学公共领域的最早实践，在这个社团中所形成的独特的“辩论机制”也成为英国文学公共领域具体实践形式

1. Cowan, Brian. *The Social Life of Coffee*. New Haven & London: Yale UP, 2005, 169.
2. Ibid. 97-98.

之一，同时这个俱乐部的出现也标志着英国文学公共领域在英国历史上的正式登台亮相。

当然哈贝马斯对咖啡馆的研究也遭到了相关专家的质疑，埃利斯（Markman Ellis）毫不留情地指出："哈贝马斯的社会学研究基于19世纪英国社会历史上对安妮女王统治时期文明的价值观的怀旧记叙中所歌颂（甚至是创造出）的咖啡馆。他在咖啡馆研究中偏离历史事实的缺点在这个意义上是无关紧要的，因为他的论述涉及的并非18世纪的英国，而是20世纪五六十年代的德国。尽管如此，他的论述还是把18世纪的咖啡馆塑造成了一种田园，一个交往理性的黄金时代。"[1]原来哈贝马斯的这种理想化研究不仅渗透在他资产阶级政治公共领域的研究中，也同样出现在他对文学公共领域的研究阶段，这也不断提醒我们在探讨咖啡馆与文学公共领域的关系时，一定要基于对历史事实的分析，从而保证研究的准确和客观。

除了咖啡馆在英国的发展，哈贝马斯还注意到新闻出版物在17世纪的发展对英国文学公共领域的意义，他指出："在资本主义重商阶段发生转型的政治制度和社会制度（其新的形态部分地表现为政治因素和社会因素相互分离）内部，另一种早期资本主义交换关系因素，即新闻出版物也发挥了强大的冲击力。具有反讽意义的是，早期真正意义上的报纸也叫'政治报纸'，它们最初一周发行一期，到了17世纪中叶就改成了日报。"[2]日报的产生对公共领域的形成至关重要，因为其诞生之基础——"市民社会"的形成就归功于商品交换以及信息交换，而日报的出现恰恰

1. Ellis, Markman. "General Introduction." *Eighteenth-Century Coffee-House Culture* (Vol. 1 Restoration Satire). Ed. Markman Ellis. London: Pickering & Chatto, 2006, xvi-xvii.
2. 哈贝马斯．公共领域的结构转型，王晓珏等译．上海：学林出版社，1999：19.

加速了市民之间信息交换的速度和时效。

英国最早的报纸出现在1621年，但刚开始报纸并不是定期出版，而且每期仅仅是张单页。报纸在英国内战前后发展很快，"'这是一个新闻的时代'……一个军官在一封信中谈到1641年1月不断升级的政治危机时如是说[1]"。据此有学者曾指出哈贝马斯忽视了政治对公共领域形成的重要作用，尤其是报纸的急剧增加与当时频繁爆发的战争之间存在密切的关联，以至于有人说"战争才是早期报纸的'父亲与给养'"[2]。由于在咖啡馆里公众可以获取新闻、谈论丑闻、传播谣言，这就让公众获取信息的速度加快并且难以控制，越来越多的宫廷丑闻曝出就是政府无法控制新闻的佐证。但王室依然对报纸的发展持默许的态度，这有两个原因："一是这样常规发行的印刷报纸可以得到有效的审查，另一个原因是宫廷内部也使用小册子这样的形式进行内部沟通。他们首先将官方的消息释放给报纸发行机构并对消息是否恰当传达到公众耳朵中进行审查。"[3]

报纸市场的发展对公共领域的形成有着深远影响，普通人在酒馆、咖啡馆等场所每周阅读报纸上的新闻，不识字的普通人也可以在这里听新闻并参与到公共事务的讨论中来，这实际上是接受教育的过程，因此咖啡馆被英国人称为"便士大学"。如此一来原本只限于宫廷内部的精英代表型公共领域由于报纸行业和咖啡馆的发展开始让位于一个喜欢围绕文学话题展开辩论的由公众构成的文学公共领域。

通过光顾咖啡馆，人们获得了更多谈论公共事务的机会，新闻也就

---

1. Zaret, David. *Origins of Democratic Culture: Printing, Petitions and The Public Sphere in Early-modern England*. New Jersey: Princeton UP, 2000, 100.
2. Gestrich, Andreas. "The Public Sphere and the Habermas Debate." *German History*, Vol. 24, No. 3 (2006): 421.
3. Ibid. 421.

变成和咖啡一样的商品，并通过报纸出售而被人们消费。所以，这时的信息交流已经不仅仅是为了满足商品交换的需求，信息本身也已经被商品化，暴露在公众的视线中被消费，也从而具备了公共性。英国人深深地迷恋上了报纸，即便它还不是我们现代意义上的报纸的概念。这时的所谓的新闻包罗万象，从商品的售卖到各种谣言丑闻，再到科学实验和各种政治内幕的披露等都充斥于报纸中。大量私人信息变成了公共新闻，推动了各种报刊和新闻媒介等公共领域所需的新型沟通渠道的形成，使得公共领域的产生和发展具备了更丰富的实体条件。

统治阶层或许也感受到新闻不可控制的力量，因为“人人都变成了政治家”[1]，纽卡索爵士在斯图亚特王朝复辟前曾这样警告查理二世。他还建议国王如果想让人们“为陛下效忠”[2]，必须坚决限制来自“国内外新闻”的发行与流通。的确，咖啡馆已成为消费新闻和煽动言论散播的重要场所，17世纪60年代的新教徒针对王宫发起的许多密谋活动都发生在咖啡馆中。很多人因此认为，新闻中的各种言论离煽动和叛乱已经不远了，政府很快便开始采取行动加强对印刷业和新闻业的管控。斯图亚特王朝复辟之后，查理二世采纳了议会的建议——只允许发行双周刊的新闻报纸，且报纸中的内容是那些不会引起社会动荡的国外新闻，而国内新闻则仅限于商品、失物招领等与市民生活相关的内容，或者是官方的公告，对此，哈贝马斯认为：“新的政府当局的目的性更胜一筹，他们很快就用新闻媒体来维护其统治。他们通过这个工具发布有关命令和规定。这样，国家权力的管理对象才成为真正意义上的‘公众’。政治报纸从一

1. Slaugher, Thomas P. *Ideology and Politics on the Eve of Restoration: Newcastle's Advice to Charles II.* Philadelphia: Amer Philosophical Society, 1984, 56.

2. Ibid.

开始就报道王公贵族的出游和归来、外国贵族的来访、庆典、王宫里的盛大宴会、敕封等消息；和这些宫廷消息一道，还刊登一些堪称是新式消息，亦即'封建领主对封建臣民的命令'，它们可以说是对代表型公共领域的一种革新，使之成为一种新型的公共领域。不过，新闻媒体很快就完全被用来维护统治。”[1]新闻媒体的出现是代表型公共领域向资产阶级公共领域转型的重要表现，对于早期新闻的研究主要是在传媒领域进行的，但事实上早期新闻媒体刊载的很多内容都是文学性的。

从1663年开始，罗格·赖斯特伦获得国王的授权而垄断了新闻期刊的印刷，同时还有检查及监督出版的特权。1660年到1678年间，国务大臣约瑟夫·威廉姆森凭借《伦敦报》几乎垄断了伦敦新闻业。另外，政府开始采取发放许可证的方式控制新闻业，并于1662年通过了《许可证法案》，一些早期新闻审查制度开始建立，由教会人士、大学教师、法官和国务大臣组成的权威机构负责对新闻以及出版物进行审核，得到许可后方可出版发行。未得到许可就发行报纸的人，一经发现或被告发，将受到国务大臣的惩罚。这样的新闻审查制度旨在对非官方的消息进行审查和筛选，以及控制针对境外和宫廷的消息。此外，政府部门还建立了许多通讯社，从源头对新闻传播进行控制。他们从各个渠道挑选新闻话题和素材，挑选专人编写新闻信件，哈贝马斯对此称："政府当局向'这些'公众发布公告，一般是针对所有臣民的；但是，依靠这样一条途径，它们通常并不能到达'普通人'那里，最多只能到达'有教养的阶层'。随着现代国家机器的形成，出现了一个新的阶层，即市民阶级，它们在'公众'范围内占据核心地位。他们主要由政府官员，特别是法官组成

1. 哈贝马斯．公共领域的结构转型，王晓珏等译．上海：学林出版社，1999：20.

（起码在欧洲大陆是这样，这里，从罗马法那里接受过来的技能被当成社会交往合理化的工具）。此外还有医生、牧师、军官和教授、‘学者’等——他们处于最顶层，通过教师和撰稿人而和‘民众’发生联系。”[1]通过这一系列的措施，新闻受到了官方审查机构的严格控制，这些出版物也就渐渐丧失了应有的批判功能。同时，政府当局还利用它们发布命令和有利于自身统治的公告，以此宣传自己的统治。尽管有这些严格的管控措施，人们对未公开信息的渴望仍然没有减退。

印刷业带来了报纸的繁荣，也见证了英国公共领域的日渐形成。以前只有王室才能知晓的内幕消息成了大众茶余饭后可以讨论和辩论的公共谈资，大量商业信息和个人隐私信息也刊登在报纸上。如此一来，报纸也为人们提供了一个“交流平台”，人们获取信息的渠道越来越多，获得信息的时效性缩短了、效率提高了，人们可以思考这些信息包含的内容，在不同意见中寻求共同志趣。通过阅读报纸和新闻，个体的读者被一个个连接起来，形成一个阅读群体，这个群体通过信息互换、辩论的方式开展“公共”交往，这正如本尼迪克·安德逊（Bennedict Anderson）所说的那样，阅读报纸“是一个人静静去做的事，但是每个人又都非常确定地意识到阅读这个‘仪式性’的行为同时有成千上万个人也在进行着，但他们是谁他无处知晓”[2]。

通过阅读报纸新闻，公众投入到对公共事务的关切与参与中，“从而使作为公共权力的抽象对立面的公众意识到自己是公共权力的对立面”[3]，

1. 哈贝马斯．公共领域的结构转型，王晓珏等译．上海：学林出版社，1999：21.
2. Anderson, Bennedict. *Imagined Community: Reflections on the Origins and Spread of Nationalism*. London: Verso, 1991, 35.
3. 哈贝马斯．公共领域的结构转型，王晓珏等译．上海：学林出版社，1999：22.

公众也借此锚定自己是公共领域中的主要参与者。1662年《许可证法案》颁布，对英国历史和文化都产生了深远的影响，报纸受到官方日益严格的控制，新闻也渐渐丧失了其批判的功能。历史学家罗纳尔·哈顿（Ronald Hutton）认为《许可证法案》的颁布消解了“自由辩论的氛围，对未来多种可能的憧憬，各个领域话题的讨论，政府可能会因舆论力量改变看法的幻想，这一切在之前的二十多年中让人们兴奋不已却又令人忧心忡忡”[1]，这也对英国文学公共领域的良性发展产生了影响。

四、科学、理性与文学公共领域

17世纪的英国除经历了资产阶级革命，还经历了由牛顿、波义耳、哈维等一大批科学家发起的影响深远的科学革命（scientific revolution）。在这段时期，英国的数学、物理学、天文学与化学都取得了突破性的发展，随着对自然界的日渐了解，人们的眼界和心态开始发生变化。伦敦的城市化也使得其成为英国科学活动的主要中心，对科学感兴趣的人越来越多，历史学家罗伯茨曾说：“1662年伦敦皇家学会成立，成为科学革命的标志。”[2]在近代科学发展史上，这一学会无疑是最引人注目的研究团体之一，也是现存最早成立的且从未中断过科学研究的机构。它的雏形可追溯至1645年由12名科学家组成的被称为“无形学院”（invisible college）的科学小团体，他们从那时起便聚在一起探讨文学家弗朗西斯·培根的乌托邦作品《新亚特兰大》中提出的科学问题。皇家学会创

1. Hutton, Ronald. *The Restoration: A Political and Religious History of England and Wales, 1658-1667*. Oxford: Oxford UP, 1985, 157.
2. Zaret, David. "Religion, Science, and Printing in the Public Sphere in Seventeenth-Century England." *Habermas and the Public Sphere*. Ed. Craig Calhoun. Cambridge, Massachusetts, and London: The MTI Press, 1996, 227.

立之初仅有约100名会员，而到17世纪70年代就增加至两百多人。该学会对英国乃至欧洲科学政策的制定发挥了巨大作用，而且它还就科学事务问题与公众进行讨论，很早便已经具有了公共领域的一些特征。

科学革命推动了英国自然科学的长足发展，从文艺复兴开始到18世纪末，其不仅促成了启蒙运动的兴起，还有力地推动了英国理性主义的发展，成为与经验主义抗衡的重要力量。“这场革命荡尽了中世纪的等级制度及其相对应的体系、本质与偶然、晶体界域和神秘特性。假如一个现代人与本·琼森在小酒馆中对饮畅谈，他们之间就会充满误解。而假如这个人与约翰·德赖登（John Dryden）在咖啡馆里交谈，他就会发现他们之间使用的语言和概念完全一样。对于现代人而言，时代的分水岭不是在比德时代、乔叟时代或莎士比亚时代，而是在牛顿时代。”[1]理性主义强调辨别、判断，通过提出论点与具有说服力的论据发现真理，通过逻辑推理而非依靠表面观察而得出结论。

理性主义不仅仅在自然科学领域发挥作用，甚至开始对普通公众的认知能力产生影响，“印刷技术与实验科学的发展所带来的通讯革命可以很好地解释公共舆论是如何获得社会权威的”[2]。理性时代是从复辟时期开始的，“科学发展的结果使人们对现实而非想象的创造物发生兴趣，人们更注重依靠理性而非权威来认识客观世界。笛卡尔、霍布斯等人对自然和社会等现象进行遐想深思的结果便是人们学会用理性而非感情来接近现实生活，对理性和现实的关注第一次在复辟时期的文学中有了十分明

1. 克莱顿·罗伯茨等．英国史（上册：史前—1714年），潘兴明等译．北京：商务印书馆，2013：450.
2. Zaret, David. “Religion, Science, and Printing in the Public Sphere in Seventeenth-Century England.” *Habermas and the Public Sphere*. Ed. Craig Calhoun. Cambridge, Massachusetts, and London: The MTI Press, 1996, 227.

显的体现”[1]，科学革命带来了理性主义的苏醒，而文学公共领域便是理性主义在文学世界产生影响的一个证据。

理性主义是文学公共领域得以形成的总体历史语境的重要构成要素之一，这个大语境也为在公共领域内开展公开辩论、自由讨论时坚持理性交往提供了坚实的思想基础。正如哈贝马斯所说的：“在这里，市民冲破了社会等级制度的束缚，和具有社会地位，但无政治权利，并且‘仅仅’是人的贵族聚集到了一起。这里关键不在于成员之间的政治平等，而是在于他们共同反对政治领域中的专制主义，社会平等最初只是在国家之外才能实现。”[2]而之所以能够实现，与理性主义的出现有着直接的关联。

第二节　1640—1688年间的英国文学公共领域

1802年浪漫主义诗人华兹华斯曾写过这样几行诗歌：

伟人一直在我们中间，书写的手
迸发智慧的舌头——没有更好的：
后来的西德尼、马维尔和哈林顿
年轻的瓦恩，还有其他弥尔顿的朋友[3]

---

1. 侯维瑞主编．英国文学通史．上海：上海外语教育出版社，1999：175.
2. 哈贝马斯．公共领域的结构转型，王晓珏等译．上海：学林出版社，1999：40.
3. Selincourt Ernest de and Helen Darbishire. *The Poetical Works of William Wordsworth*. (Oxford, 1940-9), III. 116.

在这几行诗歌中华兹华斯提到了几位英国作家，弥尔顿与马维尔皆因诗歌创作而留名青史，但他们的散文作品，尤其是马维尔的散文作品直到近年才得到应有的重视。而哈林顿是在研究共和思想时才被一些政治思想史专家提起，但事实上他也是位文学家，既进行诗歌创作也写散文，却在英国文学史中籍籍无名。但上述几位作家对英国文学公共领域的建构发挥了巨大的作用，正如巴纳拜（Andrew Barnaby）所言："如果说在17世纪中叶的革命岁月中，英国作家开始认识到公共言语行为（public speech-acts）可以进行政治竞争的话，那么1660年复辟之后，官方也认识到了这一事实并被制度化。"[1]这几位英国作家正是运用文学公共言语进行政治干预的典型代表，他们在文学公共领域形成阶段便已经意识到文学言语行为的力量及文学作品的公共性作用，并积极投身其中。

一、约翰·弥尔顿的"公共关怀"

作为继莎士比亚之后最重要的17世纪英国诗人，约翰·弥尔顿还是一个革命者，也最符合哈贝马斯"公共性"文学家的条件，《公共领域》英译本出版后不久，唐纳德·格斯（Donald Guss）就曾指出哈贝马斯和弥尔顿均认为辩论是承担变革责任的重要方式，辩论的话题都要公开并经得起公众推敲，而且能最终达成共识。前文提到过，与哈贝马斯判定的时间不同，扎雷特将欧洲公共领域出现的时间提前至17世纪也是在考察了弥尔顿的《论出版自由》（*Areopagitica*）后才得出的，他认为弥尔顿

1. Barnaby, Andrew. "The Politics of Garden Spaces: Andrew Marvell and the Anxieties of Public Speech." *Studies in Philology*, Vol. 97, No. 3 (Summer, 2000): 331.

所说的“合理的政治决策都源于自由和开放的交流”以及他对培养英国人民批判能力的吁求都已经体现出了公共领域的要义。

有人曾把弥尔顿的创作分为早期的诗作、中期散文小册子（主要议题涉及宗教、婚姻、出版自由、教育和政治等公共话题）和晚期伟大诗歌三个阶段。文学研究者因为弥尔顿第三阶段作品的极高文学价值而把研究的焦点都集中在那几部作品上，忽略了其早期和中期的作品。从文学公共领域的角度来看，弥尔顿第二阶段的作品极具公共性，故而笔者将研究的重点放在了这一阶段上。弥尔顿这一时期之所以对诸多公共问题感兴趣在于“他要跨越政治和宗教、公共与私人、作者与市民身份之间的传统区分。弥尔顿常常从某种独特的角度，某种他作为诗人所关心的语言与政治之间关系的角度探讨政治问题”[1]，所以有学者称“弥尔顿早期的小册子都对政治问题避而不谈，直到1649年后他才开始讨论政治理论”[2]的论断显然是有失公允的，“在17世纪40年代的小册子大战中，他（弥尔顿）始终支持建立公共领域”[3]。1639年弥尔顿匆匆从欧洲大陆回到英国，1640年英国革命爆发，他毅然投身革命之中，恰逢“国王与主教相互勾结，沆瀣一气，采取宗教高压政策，国内宗教斗争日趋激烈，宗教论战也随之而起”[4]，所以他发表了论述宗教自由的小册子《论英格兰教会教义的改革》，反对主教制度，要求政教分离，主张对宗教持宽容态度。

1643年，新婚妻子离家出走，弥尔顿第一次婚姻失败，他匿名写

1. Norbrook, David. *Writing the English Republic: Poetry, Rhetoric and Politics, 1627-1660*. Cambridge: Cambridge UP, 1999, 109.
2. Ibid.
3. Ibid. 110.
4. 侯维瑞主编．英国文学通史．上海：上海外语教育出版社，1999：181.

下了一本名为《离婚的学说与纪律》（*The Doctrines and Disciplines of Divorce*）的小册子，整个小册子共十四章，弥尔顿深入分析了当时婚姻制度中存在的九个问题，并对教会进行了公开的批判："真正的教会在禁止离婚时，可能无意如此残忍，就像反基督教会故意禁止结婚那样。"[1]虽然这本小册子因个人婚姻失败而写，但却讨论了公众普遍关心的"离婚问题"。有学者认为"通过批判婚姻法和印刷许可，他（弥尔顿）挑战了一些保守的清教徒。他再一次用看似不相关的方式敲打了政治神经。而且，弥尔顿为离婚辩解的行为激起了轩然大波，因为攻击婚姻看上去也是在威胁国家与教会。国王与国民的关系常被比喻为婚姻关系，如果婚姻是某种契约，也就适用于国家。尽管弥尔顿探讨离婚问题有着个人原因，但这同时也是共和心态的反映"[2]。表面看来弥尔顿探讨的是个人的离婚问题，但其实是他借婚姻关系这个私人问题批判了国家与个人之间关系的公共问题。

弥尔顿擅自出版论离婚小册子的这一举动激怒了当时议会的出版委员会。1644年11月24日，弥尔顿被召去议会接受质询，在质询中他发表了《论出版自由》的演讲，这个演讲后被印刷成小册子并被广泛阅读。《论出版自由》抨击了英国的审查制度，反对这种扼杀真理的做法，要求言论、出版自由，这本小册子影响甚巨，甚至从某种程度上讲它为资本主义思想文化的传播创造了客观条件。这部作品是弥尔顿散文中的杰作，它的标题"Areopagitica"取自雅典的阿瑞斯山，据传说在这座山上有古希腊人解决一切政治和宗教事务的最高法院，其三百多个成员由城

1. https://www.dartmouth.edu/~milton/reading_room/ddd/book_1/text.shtml.
2. Norbrook, David. *Writing the English Republic: Poetry, Rhetoric and Politics, 1627-1660*. Cambridge: Cambridge UP, 1999, 114.

邦里的自由民选举产生，弥尔顿借用这个典故的用意不言自明——为了颂扬古希腊的民主。这本小册子针对的是1643年6月14日英国议会颁布的出版法，里面规定了审查制度，要求所有书籍和小册子在出版之前必须得到许可。实际上，自印刷技术取得飞速发展后，英国反而开始从16世纪不断加强对出版的控制，出版印刷品除了要首先获得出版许可外，还要接受星法院和宗教高等法院不定期的审查，此外，印刷前还必须要再次接受印刷预审等。

这本小册子共分五个部分，一开篇便开宗明义地指出“写作此文是为公众之幸”[1]（advance the publik good）。全文从探讨古代雅典的审查制度开始，逐步分析了审查制度为富有才华的学者带来的灾难性影响，进而谈到审查制度能否有效阻止所谓坏书的侵害，作者认为“禁一本好书与杀一个好人毫无二致”[2]，此外，审查制度对真理的自由和公开讨论也有很大危害。他还善意地提醒当权者“好的政治决定应该是在公共论坛中经过自由、公开地交换意见后形成的”[3]，但最核心的观点则是出版自由是一切自由中最重要的自由权利，因为出版自由是一种选择。弥尔顿还在这里歌颂了上帝，因为上帝“给人选择的自由”[4]，对上帝的这段描写在弥尔顿后来的《失乐园》里得到了进一步的发展。据此，弥尔顿要求议会重新审视审查制度，并取消著作预先审查制，侯维瑞曾这样评价这部作品：“这篇著作不像其他小册子那样言辞激烈，语言攻击性强，而是将平心静

1. https://www.dartmouth.edu/~milton/reading_room/areopagitica/text.html.
2. https://www.bl.uk/collection-items/areopagitica-by-john-milton-1644.
3. Zaret, David. “Religion, Science, and Printing in the Public Sphere in Seventeenth-Century England.” *Habermas and the Public Sphere*. Ed. Craig Calhoun. Cambridge, Massachusetts, and London: The MTI Press, 1996, 219.
4. https://www.bl.uk/collection-items/areopagitica-by-john-milton-1644.

气的说理与流畅通顺的语言融为一体，文风简洁晓畅。弥尔顿十分真诚地相信创作和言论自由的重要性，因此他的文章中充满真实的情感和优美的意象。”[1]

这本小册子的巨大功绩在于它代表了资产阶级要求言论自由的呼声，也为自由主义新闻理论打下了基础，这对于英国文学公共领域的形成无疑也具有同样重要的意义，它不仅对17世纪英国普通老百姓的生活产生了影响，到了18世纪还成为“辉格–共和党诗学（Whig-republican poetics）的基石，此外，从萨夫茨伯里提出的‘公共声音’到英国吟游诗人的浪漫化（the romanticization of British bards）无不是受到了它的启发”[2]。

此外，弥尔顿还发表了一系列反对君主制度的政论散文，这些作品集中在查理一世接受审判及被处决之后的这段时间。1649年他写下了《国王与官吏的职权》（*Tenure of Kings and Magistrates*），驳斥了查理一世关于“君权神授”的观点，并称政治的权利以和人民的契约为基础，一旦政府滥用权力人民就有权更换政府，他“指出了‘主权在民’的思想，这与霍布斯的思想有明显的相通之处”[3]，因此弥尔顿坚持主张处死查理一世。《偶像破坏者》（“Eikonoklastes”，1649）是弥尔顿为驳斥另一小册子《国王的画像》而发表的，他故意颠覆其中塑造的查理一世作为虔诚圣徒和殉道者的形象，并列举其多条罪状。1651年和1654年，弥尔顿分别用拉丁文撰写了《为英国人民而辩》（*Defence of the English People*）和《为英国人民再辩》（*Second Defence of the English People*）两本小册子，维护

1. 侯维瑞主编．英国文学通史．上海：上海外语教育出版社，1999：182.
2. Norbrook, David. *Writing the English Republic: Poetry, Rhetoric and Politics, 1627-1660*. Cambridge: Cambridge UP, 1999. 135.
3. 侯维瑞主编．英国文学通史．上海：上海外语教育出版社，1999：182.

了共和国及其领袖，反击了欧洲大陆保王势力对英国的恶意攻击。1660年他发表了最后的一篇政论《建立共和国的简易办法》，坚决反对斯图亚特王朝复辟。

诺布鲁克认为不仅在《论出版自由》中，而且在《失乐园》中也可以找到哈贝马斯所倡导的“公共精神”——包括上帝希望恢复公共精神，希望通过普通的以及理性的辩论使社群更加开放。在他看来上帝与亚当之间的约定代表了早期现代公共领域，也就是弥尔顿笔下的“极其开放的宇宙”（extraordinarily open universe），其中“巨大的垂直距离通过自由的水平交流得以联结”（huge vertical distance are bridged by free horizontal communication），弥尔顿对天堂和潘德蒙（Pandemonium）的描写“在理性的争论和感性的轻抚中发现了价值；在公共辩论的治疗性愉悦中发现了价值；在脆弱的人所创造的令人愉悦的变革世界中发现了价值；最后，在不依赖共和国支持的‘共和’自我形式中也存在价值”[1]。

除了对英国文学传统的巨大贡献，单从对英国文学公共领域的建构作用上讲，弥尔顿也同样重要，他无疑是哈贝马斯眼中最完美的文学公共知识分子，也因此成为本书研究英国文学公共领域的起点。

二、“言论自由”之争、“公共舆论”萌芽与安德鲁·马维尔的文学公共活动

对于文学公共领域的本质前文已经有过讨论，既然它是一种抽象的对谈模式，那么呈现出的外在表现形式又是什么样的呢？李佃来认为：

1. Kuzner, James. “Habermas Goes to Hell: Pleasure, Public Reason, and the Republicanism of ‘Paradise Lost’.” *Criticism*, Vol. 51, No. 1 (Winter 2009): 106.

“只有借助公众意见和公众舆论，市民阶级才能形成批评和批判力量，公共领域也才能发挥其应有职能。因此，如果说公共领域是哈贝马斯市民社会理论中的一个核心范畴，那么公众舆论就是公共领域范畴中的一个核心概念。”[1]换句话说李佃来认为公众舆论是公共领域的呈现方式之一。历史学家布朗宁也指出：“正是从公共领域中出现了一个新的权威来源，以挑战旧政权的舆论制造者——公共舆论。由于欧洲各国的具体情况各不相同，它出现的时间也有所差异。但首先是在英国和荷兰出现的，因为这两国的识字率和城市化程度相对较高，并且享有相对自由的审查制度。”[2]那么，利用文学作品引起的公共舆论也可被视作是文学公共领域的外在表现形式之一。

有学者指出：“哈贝马斯著作的一个核心论点是有关公共舆论的新概念的兴起。相互分散的出版社和小组织或者说地方交换开始被解释成一场大的争论，从这场大争论中产生了全社会的‘公共舆论’。换句话说，可以将之理解成，被广泛分离的人民共享了同一个观点，他们开始和某种讨论空间相联系，在其中人民能够相互交换意见，而且能到达共同的终点。”[3]正如前文所说，印刷技术的发展以及城市化带来的人口密集，加上诸如咖啡馆这些公共文化空间的流行，公众变得易于就某一共同关切的话题进行公开讨论，并形成公共舆论。那么，什么是“公共舆论”呢？

有学者认为：“这种由私人会合而成的公众，其所表达的意见，就是所谓的公共意见，或称舆论。因此，公共意见是公众的意见，是社会中

1. 李佃来．公共领域与生活世界：哈贝马斯市民社会理论研究．北京：人民出版社，2006：97—98.
2. Blanning, Tim. *The Pursuit of Glory: Europe 1648-1815*. London: Penguin Books, 2007, xxv.
3. 查尔斯·泰勒．现代社会想象．许纪霖主编．公共空间中的知识分子．南京：江苏人民出版社，2007：56—57.

的私人经过理性论辩，相互对焦后所产生的会合和统整，代表着社会的自我反省和转化，也因此拥有类似规范的权威。”[1]有的学者则认为“作为公共领域权威的最终来源，公共舆论被建构为是思考的个人持续参与公开讨论所形成的普遍理性（universal reason）的集中体现”[2]。公共舆论的巨大作用在于“可以作为一种保护力量或创造力量，引领社会朝着预定目标发展”[3]，它更是“一种力量储备，在公共事务演化为危机时，采取行动。尽管它自身是一种非理性的力量，但在相应机构的运作下，在适当的引领和调教下，公众舆论能够让遵循法律的人们运用它反对暴政”[4]，能够将公共舆论理性化的方式是通过公共讨论、辩论，而这个理性化的场域则是公共领域。公共舆论具有强大的力量，所以布朗宁才说：“如果得到有效的管理，公共舆论可以成为一个国家额外资源和权力的来源。而一旦忽视、误解或疏远它的作用，就会引起革命性的变化，正如法国那样。”[5]其实公共舆论所发挥的作用在英国光荣革命前后表现得尤为巨大。

查理二世复辟后与议会的矛盾日益激化，1681年查理二世的无议会统治开始，直到1685年，詹姆士二世上台时召集过两次议会，议会几乎没有发挥过实质性的作用。为了抑制王权的膨胀和避免天主教在英国的复兴，议会中的辉格党和托利党走向联合，他们共同邀请荷兰的威廉亲王与其妻子玛丽来接管英国王位，詹姆士二世众叛亲离，孤身逃往法

1. 李丁赞．市民社会与公共领域．许纪霖主编，公共空间中的知识分子．南京：江苏人民出版社，2007：77—78.
2. Baker, Keith Michael. "Defining the Public Sphere in Eighteenth-Century France: Variations on a Theme by Habermas." *Habermas and the Public Sphere*. Ed. Craig Calhoun. Cambridge, Massachusetts, and London: The MIT Press, 1996, 183.
3. 沃尔特·李普曼．幻影公众，林牧茵译．上海：复旦大学出版社，2013：42—43.
4. 同上：45.
5. Blanning, Tim. The Pursuit of Glory: Europe 1648-1815. London: Penguin Books, 2007, xxv.

国。英国通过一场没有硝烟和流血的“光荣革命”奠定了君主立宪制，开创了英国历史的新纪元。但光荣革命的导火索是围绕“言论自由”问题展开的，而这一次咖啡馆再次充当了公共领域发挥公共舆论功能的重要场所。所以有人在概括这场革命出现的原因时说“正是因为日益行政化和集权化的国王权力意欲垄断一切政治治理活动，制造出了文学政治和公众舆论”[1]。

随着咖啡馆中各种关于王室和政府的流言蜚语不受控制地传播，“企图阻止和规范咖啡馆的各种尝试也成为17世纪晚期18世纪早期英国政治文化的一个特征”[2]。1675年12月29日，为了阻止“过度”的言论自由和无法控制的谣言，查理二世派人在皇家剧院门口张贴了《禁止开设咖啡馆的公告》（“A Proclamation for the Suppression of Coffee House”）。公告中称：“最近几年，咖啡馆在本王国各地生根发芽，它成为了懒人和反叛者的天堂，由此产生了非常罪恶而危险的影响。在这样的地方，商人和其他职业的人们浪费了他们宝贵的时间，荒废了他们本应去处理的合法营生。最为恶劣的是咖啡馆中的聚会滋生出很多错误、邪恶和恶意中伤的传言，并广为散播，损害了国王和政府的声誉，破坏了王国的和平与安宁，因此国王认为关闭咖啡馆，不得再开设，是正确和必要的。”[3]这对咖啡馆的经营者而言无疑是一个噩耗，对咖啡馆的常客而言，这也不仅仅是少个地方聊天那么简单，在他们看来查理二世是在剥夺他们来之不易的集会和言论自由的权利。第二天一早，这则公告的全文便被刊登在《伦

1. 罗杰·夏蒂埃．法国大革命的文化起源，洪庆明译．南京：译林出版社，2015：14.
2. Cowan, Brian. *The Social Live of Coffee: The Emergence of the British Coffeehouse*. London: Yale UP, 2005, 147.
3. R, Charles. A Proclamation for the Suppression of Coffee-Houses [EB/OL]. http://ett.arts.uwo.ca/printersdevil/site/texts/C3515/C3515.html, 2009.

敦报》上，从而引发了公众的广泛议论。

早在1660年，克拉兰敦就曾提议国王关停咖啡馆，因为从那时起咖啡馆就已经被指责是制造政治歧见和培养反叛的温床，但由于咖啡贸易可以带来高额的消费税，所以关停计划才暂时搁浅。1663年英国颁布了《消费税改革法案》（Excise Reform Act），对咖啡、茶叶、巧克力等外来产品的销售发放许可证，制定此项法案的目的在于可以逐渐对这些货物征收消费税以增加王室的收入，同时还可以逐步实施咖啡馆许可证制度，以加强对这个公众集会地的控制，该法案是英国王室"推行社会纪律（social discipline）的手段之一"[1]。

到了1670年，咖啡馆里传播的小道消息和煽动言论变得愈发难以控制。1672年6月王室发布了一条题为《禁止散布针对政府及国事的错误新闻或者恶意言论的公告》（"A Proclamation to Restrain the Spreading of False News, and Licentious Talking of Matters of State and Government"）。

但后来这条公告的收效甚微，王室不得已又于1674年5月2日发布了另一条同样标题的公告，声称犯有此等罪行的人将被定性为煽动叛乱罪并会受到处罚。但这一系列的公告却形同虚设，人们依旧我行我素地在咖啡馆中公开交流信息，讨论流言蜚语，抨击政府的行为，咖啡馆依旧为热情高涨的公众辩论提供空间和平台。查理二世1675年的第三则公告就是针对这愈演愈烈的政治辩论而颁布的。著名历史学家詹姆斯·拉尔夫认为查理二世的这一系列举动都是为了熄灭理想的光辉，压抑表达的力量。

另外，此时反对查理二世的贵族白金汉公爵（the Duke of Buckingham）

---

1. Cowan, Brian. "The Rise of the Coffeehouse Reconsidered." *The Historical Journal*, 47, 1 (2004): 29.

和萨夫茨伯里伯爵及其追随者渐渐丧失了在王宫里的特权，他们从王宫中游离出来，散布在城市的各个角落中，他们最喜欢光顾的就是形形色色的咖啡馆。保皇党给他们起了一个绰号——辉格党，以此讽刺他们是“好斗的苏格兰长老会派教徒”。这些人也经常在咖啡馆中聚会讨论国事，针砭时弊，甚至一度变成咖啡馆中辩论的主要参加者。查理二世的第三则公告马上成为他们在咖啡馆中热议的内容，因为在议会被国王强制休会时期，他通过发布公告传递的信息就是专制王权在向自由和民主宣战。因为只有执政官才拥有发布公告的权利，而国王发布公告就是王权专政的暗示，所以，限制咖啡馆不仅是剥夺言论自由的行为，还有其背后隐藏的企图——即国王要超越议会许可的范围行使其权利。

公告发布后不久，地方行政官就开始收回咖啡馆的执照，并开始无照经营的咖啡店。受咖啡馆所带来的利益的驱使，一些有影响力的咖啡馆老板开始想办法对抗这则公告的实施。在咖啡商托马斯·盖勒维的带领下，一批咖啡商集体上书枢密院大臣约翰·邓肯比，请求他向国王递交请愿书。咖啡店主的情愿以及公告引起的舆论压力，迫使政府做出了让步。1676年《关于咖啡店的附加公告》（“An Additional Proclamation Concerning Coffee-Houses”）发布，除了对咖啡馆内的公众活动进行限制以外，还要求咖啡馆主在六个月内解决存货、结束生意。但实际上，“取缔咖啡馆文告的最终结果是不了了之，文告施行不足两周便难以为续，咖啡馆业主和钟爱咖啡的顾客为维护咖啡馆经营及其公共领域社交活动的斗争获得成功”[1]。公众普遍认为“从未有过皇家公告在十天内发布便被

1. 陈勇. 咖啡馆与近代早期英国的公共领域：哈贝马斯话题的历史管窥. 浙江学刊，2008（6）：30.

召回的先例，但不幸的是国王和政府通过公告意欲实施专制和独裁的行为点燃了群众的怒火，为了不失颜面，他们很快撤销了这份公告”[1]。

咖啡馆公告发布后不久，以白金汉公爵和萨夫茨伯里伯爵为首的辉格党人并没有从咖啡馆中退出，他们在咖啡馆里讨论让议会复会的方案，在各个咖啡馆间流传自己印刷的小册子，表达他们对议会长期休会的不满。为了调动更广泛的群体参与进来，公爵和伯爵从白厅搬到了市区，与城市商人、新教徒和共和主义者联合在一起，在各个咖啡馆中与保皇党斗争。1679年5月，控制新闻媒体的许可证制度结束，报刊和小册子又铺天盖地在咖啡馆中散播，期间最热门的话题就是关于王位继承的问题，这进一步加剧了大众和国王之间的矛盾，直至光荣革命的到来。这期间，英国咖啡馆的发展进入了全盛时期，18、19世纪的辉格党历史学家也据此认为咖啡馆的胜利标志着“言论自由和个人民主的胜利”[2]，表明“英国不能由君主任意、专制地统治”[3]。

英国17世纪70至80年代围绕“言论自由”进行的辩论都是查理二世为压制咖啡馆的发展而引发的，历史学家也注意到了这一历史事件并指出：这次事件的核心并非关停咖啡馆本身，而是背后的王权和政府对人们言论自由和对公民权利的挑战。幸运的是，咖啡馆不仅没有因为公告事件在英国历史上消失，反而更加壮大和规范，这同时也印证了普殊同（Moishe Postone）所说的：“在一个公共领域运行良好的社会，公共舆论在辩论的过程中形成并对国家机器施加影响。在这个机制中，公共舆论

1. Ellis, Aytoun. *The Penny Universities: A History of the Coffee-houses*. London: Secker & Warburg, 1956, 93.
2. Clery, E. J. *The Feminization Debate in Eighteenth-Century England*. New York: Palgrave Macmillan, 2004, 15.
3. Cowan, Brian. "The Rise of the Coffeehouse Reconsidered." *The Historical Journal*, 47, 1 (2004): 22.

不仅仅是市场研究或民调显示的个人意见的集合，还是由人民积极创造出来的。”[1]限制咖啡馆发展的公告的失败，不仅让查理二世反对议会的意图昭然若揭，还表明英国宪法中自由言论精神早已在大众心中扎根，“咖啡馆在复辟后的继续存在也成为英国民主进步的标志”[2]。

在此后的几十年中，咖啡馆依旧是普通老百姓讨论公共事务的不二场所，在不断的讨论和辩论中，公共舆论的影响越来越大。大众开始围绕政府事务进行非官方的讨论，自由表达自己对政府管理的看法，英国“公共舆论”的萌芽确实非常准确地印证了哈贝马斯所总结的话：“资产阶级公共领域首先可以理解为一个由私人集合而成的公众的领域；但私人随即就要求这一受上层控制的公共领域反对公共权力机关自身，以便就基本上已经属于私人，但仍然具有公共性质的商品交换和社会劳动领域中的一般交换规则等问题同公共权力机关展开讨论。这种政治讨论手段，即公开批判（das offentliche Raesonnement）的确是史无前例、前所未有的。”[3]为了维护英国人的“言论自由”，许多英国作家也拿起笔投身于这场没有硝烟的关于咖啡馆关停的战役之中，其中最具代表性的就是诗人安德鲁·马维尔。

作为英国17世纪玄学派诗人的一员，安德鲁·马维尔与众不同。他被很多批评家视为一位承前启后的诗人，因为他一方面继承了伊丽莎白时代的浪漫传统，另一方面又开启了18世纪古典主义的“理性时代”。虽然马维尔是凭借早期的抒情诗，如《致他娇羞的女友》（“To His Coy

1. Postone, Moishe. “Political Theory and Historical Analysis.” *Habermas and the Public Sphere*. Ed. Craig Calhoun. Cambridge, Massachusetts, and London: The MIT Press, 1996, 164.
2. Cowan, Brian. *The Social Live of Coffee: The Emergence of the British Coffeehouse*. London: Yale UP, 2005, 148.
3. 哈贝马斯．公共领域的结构转型，王晓珏等译．上海：学林出版社，1999：32.

Mistress”）等赢得了读者和批评家的广泛关注，但在17世纪70年代，其文学创作却以辛辣的讽刺作品见长。这些讽刺作品大都围绕当时热门的公共话题展开，无怪乎有评论家说：“马维尔写了更多关于政治话题的东西，他自己从政并且在他的文字中留下了大量复杂的信息。他是一个精力充沛且大胆的小册子作家，不管是他出生还是去世的时候都是英国重大政治事件频发的时段。”[1]但马维尔在经历内战、共和、复辟的不同历史时期时，他的政治立场也呈现不同的姿态，因此有人评价他：“不管你觉得他是机会主义者、效忠者抑或是保守主义者，他总是对建立混合政体及一个和平、宪政政府非常着迷。”[2]尼格·史密斯（Nigel Smith）甚至在其2010年的专著中将马维尔戏称为“变色龙”（the chameleon）。

马维尔认为在他所处的历史时期，作家的角色要在“融入”和“隐退”、“政治行动力”和“学者的视角”的两难选择中做出妥协[3]，他通过诗歌、讽刺散文及小册子，在17世纪70年代的政坛和文坛奠定了他作为激进的“煽动分子”的地位。近年来，国外学者开始将马维尔诗歌的研究从其作为“玄学派”诗人一员的思维定式中抽离，采用如新历史主义等方法研究其所谓的“公共诗歌”（public poetry），这为马维尔诗歌研究开拓了更广阔的视野。而国内对于马维尔的诗歌以及讽刺散文的研究都还非常有限，且存在较大的研究空间。

但是研究马维尔17世纪70年代后作品的一大难点在于因为政府出版审查制度的严格控制，马维尔的很多诗歌和散文都是在地下出版社印刷

1. Condren, Conal and Cousins A. D. “Introduction.” *The Political Identity of Andrew Marvell*. England: Scholar Press, 1990, 3-4.
2. Ibid. 15.
3. Patterson, Annabel M. *Marvell and the Civic Crown*. Princeton: Princeton UP, 1978.

的，或者干脆就是手抄本，因此在研究中最大的难点是对诗人诗作真伪的判断和对版本的确认。17世纪70年代初，位于彩虹桥的法阿咖啡馆之所以出名就是因为马维尔等人经常在这里出现，并在这里传播他们的地下出版物和对政府政策持批评立场的书籍，王室安插在咖啡馆中的密探因而把这个咖啡馆称之为“智力共和国”。1673年，马维尔曾在这间咖啡馆中写下了著名的讽刺散文来攻击诗人约翰·德莱顿和圣公会辩护者塞缪尔·帕克（Samuel Parker），并为新教徒的信仰自由辩护。这篇散文在当时的许多咖啡馆中都得到广泛传播，但很多读者评价说他的这篇散文结构平庸，一看就知道是咖啡馆里的地下出版物。

马维尔这一时期传播最广的是三首被称为“雕像”组诗的诗歌，有学者评价这三首诗歌“通过轻浮粗糙的语言颠覆了巴洛克建筑中雕塑的庄严美”[1]。作为“雕像”组诗的最后一首，《两匹马的对话》（“A Dialogue Between Two Horses”）创作于1675年底，这首诗表达了马维尔针对关停咖啡馆系列公告的有失公允和非法性的不满与抗议。为避免审查制度的限制，马维尔借两匹马之间的对话间接地表达了他对公告的愤怒。他的这首诗歌被迫以手抄的方式在咖啡馆中传播，这也是为什么绝大多数马维尔诗集中都没有收录此诗的原因。在这首诗中，马维尔通过将查理二世与其被砍头的父亲查理一世进行辛辣的比较，对其进行了无情的嘲弄。

诗歌开篇就通过“喜鹊和鹦鹉”之口表达了作者的意图，“连鸟儿都可以说话”[2]（bird too may talk），这样的写法有可能是模仿15世纪诗人约

---

1. Nevo, Ruth. *The Dial of Virtue: A Study of Poems on Affairs of State in the Seventeenth Century.* Princeton: Princeton UP, 1963, 165.
2. Marvell, Andrew. “A Dialogue Between Two Horses.” *Andrew Marvell: Selected Poetry and Prose.* Ed. Dennis Davison. London: George G. Harap & Co. LTD, 1952, 165-172.

翰·斯克顿（John Skelton）的“说吧，鹦鹉”（“Speke，Parrot”）一诗的结构，而那首诗同是为了隐晦地批评时政。既然鸟都可以说话，雕塑自然也会交流，如同“神像不言，却显神迹”[1]。通过这样的铺陈，作者问读者：“我们为什么要怀疑两匹雕像马的对话呢？”[2]诗歌中的两座雕塑分别位于伦敦羊毛教堂（Wool-Church）和查令十字教堂（Charing-Cross），它们都曾是皇家坐骑，“王室们骑乘一天俱疲敝”[3]，便各自去寻欢作乐了，两匹马得以聚在一起互相抱怨。诗人接下来嘲讽道“动物尚且可以直抒胸臆”[4]，对时事进行评论，人却不敢发表公开言论。

羊毛教堂的雕塑马先说：“你我的恶棍主子虽彼此称兄道弟，但却互相欺瞒。”[5]查令十字教堂的雕塑马应和说，他们榨取穷人、寡妇和孤儿的钱财包养情妇，战争却带来更多的灾祸和亏空。可是“我们让他复辟，本该受他奖赏”[6]，但这个国王却忘了他被砍头的父亲，对百姓恩将仇报。两匹马接着批评国王对老百姓的寻常乐趣——征税，“是他们以这荒唐的说法诽谤我们/对我们的咖啡和烟草加之以税”[7]，这样的话让查令十字教堂的雕塑马非常紧张，马维尔借他的话讥讽说：

> 够了，伙计！尽管我们讲真话，
> 但这话总招叛国罪被抓。

1. Marvell, Andrew. “A Dialogue Between Two Horses.” *Andrew Marvell: Selected Poetry and Prose*. Ed. Dennis Davison. London: George G. Harap & Co. LTD, 1952, 165-172.
2. Ibid.
3. Ibid.
4. Ibid.
5. Ibid.
6. Ibid.
7. Ibid.

我们最好谨言慎行，管好自己的舌头，
不管你是人或兽，都会因妄言掉了头。[1]

这首诗以两匹马预测年轻独裁者会落得与其父亲一般的下场而结束：

当他们妄图剥夺人民的言论自由，
他们也教会人民更快地拔出利刃。
让城市畅饮咖啡并轻声呻吟吧；
他们征服了做父亲的，就不会再为他儿子所奴役。
是烈性酒水使混乱不断；
巧克力、茶叶和咖啡只会让人镇静：
饮用者中不见争吵，也无咒骂；
是酒神巴库斯和酿酒商在叫嚷着，妈的，来喝吧！
然后，查理却颁发了禁止咖啡的法令，
应是饮用白兰地和艾尔啤酒的人才该被处以数十次叛国罪。[2]

在这首诗的字里行间，马维尔都在为咖啡及咖啡馆中的言论自由辩护，认为相对于烈酒让人放纵狂欢，饮用咖啡却让人安宁。这里看似是在对两种饮料进行比较，但实际上，保皇党一直倡导饮酒而拒绝饮用咖啡，“区分保王分子的一个标志在于人们的杯中之物。共和党人喝咖啡，新老

---

1. Marvell, Andrew. "A Dialogue Between Two Horses." *Andrew Marvell: Selected Poetry and Prose.* Ed. Dennis Davison. London: George G. Harap & Co. LTD, 1952, 165-172.
2. Ibid.

保王党人用艾尔啤酒和葡萄酒向国王和他的支持者祝贺身体健康”[1]。马维尔将喝酒与喝咖啡同叛国罪和自由平等关联在一起，通过戏谑的笔调捍卫革命时期获得的言论自由，因为他相信“他们征服了做父亲的，就不会再为他儿子所奴役”，所以英国人为了保护咖啡馆、保护英国人的言论自由会将挑战王权的战斗进行到底。

有趣的是马维尔不仅仅参与到文学公共领域的建构过程中，他还参与了将女性驱逐出公共领域的活动中，“他将女性猛烈攻击为是‘妓女’或将王室的情妇比作权利的非法地下党，这一观点表明即便是像马维尔这样的共和党人也害怕女性想要获得本该只属于男人们的权利”[2]，这应该是马维尔受到时代的局限所表现出来对女性的狭隘观点，同时也反映出英国文学公共领域在形成之初便具有极强的排他性。

三、詹姆士·哈林顿的《大洋国》与洛塔俱乐部内的辩论机制

詹姆士·哈林顿，1611年生于英格兰中部一个古老的家族，一生经历了詹姆士一世、查理一世、查理二世三个君主的统治，也经历了从内战、共和国成立到斯图亚特王朝复辟的整个资产阶级革命事件。哈林顿的家庭殷实，从小便接受了良好的古典教育，1631年他从牛津大学三一学院肄业后，便开始到欧洲诸国游历。在游历过程中，他分别考察了古代共和国的样板——意大利和近代共和国的典范——威尼斯，这两次访问为哈林顿创作《大洋国》（*The Commonwealth of Oceana*）提供了直接的素材。1647年，哈林顿受族人推荐担任查理一世的侍臣，直至这位国

---

1. 马克曼·艾利斯．咖啡馆的文化史，孟丽译．桂林：广西师范大学出版社，2007：60.
2. Suzuki, Mihoko. *Subordinate Subjects: Gender, the Political Nation, and Literary Form in England, 1588-1688*. Burlington: Ashgate, 2003, 227.

王被送上断头台。之后的七年中，哈林顿销声匿迹，直到他的乌托邦小说《大洋国》面世才再次现身。《大洋国》及作者本人都命运多舛，他的共和主义思想可谓生不逢时，不仅查理一世对此避之不及，就连克伦威尔也对其中的理念嗤之以鼻。哈林顿在17世纪的英国文学史中，仅被视为是一个只会引起争议而并不重要的作家。但《大洋国》之所以重要以及哈林顿被认为是一个有创造力的作家的主要原因在于他第一次将英国内战解释为一场革命，一场在经历了长期社会变革准备之后由一种政治结构取代另一种政治结构的革命。而作为“只在此山中”的当事人，能跳出所处时代的束缚做出这样深刻的分析，而且为未来共和国提供了一系列详尽的治国方案，不论是在他所处的时代还是在当下都不应小觑。

哈林顿将《大洋国》界定为一部政治罗曼史，在当时英国的政治局势下，他想要直接表达自己的政治观点是不可能的，所以他能选择的最佳文类就是像《大洋国》这样的乌托邦文学形式。但是正如伊格尔顿所说的那样：“乌托邦是自我破坏能力最大的文学形式。”[1]这一点对于《大洋国》尤为如此。这部小说的创作背景，“不是为了出于对英国内战结束之后推翻君主制建立共和制的革命性变革的喝彩，而是出于对其后在共和制下克伦威尔护国政治的不满”[2]。为了避免遭受政治迫害和政敌的攻击，哈林顿在创作《大洋国》一书时采取了虚构的手法：为回避使用当时历史人物的真实姓名，大洋国这个国家以及小说中所有的主人公和地名都是作者杜撰的，但书中的大洋国一眼就能看出是英格兰。在小说的开篇引言中，作者使用了一首诗歌来描写大洋国的自然环境：“啊，大洋

1.　特里・伊格尔顿．异端人物，刘超、陈叶译．南京：江苏人民出版社，2014：27.
2.　陈玮．《大洋国》导读．天津：天津人民出版社，2010：31.

国，你是天地间最幸运的国家！你得天独厚而又当之无愧。你那永远五谷丰登的原野不会被冰雪所封，也不会有赤日流浆的时候。塞利斯和巴克斯永远是你那里形影不离的一对座上客。你的森林不是食人猛兽的窝巢；你那一望无际的草原也不是毒蛇的渊薮，而是无数牛羊的牧草，供给你——牛羊的放牧者，丰美的乳汁和金黄色的羊毛。夜幕并没有把你笼罩在黑暗的恐怖中，反而使你产生一种柔和的感觉。你的白昼是我们珍视生命的原因，也是最长的白昼。”[1]通过对大洋国自然环境的描写，读者实际上看到的就是英国一派繁荣的景象。在英国打败西班牙无敌舰队前，英国一直有“天然的海上皇后”的美誉，气候温暖宜人，降雨充沛，是个盛产五谷和羊毛的国度。

在引言中哈林顿围绕如何使大洋国变得强大这个问题展开，接下来，哈林顿便开始了他对改革弊政的详细叙述。小说通过戏谑主人公的名字对时政大肆讽刺，比如，他以潘纳古斯（Panurgus）命名大洋国的国君，而实际是暗指亨利七世，这个单词的意思是狡猾奸诈；用摩菲厄斯（Morpheus）来称呼查理一世，这个名字原本是指睡神索莫纳斯（Somnus）的儿子，用在《大洋国》中的潜台词就很明显是在暗讽查理一世治理国家浑浑噩噩，直到内战爆发才猛然惊醒，却悔之晚矣；哈林顿还以利维坦（Leviathan）比喻英国哲学家霍布斯及其国家学说，利维坦原本是《圣经·约伯记》中出现的一种怪兽，是“恶魔”的代名词，在七宗罪中代表了“嫉妒”；故事的主角奥弗斯·麦格尔特（Olphaus Megaletor）其实就是现实世界中的独裁者克伦威尔。在引言之后的序言部分，哈林顿基于对古代和近代的经纶之道的梳理，集中阐述了他对于大洋国共和理论

1. 詹姆士·哈林顿．大洋国，何新译．北京：商务印书馆，1981：1.

的真知灼见。在《大洋国》的最后部分，哈林顿提出了自己对大洋国的设想，即在吸取了古代共和国经验的基础上，建立一个平等的共和国。作品剩下的两部分在小说中所占篇幅很少，分别叙述了立法议会和大洋国的典章制度等内容。

正是由于在写作《大洋国》时采用了虚构的手法描绘了一个理想的国度，哈林顿的这部小说呈现出乌托邦文学作品的某些特点。J. G. A 珀考克认为："他如此的描绘可称得上是英国文学史上第三部重要的乌托邦作品——其他两部是托马斯·莫尔的《乌托邦》和弗朗西斯·培根的《新大西岛》。"[1]足见这部作品在英国文学史上的重要地位。但是由于《大洋国》是在英国内战的危机时刻创作出来的，它所描绘的情况又和英国的实际情况处处吻合，带有一种很写实的感觉，因而，它又不同于寻常意义的乌托邦作品。《大洋国》不是机会主义乌托邦作品，因为他的作品实际上是要在新旧政权交替之际为国家提供合理的治国方略。他并非通过《大洋国》这部文学作品来寄托乌托邦思想或妄图成为未来学派的倡导者，而是通过这样一种写作来解决公众关心的现实问题，为新政权勾画执政蓝图，从而发挥文学家应发挥的公共作用。正因如此，美国的乔澳·赫茨勒在其于1922年写的《乌托邦思想史》中明确指出《大洋国》只是"形式上属于乌托邦类型著作，其内容实质上具有浓厚的实用色彩"[2]。哈林顿这部作品的写作技巧也十分有趣，由于这部作品重在阐述哈林顿的政治纲领，所以写作语言晦涩难懂，经常引经据典，极易分散读

1. Pocock, J. G. A. *The Commonwealth of Oceana and A System of Politics*. Cambridge: Cambridge UP, xvi.
2. 吴翰．哈林顿《大洋国》的理论价值与现实意义．南京大学学报（哲社版），2008（4）：117.

者的阅读注意力，这使得这部小说的可读性和文学性大打折扣。正如一些文学批评家对这部小说所做的客观评价："毫无疑问不能低估哈林顿这部文学作品所带来的阅读快乐，但是这种快乐常常会让人觉得《大洋国》的写法过于修饰，从而被归为洛可可风格。《大洋国》的语言矫揉造作，过于讲究的诙谐使得他成为华丽而空洞的散文作品。"[1]

就在寄托了哈林顿满腔抱负的《大洋国》于1656年付梓之时，却险遭胎死腹中之祸。克伦威尔读了这部小说之后，对哈林顿的观点很不以为然，说："黄口小儿惯善欺诈，以刀剑打下的江山岂可被一粒纸弹攻破。"[2]他随即扣留了哈林顿的书稿，并下令禁止印刷此书。哈林顿不得已只好去找克伦威尔的女儿寻求帮助，方使此书最终得以顺利出版。哈林顿在《大洋国》中提出：内战的原因是财产发生了转移，从贵族手里转移到"人民"手中。因此无论内战的结局如何，权利最终一定会转移到"人民"手中（当然这里的"人民"是指有产者）。哈林顿其实提出一个被许多后来者一再重复的观点，即政治权利是由财产权利决定的，这一观点在亚当·斯密乃至马克思的著作里都得到了延续，不得不说他是一位具有历史前瞻性的思想家。

《大洋国》一经出版便立刻引发公众热议，哈林顿关于未来共和国模式的描述既迎合了一些人，也惹恼了一些人。其中批评言辞最为激烈的是厄里主教（Bishop of Ely）的儿子马修·雷恩（Matthew Wren），他曾表示："一个坐在自家阁楼上的人绞尽脑汁地构想一种政府模式，不是一件

---

1. Appelbaum, Robert. *Literature and Utopian Politics in Seventeenth-century England*. UK: Cambridge UP, 2002, 180.
2. Blitzer, Charles. "Introduction." *The Political Writings of James Harrington*. New York: The Liberal Arts Press, 1955, xxii-xxiii.

绝顶荒唐的事吗?”[1]亨利·内维尔（Henry Neville）则对哈林顿赞许有加，他在1682年发表的《柏拉图复活》中称《大洋国》“被认为是带有共和主义色彩和具有新哈林顿主义风格的重要著作”[2]。哈林顿本人则对周围人的非议不予理睬，在接下来的三年半时间里他继续写作，捍卫他在《大洋国》中提出的政治主张。1659年，哈林顿出版了一部题为《立法的艺术》（*The Art of Lawgiving*）的书，这本书其实是对《大洋国》内容的精炼。紧接着他又写了几篇文章支持自己的政治观点。除了继续印刷论战性文章，哈林顿开始为他的政治思想进行一系列的推广，这一系列由哈林顿发起的运动使得他开启了英国文学公共领域的大门，并为它的运行制定了基本规则，从而成为英国文学公共领域发挥作用的典范。

哈林顿最早与其友人在1659年的夏天创办了“共和国俱乐部”，不久之后这个俱乐部由于政府的干预而被迫解散。1659年10月，在哈林顿的再次倡导下，他和他的拥趸又在位于伦敦新帕里亚德广场（New Pallaceyard）的土耳其人头像咖啡馆里创立了辩论团体“洛塔俱乐部”。新帕里亚德广场是西敏宫以北的一片开阔地带，历来是举行国家重大活动和庆典的地点，四周餐馆、酒馆和咖啡馆林立。在英国内战和共和时期，这里成了政治观点得以表述的热门场所，哈林顿将俱乐部选定在这里，可谓用心良苦，此时，俱乐部的概念开始深入人心，伦敦俱乐部的活动也进入第一个活跃期。伦敦市知识分子一改在酒馆里醉醺醺胡言乱语的习惯，选择清醒地在咖啡馆里讨论国事，进行社交和辩论。英国收藏家约翰·奥布雷（John Aubrey）曾把“俱乐部”这个词解释为“一个

1. 陈玮.《大洋国》导读. 天津：天津人民出版社，2010：31.
2. 同上：43.

在小酒馆里进行的联谊会”[1]。等到了17世纪末，俱乐部已然成为英国社会生活不可或缺的形式之一，“17、18世纪伦敦俱乐部的历史一次又一次地说明，无论是平民俱乐部、作家俱乐部还是政治家俱乐部都在不知不觉中以仪式性或组织性等方式相互影响”[2]。

土耳其人头像咖啡馆的老板米尔斯根据俱乐部参加者的需要，适时地对咖啡馆里的陈设进行了调整。奥布雷说：“他（哈林顿）每晚都会来位于新帕里亚德广场的土耳其头像咖啡馆参加辩论，老板特意为他们准备了一张椭圆形的桌子，桌子中间有一个通道，以供米尔斯端上咖啡。”[3]这样不至于打扰了洛塔俱乐部成员的辩论，哈林顿的追随者和其他一些学者则围坐在桌旁探讨政治、哲学和文学问题。在哈林顿创立洛塔俱乐部之前，已经有四个类似的俱乐部出现过，但都以经营失败收场。17世纪50年代的政治局势动荡，各种政治思想“百家争鸣”，政治争辩无序且杂乱，为改变这种混乱的局面，哈林顿根据自己的文学作品《大洋国》中提出的如何管理理想的共和国理念，编纂了一本名为《洛塔：自由国家或平等共和国的模式》（*The Rota, or, A Model of a Free-State Or Equal Common-wealth*，1660）的小册子，这本小册子对参加俱乐部的人提出了行为的规范和讨论形式方面的要求。洛塔（Rota）的意思是指俱乐部成员以轮流坐庄的方式主持辩论活动，即英文中“轮值”（rotation）一词的缩写，哈林顿的俱乐部由此被称为洛塔俱乐部[4]。

---

1. 马克曼·艾利斯．咖啡馆的文化史，孟丽译．桂林：广西师范大学出版社，2007：52.
2. Allen, David. "Political Clubs in Restoration London." *The Historical Journal*, Vol. 19, No. 3 (Sep, 1976): 568-569.
3. Ellis, Aytoun. *The Penny Universities: A History of the Coffee-houses*. London: Secker & Warburg, 1956, 38.
4. 陈玮则认为，洛塔这个词也许取自哈林顿在意大利旅行时见过的一所学院的名称。

值得注意的是，在实际操作过程中洛塔俱乐部并不是按照共和理念那样完全对公众开放的，任何想加入俱乐部的人都需要缴纳一定的会员费，在参加俱乐部之前也要购买《洛塔守则》，学习参与讨论的规则。俱乐部的成员每晚都要集会，通过这些集会哈林顿向人们阐述了他的共和国政治思想，每晚的集会都围绕哈林顿提前拟就的关于共和国的议题展开。他们还特别约定：不得提前讨论晚上的议题，而要即兴就相关话题展开讨论，表达观点。所有观点陈述完毕并经过讨论后，会员将用“投票箱”来决定讨论的议题是否可行，因为洛塔俱乐部的“组织原则是所有问题都必须由投票来解决，俱乐部由成员轮流主持”[1]。

单从对英国文学公共领域形成的意义上来看，哈林顿在咖啡馆开展辩论的方式比他的《大洋国》的影响更为深远，“他们所辩论的议题的务实性，以及辩论时遵守的礼貌和正式原则，都让这个业余议会非常重要”[2]，而且这种辩论的形式让“交流”变得更加现代，即人们并不是基于已知的信息来分享，而是“通过辩论推进理性的可能性变化”[3]，洛塔俱乐部的这种理性、批判、富有参与精神的讨论形式在某种程度上加速了17世纪50年代公共领域在英国的发展。

进入洛塔俱乐部的人越来越多，一旦平等对话进入除学者、理论家以外包含商人和女人的圈子中，我们会注意到除了讲故事、开玩笑之外，另一种娱乐方式——即争辩随即出现。奥布雷曾描述了洛塔俱乐部

---

1. Cowan, Brian. *The Social Live of Coffee: The Emergence of the British Coffeehouse*. London: Yale UP, 2005, 97.
2. Ellis, Aytoun. *The Penny Universities: A History of the Coffee-houses*. London: Secker & Warburg, 1956, 38.
3. Calhoun, Craig. "Introduction: Habermas and the Public Sphere." *Habermas and the Public Sphere*. Ed. Craig Calhoun. Cambridge, Massachusetts, and London: The MTI Press, 1996, 29.

中的一场辩论："这里的演讲是我听过的，也是最想听到的、最富创造性的，也是最聪明的，他们充满了激情。议院里的辩论相比而言实在是平淡无奇。……每天晚上，咖啡馆里总是人满为患。"[1]当然，并非所有的人都能接受哈林顿的做法，据奥布雷的记载，一天晚上斯塔福德先生"从酒馆里醉酒出来"[2]，冲进了土耳其人头像咖啡馆，当众羞辱俱乐部的人，当士兵们"要把他踢下楼梯的时候，哈林顿先生的节制和劝说使他们住了手。斯塔福德先生已经撕毁了他们的规章和纪要"[3]。

毋庸置疑，洛塔俱乐部吸引了社会各界的人参加辩论，这样不仅使他们融入到公共问题讨论的热潮中，还能在这里获取最新的消息，以帮助他们敏锐地嗅到政局中的变化，从而始终站在政治斗争中获胜者一方。对于另一部分人而言，咖啡馆还是一个追名逐利的"名利场"，因为在这里年轻才子极有可能寻找到自己潜在的恩主，帮助他们在未来的事业上取得成功。这种现象在英国文学公共领域进入成熟期后，表现得更为明显，我们将在下文详细叙述。可惜，洛塔俱乐部的发展好景不长，佩皮斯出席了洛塔俱乐部的最后一场辩论，记录了它走向没落的最后时刻："晚上，我和西蒙斯一家去了咖啡俱乐部，但什么都没有做。只听见哈林顿先生和多塞特勋爵以及另一个贵族商量换个地方，比如去考克皮特剧院，他们相信在那里会遇到些有趣的事。在讨论了学术问题和非学术问题是否是最好的之后，俱乐部惨淡收场。我想他们不会再来聚会了。"[4]佩皮斯这一次说对了，1660年洛塔俱乐部被领导斯图亚特王朝复辟

1. Ellis, Aytoun. *The Penny Universities: A History of the Coffee-houses*. London: Secker & Warburg, 1956, 38.
2. Ibid. 39.
3. Ibid. 40.
4. Pepys, Samuel. *Diary of Samuel Pepys*. London: George Bell & Sons, 1893, 43.

的军官蒙克解散；1661年12月29日，哈林顿被控“策划和实施叛国”而遭到逮捕，同时被控于1661年3月在“考文特花园的宝街”和“米尔贮藏库”成立俱乐部，多次讨论解散议会、选举新议会等议题，哈林顿旋即被投入伦敦塔。1662年，他又被转到圣尼古拉斯岛对面的普利茅斯监狱关押，在那里哈林顿患了坏血病并且神经错乱，由于身体和精神状况的恶化，哈林顿最终被释放。获释后他隐居在威斯敏斯特，在这里他远离政治，也不再继续撰写政治作品。他于1677年逝世，后被葬于圣玛格丽特教堂。

张素江在1990年时就说：“詹姆士·哈林顿是17世纪英国资产阶级革命时期的共和主义思想家。关于他的研究，外国著述固然众多，但在国内，除了出版了《大洋国》以及在几部西方政治思想史中对他做了一般性的评述和介绍外，可以说还没有一篇较为详细介绍其生平和研究其思想体系的文章。”[1]笔者在写作本专著的过程中也发现，在国外的图书馆有大量研究哈林顿的专著和论文，但国内学者却很少论及哈林顿及《大洋国》这部文学作品。另外，即便《大洋国》的文学价值小于其政治上的价值，也依然有从乌托邦文学等角度研究的必要性和可能性，但这些相关研究在国内还十分有限。

从哈林顿寄托在《大洋国》中的共和国梦想到洛塔俱乐部的共和理想的首次实验，都困难重重，举步维艰。从哈林顿通过文学创作寄托政治梦想的破灭和对文学公共领域的实践的失败中，我们不难得出以下两个结论：第一，英国历史研究专家钱乘旦在《在传统与变革之间：英国文化模式溯源》一书中提出了重要的“英国发展方式”观点，他说“（英

1.　张素江．英国共和主义思想家詹姆斯·哈林顿．内蒙古大学学报，1990（2）：2.

国发展的）方式以和缓、平稳、渐进为主要特色”，因为“英国的历史又和其他许多国家的不一样……在英国，由于种种偶然或必然的因素，冲突常常以融合而告终，斗争的过程可能很激烈，融合的经历可能很漫长，但结局却不是一方吃掉一方，而是双方都被改造，又都被保留。被改造的双方其实是互相吸引的，由此产生一个新事物，这个新事物从对应的双方都获得生长点，于是同时传承双方，又同时扬弃双方”[1]。作为一个历史性概念，英国文学公共领域的发展恰恰印证了英国历史发展过程中独特的“英国模式”。英国公共领域并非像哈贝马斯描述的那样，直接由文学公共领域向政治公共领域过渡，在这个过程中出现了反复和倒退，呈现出螺旋上升的过程。在英国独特的政治和文化氛围下，英国作家从一开始便直接投身内战之后的政治漩涡中，但由于缺乏安定的外部政治环境，公共领域活动的开展遭到政治力量的干涉，资产阶级想直接形成民主、平等的话语空间的条件还不成熟。洛塔俱乐部的实验虽然失败了，却为后人提供了宝贵经验和教训——他们首先需要寻找一个既能表达政治诉求，又不至于招惹统治中心关切的真空领域，如此，英国文学公共领域就理所当然地满足了资产阶级的这种需要并适时地出现了。

第二，阿伦特在《公共领域与私人领域》一文中提到：“大多数处于暴力之外的政治行动的确都是通过言辞来实施的”，而“只有单纯的暴力才是无言的，也正是由于这个缘故，单纯的暴力永远不可能达致伟大”[2]。阿伦特还区分了公共领域中的“权力”和私人领域中的“暴力”这两个

1. 钱乘旦，陈晓律．在传统与变革之间：英国文化模式溯源．南京：江苏人民出版社，2010：1—2.
2. 汉娜·阿伦特．公共领域与私人领域．汪晖、陈燕谷主编，文化与公共性．北京：生活·读书·新知三联书店，1998：60.

概念。她认为权力是公共领域存在的内在本质，而暴力则是私人领域特别存在的现象，通过这样的区分她非常明确地指出“绝对的、不容争辩的权力与严格意义上的政治领域是相互排斥的”[1]。

17世纪末的英国，政局动荡，统治者更迭频繁，作为由代表型公共领域向政治公共领域过渡的文学公共领域就经历了代表“公”与“私”两个领域过渡过程中的激烈冲突，这种冲突有时就是通过暴力方式实现的。对哈林顿与洛塔俱乐部而言，我们能明显地看到，统治者通过暴力对《大洋国》实施出版限制、对俱乐部进行封锁，因为只有当统治者无法通过其他途径确立自己的合法性而又不愿意放弃统治时，才会动用暴力实施统治。但哈林顿等人通过建立洛塔俱乐部的辩论模式也向世人证明只有采用理性、民主的方式才不会形成暴力统治的恶性循环。洛塔俱乐部对复辟时期的俱乐部影响深远，“不是因为它向人们展现了‘坐在摇椅’上的共和主义这样一个不切实际的、活生生的失败案例，而是它为之后咖啡馆里的社交生活提供了一个可操作的、成功的例子”[2]。洛塔俱乐部实际上确立了一种对谈和辩论的规则与范式，为之后雨后春笋般发展的伦敦俱乐部提供了样板。

对洛塔俱乐部对谈机制的观察印证了南希·弗雷泽如下的表述：“在各种俱乐部和社团的社交网中，不论他们是慈善性的、公民性的、专业性的，还是文化性的，都是对所有人可及。相反，这是个领域、是个训练场，并且最后成为由资产阶级男性组成的权利基地，这些男性视自己

1. 汉娜·阿伦特．公共领域与私人领域．汪晖、陈燕谷主编，文化与公共性．北京：生活·读书·新知三联书店，1998：61.
2. Cowan, Brian. *The Social Live of Coffee: The Emergence of the British Coffeehouse*. London: Yale UP, 2005. 99.

为‘普遍的阶级’（universal class，这个术语源自黑格尔，笔者注）并坚持自己对此空间具有管理权。”[1]按照哈贝马斯对公共领域的理想建构，咖啡馆和俱乐部这些文化机构应该是对所有人可及的，也就是说“开放进入的理念是公共性规范的核心意义”[2]。但是在研究洛塔俱乐部的运作机制时，却看到女性和无产者的缺席，因为通过制定一系列的规则，这些文化机构实际上具有很强的排他性，“资产阶级公共领域的概念需要打破地位的不平等，这是一个要求对话者（interlocutor）抛开出身和财产不同的场域，就好像他们在社会和经济地位上是平等的。但是这也只是‘好像’。而事实上，对谈者之间的社会不平等不仅没有消失反而被加强了”[3]。

在洛塔俱乐部自由辩论的过程中，有这样一个细节容易被忽视，它出现在洛塔俱乐部的一场观摩记录中：“我1月20日去了俱乐部，听到了很精彩的演讲，那是对哈林顿先生辩解的回应，哈林顿认为罗马政府不是一个稳定的政府，因为财产掌握在一方手里，政权掌握在另一方手里，所以国家总是处于战争之中就一点也不奇怪了。但是投票表决的结果是罗马政府是一个稳定的政府。尽管有人说，以前的确投票表决过罗马政府是不稳定的政府。这样，明天便由反对者来论证财产在一方、政权在另一方可以构成稳定的政府。”[4]在这场辩论记录中，我们可能会发

1. Frazer, Nancy. "Rethinking the Public Sphere: A Contribution to the Critique of Actually Existing Democracy." *Habermas and the Public Sphere*. Ed. Craig Calhoun. Cambridge, Massachusetts, and London: The MIT Press, 1996. 114.
2. Ibid. 118.
3. Ibid. 118-119.
4. Pepys, Samuel. *Diary of Samuel Pepys*. [EB/OL] http://en.wikisource.org/wiki/Diary_of_Samuel_Pepys/1660/January, 2012-04-13.

现哈林顿民主设计中有一个缺陷：俱乐部的争论是不支持反对者的意见的，这一点从洛塔俱乐部小册子里制定的规则中不难看出，无论是对辩论内容的选定还是辩论方式的制定，哈林顿从来都无法容忍别人更改他的观点和做法，可以通过辩论的方式来表达自己的意见，但不能反对他的观点。这是潜藏在洛塔俱乐部中的另一种隐形暴力——一种语言的暴力、一种权威的暴力，通过非理性的威慑、恐吓，甚至是侮辱来压倒对方而施加的暴力。在文学公共领域中，实施直接的物理性暴力的可能性很小，但通过语言暴力作用于对手的情况却极易发生，这一点在英国文学公共领域进入成熟时期后，于“德莱顿一族”的文学公共活动中体现得更加明显，我们将在下文接着论述。

长达20年的革命在克伦威尔死后再次陷入迷途，在不清楚革命的去向之时，英国革命回到了起点——斯图亚特王朝于1660年复辟。复辟初期，国王和议会还能处于相对平衡的状态，但这场复辟不仅仅是国王的复辟，还是整个阶级的复辟。因此，一旦国王想再次实施专制统治，双方的矛盾就再次凸显。查理二世与詹姆士二世始终抱着恢复专制权力的幻想，而议会则竭尽所能地限制妄图摆脱束缚的王权，故而，复辟期间议会与国王的冲突愈演愈烈。资产阶级并没有坐视英国政局再次陷入混沌之中，他们通过文学公共领域形成了独特的交往模式，并通过文学实践对“私人”的概念有了重新定位，从思想上进一步启蒙着资产阶级。

四、从佩皮斯到伊夫林——“主体性”到“间体性”的文学交往理性

舍曼（Stuart Sherman）在对英国私人日记和传记文学的研究中曾说过：“在17、18世纪的写作中，关于‘自我’的故事在日记、自传、备忘

录、忏悔录、信件、散文、旅行记录和小说中随处可见。”[1]哈贝马斯也观察到：“在小家庭的私人领域里，私人甚至还认为自己独立于其经济活动的私人领域之外——并且还认为自己是相互能够保持‘纯粹人性’关系的人，当时这方面的文学形式是来往书信。18世纪被称为书信世纪并非偶然；写信使个体的主体性表现了出来。”[2]通过写信这样的活动，信件将主体的想法置于公众的视线中，这种形式到了18世纪便风行开来。政治评论、文学批评、小说等都纷纷通过发表的信件形式，表达各自的观点和看法，这样做的用意无非是将公共关心的问题带入看似私人的形式中罢了，或者说“一个写信的人懂得如何利用公共和私人之间的张力关系，这一关系是信件关系中最重要的一种：这种接触在开始时是公共行为，但后来变成了一种私密形式”[3]。哈贝马斯认为：“小说在书信中有其根源。资产阶级曾利用读写能力和闲暇来写书信。第一批小说实际上是标准信件的集成。相对于教资产阶级如何在书写中表达自身，故事是次要的。这种表达并不只是文雅地写作，还是公共地表达人们的内在情绪。这样，书信开始把私人领域和公共领域连接起来。”[4]

其实，早在书信文学风行之前，斯图亚特王朝复辟时期的文学领域中就产生了另一个分支，也是被哈贝马斯所忽视的私人日记。它比书信

---

1. Sherman, Stuart. “Diary and Autobiography.” *The Cambridge History of English Literature, 1660-1780*. Ed. John Rechetti. Cambridge: Cambridge UP, 2005, 654.
2. 哈贝马斯．公共领域的结构转型，王晓珏等译．上海：学林出版社，1999：52.
3. Brewer, John. “This, That and the Other: Public, Social and Private in the Seventeenth and Eighteenth Centuries.” *Shifting the Boundaries: Transformation of the Languages of Public and Private in the Eighteenth Century*. Eds. Dario Castiglione and Lesley Sharpe. Exeter: U of Exeter P, 1995, 12.
4. 安德鲁・埃德加．哈贝马斯：关键概念，杨礼银、朱松峰译．南京：江苏人民出版社，2009：143—145.

（及书信体小说）更早地体现了资产阶级的主体性，因为日记其实是一种写给日记作者本人的信件。但无论是书信还是日记都验证了这样一个事实："印刷和发表文字的不断增长，对进行私人交流和自我呈现的方式产生了重要影响，一个可以被观察或者被公众观察的私人世界意识出现了。现代评论者通常认为那时的读者和作家比不识字的人更加自由，较少受到地域限制，也较少受到社会的约束。"[1]

威廉斯曾提出过一个"个体"的概念并对其发展进行过详细的研究，他指出："在中世纪思想中，'个体'意味着'不可再分'，它主要用在关于'神圣的三位一体'性的神学论证的语境中，旨在说明个体的存在可以认为既有着自身的性质，也有着作为一个看不见的整体之一部分的性质。这个逻辑问题被扩展到其他经验领域，'个体'遂被用以指称某个群体、种类或物种的一员。"[2]但是这个概念在进入现代后其意义发生了重大变化，"现代描述的决定性的历史变化在于重心转移了，它使我们能够把'个体'看作一种独立的存在，就此术语的结构而言，它与其从属的群体没有什么直接关系。这个词本身记录在案的历史并不完整，迄今为止我们所能够追溯到的是上述重心的转移似乎发生在16世纪末和17世纪初的英格兰"[3]。威廉斯所说的"个体"在现代分化成为基于私人性的"主体性"

1. Brewer, John. "This, That and the Other: Public, Social and Private in the Seventeenth and Eighteenth Centuries." *Shifting the Boundaries: Transformation of the Languages of Public and Private in the Eighteenth Century.* Eds. Dario Castiglione and Lesley Sharpe. Exeter: U of Exeter P, 1995. 15.
2. 雷蒙德·威廉斯. 漫长的革命，倪伟译. 上海：上海人民出版社，2013：84.
3. 同上：84—85.

的概念"构成了新的公众，发源自资产阶级家庭中的私密领域"[1]，而这个意义发生改变的时间几乎与英国文学公共领域的出现重合，甚至可以说文学公共领域为资产阶级主体性的觉醒创造了条件。

英国的私人日记传统始自17世纪，一直到今天这一文类的发展都方兴未艾。日记文学之所以在17世纪的英国突然兴起，一方面得益于文艺复兴时期的人文主义思潮的熏陶，"人"的自我意识觉醒，一些人开始通过记录自己的日常生活来更深刻地了解自我；另一方面则得益于宗教改革，英国新教提倡通过内在的修行直达上帝，从而取代了天主教将复杂而毫无意义的外在仪式作为中介，这便直接促进了日记的产生。教徒通过记录每日的所想所感就可以督促自己进行宗教修行，其中贵格派尤为鼓励教众记录每日修行所得，约翰·班扬的《丰盛的恩典》（*Grace Abounding to the Chief of Sinners*，1666）就是这些新教日记中的名篇。

日记本身是一种个人的、即时的历史性记录，但与历史叙述不同的是，日记更突显主体的感受，因为读者需要透过主体认识外部事物。正因如此，历史学家在研究历史时对待日记类的史料会非常慎重。在写作私人日记时，日记本身受个人自我意识的操控。日记作者在现实生活中可能需要谨言慎行，而无法完全释放自我，但在日记中，透过"自我"对周围事物的观察，在日记中按照作者的看法"真实"呈现现实，作者的"主体性"因此得到了有力彰显。这样，日记与自传和回忆录就形成了鲜明的对比，自传和回忆录的创作初衷是为了让他人阅读，因而其叙述要受隐含读者的影响，而受作者的"主体性"影响较小；日记则不然，

1. Baker, Keith Michael. "Defining the Public Sphere in Eighteenth-Century France: Variations on a Theme by Habermas." *Habermas and the Public Sphere*. Ed. Craig Calhoun. Cambridge, Massachusetts, and London: The MIT Press, 1996. 184.

它首先具有的特征就是“私密性”，它的产生不是为了读者，而是日记作者与自我之间的私密交谈，这样的作品其初衷并不是供读者阅读的，因此很多日记作者在弥留之际都会将他们的私人日记付之一炬。

“对17世纪日记读者而言，他们的阅读都是从两位卓越的时代见证者的日记开始的，他们就是约翰·伊夫林和塞缪尔·佩皮斯。”[1]通过对这两位的日记的研究，我们可以看到私人日记中17世纪英国资产阶级的“主体性”的明显变化，在这里，拉康的“镜像理论”对我们观察这样的变化有所帮助。拉康的镜像论认为，与动物不同，人本能地想获取别人的肯定和承认，希望成为对方欲求的对象，所以，主体最初是通过他人来确认的。这也就是说，日记作家在创作时“主体性”的强弱会通过读者的变化而变化。如果日记不是写给公众阅读的，写日记的人就会在日记中建构一个“潜在的读者”。如果日记作者知道自己的日记会被出版或者拥有潜在的读者，在创作时便会隐藏自己的“主体性”意识，而刻意加强与读者之间的沟通和对话。这样的差异性在佩皮斯和伊夫林的日记中非常明显，而这样的差异性一方面间接反映出随着市民社会的形成，以日记作者为代表的大众的“主体性”意识崛起，另一方面，我们也可以感受到文学公共领域中读者主体性的觉醒和拥有独立主体性读者的规模的扩大，因为他们已经开始“阅读”乃至消费日记作品了。

佩皮斯于1633年出生在一个裁缝家庭，但获得奖学金进入剑桥大学读书并拿到了学位。大学毕业后经有权势的亲戚推荐进入英国海军，因个人才能出众而最终荣升至海军负责人。1679年被指暗通外国而遭拘禁，后虽冤情得雪，终于1688年断送了仕途，并一直郁郁寡欢，于1703

---

1. Willy, Margaret. *English Diarists: Evelyn & Pepys*. London: Longmans, Green & Co., 1963, 10.

年去世。科恩曾评价说："塞缪尔·佩皮斯的个人经历是为那些典型的、在早期英格兰的、聪明又受过教育但相对不那么富足的年轻人所羡慕的，就像约翰·多恩（John Donne）和托马斯·卡鲁（Thomas Carew）[1]心怀向往但却未能实现的梦想。"[2]

佩皮斯从1660年1月1日开始记日记，直到1669年5月底因视力问题而终止（有研究专家认为，还有其他原因让他终止写日记），他的日记约一百三十万字。在近十年的记录中，作为地道伦敦人，佩皮斯在日记中记录了伦敦城市生活的方方面面，从戏剧、音乐、书籍、文学、宗教、经商到交际应酬、科学实验（他曾担任英国皇家学会的主席），甚至连自己对金钱的追逐和对女色的贪恋都无一遗漏，"佩皮斯被记叙自己生活的强烈愿望所激发，详细记录了他经历的每一件值得注意的事件：他的时光、他的钱财、他的活动，以及他隐秘的思想和欲望"[3]。

另外值得一提的是，据笔者统计在佩皮斯的日记中他一共参加了99次咖啡馆活动，这使得他的日记成为首部也是最为翔实的有关咖啡馆社交的历史记录。他日记中关于咖啡馆最早的记录是1660年1月1日，在这一天他写道："我于是回到了家中，发现妻子去拜访亨特太太了，于是我就去了维尔咖啡馆（Will's Coffeehouse）。"[4]这也是对维尔咖啡馆公共活动最直接的记录。这些记录反映出咖啡馆对伦敦人的"吸引力从来不单单

1. 英国17世纪著名诗人，查理一世的宠臣，擅长写抒情诗歌。（笔者注）
2. N. Corns, Thomas. *A History of Seventeenth-Century English Literature*. Singapore: Blackwell Publishing, 2005, 387-388.
3. 马克曼·艾利斯．咖啡馆的文化史，孟丽译．广西：广西师范大学出版社，2007：63.
4. Pepys, Samuel. *Diary of Samuel Pepys*. London: George Bell & Sons, 1893, 50.

是咖啡，而是咖啡馆提供的社会交往和与同伴的关系”[1]。另外，佩皮斯在日记中还多次对洛塔俱乐部中的文学公共活动进行了记录，尤其是对哈林顿在其中的表现进行了非常细致的描写，例如在其1660年1月17日的日记中写道：“我今天去了咖啡俱乐部，听到了一段精彩绝伦的发言，是回答哈林顿先生的一段话，他们就罗马政府是否是一个稳定的政府展开了辩论。”[2]这些日记中的描写是对英国文学公共领域发展的最有力的证据。

为了保守他日记中的秘密，佩皮斯从来没有向任何人提及他有记日记的习惯，并一直非常小心谨慎地收藏日记，因为日记中涉及国家大事以及他的私生活，佩皮斯甚至在日记书写过程中使用了大量的速记符号或者隐喻。1703年佩皮斯去世后，他的家人将他的六本日记及部分遗物赠送给了佩皮斯的母校——莫特里学院（Motely College）。直到一百多年后，人们才开始注意到佩皮斯日记的独特魅力与历史价值，当时一位叫约翰·史密斯的大学生花了三年多时间将佩皮斯在日记中使用的密码式速记符号破译，方使得他的日记得以公开出版。佩皮斯日记第一版问世时，已经是他去世一百多年后的1825年了。西方很多学者都将《佩皮斯日记》与蒙恬的《随笔录》相提并论，随着学界对佩皮斯日记研究的不断深入，英国的很多历史事件都因为这些第一手资料变得更加充盈与生动。而目前国内对佩皮斯日记的文学解读还十分匮乏，缺乏系统的阐释。

将佩皮斯日记放入英国文学公共领域的研究视角下，至少有以下几点值得注意：

---

1. Ellis, Markman. “General Introduction.” *Eighteenth-Century Coffee-House Culture* (Vol. 1 Restoration Satire). Ed. Markman Ellis. London: Pickering & Chatto, 2006, xliv.
2. Pepys, Samuel. *Diary of Samuel Pepys*. London: George Bell & Sons, 1893, 61.

第一，在长达十年的日记写作过程中，没有人知道这本日记的存在，佩皮斯也从未试图将自己日记的内容公之于众，即便如此《佩皮斯日记》也“应该被作为资产阶级主体性的新话语的主要展示来看待”[1]，他日记的唯一读者就是他在日记中建构的“另一个自己”，只有在与这个自己对话时，一个在现实生活中唯利是图但受人尊敬的海军领袖才会表现出浪漫、沉湎于美色的另外一面。佩皮斯对周遭事物细致入微的描绘、对自我毫无保留的剖白、对私人世界和个体感受的深刻剖析，通过他细致地描写“私密世界”和“主体性”得以彰显，例如在他1660年3月10日的日记中写道：“我和巴特勒先生去了哈珀酒馆，我们坐在那里两个多小时一直在喝酒，喝到晚上十点；那个醉酒的老女人开始不知所云，不停地夸耀她的儿子吉姆斯。回家上床后，我一整夜都在思忖如何颁布新的政令……”[2]诸如此类的记录在日记中随处可见。

第二，有些学者认为，佩皮斯在创作日记时大量使用密码式的速记符号除了想保护日记的隐私性外，还可以理解为作者是“通过书写语言与母语间的语言符码差异，强化了自我的分离，实现了‘吾丧我’的境界，因而能在日记中观看自我在此之前的所作所为”[3]。佩皮斯日记研究专家托玛琳（Tomalin）曾用“不匹配的自我”（unequalled self）一词概括现实的佩皮斯与日记中的佩皮斯这两个“自我”，她说“他厚颜无耻的自我描述堪称科学般精确”[4]。只有通过阅读他的日记，我们才能将日记中的他

1. Kohlmann, Benjamin. "'Men of Sobriety and Business': Pepys, Privacy and Public Duty." *The Review of English Studies*, New Series, Vol. 61, No. 251 (September 2010): 553.
2. Pepys, Samuel. *Diary of Samuel Pepys*. London: George Bell & Sons, 1893, 109.
3. 赵白生．传记文学理论．北京：北京大学出版社，2003：4.
4. Park, Clara Claiborne. *An Entrancing Ego: Samuel Pepys*. *The Hudson Review*, Summer 2004; 57, 2: 238.

和现实中的他组合，从而认识一个完整的佩皮斯，他表面上温文尔雅，却有时如日记中描述的那般："很早起床，依然迁怒于威尔……"[1]，甚至"赖床不起，与夫人云雨"[2]。只有在日记中他才表现出和生活中不同的另外的一个自己。

第三，日记就其存在的目的而言，是为了"填补空缺的时间，更本质的是为了填补在失去的时间中自我的断面"[3]，记录日记填补了主体存在的时间空白，从而证实在过去自我的存在。虽然佩皮斯政务繁忙，但是仔细阅读他的日记就会发现，他几乎每天都要记录所发生的事情，并时不时地做一番自我剖析。因此佩皮斯的日记从另一个侧面证明了当时作家以及市民阶层普遍主体性的觉醒。

第四，佩皮斯的日记与英国小说的兴起之间也存在某些关联，伊恩·瓦特曾将《佩皮斯日记》描述为是资产阶级"内省习惯"（introspective habit）的早期结晶，而这种内省习惯恰恰是"小说作为一种流派兴起的先决条件"[4]。佩皮斯经常会对过去的自己不断反省，会时不时地写道："我的利益与日俱增，这都要感谢上帝，是他让我有了现在的职位。"[5]

第五，佩皮斯的日记还是英国公共领域发展的重要记录，许多篇日记都是以"起床去了办公室"[6]开头，他的日记中对伦敦发生的重大历史事件以及公众的反应都有着翔实的记录。与读历史书籍不同，读他的日

1. Pepys, Samuel. *Diary of Samuel Pepys*. London: George Bell & Sons, 1893, 778.
2. Ibid. 823.
3. Pask, Kevin. "The Bourgeois Public Sphere and the Concept of Literature." *Criticism*, Spring 2004, 46, 2: 249.
4. Kohlmann, Benjamin. " 'Men of Sobriety and Business': Pepys, Privacy and Public Duty." *The Review of English Studies*, New Series, Vol. 61, No. 251 (September 2010): 554.
5. Pepys, Samuel. *Diary of Samuel Pepys*. London: George Bell & Sons, 1893. 819.
6. Ibid. 1904.

记就像在观赏一部英国历史纪录片，“起床后去看了一下工作进展，然后克里德先生来了，我们在花园里走了一两个小时直到八点，探讨了很多我们的事情，又谈论了一些公众事务”[1]，这样的记录在日记中随处可见，佩皮斯和他身边关心公共问题的朋友们都跃然纸上。

在《牛津英国文学史》（*The Oxford History of English Literature*）介绍17世纪英国文学的相关章节中，萨斯兰德曾这样评价这一时期的文学作品：“人们很难定义是什么样的时代精神创造出这么多风格迥异的作家，比如班扬和埃瑟里奇、巴特勒和洛克、伊夫林和罗切斯特。这种多样化随处可见。这是一个充满不同声音的时代，在思想和表达中充满不可调和的多样性的时代。”[2]吉姆斯说得很有道理，17世纪文学领域确实出现了大量风格迥异的作家，即便像佩皮斯和伊夫林这样的日记作家，虽然生活在几乎同一个时代里，拥有类似的生活经历，但在各自的日记写作中也呈现出极大的差异性。

约翰·伊夫林1620年出生在英国的一户富足家庭中，这个家族的历史最早可追溯至15世纪。他的祖父曾将火药引进英国，之后更是凭借火药发家。伊夫林的父亲非常重视教育，曾将其三子都送入牛津大学学习。1643年，因为政治局势混乱，伊夫林到法国和意大利游历，期间学习了解剖学、生理学和化学等课程，这为伊夫林日后从事自然科学研究奠定了基础。1652年他回到英国后，凭借岳父的地位和查理二世的赏识，与王室有所接触，但他本人深知仕途险恶，所以并不愿深涉政治。1660年之后伊夫林积极投身公共事务中，曾在多个皇家委员会任职。他

---

1. Pepys, Samuel. *Diary of Samuel Pepys*. London: George Bell & Sons, 1893. 606.
2. Sutherland, James. *The Oxford History of English Literature*. Oxford: Clarendon Press, 1969. 2.

的一生不像佩皮斯那样大起大落，到他1706年去世时都很平顺。正是由于他始终与政治保持若即若离的关系，没有明显的政治立场才使他能够与不同阶层的人广泛结交，与当时英国很多著名学者都保持着深厚的友谊。

伊夫林的日记从1641年他21岁时写起，共记录了英国长达六十多年的历史。日记涵盖了从查理一世到安妮女王时代的几乎所有重大历史事件，也因此被称为是“六十余年英国的政治、社会、文化和宗教生活的见证”[1]。与佩皮斯的日记不同，伊夫林的日记时间跨度更大，也更关注历史事件的细节和各种活动的记叙，很少描写对事件的感受和对自己生活的感悟。在他的日记中，伊夫林展示了王宫内的各种重要场合，观察了各种仪式的细节，包括人们的服饰、壮观的游行等，也因此，他被誉为“王朝复辟时代文化的伟大记录家”[2]。

通过比较伊夫林与佩皮斯的日记，我们不难发现伊夫林日记中的一些变化：第一，在伊夫林写作日记的时候，他就非常清楚地知道，日记终有一日要付诸出版，所以他担心真实的自我会在日记中过多地暴露于读者面前。因此，他在写作日记的时候通常都以记事为主，刻意压抑个人情感的抒发，“这是因为一个人的日记可以暴露他最隐私的自我，这就会与他在公共生活中的形象大相径庭，因为通过日记可以反映出这个人之前看不到的与其个性不符的一面，这样会增加我们（读者）阅读时与作者特许的亲近感”[3]。这就与佩皮斯在日记中袒露出的真实一面大有不同，从中我们不难看出私人日记的一种自然变化——即从作者只为了

1. 菲利普·汉舍尔．一个十七世纪的现代，丁骏译．社会科学报，2003-08-07（008）.
2. Howarth, David. *Lord Arundel and His Circle*. New Have & London: Yale UP, 1985, 126.
3. Willy, Margaret. *English Diarists: Evelyn & Pepys*. London: Longmans, Green & Co., 1963, 8-9.

完成与自己之间的对话渐渐向为完成与日记读者之间的对话。也正是因为这一点，伊夫林的日记时常会竭尽所能地对自我形象进行塑造，而对读者进行品行教育，所以这部文学作品才被大卫·昂得唐（David Underdown）称之为是“英国17世纪的一部经典的自传作品”[1]而非杰出的日记作品。

另外，伊夫林的日记叙述手法也比佩皮斯的更为老练。他的日记是这样开篇的：“我是在公元1620年10月31号（周二）早晨2点20分的时候出生的，我父亲在我出生的时候已经和我母亲结婚七年，我的母亲已经为我父亲育有两女一子。我父亲33岁，而我母亲仅23岁。”伊夫林开始记录日记时已经21岁，但他日记开篇的叙述却是从他的童年和对家人的介绍开始。他之所以这样做，很明显是为了让读者更好地了解他的背景，因为，他的写作已不再是为了满足自己日后回顾个人历史的需要，而是为了迎合读者的阅读。伍尔夫就曾批评过伊夫林日记中的这种写法：“这有时像一部回忆录，有时像日程安排表，但他从未在日记中坦言自己内心的秘密，他写的所有内容都可以在夜晚坦然地对他自己的儿女大声朗读。”[2]这是伊夫林日记与佩皮斯日记最大的不同之处。

有学者曾对上述两位日记作家做过十分公允的评价：“佩皮斯的友人和同时代人约翰·伊夫林也写了一本精彩的日记。很多人喜欢对这两位作家进行比较，却发现两人难分伯仲。伊夫林的日记是一种精心编辑和深思后的描写，而佩皮斯则是原模原样地再现了那时发生过什么。”[3]

---

1. Underdown, David. "John Evelyn and Restoration Piety." *The Sewanee Review*, 1957(65): 160.
2. Woolf, Virginia. "Rambling Round Evelyn." *The Common Reader*. New York: Harcourt &Brace, 1925, 113.
3. Taylor, Ivan E. *Samuel Pepys*. New York: Twayne Publishers, 1967, 151.

虽然他们记录日记的方式是如此不同，但通过对这两位17世纪日记作家及其作品的研究，我们可以看到17世纪资产阶级自我意识觉醒的过程性变化。从早期佩皮斯日记以隐秘的形式书写，并且保持一定的“私密性”，到伊夫林的日记为读者而创作，不难看出他们将自己的主体性投射到日记之中。“对哈贝马斯来说，一个人之所以能够在公共领域与其他人进行激情的理性辩论，其情感上的活水源泉乃是来自一种特定的主体性（subjectivity）。”[1]或者按伊格尔顿所说：“18世纪的公共领域对主体性的形成进行了主题化和整合，这个主体性的根源在‘家庭世界’。这个世界产生了新的主体性形式，用哈贝马斯的话讲，这种主体性是‘面向公众的’，然后转移到男性主导的公共领域，抑或是自我反思的表述。”[2]

另外，从佩皮斯到伊夫林日记创作的变化中，我们也不难发现这种个人的“主体意识”渐渐从一个人的“独唱”变成作者与读者在文学作品中的多声部的“合唱”，变成通过文学作品进行的主体性之间的交流与沟通。换句话说：“从主体哲学的单个的‘主体性’，转向交往理论的‘主体间性’。”[3]这两位私人日记作者日记叙述方式的变化正是这种交往理论“主体间性”变化的直观体现，也进一步说明了“正是由于有了主体间性，个体才能通过人际之间的自由交往而找到自己的认同”[4]，所以阅读私人日记本身可以理解为是在寻找自我认同的一种方式。通过阅读带有明显“主体性”印记的私人日记，读者开始像日记作家那样思考自己，通过阅读日记更多的资产阶级也开始思考自己的“主体性”存在。日记

1. 李丁赞．市民社会与公共领域．许纪霖主编，公共空间中的知识分子．南京：江苏人民出版社，2007：74.
2. Eagleton, Terry. *The Function of Criticism*. London: VERSO, 2005, 115-116.
3. 陈嘉明．现代性与后现代性十五讲．北京：北京大学出版社，2006：294.
4. 同上。

进入公共领域给所有参与者这样一种体验，读者通过调动自己的主体性意识去感受作者的记叙，并通过阅读投射到自己身上，一旦确定了自己的主体意识，文学公共领域走向成熟所需要的群众基础就有了。用后来哈贝马斯的交往理性来解释，即“交往理性是间体性的，而不是主体性的”[1]，而“资产阶级主体性的本质即是主体间性的”[2]。

那么，挖掘这些日记对于研究英国文学公共领域的意义是什么呢？首先，在哈贝马斯看来，书写和日记这种私人写作可以直接或间接地体现出公众的主体性，因此研究书信与日记可以帮助我们更好地认识18世纪之后英国文学出现的“范式革命”。其次，文学本身为个体之间的交流提供了渠道，从而形成个体之间、主体与他者之间、个体与共同体之间的积极互动。通过这种交流，个体能够更好地确立自己的身份与主体性，明确个体在面对他者时对自我的认识。而最早发挥文学这种中介作用的，恰恰是日记这种形式。

五、伊夫林小册子写作的“公共性”

作为日记作家的伊夫林还有两本小册子广为人知——一篇叫做“Sylva”，在这篇文章中，伊夫林认为由于造船业、炼铁工业的需要，英国大量的森林资源被消耗。因为在伊夫林所处的时代，木材是仅次于食物之外最重要的资源，也是国防业最为重要的资源。他想通过这篇文章呼吁人们认识到森林资源的重要性，以对其进行保护：“这种资源的损毁

1. 陈勋武．哈贝马斯：当代新思潮的引领者．北京：九州出版社，2014：76.
2. Baker, Keith Michael. “Defining the Public Sphere in Eighteenth-Century France: Variations on a Theme by Habermas.” *Habermas and the Public Sphere*. Ed. Craig Calhoun. Cambridge, Massachusetts, and London: The MIT Press, 1996, 184.

目前非常严重，除非采取严肃对待且行之有效的办法来解决这个问题，如果不采取补救措施，这个国家最宏伟、最大的天然防护林就会在短期内完全消失。”[1]伊夫林的这本小册子本身就是一种“公共事件”，它成为林业领域有史以来最具影响力的作品之一，伊夫林生前就曾出版过四个版本，在他死后又出版了七个版本。

另一篇文章题为《烟雾：或消散伦敦的空气和烟雾带来的不便》（“Fumifugium; Or the Inconveniencie of the Aer and Smoak of London Dissipated”），在这篇文章中，伊夫林关注了17世纪英国伦敦城市的空气污染及其对伦敦城市生活的影响等问题。这篇文章写于1661年，是他除《日记》和“Sylva”之外最重要的作品。其关注的空气污染问题在现代重新成为热点问题，在20世纪30年代切尔西电站的选址争论中更是被大量重印并被广泛阅读，“本世纪这篇文章还被英国国家烟尘消除协会以五个版本重印”[2]。17世纪有关空气污染问题的书写与科学，尤其是与实验科学的发展密切相关：“科学家们受到了弗朗西斯·培根的深刻影响，后者强调细致的实验研究和推理的重要性。这是在这一时期开始出现的有关空气污染的最早研究工作的特色，它们的作者在观察中的细心程度引人注目。”[3]伊夫林就是这样一个典型的科学家。

空气污染在英国发生得比较早，但在不同的历史阶段，英国人对空气污染的看法有很大差异：人们有时认为被污染的空气会导致社会和政

1. Evelyn, John. *Diary and Correspondence of John Evelyn*. London: George Routledge & Sons, 1878. p. 1-2.
2. Jenner, Mark. "The Politics of London Air John Evelyn's *Fumifugium* and the Restoration." *The Historical Journal*, 1995. 38, 3. 536-537.
3. 彼得·布林布尔科姆．大雾霾：中世纪以来的伦敦空气污染史．上海：上海社会科学出版社，2016：57—58.

治动荡；有时人们将空气恶化的担忧与文化衰落的焦虑联系在一起；有时人们通过把英国的中世纪理想化，希望回归到一种比较淳朴的社会形态，这样更接近自然，并且能免受空气污染的困扰。这种对空气污染的不同文化认知也深刻地影响着英国文学家的创作。

对英国空气污染最早的记录是在中世纪的诺丁汉而非伦敦，但伦敦的空气污染问题出现得最早也最严重。中世纪以来，伦敦人便开始使用一种经由海陆运抵的燃煤，这种煤被称为“海煤”（sea-coal）。由于对这种煤的加工工艺非常原始，海煤造成的空气污染事实上很严重。尽管还没有现代科学技术和医学的帮助，伦敦人已经发现空气的污染对人体健康有着很大伤害，并且他们怀疑海煤是造成伦敦空气污染的罪魁祸首。1285年英国曾设立了一个调查委员会专门查找伦敦空气的污染源，此后的几十年中该委员会都在不遗余力地发挥着作用。但由于伦敦人可以轻易获得更加低廉的木柴，海煤的使用还不足以造成严重的群体性后果，伦敦人对海煤造成的空气污染的担忧也就很快消失了。直到17世纪初，由于海煤被更大规模地使用，伦敦城的空气污染已经肉眼可见，许多作家才开始在作品中描写空气污染，而最有影响力的作品就是伊夫林的《防烟》（*Fumifugium*）了。在这本小册子中，伊夫林关注了17世纪伦敦城的空气污染及其对伦敦市民生活和健康的巨大影响，这本小册子是目前最早讨论伦敦空气污染的作品之一，也标志着伊夫林“文学创作的开始[1]”。

早在《英格兰的性格》（“A Character of England”）一文中，伊夫林就开始探讨伦敦的空气污染这一公众关心的问题，他曾这样写道：“城市被笼罩在这样的一种海煤产生的云雾中，就好像在地球上空出现了一座地

1. Evelyn, John. *Sylva, or, a Discourse of Forest Trees*, New York: Cambridge UP, 1908, xxxvi.

狱。雾天里的火山覆盖着大地，这种有害的烟气腐蚀了大地上的铁质，破坏了一切可以运动的物质，在一切发光的物体表面上留下了一层灰烬：它对居民的肺部的侵袭如此致命，这使咳嗽和肺病对一切人都毫不留情。”[1]在伊夫林1661年9月13日的日记里，他曾有过这样的一段记录：“余呈《防烟》于吾王，龙心大悦，令吾将其发表。”[2]第二年这本献给查理二世的小册子便公开出版发行。据伊夫林说，创作这本小册子是因他受“在白厅任职时的一件小事启发”[3]，这件小事指的是国王在王宫里也受到伦敦空气污染之害，宫殿里到处烟雾弥漫，令王公贵族呼吸不畅，所以国王要求伦敦市副检察长关停了一家大型的酿酒厂，因为在当时人们认为酿酒厂是造成伦敦空气污染的罪魁祸首之一。《防烟》的创作动机一方面是为了讨好国王，另一方面伊夫林确实也关心空气污染这个公众关心的问题，希望借机根治伦敦空气污染，并重新规划伦敦城市布局。

在公开出版的《防烟》首页，伊夫林为了凸显伦敦空气污染的严重性引用了罗马诗人卢克莱修的诗歌“De rurum natura”。这首诗描述了希腊神话中地狱入口冒出阵阵毒烟和散发恶臭的样子：

考勒斯（Coales）湖水臭气熏天，
曾经甘甜的湖水，
现在臭不可闻且令人晕厥……[4]

---

1. 彼得·布林布尔科姆．大雾霾：中世纪以来的伦敦空气污染史．上海：上海社会科学出版社，2016：70-71.
2. Evelyn, John. *Diary and Correspondence of John Evelyn*. London: George Routledge & Sons, 1878, 246.
3. Jenner, Mark. "The Politics of London Air John Evelyn's *Fumifugium* and the Restoration." *The Historical Journal*, Vol. 38, No. 3(1995): 537.
4. Ibid. 546.

伊夫林将伦敦空气污染的状况和地狱入口进行类比，旨在警示读者空气污染已经将原本是人间天堂的伦敦城变成了人间地狱，治理伦敦空气已经刻不容缓。

小册子的正文共分为三个部分，伊夫林将重点集中在第一部分对伦敦空气污染情况的描写上，他不厌其烦地细数伦敦空气污染对市民身体健康的各种伤害，同时指出古代先哲早就认为“空气是灵魂的载体（the Aer the Vehicle of the Soul）”，因此人要想存活就一定要呼吸干净的空气，人可以每天只吃一顿饭，而呼吸却是每分每秒的事情，呼吸是无阶级之分的，可谓“空气面前人人平等”。为了不“失魂落魄”，就一定要保障空气的洁净；通过分析伦敦市周围的地理环境，伊夫林强调伦敦市曾是一个“优美的城市”[1]，而这座美丽的城市现在因燃烧过多海煤而被污染物所笼罩，“伦敦市民呼吸的只有脏兮兮、厚厚的一层烟雾”[2]，这些烟雾“造成很多不便，伤害人们的肺，扰乱人体的正常功能”[3]，很多市民都患上了咳嗽和肺结核。制造这些污染物的源头“并非烹饪用火，因为它们的污染极为有限”[4]，经过实地考察，伊夫林发现伦敦空气真正的污染源自“酿酒厂、染坊、烧石厂、盐场、肥皂厂和一些私人产业”[5]，因为正是这些企业大量燃烧海煤，释放出的烟尘才污染了伦敦的空气。这些污染物不仅污染一切暴露在外的建筑、水源等，还造成果蔬等农作物持续减产。基于以上分析，伊夫林在《防烟》的第二部分提出了治理空气污染的第一

1. Evelyn, John. "Fumifugium." *Organization & Environment*, Vol. 12, No. 2, (Jun 1999): 188.
2. Ibid.
3. Ibid.
4. Ibid.
5. Ibid.

套方案，即将这些需要大量燃烧海煤的污染产业迁出伦敦市，以彻底移除城市污染源。

在小册子的最后一部分，伊夫林进一步提出在清理了空气污染源之后，为净化已经被污染的伦敦空气，清除污染物的气味，应在城市周边大量种植鲜花和植物，让他们的香味来取代空气中污染物的气味。这种治理空气污染的理念和方法在现在看来很幼稚，但在伊夫林所处时代的欧洲却广为应用。《防烟》的言辞激烈，颇具说服力，却因曲高和寡而并未引起公众对空气污染问题的注意，“大多数人认为，无论烟多么令人不愉快，它不对健康造成伤害”[1]。到了17世纪末，英国的许多城市都开始“烟雾弥漫”，但人们依然没有把它当作“污染”。浓雾已经开始影响来伦敦观光的游客，一些德国旅行者开始把伦敦称之为“雾都”。

伊夫林能够在17世纪就意识到空气污染对生态环境和市民生活的影响，不能不说是具有远见卓识的。目前，国内外学者对伊夫林的研究还很少，有限的研究又都集中在对伊夫林《日记》的史学价值的研究上，鲜有人关注其小册子的文学和社会价值。在当下全球变暖、大气污染愈加严重、雾霾横行肆虐的残酷现实面前，《防烟》所探讨的话题就愈发具有现实意义，也因此具有很大的研究价值，尤其是对研究文学所发挥的公共作用具有很大的价值。正如有的学者所说的那样，“对污染问题的关注是与如何构建理想社会的政治讨论密不可分的”[2]，这就使得对空气污染的书写也必然带有政治意图。

著名认知语言学家莱考夫（George Lakoff）在研究“隐喻”问题时指

---

1. 彼得·布林布尔科姆．大雾霾：中世纪以来的伦敦空气污染史．上海：上海社会科学出版社，2016：18.
2. Douglas, M. and A. Wildavsky. *Risk and Culture*. Los Angeles: U of California P, 1982, 36.

出："不论是在语言上还是在思想和行动中，日常生活中隐喻无所不在，我们思想和行为所依据的概念系统本身是以隐喻为基础[1]"，隐喻的存在是普遍的，它的本质是"通过另一种事物来理解和体验当前的事物"[2]。如果将《防烟》置于其创作的特殊历史背景之下审视，便不难发现这部文学作品充满了政治隐喻，空气污染及其治理是对复辟政治环境的隐喻写作。

由于《防烟》对伦敦空气污染成因进行了详细的分析并提供了系统的解决方案，很多历史学家因此将《防烟》"视为是一位具有公共意识的绅士对于环境污染正常反应的产物"[3]，但也有学者认为，在《防烟》中伊夫林为解决伦敦大气污染所提供的方案"仅仅类似'故事情节的梗概'而已，他真正的目的是为了取悦复辟归来的新国王"[4]，这就使得这部小册子带有很强的政治意味。

约克大学的詹纳（Mark Jenner）在《伦敦空气的政治解读：约翰·伊夫林的〈防烟〉与"英国复辟"》（"The Politics of London Air: John Evelyn's *Fumifugium* and the Restoration"）一文中提出不能将对《防烟》的解读置于学术真空中，而要将其置于伊夫林所处的特定政治和历史语境中加以解读。他认为这本小册子在1661年这样的特殊时间发表，而且作者还在封面特别强调是献给复辟归来的新皇的，这本身就让这部作品显得政治寓意十足。詹纳通过深入分析伊夫林《防烟》中的几个核心意象，

1. 乔治·莱考夫，马克·约翰逊. 我们赖以生存的隐喻，何文忠译. 杭州：浙江大学出版社，2015：1.
2. 同上：3.
3. Jenner, Mark. "The Politics of London Air John Evelyn's *Fumifugium* and the Restoration." *The Historical Journal*, Vol. 38, No. 3(1995): 540.
4. Lewis, Jayne Elizabeth. *Air's Appearance: Literary Atmosphere in British Fiction, 1660-1794*. Chicago and London: The U of Chicago P, 2012, 73.

认为伊夫林巧妙地将伦敦的空气污染作为一种政治隐喻，以此来抨击克伦威尔独裁时期造成的政治混乱和失序："伦敦的可怜景象、破旧的建筑与英国的政治时局十分相像。"[1]通过对这一系列意象的描写，伊夫林隐喻性地强调旧政权不仅仅带来了市政管理上的混乱，还引起了政治失序。据此，他认为"这本小册子与当时的颂文（panegyric）文体有几分相像，他们都通过描写建筑物乃至气象中的意象而为尚有些羸弱的新政权树碑立传"[2]。在詹纳看来，就连伊夫林在《防烟》中所提供的治理空气污染的方案都是为了"阻止独裁的再次发生，也是为了赞扬新政权"[3]，而且，"《防烟》适时地为查理提供了彰显自己伟大神力的机会，因为如果查理按照伊夫林的方法实施空气治理，成功改善伦敦环境，便能显现出他（比克伦威尔）更高的荣耀"[4]。

2014年，英国学者特拉维斯（Toby Travis）在《伦敦杂志》（*The London Journal*）上发表了一篇题为"约翰·伊夫林的'火山之城'想象"的文章。在这篇文章中作者指出，在17世纪40至80年代伊夫林曾在其作品中频繁使用火山这个意象以及描述火山的词语，而这一现象在《防烟》中表现得尤为集中。伊夫林将伦敦城比喻为一座极其不稳定、闷热无比的大火山，工厂的烟囱冒着滚滚黑烟。特拉维斯指出伊夫林这种火山意象的描写源于他1645年对意大利维苏威火山的研究，并被他发展成了自

1. Jenner, Mark. "The Politics of London Air John Evelyn's *Fumifugium* and the Restoration." *The Historical Journal*, Vol. 38, No. 3(1995): 541.
2. Ibid. 542.
3. Ibid.
4. Ibid. 540.

己写作中独有的文学意象，这一意象"微妙、不确定而又富有深意"[1]，因为17世纪的人们对火山的认知十分有限，他们把火山视为是"自然界秩序和混乱的代表，火山活动既是吉兆又代表了破坏"[2]。特拉维斯进一步将这种火山描写和意象放置于伊夫林所处的政治环境中解读，他认为伊夫林对"火山之城的描写既是源于保皇党对都城政治不稳定深深担忧的强烈表达，又是对一位强势君主来积极管理都城社会和商业秩序迫切需要的表达"[3]。特拉维斯接着指出伊夫林通过"将伦敦描写成火山，不仅批评了某些产业对城市环境的污染，还提醒人们在烟雾笼罩的深巷里藏匿着无数叛党和密谋暴动的宗教不满者"[4]。另一方面，作为一种吉兆，伊夫林将伦敦城描绘成一座火山是要传达这样一种信号："在一位警醒的、智慧的和积极的君主的领导下，都城具有如火山般强有力的创造潜力。"[5]在他的领导下，伦敦城会重新变回"伊甸园"，会从独裁时期的失序状态重拾秩序。

通过以上两位学者的分析，不难看出伊夫林在创作《防烟》时，确实深受当时政治氛围的影响，在写作时也带有自己的政治意图，充满了政治隐喻。抛却这种意图不说，作为一位科学家、文学家，他极为关注伦敦空气污染这一公共事务。通过自己的文学创作实践，他将自己的意见带入了公共领域中，供公众进行讨论或者希望引发公众性的辩论，进

---

1. Travis, Toby. "Belching it Forth Their Sooty Jaws: John Evelyn's Vision of a 'Volcanic' City." *The London Journal*, Vol. 39, No. 1 (March 2014): 2.
2. Ibid.
3. Ibid. 1.
4. Ibid. 12.
5. Ibid. 16.

而让决策者重视城市空气污染问题的严重性，在制定政策时会有所考虑，这样便发挥了文学的“公共性”作用。

在伊夫林公开出版的《防烟》的正文前，他特别增加了题为“致读者”一章，再三强调伦敦空气污染给普通老百姓带来的危害，反复强调既然国王已经开始重视这个问题，每一位读者都应该关注空气污染治理的这项“公益事业”（Publick Benefits），不断鼓励公众参与到改善伦敦空气污染的行动中来。作为科学家的伊夫林，在《防烟》中论述伦敦空气污染时有理有据，通过科学的观察、逻辑性极强的论证，为文学家如何有序参与讨论公众关心的话题提供了范本，他的这种公开批判方式无疑来自贵族知识分子，却也为参与建构欧洲政治公共领域的资产阶级提供了参考。

因此，《防烟》的写作一方面如前文批评家所指出的那样是带有自己政治意图的，新王复辟归来，作为朝臣的伊夫林自然要提出一些有洞见的提议，伦敦的空气时常被认为是政治局势的隐喻而必然会吸引国王的注意；另一方面，笔者认为还应将《防烟》的创作置于欧洲公共领域形成的大背景中去解读，随着越来越多的资产阶级文学知识分子开始关注公共问题，他们从没落贵族那里习得了公共交往的技巧，促进了英国文学公共领域的发展，反过来，英国文学公共领域为文学家参与公共问题的讨论提供了平台。文学公共领域在英国迅速成熟，随着越来越多政治话题的引入，很快便向政治公共领域转型。

伦敦的空气污染问题从17世纪60年代开始出现，直到20世纪70年代中期这个城市才摘掉了“雾都”的帽子。许多学者认为《防烟》是英国知识分子对公共问题介入的典型例子，通过他们的不断努力才使得伦敦市民再次呼吸到洁净的空气。《防烟》的重要价值在于它不仅关注了城市环境的问题，还赋予城市环境问题更深层次的意义：原本看似仅是环境污染的问题，因为牵涉到人与人之间的较量，从而使得环境问题变成了一个政治问题，既然“环境问题本质上作为政治问题，这内在地规定着它的解决与否必须用政治问题解决与否的标准来衡量”[1]。《防烟》因为公众关心而生，在进入英国文学公共领域时，受到了当权者与普通伦敦市民的重视，他们围绕空气治理这一话题展开讨论，并产生了一系列具体的行为。伊夫林通过文学创作活动，讨论了公众关心的话题，从而影响当权者对施政过程中出现的问题的考虑，也反映了文学公共领域运行的一般性模式。

虽然没有任何法律因《防烟》而颁布，但国王和议会的确注意到了伦敦城的空气污染问题，1662年议会讨论了一个由枢密院提交的关于成立改善、规约伦敦市街道的委员会的提案，委员会成立后伊夫林本人在其中担任委员，他在日记中多次记录了出席委员会会议的细节。另外，在伦敦大火后的城市重建设计过程中，查理二世和议会采纳了伊夫林在《防烟》中对污染源产业重新布局的建议，将这些污染企业搬离了人口密集的区域。值得一提的是，这部小册子的影响不仅仅在伊夫林所处的时代，1772年《防烟》再版时“编辑老塞缪尔·佩吉（Samuel Pegge the elder）借此来警示他自己所在的时代环境恶化到何种程度”[2]。20世纪30年代切尔西电站在选址时引发了公众的广泛争论，《防烟》也在这时被大量重印，用以提醒政策制定者关注城市发展与环境污染之间关系的重要性。虽然伊夫林的小册子并没有从根本上改变伦敦空气污染的发展，但却让空

1. 刘向阳．环境问题的政治维度及其内在规定性．环境保护，2008(22).
2. 克里斯蒂娜·科顿．伦敦雾：一部演变史，张春晓译．北京：中信出版集团，2017：4.

气污染问题成为一个公共话题，这个话题在浪漫主义诗人笔下、狄更斯的小说里都不断出现，并成为很多文学家介入公共问题的重要着眼点。

在本小节中，笔者仅仅对弥尔顿、哈林顿、佩皮斯及伊夫林等文学家对英国文学公共领域的贡献进行了研究，目的只是想通过他们对英国文学公共领域的肇始阶段，文学家所参与的公共活动有所了解。但事实上从1640年至1688年有更多英国文学家参与到这段英国历史上最波澜壮阔的篇章的书写中，例如乔治·威瑟（George Wither）在17世纪40年代甚至是比弥尔顿还更加重要的“公共文学家”，除此之外还有华勒（Edmund Waller Waller）、马腾（Henry Marten）等作家都为英国文学公共领域走向繁荣做出了巨大贡献，这在诺布罗克（David Norbrook）的著作《书写英格兰共和国：诗歌、修辞与政治（1627—1660）》一书中有较为详尽的论述与研究，也非常值得在未来对这些作家的“公共性”展开更加系统和深入的研究。

第三节 英国文学公共领域肇始期的特征

如前文对英国文学公共领域肇始阶段的研究所表明的那样，该领域的出现需要有特定的经济基础作支撑：它首先依赖于文化的商品化，需要邮政系统、期刊和其他市民交流的系统日渐成熟并被纳入资本社会中，由个人形成的阅读的公众也就自然而然地形成了。这个群体的阅读行为只有依赖印刷业的发展才能得到保障，伴随着城市中出现大量诸如咖啡馆、沙龙、剧院这样的公共文化场所，阅读群体通过在其中的辩论和交流形成相对一致的文学品位，即“一种集体的对文学的判断，这种判断只有通过一些‘新’的作家和批评家才能达成，而些‘新’作家和批评家的生机恰恰仰仗着文化生产已经商品化这样一个事实。所以，文学公共领域是伴随着资产阶级市民社会的商品市场而产生的”[1]，这些客观的条件形成后，“具有言语和行为能力的主体相互进行沟通时，他们就具备了主体间性这种关系。正是由于有了主体间性，个体才能通过人际之间的自由交往而找到自己的认同，也就是说，才可以在没有强制的情况下实现社会化”[2]。换句话说，在文学公共领域内部资产阶级才能获取了一种独特的“主体性”体验，并形成个体之间的社会化。那么，作为英国文学公共领域的初始阶段，这一时期都呈现出了哪些特点呢？

首先，英国文学公共领域从一开始便呈现出很强的对谈性，罗伯茨（John Michael Roberts）曾指出“公共领域是英国社会最至关重要的谈话空间”[3]，正如本研究所显示出的那样，无论是公共讨论的形式还是洛塔俱乐部的辩论等，文学公共领域最直接的表现形式都是对谈。这种对谈形式从宫廷贵族中流到宫外，吸引了新型资产阶级参与对文学议题、文学所引发的其他公共议题的探讨，通过运用对文学的讨论和对谈，言语转化为社会行动，转变为具体的行为。

其次，肇始阶段的英国文学公共领域具有启蒙性作用。一方面，英国城市化的发展需要城市中的参与主体改变以往的生活方式以及思考方式，这也就是前文所说的大城市对其中的人们进行的“都市教育”。文学公共领域是开展这种教育的重要机制，“我们所有的愿望、需求、感

1. Baker, Keith Michael. "Defining the Public Sphere in Eighteenth-Century France: Variations on a Theme by Habermas." *Habermas and the Public Sphere*. Ed. Craig Calhoun. Mass: The MTI Press, 1996, 184-185.
2. 陈嘉明．现代性与后现代性十五讲．北京：北京大学出版社，2006：294.
3. Roberts, John Michael. *The Aesthetics of Free Speech: Rethinking the Public Sphere*. New York: Palgrave Macmillan, 2003, 8.

受、感情、态度、情感等并不能通过争论而直接形成。但是商谈可以通过这些典范性感受让我们‘睁眼’看到那些公开的或是不足轻信的价值观”[1]。所以文学公共领域中的商谈、辩论或是对谈的重要作用并不在于其内容，而在于这种形式可以启蒙和培训新兴的资产阶级，让他们认识到这种对话形式的价值。另一方面，“公共领域不仅能够提供改变我们对公共问题观点的理性信息，还会改变我们的私人生活，认识我们的身份。公共领域不仅让我们理性辩论，还给我们选择身份的自由，如何认识我们自己以及我们是谁等问题”[2]，这就是说英国文学公共领域呈现出双向启蒙的特点，向外能培养公众更加关注公共问题的思维模式，向内则通过交谈、商谈和辩论等“主体间交往”的形式更加确定自己的“主体性”。

再次，处在肇始期的英国文学公共领域呈现出最原始的交流模式——即面对面交流的特点，但值得注意的是这种交流方式具有很强的排他性。“咖啡馆成了男性社交的场所，这种社交是男性在俱乐部或酒馆内社交的重要补充，但却与女性在一起的社交场合相区隔”[3]，正如研究者所注意到的咖啡馆的这种“开放性和排他性始终贯穿咖啡馆发展史”[4]。咖啡馆的这种开放与排他的统一在英国文学公共领域进入全盛时期依然得到了保留，直到报纸和期刊的出现，文学公共领域的交流模式才又一次经历了本质性的改变。这种改变对英国文学公共领域的冲击还没有得到

1. McCarthy, Thomas. “Practical Discourse: On the Relation of Morality to Politics.” *Habermas and the Public Sphere*. Ed. Craig Calhoun. Cambridge, Massachusetts, and London: The MIT Press, 1996, 57.
2. McKee, Alan. *The Public Sphere: An Introduction*. Cambridge: Cambridge UP, 2005, 58.
3. Cowan, Brian. *The Social Life of Coffee*. New Haven & London: Yale UP, 2005, 228.
4. Ibid. 255.

学界的深入思考，因为“我们对交流的思考很大程度上还是囿于个人面对面直接交往的范式之中”[1]。

第四，英国文学公共领域在肇始阶段就呈现出了哈贝马斯后期所说的“合理性”和“规范性”特征。哈贝马斯曾说过：“凡是合理的，必定是对两人或两人以上是合理的；凡是对两人或两人以上是合理的，必是两人或两人以上可合理地交流和同意的。也就是说，是能够在合理的社会交往交流中被认同的。这就是说，人类合理性是以社会交往的合理性为基础的。因此，交往理性是人类理性最基础的体现者。从另一个角度来说，凡是合理的，必定是在社会实践中是合理的。社会实践是以社会交往实践为基础的，凡是在社会实践中是合理的，必定是在社会交往实践中合理的。因此，交往合理性是人类合理性的最基础的体现者。”[2] 英国文学公共领域出现的合理性和运行机制的合理性都是通过公众的验证，或者说经过社会交往的验证后形成的。之后它变成一种有效的机制，该机制存在一些吸收和排异的规范性特性，“规范的有效性要求可以用话语来兑现，即它可以用参与者通过论辩达成的共识来加以论证”[3]，通过文学公共领域中的辩论与对话，该领域获得了更加健全、良性的规范。

英国人在经历了内战前后、共和国时期再到斯图亚特王朝复辟的历史洗礼后，在欧洲率先为建立一种新型的资产阶级交往空间做好了准备。在这一过程中，经土耳其传播到英伦大地的神奇咖啡豆，不仅改

---

1. Garnham, Nicholas. "The Media and the Public Sphere." *Habermas and the Public Sphere*. Ed. Craig Calhoun. Cambridge, Massachusetts, and London: The MTI Press, 1996, 367.
2. 陈勋武．哈贝马斯：当代新思潮的引领者．北京：九州出版社，2014：53.
3. 尤尔根·哈贝马斯．合法化危机，刘北成等译．上海：上海世纪出版集团，2009：115.

变了英国人的饮食习惯，还为资产阶级创造了一个有效公共交往的平台——咖啡馆。在城市的咖啡馆中，资产阶级同从宫廷中被边缘化的贵族相遇，从他们那里学习到了在宫廷中的辩论等交往模式。当资产阶级的私人经验迫切需要被表述时，文学中的书信和私人日记便应运而生，并且通过新闻阅读形成了私人与私人、私人与公共之间的互动。这种日益彰显的私人性，不仅通过文学公共领域中对私人自律问题的讨论得以体现，还通过将私人的主体性经验上升为公共性经验的方式来实现，正如史蒂夫·品卡斯（Steve Pincus）所说："咖啡馆里的社交教会了市民阶层礼节和批判性的思维。"[1]或者可以这样说，咖啡馆为英国奠定了民主的基础，正是在这里孕育出英国人的自由民主精神。

在这个过程中，文学作品由于阅读大众队伍的日渐壮大，开始走入市场，作为商品，他们培养了大量识文断句的读者。随着教育的普及和印刷术的成熟，文学不再充当宗教或宫廷代表型公共领域的一部分，文学作品和文学家失去了往日的神圣性，并最终走向世俗化。文学作品和文学家身上的"公共性"日渐增强，这在光荣革命后直至18世纪初表现得非常突出，"由印刷技术和实验科学的进步而推动的交往革命（communication revolution）成为解释公共意见如何取得社会权威（social authority）的关键因素"[2]。当然，在研究这一时期英国文学公共领域发展状况时，也应注意到，在由代表型公共领域向文学公共领域过渡的过程中，并不像哈贝马斯理想中所描述的那样，一下子就出现了一个成熟的

1. Pincus, Steve. "Coffee Politician Does Create: Coffeehouses and Restoration Political Culture." *The Journal of Modern History*, 1995, 76(4): 832.
2. Zaret, David. "Religion, Science, and Printing in the Public Sphere in Seventeenth-Century England." *Habermas and the Public Sphere*. Ed. Craig Calhoun. Cambridge, Massachusetts, and London: The MTI Press, 1996, 227.

文学公共领域。其实资产阶级政治公共领域与文学公共领域始终都是如影随形的，并不能将二者清晰地分离开来。他们之间的关系更像是交响乐中不同的声部，这一点，在英国文学公共领域进入成熟时期，也从未改变。

第四章

英国文学公共领域的成熟（1688—1724）

1688年威廉受议会中的辉格党和托利党邀请率军在英国登陆，推翻了詹姆士二世的统治，由于没有造成大的战争伤亡，这次革命便被称为“光荣革命”。光荣革命后，威廉接受了议会提出的《权利法案》，这标志着光荣革命“不仅消灭了专制的王权，还消灭了独立的王权，议会主权确立了”[1]。英国自此以后都由议会来治理，却保留了“混合君主制”，这让议会和国王的权力换了位置。英国通过这场不流血的革命，完成了“从绝对君主专制向多元寡头政治的转化”[2]，为英国君主立宪制奠定了基础。按照历史学家钱乘旦所说，英国人从之前的革命中吸取了经验教训，没有通过“冲突”的方法解决复辟问题，而是在融合中平稳过渡。与欧洲其他国家不同，“光荣革命”后的三百多年里，英国几乎再没有发生过大的社会动荡，这为英国创造了良好的国内发展环境，之后通过工业革命，英国一跃成为当时世界上最发达的资本主义国家。

---

1. 钱乘旦，陈晓律．在传统与变革之间：英国文化模式溯源．南京：江苏人民出版社，2010：55—56.
2. 同上。

英国内战和“光荣革命”的历史给英国社会各阶层一个深刻的教训，那就是任何形式的社会动荡都会损害到他们既有的利益。故而，人们对政治的热情稍有退却，此时咖啡馆的发展愈发繁荣，催生了一种新的社交风尚，但和光荣革命前的咖啡馆最大的不同是，这时咖啡馆的谈话变得更加专业化和普遍化，成为各行各业交流和学习的平台。其中，咖啡馆交往中最惹人注目的就是文学家对文学话题的讨论，这些在“才子咖啡馆”中进行的文学讨论直接促使英国文学公共领域走向成熟。

布朗宁曾说：“通过交换信息、观念与批评，个体塑造了一个文化演员（cultural actor）——公众，他们自此统治了欧洲文化。”[1]他更进一步凸显了“公共”意识在18世纪文化革命中的巨大作用，他指出：“许多，甚至是大多数现代世界的文化现象都发端于‘漫长的18世纪’，诸如期刊、报纸、小说、记者、评论家、公共图书馆、音乐会、艺术展、公共博物馆、国家剧院等。当然上述文化现象在18世纪前早有端倪，但都是到了18世纪才成熟起来的，甚至它们合力引发了一场文化革命。或许最为重要的是，‘公共舆论’被视为是品位和政治问题的最终仲裁者。”[2]英国之所以能够成为哈贝马斯在《公共领域》中唯一的“样板”[3]的原因正是在于英国先于其他欧洲国家为文学公共领域的成熟准备好了条件，这其中不仅包括卡尔霍恩所说的“审查制度的松绑标志着公共舆论（public discourse）的发展进入新的阶段，信息的流通、教育的普及都将公众意见

1. Blanning, T. C. W. *The Culture of Power and the Power of Culture: Old Regime Europe 1660-1789*. Oxford and New York: Oxford UP, 2002, 2.
2. Ibid.
3. 哈贝马斯．公共领域的结构转型，王晓珏等译．上海：学林出版社，1999：68.

提升到一个更高的水平”[1]，还有其他一些原因促进了这一领域的发展。那么，还有哪些原因促成英国文学公共领域走向成熟，这一阶段文学公共领域发展的具体情况和成熟阶段的特征是什么，这些都是本章要集中解决的问题。

第一节　英国文学公共领域成熟的条件

从某种程度上讲，光荣革命为英国未来三百年的高速发展创造了良好的社会环境，城市化进程继续推进，尤其是伦敦的城市化发展对市民进行了“都市生活”的教育，参与公共生活就是这种都市教育的重要形式之一。英国革命和共和时期咖啡馆里形成的辩论与讨论的形式、理性交往的模式伴随着资产阶级渐渐觉醒的主体意识，都在对文学话题的讨论中得到进一步练习和加强，这就是瓦特所说的：“促成个人主义社会制度的最初动因——商业阶级和工业阶级，当时已积聚了颇大的政治和经济力量，而这种力量在文学领域中也得到了反映。我们业已看到，城市中产阶级正在变成尤为重要的读者大众；与此同时，文学开始赞赏地瞩目于贸易、商业和工业。”[2]较之英国文学公共领域肇始阶段，参与文学公共讨论的主体队伍愈加庞大，而且对文学的讨论越来越成为一种僭越经济、政治的契机，在文学公共领域的成熟阶段政治公共领域开始孕育。

---

1. Calhoun, Craig. “Introduction: Habermas and the Public Sphere.” *Habermas and the Public Sphere*. Ed. Craig Calhoun. Cambridge, Massachusetts, and London: The MTI Press, 1996, 14.
2. 伊恩・瓦特. 小说的兴起，高原、董红钧译. 北京：生活・读书・新知三联书店，1992：64.

笔者认为，英国文学公共领域之所以能够领先其他欧洲国家进入成熟阶段是基于以下条件。

一、漫长十八世纪（The Long Eighteenth Century）——伦敦的城市发展

贝克认为文学公共领域的发展有其经济基础，首先取决于“文化在资本社会的商业化（the commercialization of culture in a capitalist society）”[1]，另外还要有“私人构成的阅读公众”[2]的出现，和哈贝马斯的观点一致，他认为最重要的是“与市场社会（market society）发展相匹配的邮政系统、期刊以及其他通信系统的发展”[3]，而以上这些客观物质条件都是城市化发展的必然结果。因为，城市化的本质除了人口的增加和集中外信息也会激增，这就要求信息传播速度要有所提升，而且信息交换的效率也要显著提高。在“漫长十八世纪”（历史学家为了研究便利，将从1688年到1820年的英国所处的历史阶段称为“漫长十八世纪”）英国城市化进程又有了显著提升，尤其是伦敦的发展，它的人口已经接近50万，是仅次于它的大城市布里斯托尔的17倍之多，这座城市已经不再仅仅是居住人口最多的大城市，更是英国商业和政治中心。伦敦的城市发展呈现出以下特点。

首先，比起光荣革命前城市化的发展，革命后的城市人口流动性更强，体验“都市生活”的人也越来越多。“公众是从市镇中发展起来的，

1. Baker, Keith Michael. "Defining the Public Sphere in Eighteenth-Century France: Variations on a Theme by Habermas." *Habermas and the Public Sphere*. Ed. Craig Calhoun. Cambridge, Massachusetts, and London: The MTI Press, 1996, 184-185.
2. Ibid.
3. Ibid.

大量的西欧人也都向市镇迁移。到18世纪中期后，经过缓慢的发展，欧洲市镇经历了持续、快速的增长，在英国，1700年每6个人中就有一个生活在市镇，到1800年便翻了一倍，即每三个人中便有一个生活在市镇之中。”[1] 而且截至1750年伦敦“居住了英国全国百分之十一的人口，是紧跟其后的大城市布里斯托尔的12倍，所以这些大城市相应地对英国民族文化产生了巨大的向心（centripetal）影响”[2]，毫无疑问伦敦是英国最具吸引力的城市。比起欧洲的其他城市，它的独特性体现在“未被驻守，也从未被外敌入侵过，由私人而非公共财富建造，从未做过规划，很少受宫廷或者教会的影响，且高度自治”[3]。正是得益于此，伦敦由“1600年的20万人口增加到1700年的40万，1720年有60万人口，到18世纪末人口已近百万”[4]。

因为交通便利且有大量就业机会，使得“在伦敦长期或短期居住的人非常多”[5]，著名英国城市研究专家彼得·克拉克（Peter Clark）曾说在这一时期，每3个英国人中就有两个一生中更换过居住地，这是之前历史中所没有的现象。大卫·索登（David Souden）更指出17世纪末城市中的一半人口甚至三分之二人口都是外来的。伦敦人口流动的增加，得益于其陆上交通的发展，下图描述的是经陆路从伦敦到英国主要城市所用时间的变化，可以看到从1700年到1800年的时间里，陆路交通已经开始变得发达，极大地减少了人们出行耗费的时间，也极大地提高了信息传播的速度：

---

1. Blanning, T. C. W. *The Culture of Power and the Power of Culture: Old Regime Europe 1660-1789*. Oxford and New York: Oxford UP, 2002, 124.
2. Ibid. 124-125.
3. Blanning, Tim. *The Pursuit of Glory: Europe 1648-1815*. London: Penguin Books, 2007, 89.
4. Ibid.
5. Ibid.

表三：1700—1800年从伦敦出发的旅行时间（以小时计）[1]

	1700	1750	1800
Bath	50	40	16
Edinburgh	256	150	60
Exeter	240	120	32
Manchester	90	65	33

作为陆路交通的重要补充，英国河运和海运也取得了很大的进步，据罗伯特·索斯威尔爵士（Sir Robert Southwell）的观察，“海运比轮式马车便宜20倍”[2]，而早在17世纪英国航运的吨位就有了极大的提升，航海距离“从1660年的约700英里（约1,120公里）增加到了1700年的900英里（约1440公里），到18世纪20年代则提升到了1,100英里（约1,760公里），仅半个多世纪就增加了近六成”[3]，此时英国交通的全面发展得益于英伦诸岛之间不存在内部海关壁垒或征收通行费的政策。公共交通的发展对于英国公共领域最大的贡献在于它加速了信息传播的速度和效率，借助报纸等媒介信息能够很快在英国的主要城市之间传递。

其次，伦敦作为英国最大城市的地位开始受到其他新兴大城市的挑战。截至1700年，“伦敦拥有11%的全国人口，比起17世纪这一数字已经翻倍。伦敦成为西欧其他城市都无法匹敌的最大城市，但英国其他城市的发展也开始越来越迅猛。在17世纪的前半叶，这些城市的发展还相对

1. Blanning, Tim. *The Pursuit of Glory: Europe 1648-1815*. London: Penguin Books, 2007.
2. Ibid. 23.
3. Ibid. 27.

缓慢，但是1670年之后他们的发展速度就毫不逊色于伦敦了”[1]。于是那些人们耳熟能详的大城市逐渐变得越来越多，“18世纪都市等级和发展速度经历了极大改变”[2]。历史学家将17世纪末到18世纪英国城市发展的模式称之为“乔治式”，其特点是一个由贵族、士绅和专业人士构成的新城市人口结构出现了，一些新的社会文化机构得以产生（尤以咖啡馆为代表）。中产阶级成为城市的重要组成部分，信息交流的文化机构大量出现，这些为英国文学公共领域走向成熟做足了的准备。

再次，城市化的发展还带动了信息传播速度和效率的极大提升，信息传播又得益于“为更广泛的公众提供相关信息的印刷机，以及高效和定期的邮政传播路线”[3]。布朗宁研究称：“对17世纪和18世纪的大多数欧洲人来说，正是道路的状况决定了通信的速度和流动性的程度。”[4]而根据琼斯的研究，在英国“截止到1700年通信的换马系统（the system of changing horses）使得马车旅行速度由原来的每日10到15英里提升至每日50英里”[5]，英国拥有了建立全国邮政系统的便利条件。城市与城市之间的距离拉近了，人口相对更加密集，城市化的发展程度更高，公共领域的发展也更加发达。

---

1. Wrigley, E. Anthony. "Urban Growth and Agricultural Change: England and the Continent in the Early Modern Period." *The Eighteenth-Century Town: A Reader in English Urban History 1688-1820*. Ed. Peter Borsay. London and New York: Longman, 1990, 46.
2. Ibid. 47.
3. Gestrich, Andreas. "The Public Sphere and the Habermas Debate." *German History*, Vol. 24, No. 3 (2006): 419.
4. Blanning, Tim. *The Pursuit of Glory: Europe 1648-1815*. London: Penguin Books, 2007, 3.
5. Jones, E. L and M. E. Falkus. "Urban Improvement and the English Economy in the Seventeenth and Eighteenth Centuries." *The Eighteenth-Century Town: A Reader in English Urban History 1688-1820*. Ed. Peter Borsay. London and New York: Longman, 1990, 146.

邮政系统加速了信息传播，这一点对于强化公众对自己身份的认识至关重要，因为“将城市中心联结在一起并促进公众兴起的又一因素即实体通信设施得到了改进”[1]。布朗宁认为英国首先能在英格兰，然后在大不列颠和爱尔兰建立起全国邮政体系主要得益于两个因素：“第一是在伦敦人威廉·多克瓦拉（William Dockwra）的个人倡导下，成立了一个私人邮政系统，只服务伦敦市7英里半径范围内，每件收费一便士。他甚至将数百家小酒馆、咖啡馆和商店作为收件站，能够提供比今天任何邮政系统更快的服务，因为它收货和送货都在白天，且每小时进行一次。”[2]第二就是由拉夫·阿伦（Ralph Allen）在1720年后建立起的全国范围内的通信网，到了1760年它迅捷的每日邮递服务更是加强了主要城市之间的联系，“在整个欧洲（和大西洋），这个邮政系统形成了一个网络，越来越多的知识分子可以利用这样的网络交流意见、信息。这样的媒介也影响了信息本身，因为远距离交往中的相对即时性鼓励了一种更亲密、更主观的交流风格”[3]。通过这个欧洲邮政系统创造的信息沟通渠道，来自世界各地的信息成为私人和公众讨论的主题，邮政系统的发展还促进了新闻传播的速度和效率，从而对报业发展起到了决定性的作用，作为副产品，邮政系统同时推动了私人信件的发展，也成为书信体小说产生的直接原因。

伦敦的城市化发展更带动了民间新闻业和出版机构的发展，格拉布街在17、18世纪英国政治史上的作用不可小觑。在这条街上的文人纷纷

---

1. Blanning, T. C. W. *The Culture of Power and the Power of Culture: Old Regime Europe 1660-1789*. Oxford and New York: Oxford UP, 2002, 127.
2. Blanning, Tim. *The Pursuit of Glory: Europe 1648-1815*. London: Penguin Books, 2007, 37.
3. Ibid. 38-39.

创办报刊，并发表评论文章，谈论时事，“在某种程度上，格拉布街文人创办的报刊成为时人评论时事的重要平台。他们在刊物上发表的时评文章，则充当了新兴的工商业资产阶级的传声筒，并逐渐为英国政坛上各个党派，尤其是不同时期的反对派所利用，报刊扩大为党派公开辩论的场所，成为公共舆论的风向标。可以说，以格拉布街为中心的18世纪英国新闻出版业也由最初单纯的文学公共空间，逐渐发展成为具有政治批判意识的公众对王室行动及政府的各项政策展开理性批判的空间”[1]。新闻业的发展让咖啡馆更受欢迎，因为正是新闻让那里的对话变得有价值，遍布格拉布街的大大小小的咖啡馆为英国文学公共领域走向成熟奠定了坚实的物质基础。

二、咖啡馆中的“知识教育”与“公共教育”

费尔德曾说：“许多17世纪90年代的英国人感受到一种无拘无束的可能性，这在很大程度上归功于历史学家所称的发生在17世纪早期的‘教育革命’（education revolution）。”[2]这场所谓的教育革命从根本上提高了城市中人口的识字率，从而也改善了英国文学公共领域的构成。值得注意的是推广识字教育的并非“世俗当局，而是教堂。对新教而言，它强调所有信徒必须直接接触《圣经》，因此它将大众教育作为要优先发展的事业”[3]。这样做的效果非常好，据布朗宁的数据显示，“仅伦敦在1734年时就已经拥有132所这样的学校，有3000多名男孩和近2000名女孩接受了

1. 吴伟．格拉布街：英国新闻业往事．北京：北京大学出版社，2010：引子．
2. Field, Ophelia. *The Kit-Cat Club: Friends Who Imagined a Nation*. London: Harper Press, 2008, 20.
3. Blanning, Tim. *The Pursuit of Glory: Europe 1648-1815*, London: Penguin Books, 2007, 476-477.

教育”[1]。识字率的提高引发了一场阅读革命，虽然这场革命发展得不温不火，但“到了18世纪中叶，阅读开始被描绘成‘上瘾的事’、‘狂热’甚至是‘疯狂’”[2]。除这些学校外，咖啡馆也充当了这场“教育革命”的重要场所。

在第三章已经有过交代，咖啡并非一进入英国市场就大获成功，对于咖啡的主要进口商东印度公司而言，它一开始也不是最赚钱的进口商品，所以“1664—1684年间咖啡在东印度公司所有进口商品值中占不超过2%的比例”[3]，保持着较低的进口水平。但随着咖啡在英国越来越流行，“到18世纪二三十年代，咖啡收益超过了进口商品总值的2%，在一些年份（如1718年和1724年）这一数值甚至能达到17%和22%”[4]，而通过从摩卡直接海运进口咖啡豆使得东印度公司早在1720年便已经垄断了英国的咖啡市场。

伦敦的城市化进程改变了城市经济发展的基本状况，“经济利益愈来愈有赖于一个与日俱增的自由市场的发展，而不再依赖于基于数量有限的常客关系之上的经济，这就迫使私人集体发声，反对国家权力机关以保证自身经济自主权与自由”[5]，这个经济模式的改变推动了诸如俱乐部、协会等公共机构的发展，“这些机构的出现旨在保障这些经济利益”[6]。光荣革命前的咖啡馆名声并不好，一方面是由于前文所说的咖啡对人身体

1. Blanning, Tim. *The Pursuit of Glory: Europe 1648-1815*, London: Penguin Books, 2007, 476-477.
2. Ibid. 478.
3. Cowan, Brian. *The Social Life of Coffee: The Emergence of the British Coffeehouse*. New Haven & London: Yale UP, 2005, 99-100.
4. Ibid.
5. McCann, Andrew. *Cultural Politics in the 1790s: Literature, Radicalism and the Public Sphere*. London: Macmillan Press, 1999, 8.
6. Ibid.

的作用很有争议，另一方面在于它是各种流言和谣言的发源地。但1688年之后，"尽管对咖啡馆的批评不绝于耳，但人们已经开始接纳咖啡馆，尤其是在安妮女王执政期间"[1]，以至于"咖啡馆被赞美为是鼓励理性讨论的场所"[2]，艾迪生和斯蒂尔甚至将它们称之为"礼貌学校"（schools of politeness）："在英国，咖啡馆文明（coffeehouse civility）是一个更宏大过程的重要部分—— 一个以宫廷为中心的精英文化制度转变为后宫廷（post-courtly）文化制度的过程。事实上，从辉格思想家的观点来看，18世纪的礼貌和绅士文化制度是对宫廷文化的一种反抗——教习礼貌不是专属于宫廷的功能，而恰恰是在摆脱宫廷的作用。"[3]也就是说咖啡馆已经开始取代宫廷的地位成为对普通市民进行都市"礼貌教育"的重要场所，这一功能的下放或变化本身就是对宫廷权威和权利的公开反抗，这种礼貌教育本身就是英国文学公共领域的重要职能或表现之一。

礼貌教育在17、18世纪的英国备受重视，尽管"礼貌"（politeness）一词之前就存在于英语中，但到了17世纪下半叶该词被赋予了新的含义，"'礼貌'被视为把握和框定人类关系与社会互动观的尝试"[4]，礼貌的意义成为"良好对话的协议"[5]。礼貌与人际关系、对话之间产生了关系，克莱恩认为出现这种变化的原因在于"王室和教会与文化机构在人们生

1. Klein, Lawrence E. "Coffeehouse Civility, 1660-1714: An Aspect of Post-Courtly Culture in England." *Huntington Library Quarterly*, Vol. 59, No. 1 (1996): 32.
2. Blanning, T. C. W. *The Culture of Power and the Power of Culture: Old Regime Europe 1660-1789*. Oxford and New York: Oxford UP, 2002, 160.
3. Klein, Lawrence E. "Coffeehouse Civility, 1660-1714: An Aspect of Post-Courtly Culture in England." *Huntington Library Quarterly*, Vol. 59, No. 1 (1996): 50.
4. Ibid. 187.
5. Ibid. 47.

活中的‘重心’发生了变化”[1]，他还指出“礼貌对于描绘18世纪文化意识形态（cultural ideology），以及理解这一时代文化组织与实践的典型形式都至关重要。在没有王室监督的情况下，必须寻找一些组织文化的新方式，礼貌制度就充当了这种后宫廷时期的组织作用”[2]。对文学而言，这种礼貌教育最大的冲击在于它不再强调古代和中世纪的艺术教育，而是以文学为中心（尤其是对经典作品的关注）来推行礼貌学习，因为文学作品不仅可以描写绅士行为，更可以通过文学所具有的对话性到达更多读者那里，对他们进行绅士教育，这不能不说是文学公共领域发展的重要表征。

咖啡馆还对17世纪末、18世纪初的英国人进行的“现代性教育”（克莱恩称之为“礼节文化的建构”[3]）过程中发挥重要作用，正如桑内特所说：“在18世纪的人看来，若要实现生物人和社会人的转变，人们必须从和陌生人的交往中得到情感的满足，然而又和他们保持一定的距离。”[4]交往再次成为这种现代性教育的关键词，而咖啡馆恰恰可以满足这种交往与对话的需要。因为“咖啡屋的话语是一种极端的情况，这种表达具备一套意义的标志系统，该系统独立于——实际上是对立于——现成的诸如等级、出身、品位等意义符号”[5]。正如前文所述，英国商业资本主义开始兴起，印刷技术得到高速发展，阅读经历了“世俗化”的过程，书籍的“神圣性”也就下降了，这对英国文学公共领域最直接的影响是“批判和评

---

1. Klein, Lawrence E. "Coffeehouse Civility, 1660-1714: An Aspect of Post-Courtly Culture in England." *Huntington Library Quarterly*, Vol. 59, No. 1 (1996): 44.
2. Ibid. 51.
3. Ibid. 32.
4. 理查德·桑内特. 公共人的衰落，李继宏译. 上海：上海译文出版社，2014：23.
5. 同上：112.

论专业的兴起。当时的文人喜欢聚集在咖啡厅讨论书籍，哈贝马斯甚至说，所有重要书籍的第一版几乎都是在咖啡厅发行的。经过咖啡厅的专业检验后，书本才真正印发出版。这时，读者的涵盖范围往外层层扩大（inclusive）。其间，读者反应投书、批评家写评论登载报纸，咖啡厅内二度、三度讨论等等，所有这些过程的接合，就把相关的文化人士连接在一起，共同构筑成一个文化上的公众。这个过程同样会发生在戏剧、音乐、美术等不同领域，彼此之间可能还会互相穿透影响，共同构成一个文学公共领域。一个新的社会范畴诞生了”[1]。

光荣革命后英国咖啡馆进入了新的发展阶段，它已经变成英国人城市社交生活不可或缺的一部分，其规模也日渐庞大，“到17世纪末，伦敦的咖啡馆总数已经超过了2000家。不管是从事什么职业，人们都喜欢在这里聚会”[2]。艾利斯指出：“咖啡馆除了是一个可以品尝咖啡、取暖和浏览报纸的地方外，还变成了一个专业信息流通的市场。对学者而言，不管是文科还是理科，都把咖啡馆当成他们进行争论和交流思想的重要场所，咖啡馆也因此变成一个兼具同行批评、百科全书、研究中心和研讨会等各种功能的研究平台。”[3]这位咖啡馆研究专家在对英国咖啡馆的历史进行研究后，还总结出了咖啡馆发挥公共交流平台功能的理想12条原则，这正体现了凯文·帕斯科（Kevin Pask）所说的：“资产阶级公共领域的发展不仅要求公共讨论形式的出现，还需要公共话语条件发生根本

1. 李丁赞．市民社会与公共领域．许纪霖主编，公共空间中的知识分子．南京：江苏人民出版社，2007：88—89.
2. Ellis, Aytoun. *The Penny Universities: A History of the Coffee-houses*. London: Secker & Warburg, 1956, xiv.
3. 马克曼·艾利斯．咖啡馆的文化史，孟丽译．桂林：广西师范大学出版社，2007：172.

性的改变。”[1]咖啡馆中市民阶层习得了公共讨论的形式，但是同时他们也认识到要想捍卫这种公共讨论形式还必须附加一些话语条件：

1. 讨论对所有人都是公开的。任何人都不能因为他们的社会地位、财富多少、权力、力量或拥有武器而被排除在这样的讨论之外，任何讲话者在咖啡馆里都是平等的。

2. 只要遵守“漫谈原则”（discursive），都被允许进入咖啡馆。

3.“漫谈原则”至关重要，这样才能保证各种观点都得以表述，甚至那些会直接被否认、不流行的、不具说服力的表述。

4. 虽然如此，辩论并非不受约束，而是要基于理性、批判、怀疑、礼貌、平静和有逻辑之上。

5. 礼貌原则并不是用来约束咖啡馆之外的社交生活，而是用来保证咖啡馆内的讨论自由公开，任何人不会受到恐吓和噤声。不可大声喧哗且不许发表煽动性言论。人人都允许发表看法，但要掌握好说话的时间，避免压倒别人的声音。

6. 这样的讨论都是理性的，理智的质疑和批判都基于亲眼观察、证据的呈现和辩论的使用，而非武断的、基于信仰的谩骂以及人身攻击。

7. 讨论还要有一定的趣味性、相关性，旨在激发好奇心并专注于一个话题。扩展一个话题可以，但离题则不被允许。参

---

1. Pask, Kevin. "The Bourgeois Public Sphere and the Concept of Literature." *Criticism*, Spring 2004, 46, 2: 242.

与辩论的人，只有在例子具有足够说服力的前提下，方可使用该例子。

8. 辩论中的话题一定要关注时事，关注那些容易引发争议的事，或涉及重大原则的事。

9. 喝咖啡者的意见对于形成公共意见和辩论很重要，也就是说个人意见关系到公共意见的形成。

10. 一旦有更好的辩论话题或信息被提供，个人意见就要让位这样的话题和信息（反对教条主义和相对主义）。

11. 应避免散播流言及闲谈，而反讽及讽刺则可以使用。日常谈话、不相关话题与不值得考虑的话题不要在咖啡馆中谈及。漫谈、闲聊以及不连贯、不理性的表达也应避免。

12. 上述这些规定都是内在而无需言明的，但在咖啡馆中的约束力又无所不在。[1]

这些准则有效规范了咖啡馆中的行为和话语，按照这些规定，“无论是社会名流、富裕店主还是城市贫民，也不论宗教信仰或地位，只需要花上一便士就可以进入咖啡馆，再多花两便士即可喝杯咖啡或茶。进入咖啡馆的人只要遵守固定的规则，都被一视同仁，可以平等地自由参与讨论、开展社会交往”[2]。基于这些原则运行的英国咖啡馆进入了发展的全盛期，因为“一旦个体公众聚集在一起形成公共整体，社会特权就难以得到承认。在这些阅读社团和俱乐部中，地位差异就消弭了，平等的对

1. Ellis, Markman. “An Introduction to the Coffee-house: A Discursive Model.” *Language & Communication*, 2008, 28: 156-164.

2. 吴伟．格拉布街：英国新闻业往事．北京：北京大学出版社，2010：77.

话也就产生了。贵族专制的艺术评判就被受教育的大众的讲述所取代”[1]。而英国公共领域从发端走向成熟也是得益于这些平等对话的原则，这些规则的订立都和英国文学家在文学公共领域中的文学实践密不可分，规则的订立也为之后政治公共领域的良性发展提供了范例。

咖啡馆所提供的报纸和刊物的数量和种类是任何个人收藏都无法比拟的。到了17世纪90年代，伦敦咖啡馆的发展已经初具规模，为市民的都市社交生活提供了更具差异化的场所，咖啡馆已经被作为都市生活的重要部分而为人们接纳。之前只是备受“猎奇者”青睐的地方如今已成为普通人接受“实际知识的严肃中心”[2]。18世纪咖啡馆的繁荣是英国城市化发展的一个指针，是一个消费社会产生的指针，更是英国政党政治变化的指针，因为“党派之争也塑造了咖啡馆政治的观念”[3]。

在咖啡馆中，一种被称为“特写”（Character）的文学样式悄然兴起，这种讽刺散文仅用寥寥数语就凸显了一个人的性格和品质。这一文类由古希腊学者提奥弗拉斯特（Theophrastus）所创，因其篇幅短小，常用来讽刺宗教和政治问题，故非常适合在咖啡馆中诵读。目前发现最早的“咖啡馆特写”完成于1661年，题为《咖啡和咖啡馆特写》（*A Character of Coffee and Coffee-House*），这篇由25个段落构成的小书只有十页，目前仅有三本流传下来，分别收藏于牛津大学伍斯特学院图书馆、哈佛大学霍顿图书馆和苏黎世的约翰·雅各布斯博物馆中。

该书探讨了咖啡馆中制定的各种制度，并对此提出了若干意见，这些意见都集中在咖啡馆的社交方面，例如对于座位的自由选择，话题的

---

1. Hohendahl, Peter Uwe. *The Institution of Criticism*. Ithaca and London: Cornell UP, 1982, 53.
2. Cowan, Brian. *The Social Life of Coffee*. New Haven & London: Yale UP, 2005, 99-100.
3. Ibid. 193.

不受限制和对行为规范的相关规定等。

光荣革命后的英国咖啡馆与之前的咖啡馆之间还存在一些不同，即它们刻意地与政治问题保持了相对距离。其中一个原因是上文已经提到的，革命带来的损失让社会各阶层形成了对革命的“阵痛”，因此为了保证来之不易的社会稳定，人们普遍对政治性的话题有所回避。另外一个原因是，光荣革命基本上解决了斯图亚特王朝的遗留问题，复辟时期形成的矛盾得以缓和，早期咖啡馆中与政治相关的议题逐渐减少了，也正因如此，“1688年之后，尤其是安妮女王统治时期的咖啡馆变得更易被接纳”[1]。但不得不承认的是，对文学话题的探讨究其实质只不过是“政党斗争”的另一种延续形式罢了，政治从来没有远离这一时期的文学公共活动。在伦敦的咖啡馆里各色人等汇集，“作家摩肩接踵，在平等的氛围中，与自己的资助人见面，这些资助人可能是贵族乡绅、牧师商人，也可能是专门与作家打交道的人……这一时期文学社团的成员可谓五花八门，除了诗人和作家，还有政客、外交官、律师、神学家、科学家、内科大夫、外科大夫、演员等”[2]。咖啡馆为他们“提供集会的地点，人们在这里见面，交换看法，形成团体，收集数据”[3]，也正是通过这些人，公众意见开始逐渐形成，公共舆论随时发挥着作用。

到了18世纪初，咖啡馆进一步确立了其作为文化交流和文学生产重镇的角色，哈贝马斯也曾指出咖啡馆、沙龙和文学团体这三种机制都无法离开文学公共活动而存在，正是因为有了文学，才出现了上述三种文

1. Klein, Lawrence E. "Coffeehouse Civility, 1660-1714: An Aspect of Post-Courtly Culture in England." *Huntington Library Quarterly*, Vol. 59, No. 1 (1996): 32.
2. Saunders, J. W. *The Profession of English Letters*. London: Routledge and Kegan Paul, 1964, 121.
3. Beljame, A. J. *Men of Letters and the English Public in the Eighteenth Century*. Trans. E. O. Lorimer. London: Kegan Paul, Trench, Trubner & CO., LTD, 1931, 164.

化机制。英国文学的发展与咖啡馆的发展互为表里、相互依托，这成为这一阶段英国文学历史最与众不同的一个特点。

在咖啡馆中，很多杂志被传阅，很多人在这里创作诗歌，在这里点评文学，在这里围绕文学话题争论，很多文学家也在这里成名。才子们喜欢在维尔咖啡馆聚会，以艾迪生为首的作家则喜欢在巴顿咖啡馆里举办论坛，塞缪尔·约翰逊（Samuel Johnson）在这两家咖啡馆里传阅他的新作，等等。各式各样的人在这里聚会不单纯为了喝咖啡，更主要的是他们可以在这里讨论各种新闻，阅读到最新的文学作品，倾听“大师们”高谈阔论，这就反过来促进了咖啡馆在英国的快速发展，这一点在欧洲其他国家是不曾发生过的。桑内特曾对此进行过比较，他指出：“在17世纪末和18世纪初，咖啡屋是伦敦和巴黎常见的聚会场所；不过由于英国对咖啡市场的控制比较有力，所以伦敦的咖啡屋的数量比巴黎要多。当时的咖啡屋是一个被浪漫化或过度理想化的地方，充满了欢声笑语，人们之间彬彬有礼地交谈，气氛很融洽，一杯咖啡就能促使人们成为好朋友，而且不像售卖杜松子酒的店铺那样，顾客喝醉了之后便陷入了沉默。此外，咖啡屋还发挥了一种作用，这种作用令人在事后很容易将它浪漫化——当时的咖啡屋是伦敦和巴黎的主要信息中心。人们在这里看报纸，到了18世纪初期，伦敦那些开咖啡屋的商人已经开始自己编辑和印刷报纸，并在1729年申请了报纸的专营权。”[1]也就是说到了英国文学公共领域最繁荣的阶段，咖啡馆进一步巩固了之前形成的对谈和交流模式，“18世纪初，在咖啡屋之外的世界里，社会身份极其重要。而为了通过交谈获取知识和信息，当时的人们创造了一种对他们来说并不真实

1. 理查德·桑内特．公共人的衰落，李继宏译．上海：上海译文出版社，2014：111.

的场景；在这种虚拟的场景中，社会等级的差异并不存在。在咖啡屋之外，如果一位绅士决定坐下来，那么他就必须允许社会地位比他低的人不请自来地和他攀谈。这种场景产生了属于它自己的交谈模式”[1]。

而且咖啡馆还日渐成为城市中的信息中心，“作为信息中心，咖啡屋当然是活跃的交谈场所。当一个人走进咖啡屋，他会先走到吧台交纳一个便士；如果他之前没有来过，会有人告诉他这个咖啡屋的规定（比如不能在这面墙或那面墙吐痰，不能在靠近窗户的地方打架等），然后他就随意坐下来了。坐下来之后，他就会跟其他人交谈，这种交谈有一条重要的原则：为了让信息尽可能全面，社会等级的差别暂时被悬置了；坐在咖啡屋里的任何人都有权利和其他任何人交谈，也有权利参与任何谈话，不管他是否认识其他人，也不管他是否被人邀请来发言。此外，当在咖啡屋里和其他人交谈的时候，询问他们的社会身份是一种糟糕的行为，因为这样一来，无拘无束的交谈就会遭到妨碍。”[2]

随着来咖啡馆中获取各种信息的人越来越多，咖啡馆开始自己创立报刊，这也是现代报业得以发展的因素之一，“到安妮女王在位期间，伦敦开了500多家咖啡馆。人人都有他特别喜欢光顾的咖啡馆。时髦人士爱去圣詹姆士街的怀特咖啡馆，诗人到威尔咖啡馆去喝咖啡和巧克力饮料，学者喜欢光顾希腊咖啡馆，商人到劳埃德咖啡馆填写海运保险单，而股票经纪人则在乔纳森咖啡馆做股票交易。在咖啡馆里，地位显赫的贵族随意与身份低微的绅士攀谈，各界人士在这里得知最新的国内外

---

1. 理查德·桑内特．公共人的衰落，李继宏译．上海：上海译文出版社，2014：112。
2. 同上：111—112.

新闻”[1]。

英国革命以降，英国知识分子在咖啡馆里建立的社交模式已经改变了英国人的生活方式，在咖啡馆里辩论和社交，读报纸、看杂志等习惯都保留了下来。当文学进入到商品交换领域后，变成了流行的“商品”。原来的咖啡馆吸引了更多作家、诗人和艺术家的到来，因为他们在这里可以自由地分享创作经验和阅读的快乐。不过，一旦当咖啡馆中的谈话按照不同的性质进行分类，原本面向公众且开放的空间开始走向封闭、严格划分界限的俱乐部的道路时，英国咖啡馆走向衰落的日子也就不远了。从18世纪20年代起咖啡开始面临与茶叶和杜松子酒的竞争。从1717年东印度公司与中国广东建立直接茶叶贸易开始，茶叶逐渐成为英国消费者的新宠，“1700年前后，英国人均咖啡消费还是茶叶的10倍。但这一局面很快就有所改变。到了18世纪20年代，英国茶叶进口总值实际上已经超过了咖啡”[2]。

茶叶取代咖啡成为英国市民饮品的新宠的主要原因在于咖啡由原来带有东方神秘色彩的饮品成为英国人海外领地能够生产的普通产品，人们对它的东方异域色彩不再那么新奇，而茶叶作为新的饮品却再次带来了这样的感受。虽然只是饮食习惯的变化，但茶叶取代咖啡对英国文学公共领域的影响却很深远：一般认为咖啡馆是一种公共场所，而饮茶则与女性和私人家庭内的聚会相关联，表面看来英国文学公共领域失去了之前的公共场所，确实像哈贝马斯所说的那样政治公共领域开始取代文学公共领域，但实际上在重新进入家庭后，文学公共领域仅是向政治公

1. 克莱顿·罗伯茨等. 英国史（上册：史前—1714年），潘兴明等译. 北京：商务印书馆，2013：504—505.
2. Cowan, Brian. *The Social Life of Coffee*. New Haven & London: Yale UP, 2005. 75.

共领域转型而并未完全消失，虽然直到18世纪末“公共空间对于公共领域已不再是充要条件”[1]，但这种趋势却在文学公共领域向政治公共领域转型的过程中表现得愈发明显。

三、审查制度的松绑与版权法的出现

安妮女王在位期间正好经历了英国文学与艺术的“奥古斯都时代”（The Augustan Age），这个时代在文艺方面所取得的成就如此巨大，堪与罗马奥古斯都时代匹敌。这一时代的代表性文学体裁是新闻报章、小册子和评论文章等，这一时期文学的发展得益于1710年4月4日颁布的《安妮女王法令》（The Statute of Anne），该法令规定作家只要不违反诽谤和叛乱法，就可以自由地进行文学创作，这为英国文学的井喷式发展扫清了障碍，也为英国文学公共领域进入高潮保驾护航。

英国对出版业的审查早有历史，在1530年都铎王朝时期，亨利八世就曾授予托马斯·希尔顿售卖廷代尔版《圣经》的专有权，“此举揭开了英国印刷出版业特许制的序幕，也是英国国王管制印刷出版业，借以强化王权的开始”[2]。此后王权对出版的规范和限制一直都存在，如弥尔顿愤而写出了《论出版自由》。1643年的《出版法》和1649年9月20日通过的自处决查理一世以来最为严厉的、旨在管制出版业的《出版法》，再到1662年查理二世颁布的《出版许可法》，政府从始至终都不遗余力地对出版物进行严格控制。但是这种对文学的控制的作用却适得其反，“检查制度的实际功效仅仅在于，把文学和批评在一定程度上投入政治漩涡之

1. McCann, Andrew. *Cultural Politics in the 1790s: Literature, Radicalism and the Public Sphere*. London: Macmillan Press, 1999, 12.
2. 吴伟. 格拉布街：英国新闻业往事. 北京：北京大学出版社，2010：12.

中”[1]，使得小册子的传播更加无法控制，人们对于言论自由的渴求也越来越强烈，要求阅读的书的种类也越来越多，“17世纪的后三十年中文学的商品化得益于固定的书籍销售商对书籍的生产，虽然还是以宗教作品为主，但新的文学样式逐渐被接受”[2]，这就直接促进了新的文学文类在英国的产生与发展。

光荣革命之后，审查制度开始有所松动，正如吴伟所说的那样，“17世纪英国政治领域的重大变化已经对出版业的发展产生了不可忽视的影响：首先，短暂的言论和出版自由已经在人民中间撒播下了反封建专制的种子，为17世纪末废除特许制打下了基础；其次，出版管制的权利已经从国王及其继任者手中转移到了议会手中；最后，星法庭的撤销使普通法院代替了特权法庭成为管制出版业的机构。尽管在克伦威尔统治期间共和国政府对出版业的控制达到了空前的程度，但这些变化都为以后英国检察制度的废除打下了基础”[3]。正是出现了上述这些条件，1695年《出版许可法》被废止了，英国成为欧洲历史上第一个废除出版前审查制度的国家，在实现出版自由的道路上迈了一大步。“《出版许可法》废除后，任何英国作家和出版商都可以开设印刷所，创办刊物，而不必事先经过许可”[4]，麦考利因此断言“英国文学被解放了，永远从政府的控制中解放了”[5]，这无疑是帮助英国文学公共领域走向发展高峰的最强推动力。

---

1. 哈贝马斯．公共领域的结构转型，王晓珏等译．上海：学林出版社，1999: 4.
2. Raven, James. “Publishing and Bookselling 1660-1780.” *The Cambridge History of English Literature, 1660-1780*. Ed. John Richetti. Cambridge: Cambridge UP, 2005. 17.
3. 吴伟．格拉布街：英国新闻业往事．北京：北京大学出版社，2010：55-56.
4. 同上：67.
5. Macaulay, Thomas Babington. *The History of England from the Accession of James the Second*, 8 vols. London: Longman, 1860-1862, 7: 169.

但另一方面，被松绑的印刷业也迅速进入了无序的发展中，盗版、非法印刷猖獗，出版商只需要向作者付很少的版权费就可以大量印刷作家的作品，而他们则从中攫取高额利润，这就使得这一时期文学作品大量面世，市场上“充斥着各种各样的作品，从传统到新文类：有犯罪类、精神自传、政治宣传手册，有包括小说在内的各种虚构作品，有诗歌、戏剧和散文类，还有全球游记等”[1]。对出版控制的松动还改变了这一时期政治实践的方式，在安妮女王治下的政治不再是王宫和议会里一小撮政治精英的“游戏”，随着审查制度的松动，政治观点的表达和丑闻的传播变得更加容易，只要能读文识字，看懂报纸和政党的宣传册子，任何关于政治的消息都变得公开透明。另外，《出版许可法》的废除还直接推动了英国新闻业的发展，“安妮女王登基之后不出数月，英国的第一家日报——《每日新闻》（*The Daily Courant*）问世。到这位女王逝世之前，英国报纸的发行总量是每星期7000份。但是当时的报纸每日一大张两面排印，只刊载新闻和广告，没有社论，当时只有政治小册子和评论简讯上才有社论”[2]。

《出版许可法》被废除后印刷市场的无序一直持续到1710年世界上第一部现代意义的版权法《安妮女王法令》的诞生。这部法律的全名为《为鼓励知识创作授予作者及购买者就其已印刷成册的图书在一定时期内之权利的法》（An Act for the Encouragement of Learning, by Vesting the Copies of Printed Books in the Authors or Purchasers of such Copies, during the Times Therein Mentioned），当然，这里所指的“购买者”并非图书的直接消费

---

1. Sussman, Charlotte, *Eighteenth-Century English Literature*. UK: Polity Press, 2012, 42.
2. 克莱顿·罗伯茨等．英国史（上册：史前—1714年），潘兴明等译．北京：商务印书馆，2013：505—506.

者或读者，而是这部法律的主要倡导者和受益人——从作者那里购买作品的印刷商和书商。这部法律的意义在于，它是世界上第一部承认作者是著作权保护主体的法律，“作者版权的观念在18世纪之前从来没有在《普通法》（The Common Law）中有所体现”[1]，这个法令确立了近代以来的著作权思想，尽管它是在出版商的倡导下才得以颁布实施的，而且其初衷确实是为了保护出版商的利益。

最重要的是，《安妮女王法令》第一次保障了作者作为版权拥有者的地位，这部法案规定作者版权的有效期为14年，如果作者依旧在世，版权有效期会再延长14年，而已故作者作品的版权期则为21年。在这部法律的前言部分还提到颁布这个法令的一个目的是“鼓励学习”（an act for the encouragement of learning）。而具体到英国文学公共领域的发展来说，这部法令颁布的意义在于：一方面，它的实施标志着作者权利开始受到法律的保护，尽管这一保护是以保护出版商的权益为前提的，但这至少说明一个日渐强大的职业作家队伍已经开始在英国社会出现并受到关注和保护。另一方面，这部法律的颁布也间接反映出哈贝马斯所说的文学公共领域的形成所产生的影响。在这个领域中“阅读的大众”通过阅读进行讨论、辩论，为了规范市场上流通的阅读材料，他们便在版权问题上提出了自己的要求。《安妮女王法令》颁布后甚至引发了一场对文学作品所有权的大讨论，这本身也成为一个重要的文学公共事件，从笛福、斯威夫特、艾迪生到约翰逊、休谟和华兹华斯都加入到这个大讨论中。

随着《安妮女王法令》的出台，“18世纪中期之前，印刷许可法已被

1. Ross, Trevor. *Writing in Public: Literature and the Liberty of the Press in Eighteenth-Century Britain*. Baltimore: Johns Hopkins UP, 2018, 37.

版权法取代，作为大众生产行业的书籍市场商品化已围绕扮演中介角色的书商组织而成”[1]，这是该法令的又一直接影响——书商走上了职业化的道路。另外，作家群体也发生了一些变化：他们改变了只为王公贵族创作的旧俗而转向为阅读公众写作，“作者因自己所写作品而得到报酬，这个理念基于存在日见增多，愿为此付费的读者的观点之上，并逐渐深入人心”[2]，这就使得文学也日益成为一种商品，并变得更加世俗化，或者从更深层次上讲文学是公共领域合法化的隐喻——“观念的市场”[3]形成的因素之一。

作家走进了咖啡馆或者俱乐部这样的公众集会地，暂时抛开等级差异，将这里的理性对话形式写进了他们的作品，在这里听到的新闻成为他们创作诗歌或者小册子的素材，在这里听到的宫廷丑闻变成他们创作讽刺散文的灵感源泉。从手抄作品到批量的印刷作品，作家摆脱了以往文学资助人的控制，通过写作开始独立，这一切使得作家从宫廷中解放出来并走向职业化道路。此外，《安妮女王法令》颁布后英国期刊的出版也如雨后春笋般发展起来，这些期刊“通过让读者期待定期提供的新闻和评论而改变了人们的日常生活。随着出版社在政治和商业的迫使下的不断扩张，期刊凭借其深度的知识和独到的见解滋养了公共领域”[4]，这便是《安妮女王法令》对英国文学公共领域发展的直接作用与影响。

---

1. 迈克尔·麦基恩．英国小说的起源1600—1740．上海：华东师范大学出版社，2015：90—91.
2. 同上。
3. Ross, Trevor. *Writing in Public: Literature and the Liberty of the Press in Eighteenth-Century Britain*. Baltimore: Johns Hopkins UP, 2018, 43.
4. Ibid. 1-2.

四、职业作家群体的形成

上文已经提到，《安妮女王法令》的最大受益者首先是更加职业化的出版商，但是这一法令也间接地促进了作家群体的职业化。威廉斯曾对作家的职业化发展路径和时间做出过深入的研究，他指出：“1680年到1730年间，我们看到的是奥古斯都时代和18世纪中期的一群小说家、诗人、剧作家和哲学家。大体上看，1660年到1730年间的英国文学总体发展较为缓慢，因此有记载的作家的数量也相应减少了。从1680年到1730年这一时期，作家社会出身有了明显的变化，在所列出的19位作家中有13人来自于以中产阶级为主体的专业人士家庭，只有2人来自于贵族和乡绅家庭，还有4人来自于大商人、小店主和手艺人家庭（分别为1人、2人和1人）。苏格兰和爱尔兰的重要性相对而言有较大提高，而上过牛津和剑桥的作家人数则第一次不到半数（19人中有8人）。在有学校教育信息的人当中，6人上的是国立文法学校，9人上的是地方文法学校，2人是在家里受的教育。在谋生手段方面，这些作家中仅有2人是完全自立的。对这些作家来说，已逐渐有可能完全靠专业写作来维生了，尽管往往还不能达到充裕的地步，一个职业作家阶层——其中不少是雇佣写手——出现了，这是这一时期值得注意的一点。在我们所考察的这些作家中，大多数在以著述为主的同时还从事其他形式的工作，通常是专业性的（包括教会在内，但不像以前那样频繁），有时候也会选择诸如秘书或教师之类的旧的服务形式。可以获得的政府职位也比以前多了。令人瞩目的是，通过婚姻来获取钱财的例子也比比皆是。这一时期还是恩主资助的时代，与之相伴随的是一个自制且更加完善的图书市场的兴起。一个出色的作家其平常的生活格外地起伏不定，各种收入来源不稳定，在很多时间里都只能过一种勉强果腹的生活，直到鸿运降临——不是得到了恩主的资助就是从市场上大赚了一票——才有转机。形成中的作家阶层也有了一种区别的意识，作家们可以分成两拨，一拨是遵循传统文学形式的，通常能得到恩主的资助，另一拨则只能去迎合新的市场。但是在好几位作家的生涯中，这种区分是很模糊的，因为整个这一时期都存在着不同的系统和形式之间的重叠交错。”[1]根据威廉斯的研究不难发现，这一时期的英国作家身份变得更加复杂，不仅存在以往依赖恩主进行文学创作的作家，还出现了一些由市场来支撑的作家队伍，尤其是后者已经表现出更加世俗化和职业化的趋势，他们与恩主——文学赞助人的关系也不再像以前那么简单。

光荣革命前英国作家的地位和现代作家的地位依然存在很大差距，他们通常都会围绕重大政治事件和历史事件进行创作，但由于他们还没有成为完全独立的职业作家，所以有的作家依旧会选择依附封建贵族寻求政治和经济保护，比如：白金汉公爵、约克公爵（Duke of York）以及莎夫兹伯里伯爵（the Earl of Shaftesbury）等；有的则依赖不同政党中的政治家以谋取生计，比如萨默斯（Lord Somers）、哈利（Rober Harley）、哈利法克斯伯爵（Earl of Halifax）等人。正如桑德斯（J. W. Saunders）所说：“在英国内战前，从事文学只是‘副业’，文学的产出形式无非是口传文学和手稿，文类也以诗歌和戏剧居多。内战结束后，随着印刷技术的发展，散文变成了主要的文学类别，一个真正意义上专门从事文学的队伍也就产生了。”[2]作家的职业化、散文文类的繁荣和政党政治萌芽之间实际上有着密切关联。

---

1. 雷蒙德·威廉斯. 漫长的革命，倪伟译. 上海：上海人民出版社，2013：248—249.
2. Saunders, J. W. *The Profession of English Letters*. London: Routledge and Kegan Paul, 1964, 93.

从英国资产阶级革命之后直到18世纪初，随着英国经济的飞速发展和商品价格的稳定，食物等基础消费的价格趋于稳定，也带动了英国市民的非物质消费，其中最突出的就是图书和印刷品消费支出的增加。英国的图书市场呈现出更加明显的多样化倾向，从宗教类书籍、政论文章到词典、小说等种类繁多。另外，私人图书馆也日渐受到有钱人的重视，他们开始把拥有私人图书馆和大量藏书作为自己有文化的象征。越来越多的人开始识字并能读书认字，这一切都加速了一个职业化的作家群体的诞生。正如格里芬所发现的，现代意义上的作家身份（modern authorship）的产生要具备以下条件："版权法的出现，在书扉页上清晰可见的作者名，作家的职业化（author by profession），商业化的书籍销售。"[1]夏蒂埃也曾在研究中指出18世纪初"在一个文学活动要么依赖文学之外的社会地位和收入，要么依靠一位庇护者的体系中，文学市场开始形成了，价值体系也逐步建立，使文人独立的一些条件也正形成"[2]，这里所说的条件还应该包括传统的文学资助人向书商的转变。作家开始从对权贵和政党的依附中一点点解放出来，并且渐渐融入图书市场，一个更加职业化的作家群体也就趋于形成，他们通过文学创作获得的报酬虽然有限，但已经可以将写作作为一种谋生的手段了。据贝尔杰米的研究，此时职业作家的收入主要来自三个方面："1. 剧院的利润分成；2. 向书商出售他们的作品的收入；3. 来自他人的礼品。"[3]再者，随着印刷技术的提

1. Dustin, Griffin. "The Social World of Authorship 1660-1714." *The Cambridge History of English Literature, 1660-1780*. Ed. John Richetti. Cambridge: Cambridge UP, 2005, 37.
2. 罗杰・夏蒂埃. 法国大革命的文化起源，洪庆明译. 南京：译林出版社，2015：54.
3. Beljame, Alexandre. *Men of Letters and the English Public in the Eighteenth Century: 1660-1744, Dryden, Addison, Pope*. Trans. Lorimer, E. O. London: Kegan Paul, Trench, Trubner & CO., LTD, 1948, 108.

升，报纸期刊极大地迎合了普通读者阅读的需要，散文作家率先走向独立，开始通过在固定的报刊上发表散文作品谋取生计，当然“期刊市场不仅向作家提供了谋生手段，还是与日俱增的想象力合理表达的方式，通过这样的方式作家获得了自己的定位，也使得文学成为国民讨论严肃问题的一部分”[1]。

作家职业化的影响深远，“一个为取悦宫廷而创作的作家文化开始让位于为更广泛的‘阅读公众’而创作的文化”[2]，文学的服务对象也变得更加广泛，在各种各样的咖啡馆和俱乐部中，“作为文化权威，业余‘绅士’让位给了职业化的作家（professed author）”[3]，作家通过文学作品获得了新的地位。加之印刷文化（print culture）对文学作品流通的极大促进，作家可以逐渐摆脱文学资助人经济上的资助，帮助他们变得“自由（liberation）和职业化（professionalisation）”[4]。17世纪末到18世纪初期作家走上“职业化”道路成功的典型是德莱顿和蒲伯（Alexander Pope）。此外，这些职业的作家还开始认识到诸如《安妮女王法令》这样的法律对保护自身的重要性，并开始运用这类法律维护自身权益。

职业文学家的产生还与日渐兴起的中产阶级的喜好的变化密不可分，这样一个新兴的阶级对图书有着莫名的爱好，他们喜欢附庸风雅，例如，蒲伯在一首诗中就曾暗讽过这样的场景：

---

1. Saunders, J. W. *The Profession of English Letters*. London: Routledge and Kegan Paul, 1964, 97.
2. Dustin, Griffin. "The Social World of Authorship 1660-1714." *The Cambridge History of English Literature, 1660-1780*. Ed. John Richetti. Cambridge: Cambridge UP, 2005, 42.
3. Ibid.
4. Ibid.

他的书房里，收藏了哪些作家?
我的先生对书而非作家感兴趣；
这些有历史的书脊在书架上背对着你：
阿图斯的书被复印出来了，杜苏依的文章也汇编成册。
他们有的包了牛皮纸，完好如初，
我的先生啊，只有你知道，那些书不过是空木头壳子罢了。[1]

虽然这些仅仅是附庸风雅，但其对于推动作家和文学走向独立和世俗以及文学公共领域能发挥出作用具有重要意义。

作家的职业化、印刷技术的飞速发展、阅读的普及有利于团结社会上的各个阶层，不管读者在信仰、性别、地域上有怎样的差别，通过阅读，“所有的英国人都变成了一种身份——读者”[2]，读者变成了围绕统一问题开展思考的“公众”。当然，需要指出的是虽然“职业作家”已经开始产生，但他们依然具有一些“依附性”，其地位还不能同现代意义上的职业作家同日而语，例如笛福在写作的同时还是一名商人，斯威夫特则是一名牧师等。但是，只有当作家变得“职业化”和独立，才能够通过文学创作养活自己，他们才会不需要依附于特定的权利中心或者利益集团，才能表现出更加明显的“公共性”。

1. Saunders, J. W. *The Profession of English Letters*. London: Routledge and Kegan Paul, 1964, 120.
2. Beljame, Alexandre. *Men of Letters and the English Public in the Eighteenth Century: 1660-1744, Dryden, Addison, Pope*. Trans. Lorimer, E. O. London: Kegan Paul, Trench, Trubner & CO., LTD, 1948, 315.

五、职业出版商的出现

弗林特在研究印刷技术与小说诞生之间的关系时说："事实上，18世纪的文学令人惊讶地将注意力放在了写作和出版的关系上。作者经常详细介绍他们与印刷商、书商和读者的接触情况，无论是在他们添加于作品中的'类文本'（paratext）里，还是在他们的文学叙述中。书商也一再评价一部作品的印刷或其早期版本的公众接受问题。"[1]从中不难看出，作为一种文化商品，文学作品的生产受到作家创作和文学商品流通的双重限制，当图书市场的规模很小时，文学商品的流通就十分有限，而且作家职业化也没有什么大的意义，作家只需要服务好有限的"消费者"就可以了。随着阅读公众不断增多，文学商品的流通对作家的意义变得越发重要起来。威廉斯曾对英国斯图亚特王朝复辟之后的阅读大众的情况进行过研究，他指出："严肃的读者群发展缓慢，偶尔阅读的读者群则发展迅速；另一方面也暗示着阅读的扩展显然是限于正在成长的中产阶级之内。在这个新的时代，人们对大众教育的态度的确有不同，在从王政复辟到18世纪末这段时间里，总识字率似乎不仅没有上升，反而可能是下降了。正是从17世纪90年代起，一个新的中产阶级的读者群有了明显的增长，它与中产阶级在规模和重要性上的增长有着直接的关系，而构成这个中产阶级的，主要是商人、店主、管理人员和文员。报纸、期刊和杂志等新的阅读形式，使读者大众有了较大的扩展，继之而起的是小说，它从一开始就与这个特殊的读者群有着密切的关系。伦敦的印刷所从王政复辟时代的60家增加到1724年的75家，到了1757年，更是增加到

1. Flint, Christopher. *The Appearance of Print in Eighteenth-Century Fiction*. Cambridge: Cambridge UP, 2011, 78-79.

150至200家。”[1]随着大众教育的普及，越来越多的人开始读书识字，从而产生了稳定的读者群。读者群的喜好催生了不同形式的文学写作与文学样式，对文学产品的迫切需要又反过来推动了印刷业的持续发展，这些因素都互为表里、互相带动。

如前所述，1660年到1714年可以被称为英国现代意义上的作家产生的时期，而职业作家的产生又直接带动了另一个职业的发展——出版商。因为“从作者的角度而言，写作目的的转变对于出版商的产生是至关重要的，虽然两者的关系是互为因果”[2]。实际上，文学资助人充当了早期出版商的角色，“赞助”（patronage）一词来自中世纪的拉丁文“Pater”（意为“父亲”father），“自中世纪以来，英国文学界即有一条不成文的规矩：大凡想在文坛崭露头角的文人，都需要贵族或官僚的提携帮助，也就是需要所谓的恩主”[3]。这是因为“在旧时代，大多数的作家是为了他们的文学赞助人而创作的，这些作品甚至都不用进入到商业出版领域，或者说他们与出版的世界无关”[4]。这一点可以从琼森编制的词典中对“赞助人”（patron）一词的解释里看到蛛丝马迹：赞助人“是支持（countenance）、赞助或是保护者”[5]，而“赞助”（patronage）则指“有钱人和有地位的人对学问和文学的经济支持”[6]（the financial support of learning

1. 雷蒙德·威廉斯．漫长的革命，倪伟译．上海：上海人民出版社，2013：168—169.
2. 于文．出版商的诞生：不确定性与18世纪英国图书生产．上海：上海人民出版社，2014：65.
3. 吴伟．格拉布街：英国新闻业往事．北京：北京大学出版社，2010：129.
4. 于文．出版商的诞生：不确定性与18世纪英国图书生产．上海：上海人民出版社，2014：65.
5. Korshin, Paul J. "Types of Eighteenth-Century Literary Patronage." *Eighteenth-Century Studies*, Vol. 7, No. 4 (Summer, 1974): 453.
6. Ibid. 454.

and literature by the wealthy and the titled）。格里芬指出文学赞助人制度本质上是“系统化的经济分配（systematic economic arrangement），是赞助人及其委托人之间复杂的利益交换系统”[1]，而作者依附于赞助者体系主要是出于“社会影响和政治保护”[2]的考量。由于写作无法支持文学家最基本的生活，他们必然需要掌握着财富、人脉的赞助人的保护，而这些赞助人也需要作家的写作来扩大自己的声名、树立自己的公众形象，为自己提供必要的文学娱乐，所以他们之间才在历史上建立起稳定而持久的联系。

再者，早在16世纪的英国，王宫贵族们便认为“有学识”可以突显他们的权力和权威，而当时处于弱势的作家也认识到，如果想让自己的作品顺利出版就一定要找一个资助人才能得到相应的经济支持和政治庇护，“资助人的‘保护’可以保证作家与其他作家进行竞争，尤其是对那些从底层做起但没有受过绅士教育的作家而言”[3]。早期的文学赞助人并没有迅速发展成为一种职业，因为早期的作家也并没有走上职业化道路。但是伊丽莎白时期作家开始意识到，他们可以通过写作谋生，而王宫显贵则需要显示他们比别人拥有对文学和文化更好的鉴赏水平，以扩大他们的名望，所以早期文学赞助人的发展就进入了相对稳定的阶段。

之后随着英国内战的爆发，传统的资助人体系被打破，铺天盖地的政治小册子很容易就以低廉的价格出版，作家也不再需要资助人的保护了，典型的例子是这一时期的很多文学作品的扉页上都不再向国王或王室里的资助人致敬，而宣称作品是献给朋友或家人的，“英国资助人的发

1. Griffin, Dustin. *Literary Patronage In England, 1650-1800*. Cambridge: Cambridge UP, 1996,13.
2. Marotti, Arthur F. “Patronage, Poetry, and Print.” *The Yearbook of English Studies*, Vol. 21, *Politics, Patronage and Literature in England 1558-1658* Special Number (1991): 25.
3. Griffin, Dustin. *Literary Patronage In England, 1650-1800*. Cambridge: Cambridge UP, 1996, 21.

展高峰是从光荣革命后直到1714年安妮女王去世为止”[1]。赞助人通过自己的喜好控制了当时的流行文化，因为他们只资助自己喜欢的作家，而这些作家写出来的东西恰好可以迎合这些封建贵族的需要。

18世纪初，文学赞助人在英国又一次变得“数量可观且混乱不堪”[2]，但是人们对这样的资助人的身份产生了质疑，许多当时的学者认为，赞助人体系是文艺复兴时期的遗留传统，作家寻求资助人的帮助，代表作家依附封建制度而存在。随着出版业的不断发展，作家开始走上职业化发展的道路，“由宫廷和贵族提供的文学庇护的衰微，造成了作者与读者之间的一段真空；这个真空迅速地被文学市场上的中间人所填充。这些中间人就是出版商，或者像人们通常所称呼的那样，书商。他们占据了作者与印刷商之间、这两者与大众之间的一个战略性位置”[3]，当然这种变化是个渐进的过程，并不是说一夜之间出版商就取代了赞助人，他们共存了一段时间，这可以从作家的公共表现中得到例证，“成功的作家，例如德莱顿、斯威夫特和蒲泊早就开始利用他们对赞助人和书商的影响力偶尔为新人或是需要资助的作家提供帮助（约翰逊就是典型）。但是由作者、编辑和出版商形成的‘文学圈’的定期聚会则是18世纪中晚期的事了”[4]。

根据历史学家的考证，到1755年前后文学赞助人制度基本上消失了

---

1. Griffin, Dustin. *Literary Patronage In England, 1650-1800*. Cambridge: Cambridge UP, 1996, 46.
2. Korshin, Paul J. "Types of Eighteenth-Century Literary Patronage." *Eighteenth-Century Studies*, 1974(4): 454.
3. 伊恩·瓦特. 小说的兴起，高原、董红钧译. 北京：生活·读书·新知三联书店，1992：51.
4. Griffin, Dustin. *Literary Patronage In England, 1650-1800*. Cambridge: Cambridge UP, 1996, 277.

（对此格里芬持不同意见，他认为这一制度的消失要到1800年），从这时起出版商逐渐替代了旧时文学赞助人的角色，因为“当作者直接面向市场，为了‘面包’而写作的时候，书商面对的环境也变化了，他们要开始挑选书稿，而是否符合市场需要依靠专门的素质才能判断，这就对书商的能力提出了更高的要求，从而为书商向现代出版商的转变奠定了基础”[1]。伊格尔顿也认为：“到18世纪30年代，伴随文学资助人逐渐消失而产生的是书商的崛起。随着财富、人口和受教育程度的提高，印刷和发行技术的发展，以及一个日益渴求文学的中产阶级的产生，艾迪生时代生活在伦敦的日渐壮大的阅读大众热切需要一个职业作家群体的产生。到18世纪中期，职业作家出现，文学资助人也就消失了。”[2]

与以往文学赞助人体系不同，出版商采取了更加商业化的运作模式来赞助文学家，他们通过向一些作家预定作品的方式给作家提前提供经济上的支持，当作家的作品出版后他们可以从书籍销售中获利。正因如此，科辛（Paul J. Korshin）认为这种预定形式本质上是“一种新的文学赞助人体系”[3]，而且它影响深远，“18世纪作家的重要作品几乎都受这种预定形式的影响”[4]，比如《项狄传》“第一版的出版费用就是从一位慷慨的朋友那里得到的预付款，而这笔预付款按照当时的习惯，是不需要偿

1. 于文．出版商的诞生：不确定性与18世纪英国图书生产．上海：上海人民出版社，2014：65.
2. Eagleton, Terry. *The Function of Criticism: From the Spectator to Post-Structuralism*. London: Verso, 1984, 30-31.
3. Korshin, Paul J. "Types of Eighteenth-Century Literary Patronage." *Eighteenth-Century Studies*, 1974(4): 463.
4. Ibid.

还的”[1]。17、18世纪的许多英国文学家都要依靠出版商才能生存，例如，德莱顿选择了雅克布·汤森（Jacob Tonson），蒲伯选择了伯纳特·林多特（Bernard Lintot），菲尔丁则选择了安德鲁·米勒（Andrew Millar），这样的例子不胜枚举。这些出版商首先要对文学市场有着敏锐的洞察力，他们既要向作家透露读者的阅读品味和喜好的变化，又要向读者广泛宣传作家作品的价值而推广阅读。他们慷慨地招募年轻的优秀作家来增加自己在未来的可能收益，但是由于无法准确预测作品的未来市场，使得他们对作家和作品的投入也极具风险。值得注意的是这些在18世纪转换身份的“文学赞助人”都无法与政治、党派划清界限，他们或多或少地受到政治的左右。

到了1700年前后，一些职业化的大出版商已经不再自己经营印刷厂，他们通常将印刷“外包”给小的印刷厂，“1644年的时候，英国77%的出版物都是伦敦复印的，到了1676年上升至84%，而到了1688年达到了85%”[2]。到18世纪初，这些日渐职业化的出版商对书籍销售的模式也进行了一系列的改革，书店零售的形式在大城市里已经相对固定下来。小商贩的书籍销售却已经不再局限于大城市而是向周边乡村辐射，他们在那里建立了小的书籍售卖点，销售的书籍也从以前的单一宗教内容增加到了具有娱乐性和教育性的文学作品，但与城市里的销售略有不同的是，在城市之外的销售通常缺少稳定的客户群体。

从贵族资助制度到职业出版商的转换，加速了作家的“职业化”。这

1. Monkman, Kenneth. "The Bibliography of the Early Editions of Tristram Shand." *The Library*, 1970 (5): 14.

2. MaKenzie, D. F. "Printing and Publishing 1557-1700: Constraints on the London Book Trades." *The Cambridge History of the Book in Britain*. Eds. John Barnard and D. F. Mckenzie. Cambridge: Cambridge UP, 2002, 553-567.

种现代意义的商业化出版制度对于未来英国文学的发展影响深远，但威廉斯认为这种影响也并不完全都是积极的，因为“那些幸运的人在独立性与社会地位方面有所提高，成为了羽翼丰满的‘职业人’（professional man）。但是这一变化也意味着‘市场’（the market）的建立，成为作家与社会产生实际联系的模式。在贵族资助制度下，作家至少与一个贴近的读者圈保持着一种直接的联系。或出于审慎世故或是心甘情愿，或为了标榜自己或表示尊重他人，他都习惯于接受这个圈子的批判，并据此行事。你可以说，这种制度比后来的制度给予作家更多的自由。一方面，作家依赖资助者，时而卑躬屈膝，时而顺应时势与资助者的喜怒好恶，但他的写作至少与社会的某部分产生直接联系，有着切身经验，如果走运的话，作家还会产生‘归属感’；另一方面，由于掌握市场，作家获得独立，社会地位也随之提高，但是也必须取悦于人，受到他人反复无常的困扰，只不过这里所说的‘人’并不是他自己所认识的个体，而是冷漠无情的机构运作体制。作为作家与读者关系载体的‘文学市场’的发展，造成了许多根本态度的改变。但是必须说明，无论在运作还是效果方面，这种发展都是不平稳的。或许直到我们这个世纪，这种关系才基本普及并占据了主导地位”[1]。这种现代意义上的出版商制度的出现同样是一柄双刃剑，既从某些方面释放了作者但又带来了一些新的捆绑。

威廉斯接着指出职业书商产生所具有的意义和价值：“书商对恩主的取代，以及随之而来的笛福和理查逊（Samuel Richardson）对过去文学的独立，都仅仅反映的是他们时代生活的一个更大的，甚至是更重要的特

1. 雷蒙・威廉斯．文化与社会：1780—1950，高晓玲译．长春：吉林出版集团有限责任公司，2011：43.

征——总的说来，就是中产阶级的强大和自信。凭借与印刷业、出版业和新闻的千丝万缕的联系这一优势，笛福和理查逊与读者大众新的兴趣和能力发生了更直接的联系；而且更为重要的是，他们本身完全可以作为读者大众的新的重心的代表。作为中产阶级的伦敦商人，在考虑他们的形式和内容的标准时，不能不弄准他们的写作是否会吸引广大读者。这也许是读者大众变化了的构成和书商对小说的兴起的新的支配作用的最重要成果；这不仅因为笛福和理查逊响应了他们的读者的新的需要，而且还因为他们能从其内部更为自由地表现了那些需要；而先前却大不具备这种可能性。”[1]这种出版商体系帮助中产阶级走向强大与自信，改变了这个阶级的阅读和审美旨趣。

具体到本论，笔者认为职业出版商人的出现对于文学公共领域的最大意义在于：首先，为了使自身利益最大化，这些出版商不断去发掘新的文学才俊，挖掘新的文学议题，这都刺激了职业作家队伍的发展。而作家通过文学创作谋生，可以自给自足，这就在更大程度上脱离了权力中心对他们文学创作的束缚，作家逐渐被纳入了文化市场的链条中，这一切都有助于文学家“公共性”的养成。其次，出版商为了获利必然会重视读者对文学作品的意见与反馈，并将这些公众关心的话题转达给职业化的文学家，这样便连接了读者与作家就公共问题的讨论与对话，对于二者“公共性”的共同增强具有积极的意义。第三，从某种程度上讲，出版商的职业化还是小说这一新文类能够诞生的要素之一，这一文类使得文学公共领域的整体表达形式发生了质的变化，这就是威廉斯所说的：“如果

1. 伊恩·瓦特．小说的兴起，高原、董红钧译．北京：生活·读书·新知三联书店，1992：58.

书商几乎没有或完全没有起到直接促进小说兴起的作用，那么总还有一些迹象表明，他们在使文学脱离庇护人的控制、置于市场法则的控制下这一方面起了作用。作为一种间接结果，他们支持了那种新形式的独特技巧革新的发展——即它在描写和说明方面的丰富特征，也使笛福和理查逊引人注目地与古典批评传统分道扬镳成为可能，而这正是他们的文学成就的一个必不可少的条件。”[1]这同样也对英国文学公共领域产生了影响。

英国文学公共领域在进入成熟阶段后，典型的代表是英国现代文学批评的出现、德莱顿一族在维尔咖啡馆中开展的文学公共活动、斯蒂尔与艾迪生在报纸中推广“都市文化政治”理念以及新兴俱乐部中开展的文学创作等一系列活动，这都将在下一节进行重点研究。

第二节　1688—1724年间英国文学公共领域

威廉斯曾指出：“在英国文化的发展中，18世纪前半叶是一个关键时期，新闻报纸和期刊，连同流行小说以及家庭戏剧一起，都是当时最重要的文化产品。”[2]上述这些不仅构成了18世纪阅读大众消费的重要文化产品，同样也构成了英国文学公共领域高峰期的要素。

一、英国现代文学批评的出现

文学公共领域与生俱来地具有批判性的特征，这种批判性的确立通常是通过建立批评机构或政治批评中心实现的，因此“文学公共领域促

1. 雷蒙·威廉斯．文化与社会：1780—1950，高晓玲译．长春：吉林出版集团有限责任公司，2011：43.
2. 雷蒙德·威廉斯．漫长的革命，倪伟译．上海：上海人民出版社，2013：189.

使文学批评实践的产生，而起初批评家和单纯读者并无明显不同”[1]。可以这样说，17、18世纪的英国文学批评是资产阶级试图挣脱权力机构而获得自身话语权力的最直观体现，同时，“众多公共言论类型中因公正评论（fair comment）首先被赋予特权的是文学批评”[2]。文学批评的这种特质也使得它成为一种普遍接受的公共言论，无论是文学批评还是政治批评，都将批评的矛头直指上层社会和统治阶级，并以此反对其对私人领域的干预和介入，从而保护私人利益不受侵犯。另外，正如布朗宁所说的那样：“交流（communication）创造了公众，并且使得它具有了比单纯的个体总和更强大的凝聚能力和权威性。”[3]如果说在咖啡馆中发生的交谈、争论及辩论是比较直接和面对面的言语交流的话，那么文学评论就是批评者依托书面文本与读者之间进行的对话，它通过“将文学中体现的经验转化为日常语言”[4]与读者进行沟通和对话，因此，文学评论也具有了公众交流的功能。

18世纪初英国文学公共领域能够进入发展高峰，批评家发挥了至关重要的作用。正如伊格尔顿所说的那样：“能够团结英国统治阶层的简言之，就是文化，而批评家是这一历史任务的执行者。”[5]霍恩代尔也提醒我们“批评家的判断固然是主观性的，但是这种判断是被读者构成的论坛

1. Calhoun, Craig. "Introduction: Habermas and the Public Sphere." *Habermas and the Public Sphere*. Ed. Craig Calhoun. Cambridge, Massachusetts, and London: The MIT Press, 1996, 13.
2. Ross, Trevor. *Writing in Public: Literature and the Liberty of the Press in Eighteenth-Century Britain*. Baltimore: Johns Hopkins UP, 2018, 151.
3. Blanning, T. C. W. *The Culture of Power and the Power of Culture: Old Regime Europe 1660-1789*. Oxford and New York: Oxford UP, 2002. 9.
4. Colclasure, David L. *Habermas and Literary Rationality*. New York and London: Routledge, 2010, 45.
5. Eagleton, Terry. *The Function of Criticism: From the Spectator to Post-Structuralism*. London: Verso, 1984, 10.

赋予了合法地位的，这些读者是构成公共领域的主体。”[1]换言之通过文学批评，批评家扮演了“意见领袖”的角色，并将公众意见直接传达给了更加广泛的阅读公众。文学批评所形成的批判性话语文化对英国文学的“公共性”意义重大，恰如古德纳所说：“批判的话语文化将说话者与被谈及的人之间的关系视作批判与被批判的关系。这暗示了已建立的社会等级制度只是一种表象，更深刻更重要的区别在于那些真正理解的言说者和既不讲话也不理解的人之间。因而投身批判的话语文化，就是要立即从传统社会等级制度的底层获得解放，这样，也就是要颠覆该等级制度。在这种意义上，投身批判的话语文化即是一种政治活动。”[2]通过运用批判话语文学家赋予了文学批评公共性力量。

爱德华·萨义德（Edward Said）在《人文主义与民主批评》一书中曾说：“我想，一般来说，在所有文化里，作家比知识分子更有一种独特的，也许是更受尊敬的地位；创造性的光环，一种几乎神圣化的原创性的才能（常常预示在其活动范围和特性之中）自然产生于作家，却根本无涉于知识分子，在文学方面，后者属于批评家，亦即略微有些受人贬低的寄生阶层（有很长一段时间，批评家受到攻击，他们被看作令人讨厌的、喋喋不休的家伙，除了吹毛求疵和寻章摘句、卖弄学问之外就没什么能力）。”[3]萨义德的这番对批评家的描述在18世纪的英国文学界恐怕并不适用，因为，在18世纪初的英国咖啡馆中，代表了不同政治派别的文学家不仅要进行文学创作，还要与其他咖啡馆中的文学家进行公开

---

1. Hohendahl, Peter Uwe. *The Institution of Criticism*. Ithaca and London: Cornell UP, 1982, 51.
2. 艾尔文·古德纳．知识分子的未来和新阶级的兴起，顾晓辉、蔡嵘译．南京：江苏人民出版社，2006：83.
3. 萨义德．人文主义与民主批评，朱生坚译．北京：新星出版社，2006：148.

笔战，通过这种社交模式，现代意义的文学批评诞生了，“文学评论获得了一种新的‘对话性’特征：它从咖啡馆和文学社团的讨论中来又回到他们中去”[1]，而这种单纯针对文学的批评很快就被应用于英国复杂的政党政治之中，换句话说，是文学批评教会了政治批评。当然，此时的文学批评在伊格尔顿看来“整体上讲还不是一个自足的专业性话语，即便一些技术性的形式确实存在，毋宁说它具有普遍伦理性人道主义，且与道德、文化和宗教的反思密不可分[2]”，换句话说文学评论还未能摆脱宗教、伦理和哲学的束缚而成为独立的学科。与其称之为“文学批评”倒不如说是“文化批评”，因为此类批评的内容不仅仅涉及文学，“就像艾迪森和斯蒂尔所做的那样，批评将其霸权延伸到了政治、哲学、社会思想和日常生活中”[3]，它是最具有公共性特点的写作形式。

作为英国中产阶级获得主体意识并与封建社会和权力中心做斗争的工具，文学发挥了解放性的力量，最早出现在封建王宫贵族沙龙中的文学评论成为新兴资产阶级介入政治性话题的新工具。如果说莎士比亚之前的文学巨人们对文学的创作没有制定严格的章法的话，德莱顿则是第一位正式对文学创作设定规约的人，也是对文学进行严肃批评和反思的作家。约翰逊（Samuel Johnson）在《英国诗人传》（*Lives of the English Poets*）一书中赞誉德莱顿是“当之无愧的英国文学批评之父，作为一个作家他教会了我们按规矩写作的好处”[4]，受德莱顿制定的规约影响，他周围的作家开始认真审视其他作家的作品并写作文学评论，甚至连普通读

---

1. Goode, Luke. *Jurgen Habermas: Democracy and the Public Sphere*. London: Pluto Press, 2005, 9.
2. Eagleton, Terry. *The Function of Criticism*. London: VERSO, 2005, 18.
3. Ibid. 74-75.
4. Johnson, Samuel. *Lives of the English Poets*. Oxford: Clarendon Press, 1905, 410.

者也因为读了德莱顿的文学评论，而开始学习批判地看待他们所读的作品，因此德莱顿被称为“英国文学批评的创始人”[1]。

德莱顿的很多文学批评都出现在其作品的前言部分，而且这些批评文章都是他在维尔咖啡馆与“才子”作家们讨论的成果。这样的创作习惯在18世纪影响了一大批作家：他们在尝试创作任何一种新的文学类型时，都会在前言部分向读者介绍这类文学的特点，这一做法的源头可追溯到德莱顿那里。当然，德莱顿的文学评论不仅仅教会了作家创作，最重要的是他还教会了读者如何在阅读时思考。这对于因印刷技术的提升而使阅读成为普及兴趣爱好的大众而言至关重要，这种文学批评教会读者批判地看待问题，锻炼了他们的“批判性思维”，这一点对于文学公共领域乃至其后的政治公共领域的建构具有关键意义。所以，复辟时期直到18世纪初的英国文学评论创作都是从读者阅读的角度来考虑的，“写作（文学评论）的唯一目的就是让读者更好地享受生活或者更好地经历生活”[2]。

其次，英国文学评论的出现还有利于培养英国作家甚至是大众的民族身份，尤其是在德莱顿所处的时代。英国刚刚结束内战，国王和他的支持者从法国返回，带来了法国文学和文化（当然，客观地讲法国新古典主义文学倡导的摒弃个人主义、培养创造力和想象力、按照理性法则写作的理念无疑也是英国现代文学批评形成的重要源泉），这让英国文学、文化仿佛一夜之间变得低人一等，而德莱顿及其他作家通过写作英国文学批评散文而发出的声音正是英国文化对外来文学和文化在第一时

1. 侯维瑞主编．英国文学通史．上海：上海外语教育出版社，1999：225.
2. Johnson, Samuel. *Lives of the English Poets*. Oxford: Clarendon Press, 1905, 410.

间做出的回击，正如斯蒂文所说："德莱顿因为建立了复辟时期的文学理论而成为他同时代作家的佼佼者。即使他除了《论戏剧诗》之外什么都不写，也足以确立他在文学批评史上的重要地位。"[1]

第三，同其他文学形式一样，文学批评的主要功能也是为社会、政治以及宗教问题的讨论提供平台。18世纪初，英国文学批评都围绕文化政治话题展开，文学批评写作本身是一种社会批判行为，也是公众交换意见的一种新的文学方式。"（文学批评）是时代需要的'礼貌对话'（polite conversation）的形式之一，这种形式一直延续到约翰逊时代。"[2]英国文学批评与英国文学公共领域走向高潮之间的关系同样密不可分，因为这些文学批评的阅读对象就是公众，文学批评通过读者的阅读具备了很强的"公共性"。文学批评同时为读者、文学家、批评家提供了一个辩论的平台，通过理性的辩论，批评家试图说服读者、文学家或其他批评家，引发他们更多的辩论，如此一来，"（文学评论）成为了公众交换意见的一种方式"[3]。

文学批评这个习得来自王公贵族，却被代表新兴资产阶级的文学家有效利用，成为英国文学公共领域发挥作用的典型形式，也是文学家与文学公共领域互相建构关系的最有力的证据。诚如美国学者波斯纳所总结的那样："长期以来文学评论已成为公共知识分子作品的媒介，有三项理由使之然。第一项理由是，受过普通教育的社会公众既阅读文学评

1. Zwicker, Steven N. "Dryden and the Poetic Career." *The Cambridge History of English Literature, 1660-1780*. Ed. John Richetti. Cambridge: Cambridge UP, 2005, 148.
2. Nisbet, H. B. and Rawson Claude. "The Institution of Criticism in the Eighteenth Century." *The Cambridge History of Literary Criticism: Volumn 4, the Eighteenth Century*. Cambridge: Cambridge UP, 2005, 12.
3. Hohendahl, Peter Uwe. *The Institution of Criticism*. Ithaca and London: Cornell UP, 1982, 52.

论，亦是文学作品的读者，他们对专家就文学作品发表的评论存在一定程度的兴致。第二，许多文学作品涉及政治、社会或经济问题；在卓越超群的公共知识分子中，作家的数量如此之多，便暗示了这一点。第三项理由则是，文学的文化意义（cultural significance）——在教育方面，在与其他学科联系的方面，尤其是牵涉到一种科学或者社会科学预测（cast）时，且与大众文化的关系方面——本身便属于一个意识形态的问题。鉴于上述原因，因此，针对文学或者特定文学作品所发表的评论，便成为面向普通读者评论政治或意识形态问题的方式之一。”[1]德莱顿除了开启了英国现代文学批评的大门，从而为英国文学公共领域中开展文学公共活动制定了规则，还率领围绕在他周围的文学家积极践行英国文学公共领域的这一功能，推动英国文学公共领域走向成熟，而德莱顿及其拥趸都是在维尔咖啡馆中开展他们的公共活动的。

二、维尔咖啡馆中的“德莱顿一族”

英国罗素大街上星罗棋布的咖啡馆对英国文学产生了非常大的影响，这一时期的文学才子和诗人们经常在这里聚会聊天，因为这里是英国最为时尚的地方。在《闲谈者》第一期的头版有这样一段话：“如果想看勇敢的、快活的、娱乐的报道，就请去怀特巧克力屋；如果要读诗歌，请去维尔咖啡馆；如果要学习，请到希腊咖啡馆；如果要获取国内外新闻，就请去圣詹姆斯咖啡馆。”足见罗素大街文学公共活动的繁盛，咖啡馆在此时已经根据顾客不同的需求划分出不同类别，在众声喧闹和

---

1. 波斯纳. 公共知识分子：衰落之研究，徐昕译. 北京：中国政法大学出版社，2002：281—282.

咖啡馆的一派繁荣中，英国文学公共领域进入了成熟期。

在罗素大街上最早建立也是最有名望的一家咖啡店叫做维尔咖啡馆，这家咖啡馆在斯图亚特王朝复辟时开张，在此后的三十多年中一直备受文学家的青睐，成为很多诗人和作家成名的摇篮，在近30年的时间里维尔咖啡馆“提升了公众品位并赋予作家灵感和鼓舞”[1]，维尔咖啡馆的这一胜景直到1700年德莱顿去世、巴顿咖啡馆1712年开张后才被动摇。

约翰·德莱顿是维尔咖啡馆的常客，他几乎每天晚上都出现在这家咖啡馆中，因为他是维尔咖啡馆作家聚会的领袖。这时的他不仅是桂冠诗人，更是影响力很大的批评家和文学赞助人。当时很多年轻作家都希望能够来到咖啡馆，参加咖啡馆里的讨论，因为这对他们成名很有好处。德莱顿本人也对这家咖啡馆情有独钟，在他的《盖斯公爵》（*The Duke of Guise*，1682）的序言中，他曾写过这样几行诗：

让伦敦从王权手中解放
一个新的国土；城市的王国
让无知的陪审团找不到叛徒：
狂放的诗人随意写讽刺诗。
你表达的意义终会有人细查，
从咖啡馆开始吧，
放下你主子的身份，这里人人平等。[2]

---

1. Ellis, Aytoun. *The Penny Universities: A History of the Coffee-houses*. London: Secker & Warburg, 1956, 58.
2. Dryden, John. "The Duke of Guise." *The Works of John Dryden*. Vol. 14. Ed. Vinton Dearing and Alan Roper. Berkeley and Los Angeles: U of California P, 1993, 211.

在维尔咖啡馆的中心设有德莱顿的专座，当他坐在那里的时候就会一目了然："德莱顿习惯坐在一楼，他冬天的专座设在壁炉旁，而在好天气的时候他更喜欢坐在阳台的角落里，在那里他可以远眺街景，他把这两个座位叫做'冬座'和'夏座'。"[1]德莱顿在咖啡馆的文学讨论和争辩中充当了法官和陪审员的角色，一大批当时的诗人和剧作家都在他的见证下走向成功，他们中包括康格里夫（William Congreve）、威彻利（William Wycherley）以及艾迪生等人。蒲伯12岁的时候也曾在维尔咖啡馆里拜谒过德莱顿，并为德莱顿对最新文学作品的点评所倾倒。很多年轻诗人都希望进到这个文学圈子中来，而进入该圈子的标志就是德莱顿从自己鼻烟盒中拿出一支鼻烟供新人品尝。美国艺术家克劳·艾尔（Crowe Eyre）曾创作过一幅油画再现这一场景。

在很多当时的记载中，最生动地描述德莱顿发表文学见解的是迪恩·洛克尔（Dean Lockier）："我17岁那年第一次进城，相貌平平留着短发，像很多第一次进城的人一样觉得难堪。但是，我并没有因为自己的羞涩和容貌而放弃加入维尔咖啡馆，因为在那里可以见到当时最著名的一些才子，他们都在那里聚会。我第二次去那里的时候，德莱顿先生和往常一样正在朗读自己的近作，'我自己还比较满意的作品，'他说，'当是《马克-弗莱克诺》（*Mac-Flecno*），我自认为它很有价值，因为它是第一首用英雄体写就的讽刺诗'。听到此处，我鼓足勇气用大家能听得到的声音说'《马克-弗莱克诺》的确是佳作，但我不认为它是第一首这样的作品'。德莱顿转过身看了看我，对我的插话表示惊讶，他又问我'研究

---

1. Timbs, John. *Clubs and Club Life in London*. London: John Camden Hotten, 74 & 75, Piccadilly, 1872, 316.

诗歌多久了’，他微笑着接着问‘那你觉得是谁第一次写了这样的诗’，我说‘是布瓦洛的《经台吟》（*Lutrin*）和塔索尼的《被抢夺的水桶》（*Secchia Rapita*），这两首诗我读过，而且知道德莱顿从这两首诗歌中借鉴了很多内容，‘你说的对，’德莱顿说，‘我差点忘了他们俩’。过了一会，德莱顿出门前还跟我聊了几句，希望我明天还能来看他。我欣然接受了他的邀请，之后直到他去世，我们都非常熟稔。”[1]从这段描述中我们不难对维尔咖啡馆中的文学公共活动有所管窥，这也是英国文学公共领域的魅力的重要见证，正因如此才吸引了更多的诗人前来参加公共文学话题的讨论，从这段描述中我们还看到在咖啡馆里非常流行的一个现象：诗人们通常都会在公共场所大声朗诵他们的作品，除了德莱顿，蒲伯在1714年出版其《秀发遭劫记》（*The Rape of the Lock*）之前也会在咖啡馆中向友人大声朗诵这部作品。类似维尔咖啡馆这样的公共文化场所甚至扩展到很多公共剧场中，观众在观看戏剧的时候可以像在维尔咖啡馆中那样，随时大声发表自己的见解，这种“对话”机制是英国文学公共领域发展到高潮的最典型特征。

在德莱顿所处的时代，没有人比他对文学界有更大的影响，甚至这个文学时期都被人们称之为“德莱顿时代”。德莱顿在维尔咖啡馆中对文学的讨论为日后的文学鉴赏和文学批评设立了标准，很多德莱顿之后的18世纪作家都效仿他到咖啡馆中寻找灵感、写作的话题，咖啡馆中的客人甚至是他们潜在的读者。而在这些咖啡馆中，至少是英国咖啡馆中的情况并不是像哈贝马斯所描述的那样是基于理性和平等的对话。很多学者指出，这时的咖啡俱乐部大都接纳特定的社会阶层，通常来说女性和

1. Ellis, Aytoun. *The Penny Universities: A History of the Coffee-houses*. London: Secker & Warburg, 1956. p. 65.

穷人是被排除在外的，对于这种现象，本书将设专门章节进行论述。除此之外，这些咖啡店中的文学讨论也并非绝对自由与开放的，在几家重要的咖啡店中，通常都有一个类似德莱顿这样的中心人物来主持，对各种文学争论进行仲裁，所以斯威夫特才在一首诗中这样讽刺维尔咖啡馆中的德莱顿：

他给出决断性的判断，
对四下围坐着的“才子们”，
递上来的“神谕”。
他为城市发展指明方向，
指点江山。[1]

通过这首诗歌讽刺的笔触，我们不难发现在英国咖啡馆中建立的平等对话的机制被类似德莱顿这样的“主持人”所左右，使得文学公共领域的平等对话原则很难得到贯彻。据此判断，哈贝马斯在《公共领域》中对文学公共领域得出的结论是一种理想化的结论，也从另一个角度印证了艾莱对哈贝马斯的批评：“哈贝马斯的论证倾向于过于理想化地看待理性话语在公共领域形成过程中所起的作用，而且他忽略了一点——某种程度上讲这些公共机构都建立在地方狭见（sectionalism）、排他性（exclusiveness）和压制基础之上。”[2]

---

1. Swift, Jonathan. "On Poetry: A Rhapsody." *Complete Poems*. Ed. Pat Rogers. Lond: Penguin, 1983, 529.
2. Eley, Geoff. "Nations, Publics, and Political Cultures: Placing Habermas in the Nineteenth Century." *Habermas and the Public Sphere*. Ed. Craig Calhoun. Cambridge, Massachusetts, and London: The MTI Press, 1996, 321.

在维尔咖啡馆里的文学辩论从诞生之初就存在一些排异机制，这种机制有时甚至演变为非常激烈甚至言语上的人身攻击。这样做的原因是他们认为讽刺文章自古就具有“杀人”的力量，因为它们会毁坏敌人的名誉，当然这样的讽刺文章还会起到其他作用，如英国咖啡馆研究专家艾利斯就曾指出：“咖啡馆中的讽刺文章在18世纪往往是为了迎合不同兴趣的读者群。他们用这种文体取笑对方，他们尤其喜欢取笑初来乍到的人（特别是来自乡下的人，他们通常不那么精于世故），因为他们对城市的无知很有趣。通过捉弄这样的人，我们就可以看到咖啡馆中存在的这种排异机制——这种机制暗指缺乏都市经验者也许会犯错。还有些人认为，这些对新来者的讽刺文章起到两种作用，一方面，可以确立咖啡馆中的群体身份，另一方面还能教会新人如何融入这样的群体。咖啡馆中的这种集体管理模式和集体讨论形式并不需要一套明确的规定，而是通过不成文的规约（有时被称为‘合作的无序’）来实现的。”[1]

即便是英国文学公共领域进入到成熟阶段，这种类似的排异机制依然存在：德莱顿曾在1687年发表过一首名为《马鹿与黑豹》（“The Hind and the Panther”）的诗，为自己改信天主教辩驳。这首诗马上就引发了诗人普莱尔（Matthew Prior）和蒙塔古夫人（Montagu）对他更加辛辣的讽刺。他们改写了德莱顿的诗歌，并把题目改为了《马鹿与黑豹，变身为乡下老鼠与城市老鼠的故事》（“The Hind and the Panthertranscended，to the Story of the Country Mouse and the City Mouse”），这首诗中象征基督的鹿和代表教会的黑豹的寓言故事被改编成了一只农村老鼠和一只城里老鼠的

---

1. Ellis, Aytoun. *The Penny Universities: A History of the Coffee-houses*. London: Secker & Warburg, 1956, 65.

对话。从小在农村长大的农村老鼠天真无邪、涉世未深，想要参观有着“才子咖啡馆”美誉的维尔咖啡馆：

> 我久仰才子咖啡馆，
> “斑点”兽说你定要去瞧瞧，在那里
> 牧师们呷着咖啡，闪烁着智慧的火花，品着诗人的仙茶；
> 这里穷人得自由，富人着华服；
> 这一切让大官丧气，让测试难熬。[1]

然而，当他们来到维尔咖啡馆的时候，却发现德莱顿高高在上地坐在自己的座位上：

> 他是神圣才子、诗坛的判官，
> 他端坐在自己荣耀的阴影之中。
> 仿佛月亮女神接收到光芒，
> 她将宗教照亮；
> 也照亮了他，在远处闪闪发光，
> 他向这颗星借了光芒
> 高乃依和拉辛所制定的条条框框
> 被身后的涂鸦者奉为金科玉律。
> 他把这些借来的真理再次分发，

1. Ellis, Aytoun. *The Penny Universities: A History of the Coffee-houses*. London: Secker & Warburg, 1956, 66.

你将因阴谋分裂受到惩罚

若你胆敢质疑他，或只信自己的判断。[1]

城市老鼠讽刺德莱顿充当伦敦诗歌创作的评判者，认为德莱顿的新古典主义美学原理仅仅是被动地臣服于以高乃依和拉辛为代表的法国诗歌的主张；通过这个例子他将德莱顿宣誓效忠天主教和独裁政治的行为联系在了一起，从而达到讽刺德莱顿的目的。德莱顿也确实因为这首诗歌而受到了伤害，他曾在才子聚会的时候评论，认为自己的辩论性诗歌在发表的时候总是署着自己的名字，而攻击他的人却不敢署名，这样做不符合咖啡馆中辩论的基本礼貌原则。

在斯图亚特王朝复辟的晚期出现了一大批关于国家事务的诗歌，德莱顿、马维尔、罗切斯特伯爵和斯威夫特都曾是主要创作者。这些诗歌从17世纪60年代开始出现，到了70年代便开始形成一定规模，光荣革命后大量结集出版。1679年，德莱顿就因为在咖啡店里写作这样一首诗歌而引火烧身。那一年11月到处流传着据说是德莱顿创作的一首叫做《讽刺文》的诗，讥讽国王和他的情妇们之间的丑闻。有一天晚上，当德莱顿从维尔咖啡馆出来走在回家的路上时，他被三个男人截住并痛打了一顿。但据说这首诗的始作俑者其实是马尔格莱夫伯爵，而暴徒的指使者则很有可能是国王情妇之一朴茨茅斯公爵的夫人路易丝。

除德莱顿本人的文学创作外，维尔咖啡馆还是集体讨论文学作品的场所，在这里到处都是已刊登或等待刊登的手稿，涉及的体裁从诗歌到讽刺文章应有尽有。一个小诗人罗伯特·于连（Robert Julian）专门负责

1. Ellis, Aytoun. *The Penny Universities: A History of the Coffee-houses*. London: Secker & Warburg, 1956, 66.

为这个文人圈提供需要讨论的最新文学作品。斯威夫特在其《谈话的诀窍》（*Hints to an Essay on Conversation*）中曾非常戏谑地描述了维尔咖啡馆里文学辩论的大致情形："我有生以来听到的最糟糕的对话正是在维尔咖啡馆里，在那里'才子们'（就像人们所说的）正式聚会，他们五六个人聚在一起，在如此严肃的氛围里，拿他们之前写的几部剧本、序言或者一些什么也不是的东西彼此娱乐，好像他们所做的是人类历史上最崇高的事业，或者他们自认为是'王国宿命'的决策者。他们的忠实听众都是一些大学生，他们远远地坐着听才子们的'神谕'，满怀对法律和哲学的不屑回到家中，满脑袋都是所谓的'礼貌、批评和文学'的垃圾。"[1]虽然斯威夫特本人对这间咖啡馆的文学公共活动充满了戏谑与嘲讽，但从英国文学公共领域的角度看这些活动时，这些描述却成为这一领域存在的重要证据。

德莱顿于1700年5月去世后，维尔咖啡馆中文学辩论的情况就发生了很大变化，斯蒂尔在《闲谈者》第一期做过这样的记载：

> 维尔咖啡馆，1709年4月8日
>
> 自从德莱顿先生不再出现在这里以来，这个地方就变了。你以前总能看到人们手中拿着诗歌、讽刺诗或者讽刺文章，但现在咖啡馆里的人都在打牌。所谈论的内容也从表达的转变、问题的优美等变成了关于打牌的争论。

不过，在德莱顿死后的十年中，维尔咖啡馆依然是才子们进行文学

---

1. Ellis, Aytoun. *The Penny Universities: A History of the Coffee-houses*. London: Secker & Warburg, 1956. 67.

创作和讨论的中心，直到1712年它的地位才受到了它对面新开张的巴顿咖啡馆的挑战。

三、英国报刊中的“都市文化教育”

18世纪德莱顿在维尔咖啡馆的创作和文学讨论与艾迪生和斯蒂尔所做的略有不同。德莱顿的创作，尤其是他的散文创作是为小范围读者服务的，尤其是为宫廷和咖啡馆中的一些读者服务的，他在维尔咖啡馆中的讨论形式被巴顿咖啡馆中的文人所借鉴，这些文学家同样热衷于在咖啡馆中进行文学话题的讨论，但是“也许正是在理查德·斯蒂尔的理想化的世界中，我们才能找到哈贝马斯所想象的那个清醒的、理性的私人聚集，在公共领域中练习他们的辩论技巧。但事实上在伦敦的咖啡馆中很难找到这样的咖啡馆”[1]。

1715年蒲伯和提凯尔都翻译了荷马史诗《伊利亚特》，这立即引发了巴顿咖啡馆与其他咖啡馆里文学俱乐部的热烈辩论和对两位译者的猛烈批评，就连素来与蒲伯交好的艾迪生也毫不客气地对这部译作进行了猛烈批评，蒲伯也反唇相讥写诗讥讽艾迪生，说他高坐在巴顿咖啡馆的宝座上，被一群拍马屁的庸才围绕着，而他们批评的唯一作用就是将真正的才子作家扼杀在摇篮之中。这从一个侧面反映了艾迪生和斯蒂尔对咖啡馆作用的不同认识，正如科万说：“咖啡馆里的礼仪改革对艾迪生和斯蒂尔等奥古斯都道德家来说是一件严肃的事情，因为这切入了他们为新英国所设想的社会秩序的核心。咖啡馆理论上对所有话题开放，且不考虑阶级和功绩，它们是繁荣城市和开放社会所依赖的主要活动场所，在

1. Cowan, Brian. “What was Masculine about the Public Sphere? Gender and the Coffeehouse Milieu in Post-Restoration England.” *History Workshop Journal*, No. 51 (Spring, 2001): 142.

这里人们可以谈论政治、商业并进行文化批评。”[1]

艾迪生和斯蒂尔除了继续在巴顿咖啡馆中倡导文学辩论外，更大的贡献是他们将文学创作和讨论的形式通过报纸扩大到了更大的阅读群体中，他们使报刊变成了一种社交性工具。“通过提供能够协调多样性的‘统一’声音，以他们自己的术语或者说通过定义文明话语（a discourse of civility）来代表市民社会以前没有标记的空间。”[2]艾迪生和斯蒂尔被视为中产阶级商人的代言人，他们“对文化的影响开始与其经济重要性相匹配”[3]，而他们的报纸也被认为是现代报纸的雏形。“这些报纸诞生自咖啡馆中，每天提供新的讨论和辩论话题，提高了公众的道德水准并塑造了公共舆论。通过文学和戏剧建立起了良好行为和品位，艾迪生和他的小圈子在巴顿咖啡馆创造了奇迹。”[4]

通过两人在报纸期刊中的文学创作，他们激励了更多的文学家从事专业的文学创作，“期刊散文”（periodical essays）这种文体很快为读者们所接受，并使得新闻“成为公认的文学分支”[5]，也使得“期刊成为18世纪初出现的资产阶级公共领域的主要组成部分”[6]。在英国，期刊和报纸的影响力很大，它们“是为整个中产阶级的更广泛的利益而服务的：舆论的形成、礼貌的养成、观念的传播等等。从18世纪中期开始，报纸加入进

1. Cowan, Brian. *The Social Life of Coffee*. New Haven & London: Yale UP, 2005, 243.
2. Black, Scott. "Social and Literary Form in the Spectator." *Eighteenth-Century Studies*, Vol. 33, No. 1, Eighteenth-Century Print Culture (Fall, 1999): 25.
3. Knight, Charles A. "The 'Spectator's Moral Economy." *Modern Philology*, Vol. 91, No. 2 (Nov. 1993): 162.
4. Ellis, Aytoun. *The Penny Universities: A History of the Coffee-houses*. London: Secker & Warburg, 1956, 168.
5. Ibid. 165.
6. Eagleton, Terry. *The Function of Criticism: From the Spectator to Post-Structuralism*. London: Verso, 1984, 17.

来，部分地承担了这些功能”[1]。或者按克莱恩的话说，艾迪生和斯蒂尔构建起了一种他称之为“礼貌范式”[2]（the paradigm of politeness）的新的理解社会话语的方式，这种新范式取代了固有的王室贵族，而且大量期刊出版后“所激发的批判性讨论逐渐对现代国家的制度形式产生了变革性的影响”[3]。

威廉斯认为对以往英国报纸的研究存在两个缺陷：“一个极其普遍的现象是，我们仍然没能把报刊史与经济史、社会史结合在一起，而报刊史必须放在经济史和社会史的内部来解释。此外，还存在着一种令人诧异的倾向，人们所接受的关于报刊发展的某些固定说法，似乎很少是从报刊发展的史实中得出的，而更多的是出于附会。先是以某种特殊的方式来解释总体的文化扩展，然后不顾事实地把报刊史塞进去，使之与这种总体解释相吻合。”[4]在笔者研究过程中也发现了这种情况，因此本书将英国报刊研究与英国文学公共领域放在一起研究，并从经济史和文化史的角度弥补以上研究的不足。威廉斯还探讨过对英国报刊研究的意义，他认为“报刊在英国的发展，尤其是大众报刊的发展，对于解释我们文化上的全面扩展有着非常重要的意义。这个充满活力的发展过程本身就有着丰富的意义，在17世纪晚期和18世纪早期，一个中产阶级读者大众开始确立，后经一系列的扩大，终于在我们这个时代真正形成了全民性的阅读”[5]，这一评论建立起了报刊、阅读大众和英国文学公共领域之间的

---

1. 雷蒙德·威廉斯. 漫长的革命，倪伟译. 上海：上海人民出版社，2013：185.
2. Klein, Lawrence E. "Coffeehouse Civility, 1660-1714: An Aspect of Post-Courtly Culture in England." *Huntington Library Quarterly*, Vol. 59, No. 1 (1996): 47.
3. Thompson, John B. "The Theory of the Public Sphere." *Theory, Culture & Society* 10.3 (1993): 177.
4. 雷蒙德·威廉斯. 漫长的革命，倪伟译. 上海：上海人民出版社，2013：183.
5. 同上。

关系。

多布雷曾分析过英国早期报业能够产生的原因，他认为："我们注意到一个极度渴望培养自己的社会，首先是对事物的基本了解，然后是一般性的想法，再后来看到了当时最伟大的一些新闻人，笛福、斯蒂尔和艾迪生，他们满足了人们对新闻的需求。男男女女都努力成为'礼貌'的人，即受教育和知礼节的人，他们都通过阅读《旁观者》来学习如何生活，以及一个知书达理的人该知道什么。"[1]换言之，首先是出现了一个渴望培养自己的群体，加上斯蒂尔等早期新闻人的助推，报刊开始发展起来，"早在现代印刷新闻出版物问世之前，英国民间就一直流传着小册子、歌谣、招贴等人们喜闻乐见的各种廉价出版物。作为现代报纸的祖先，这些印刷品在出现之初就不遗余力地向读者传播重要的新闻时事。出版商抓住人们的猎奇心理，通过各种故事，讲述各种'精彩奇异的新闻'，超自然的传闻、对女巫的审判、煽情故事、凶杀案及战争等都是这些出版物关注的主题。由于印刷成本低廉，语言通俗，而且通常出现在公共场合，即便不识字的人也能从别人的诵读及交谈中了解故事的大概，因此，这些看似单薄的单页印刷品的读者群及影响力远远超过普通书籍，受到读者极大的欢迎"[2]。正是得益于上述这些条件，这些廉价印刷品才进入到咖啡馆并变成咖啡馆食客茶余饭后的谈资。

但公开发行的报刊却并不是在很短的时间内就出现的，佩皮斯年轻时伦敦还只有一份报纸——《伦敦公报》（*The London Gazette*），主要用来发布政府公告，所以佩皮斯就只能在咖啡馆中获取新闻，但据他记载

1. Dobrée, Bonamy. *English Literature in the Early Eighteenth Century 1700-1740*. Oxford: Oxford UP, 1959, 12.
2. 吴伟．格拉布街：英国新闻业往事．北京：北京大学出版社，2010：11.

“正是在17世纪最后30年里，日报从稀缺变成了常见的东西”[1]。

查理二世时期，通过推行《出版许可法》和对《伦敦公报》的控制，国王强化了审查制度，控制了出版自由。通过推行这些主流的报纸，限制了小道消息的散播，但同时也抑制了英国报刊的自由发展。而到了17世纪末至18世纪初，具备了“首先是通信状况，尤其是邮政服务系统，其次是印刷业务从必须获得国家准许逐步过渡到面向市场的商业化状态”[2]等条件，加之1695年《出版许可法》被废除，压抑了很久的出版热情被瞬间激发出来，英国的报刊业开始有了长足的发展。“在1695年到1730年间，三种形式的公共出版物确立了其牢固的地位，它们是：日报、地方性周日报纸以及期刊。在那些年里，这些新的报刊覆盖了文化发展的全部范围。”[3]其中比较典型的报刊有：1702年3月英国的第一份全国性日报——《日报》（*The Daily Courant*）发行，哈里斯的《情报》（*Intelligence*）发行，十天后双周期的《英国报》（*The English Courant*）发行，按照布朗宁的说法，“到17世纪末每周有不少于20种报纸发行”[4]。

伴随地方性报纸的发行，大量的英国期刊也纷纷问世，其中有著名的《邮报男孩》（*The Post Boy*）和《邮报男士》（*The Post Man*）等，1704年笛福创立了《每周评论》（*Weekly Review*），斯蒂尔的《闲谈者》（*Tatler*）则于1709年创刊，然而“几乎是在同时，推出了一种新的国家控制形式，即征收印花税（根据版面大小征收1/2便士或1便士）和广告税（每插入一

1. Blanning, T. C. W. *The Culture of Power and the Power of Culture: Old Regime Europe 1660-1789*. Oxford and New York: Oxford UP, 2002, 156.
2. 雷蒙德·威廉斯．漫长的革命，倪伟译．上海：上海人民出版社，2013：190.
3. 同上。
4. Blanning, T. C. W. *The Culture of Power and the Power of Culture: Old Regime Europe 1660-1789*. Oxford and New York: Oxford UP, 2002, 156.

段广告征收1先令），征收此项税收不是为了增加财政收入，却是'禁抑流言蜚语的最有效的办法'。这种新的控制方式有着新的时代特征：国家许可证被市场税收所取代"[1]。

这些报刊在刚起步的时候还很难仅用文字填满两版内容，但一段时间后这就不再是问题了，各种各样的新闻素材开始在报纸上刊登。英国"新闻业变成了文学的一个重要分支，格拉布大街上的小册子作家再也不能操控政治讨论了"[2]，因为报纸很快在英国成为非常重要的新媒体，而且拥有大批阅读公众。早期报纸市场的稳定，对公共领域的形成产生了非常深远的影响，普通人每周便可以读几次关于政治话题的新闻，并可以在小酒馆、咖啡馆和阅读俱乐部谈论和探讨这些新闻，而这类讨论和辩论已经不再局限于贵族，而对更多的读者产生影响。政客们也很快就发现了报纸的这一力量，到了18世纪"伦敦的报纸经常有强烈的政治意识形态的论述，这些论述都通过印刷品传达给民众"[3]，报纸和期刊的内容也从单一的文学创作和文学批评逐渐向政治话题转移。

报纸的出现健全了英国批评机制，开始将文学批评变为一种流行的文化实践，这就使得"批评在文化史上既具备了商业／消费主义的特征，也具有了智力／审美的双重根源"[4]。一个叫杜顿（Dunton）的书商开始在他的刊物《雅典新诗》（*Athenian Mercury*）上刊登一些除政治话题之外的

1. 雷蒙德·威廉斯．漫长的革命，倪伟译．上海：上海人民出版社，2013：191.
2. Ellis, Aytoun. *The Penny Universities: A History of the Coffee-houses*. London: Secker & Warburg, 1956, 166.
3. Harris, Michael. "Introduction to the Seventeenth and Eighteenth Centuries." *The Press in English Society from the Seventeenth to Nineteenth Centuries*. Ed. Michael Harris, Alan Lee. London: Associated UP, 1986, 22.
4. Basker, James. "Criticism and the Rise of Periodical Literature." Ed. H. B. Nisbet, Claude Rawson. Vol. 4. Cambridge: Cambridge UP, 2006, 317.

内容，最受读者欢迎的就是斯威夫特早期发表的一系列散文作品，很快这本期刊便成了英国第一本专门的文学评论杂志。之后笛福也开始发行他自己的文学周刊《评论》（*Review*），而斯蒂尔则开始发行《闲谈者》。

《闲谈者》由斯蒂尔在1709年4月12日创刊，最早也是政治性的期刊，"《闲谈者》充满斯梯尔在各专栏写的特点，有嘲笑上流社会荒淫无度、空虚乏味的寄生生活，有揭露混杂在伦敦市民中形形色色的骗子、恶棍和坏蛋，并把日常家庭生活的话题搬到专栏中讨论，以起到劝善作用"[1]。他的同窗好友艾迪生加入这份刊物后马上改变了这份刊物的风格，每逢周二、周四、周六出版一期，一共做了271期，涉及社会、文学、艺术和国内外新闻等方方面面的话题。艾迪生不仅关注宫廷生活，更对整个社会进行了细致入微的观察，因为"他试图让所有的人都关注文学"[2]，尽管"大多数人还是不能读书认字，但是他们却聚拢在能读书认字的人身旁，听他们读《观察者》或者《评论报》"[3]。虽然读书认字依旧是限制英国人参加公共活动的最大障碍，也同样是限制英国文学公共领域发展的最大障碍，但公众参与文学话题的讨论已经深入人心，咖啡馆中的对谈机制也已经建立起来。

《闲谈者》的创作形式也很有趣，在起初几期的刊头上会宣称文章的作者叫艾萨克·比克斯达夫（Isaac Bickerstaff），刊登的是根据他在四个咖啡馆中的见闻写成的各类文章，"正是根据在咖啡馆观察到的情景和在那里参与的谈话，艾迪生与斯蒂尔才积累了足以创作出精妙文章的素

---

1. 侯维瑞主编．英国文学通史．上海：上海外语教育出版社，1999：268.
2. Beljame, A. J. *Men of Letters and the English Public in the Eighteenth Century*. Trans. E. O. Lorimer. London: Kegan Paul, Trench, Trubner & CO., LTD., 1931, 293.
3. Blanning, T. C. W. *The Culture of Power and the Power of Culture: Old Regime Europe 1660-1789*. Oxford and New York: Oxford UP, 2002, 157.

材。也只有在咖啡馆这样民主、开放的空间，像《闲谈者》与《旁观者》这样寓品评时事于轻巧散文的刊物才能找到真正的读者。可以说，咖啡馆不仅是斯蒂尔、艾迪生寻找灵感的好去处，还是《闲谈者》及《旁观者》此类刊物流行的沃土”[1]。

但读者很快就会发现，这份期刊并不提供政客所需要的政治新闻，而是迎合了市民中的中产阶级读者的阅读需要，它以温和的方式讥讽社会上的现象，为社会行为模式提供恰当的建议。而这种社会行为模式发生的方式，首先是斯蒂尔在咖啡馆中观察到的，不同阶层的人聚集到了咖啡馆，通过理性交往方式求同存异并调整自己的行为。进而，斯蒂尔通过报刊中的写作为更大范围的公众提供了社会行为准则的参考，这个参考不是特定为某个阶级制定的，而是要寻求各个阶级之间“共处”之道，通过这样的写作“公共话语的意识由个人进入了公众的范围”[2]。通过文学公共领域中的这种练习，更大范围的公众受到了咖啡馆中理性辩论方式的影响，并逐渐开始接受这样的方式。

这个虚构的比克斯达夫穿梭在伦敦的各个咖啡馆中，搜集奇闻轶事，他最常光顾的就是维尔咖啡馆，在这里他可以记录文人墨客、诗人和批评家关于诗歌和一切文学话题的讨论。比克斯达夫常去的咖啡馆都位于伦敦西区，这一地区通常是英国上层社会活动的区域，普通的老百姓则不会来。这些咖啡馆的常客都是一些政治精英和贵族阶层，他们天然地排斥中产阶级，更不用说中下层阶级了，这就再次从一个角度印证了英国文学公共领域天然的排他性特征。

---

1. 吴伟．格拉布街：英国新闻业往事．北京：北京大学出版社，2010：74.
2. Warner, Michael. "The Mass Public and the Mass Subject." *Habermas and the Public Sphere*. Ed. Craig Calhoun. Mass: The MTI Press, 1996, 381.

在两位文学家的共同努力下，《闲谈者》中的政治话题逐渐减少，到第23期有关政治的文章甚至完全消失了，因为他们认为创办《闲谈者》的目的主要是为了娱乐和教育大众。这两位作者非常擅长通过日常见闻或者是寓言的形式来表达他们对政治、伦理或者文化的态度和见解。他们通过生活中的语言以轻松愉悦的笔触表达了对公共问题的关注，这使得《闲谈者》变成了一本“风格杂志”（journal of manners）。这种办刊思路也为随后发行的另一文学日刊《旁观者》（*The Spectator*）提供了参考，这两位作家以及他们的刊物对英国文学以及英国社会的贡献无疑是巨大的，因为“在废除新闻审查制度后的十年中，得益于斯蒂尔和艾迪生，一套新的实用道德规范被设立并被日渐接受”[1]。从1709年《闲谈者》发行到1710年3月1日停刊，都始终影响着整个伦敦文学界，它充当了伦敦乃至英国的文学风向标。他的读者也不仅限于伦敦咖啡馆中，在英国的几个外省都有着惊人的销量，他们“在非国教学院和另外一些对其他绝大多数世俗文学蹙眉的团体中间大受嘉许，而它们又通常是没受到教育的乡村的对文学有进取心的人遇到的第一批世俗文学作品”[2]。

《闲谈者》是见证现代英国文学批评成长的平台，同时也将英国人从对政治的疯狂中“带回到有教养的乐趣中”，他们通过报纸这种新的媒体和古代讽刺文学形式相结合，一方面“提供了一种用本土语言描绘现代公共领域的方式”[3]，另一方面“他们通过在专栏中的文章为英国国民提供

1. Ellis, Aytoun. *The Penny Universities: A History of the Coffee-houses*. London: Secker & Warburg, 1956, 167.
2. 伊恩·瓦特．小说的兴起，高原、董红钧译．北京：生活·读书·新知三联书店，1992：49.
3. Black, Scott. “Social and Literary Form in the Spectator.” *Eighteenth-Century Studies*, Vol. 33, No. 1, Eighteenth-Century Print Culture (Fall, 1999): 23.

文学和美学的教育”[1]。艾迪生和斯蒂尔的写作一扫自复辟时期形成的旧文风，让人们开始从政治的浮躁情绪中回到了礼貌的状态，斯蒂尔和艾迪生合力之下完成了人们将“社会生活审美化”的过程。另一方面，“《闲谈者》之所以受欢迎的部分原因是英国人对于得体和礼仪的世俗指导的迫切需要”[2]，威廉斯在追溯“文化”一词的现代使用时，也认为它出现在18世纪，这与艾迪生等人的“都市文化”教育有着千丝万缕的联系。

取代《闲谈者》的是斯蒂尔和艾迪生新创办的《旁观者》，这份刊物的发行量更大，“每期发行3000多份，到1712年12月6日为止每期也有555份之多。作为一个商业行为和文化事业，《旁观者》取得了令人惊叹的成功，在18世纪鲜有对手”[3]。这份期刊虽然由斯蒂尔和艾迪生合办，但蒲伯和其他作家也都参与了创刊工作，虽然是新刊物但其影响广泛，“销路达三千份。按照艾狄生自己的估计，一份约有二十人看，因此读者总数达到每期六万人。这在十八世纪初年是一个惊人的数字，可见新起的中产阶级读者群已是如何巨大，同时也说明《旁观者》报受到了多大欢迎”[4]。有些《旁观者》的读者甚至开始将作家围绕同一主题写作的文章捆成集子，以便日后参考阅读，这些文章的功能有些类似之前的基督教徒行为指南类书籍，所以《旁观者》被视为仅次于《圣经》的对英国社会产生深远影响的文学作品，这一点也不夸张。例如1714年，约瑟夫·科莱特（Joseph Collet）在写给女儿的信中谈到《旁观者》时说：“这是除《圣经》外你唯一可以读的作品，对于改善你的思想和行动大有裨益。”

---

1. Ellis, Aytoun. *The Penny Universities: A History of the Coffee-houses*. London: Secker & Warburg, 1956, 166.
2. Field, Ophelia. *The Kit-Cat Club: Friends Who Imagined a Nation*. London: Harper Press, 2008, 250-251.
3. 马克曼·艾利斯．咖啡馆的文化史，孟丽译．桂林：广西师范大学出版社，2007：226.
4. 王佐良．英国散文的流变．北京：商务印书馆，2011：59.

科莱特的评论表明："《旁观者》从《圣经》停止的地方开始，阐明了一个独特的社会关系领域，这些社会关系不是由宗教或政治义务所界定，而是由新的公共领域所形成的精神决定。"[1]这个新的文学公共领域对于英国国民精神与风貌的形成都至关重要。此外，斯图尔特·佘曼（Stuart Sherman）还指出，通过定期发行的报刊，读者不仅开始消费新闻，还开始对公共和私人的重要事项进行持续的思考和争论，这就进一步夯实了资产阶级公共领域向前发展的基础。

这份刊物之所以被命名为《旁观者》是由于刊物上所有的文章都由"旁观者先生"这个虚构人物来讲述，罗杰·考夫雷爵士和伦敦另外四个俱乐部的成员轮流来做这个旁观者，其中"斯梯尔创造的罗杰这个乡下保守绅士的形象经过艾迪生的精细加工后成了英国18世纪文学中最初的重要现实主义形象之一"[2]。通过这份报纸，斯蒂尔依然力图倡导一种基于在咖啡馆中进行的都市交往模式。在《旁观者》1711年4月26日的一期中，斯蒂尔借旁观者先生探讨了咖啡馆里谈话的机制："即便一个人天性不喜欢与别人在一起相处、不善与女性交往，都会很自然地陶醉于咖啡馆中的交流。在这里，一个和我脾性相投的人，完全可以在咖啡馆中心情轻松，因为，即使他不知道该说什么，他仍然可以和同伴融入到这样的环境中，他只需要做一个听众，就可以让自己很开心。"[3]《旁观者》"以其优雅清新的格调，寓品评时事、道德教化于轻松散文文体的风格，教导民众，开启民智，被后人誉为'道德周刊'"[4]。之所以这样说是因为斯

1. Black, Scott. "Social and Literary Form in the Spectator." *Eighteenth-Century Studies*, Vol. 33, No. 1, Eighteenth-Century Print Culture (Fall, 1999): 36.
2. 侯维瑞．英国文学通史．上海：上海外语教育出版社，1999：269.
3. Addison, Joseph. *The Spectator*. no. 49, ed. Bond, vol I: 208.
4. 吴伟．格拉布街：英国新闻业往事．北京：北京大学出版社，2010：70.

蒂尔“不仅表现了事物的精致，更是表明人类有权为之欢欣鼓舞”[1]，他通过“旁观者”之口教育人们什么样的都市生活应该得到提倡，但在更深的层面，他其实是在倡导资产阶级正确的都市生活方式，这样一来，“在对人们的品位进行辩论和辩护的要求中，文学公共领域开始成形。文学不仅在自我表达方面，而且也在公共辩论方面，对资产阶级读者进行训练。文学领域扩展到不仅包括小说，也包括了主要发表在期刊（比如《闲谈者》和《旁观者》）上的散文，这些期刊激发了对一系列实际的、科学的和社会的主题的讨论。这些又得到了如下公共机构的补充：沙龙、咖啡屋和学术团体，在这些机构中，思想观念可以得到面对面的交流、辩论和辩护”[2]。

在《旁观者》发行后的第一年，伦敦周边各地方就出现许多《旁观者》阅读团体，在艾迪生和斯蒂尔的首肯下，1711年11月3日在斯波尔丁的扬格咖啡馆（Younger Coffeehouse）成立了一个“绅士协会”（Gentleman's Society），经常对《旁观者》刊登的文章进行集体讨论，甚至在苏格兰也出现了这样的一些社团。在这些综合因素的作用下，文学公共领域其实已经开始对公众发挥“温和的”政治影响。

《闲谈者》和《旁观者》这两本期刊是17、18世纪英国文学期刊发展史上的里程碑，他们的出现也带动了更多文学期刊的发行。根据萨斯兰德（James R. Sutherland）对伦敦日刊、周刊、双周刊的粗略统计，九种不同的刊物一周的发行数目就“可以达到四万四千多份”[3]。而单就文学期刊

1. Dobrée, Bonamy. *English Literature in the Early Eighteenth Century 1700-1740*. Oxford: Oxford UP, 1959, 20.
2. 安德鲁·埃德加．哈贝马斯：关键概念，杨礼银、朱松峰译．南京：江苏人民出版社，2009：143—145.
3. Sullivan, Alvin. *British Literary Magazines*. London: Greenwood Press, 1983, xvii.

来说，艾迪克（Richard D. Altick）的统计显示“在1764年，《绅士杂志》（*Gentleman's Magazine*）发行了约三千份；1769年《伦敦杂志》（*London Magazine*）发行量达到了四千份；1797年《月刊》（*Monthly Magazine*）和《月评》（*Monthly Review*）各达到了五千份，《绅士杂志》则增加至四千五百五十份，《英国评论家与评论》（*British Critics and Critical Review*）达三千五百份，《欧洲杂志》（*European Magazine*）发行了三千两百五十份，《环球杂志》（*Universal Magazine*）则发行了一千七百五十份[1]”。这类文学评论期刊与文学批评的发展之间关系密切，尤其有两类文章最具影响力——“期刊散文（periodical essay）和每月杂谈（monthly miscellany）”[2]。

艾迪生与斯蒂尔都认为都市生活可以形成文明的社会交往体系，而最具代表的就是咖啡馆和俱乐部中的社交生活，所以，他们的这两份期刊的内容都源自在咖啡馆中的观察和总结。也正是因为这样的原因，《旁观者》、《卫报》和《闲谈者》也被历史学家称为英国“文化环境”的先锋官，因为它们“在文学和社会中提倡礼貌和修养”[3]。都市生活特别体现在英国的咖啡馆中，它们把不同的人聚集在一起，通过理性的对话消除了人与人之间的摩擦和冲突，让市民生活变得更加有修养。

斯蒂尔与艾迪生的文章不仅在内容上让读者耳目一新，这些文章的写作风格也被认为是优雅和得体原则的完美体现。他们写作的目的是提

---

1. Sullivan, Alvin. *British Literary Magazines*. London: Greenwood Press, 1983, xvii.
2. Basker, James. "Criticism and the Rise of Periodical Literature." *The Cambridge History of Literary Criticism, Vol. 4, The Eighteenth Century*. Ed. H. B. Nisbet, Claude Rawson. Cambridge: Cambridge UP, 2006, 320.
3. Borsay, Peter. "The Culture of Improvement." *The Eighteenth Century*. Ed. Paul Langford. Oxford: Oxford UP, 2002, 189.

高读者的品位，培养他们的礼貌原则和修养，因为“礼貌不仅是18世纪文化意识形态的映射，也是理解时代特色、文化组织与实践形式的核心。作为在没有王室监督的情况下寻找组织文化途径的尝试，这种礼貌制度（polite regime）其实发挥了王室的作用”[1]。这些礼貌原则可以有效地排除因政治意见不同而产生的歧见，因此对文学以及政治公共领域中的活动制定了规范。此外，艾迪生认为阅读“修养很高的作家的作品”，以及“同礼貌谦和的能人志士一起聊天”是其中最重要的提高自身礼貌和修养的方法。从更深层的意义上来看，艾迪生和斯蒂尔通过写作这些散文含蓄地挑战了教会的道德控制，通过这些期刊散文他们得以接触到更多的公众。但是，艾迪生和斯蒂尔的文学评论依然不是现代意义上的职业批评，因为这些文章更多的是基于“经验”，而缺乏理论深度和系统性，并且他们的文学评论文章也只能算是一般性的道德人文主义批评。因而，他们的批评“与其说是‘文学’批评还不如说是‘文化’批评：较之对仆役态度的探讨、礼貌言行的规则、女性和亲情的地位、英语的纯洁性、夫妻生活的特点、柔情的心理以及厕所里的规定等问题，对文学文本的检视反而少有涉及”[2]。

《旁观者》和《闲谈者》之后又出现了很多类似的期刊与报纸，“期刊数量的大量增加，出版周期的愈加频密，以及对最新思想兴趣的日益开放，创造了一个批判的市场，这个市场从官方独有的期刊杂志的绝对监护中解放出来，建立在各种意见可以交锋冲突的基础之上，尽管各种

1. Klein, Lawrence E. "Coffeehouse Civility, 1660-1714: An Aspect of Post-Courtly Culture in England." *Huntington Library Quarterly*, Vol. 59, No. 1 (1996): 51.
2. Eagleton, Terry. *The Function of Criticism: From the Spectator to Post-Structuralism*. London: Verso, 1984, 17.

杂志使用类似的分析策略——以同样的操作手法为基础，尽管每一份杂志皆旨在根据自己的选择和判断，向读者传达对著作的准确阐释，但流通杂志的多样性还是催生出了批评性的争论和激烈的讨论。通过声称是以读者的名义在讲话，通过将读者树立为鉴赏的裁决者，从固定的标准和僵化的权威中解放出来，这些文学期刊让一个批判的、自主的和至高无上的新法庭得以生成，这个新法庭就是公众”[1]。简单来说，英国期刊的发展形成了一个与官方期刊竞争的市场，通过对“想象”中的读者进行礼貌培养和文化教养，期刊和报纸为英国文学公共领域培养了越来越多关心公共事务的“公众”。

在巴顿咖啡馆中艾迪生召集了一大批作家，他们围绕文学议题展开辩论与讨论，其中不仅包括斯蒂尔、布德格尔（Eustace Budgell）、菲利普斯（Ambrose Philips）等未成名作家，还包括蒲伯与斯威夫特等已有建树的作家，这里是艾迪生“社会生活的中心也是辉格文学社团的中心”[2]，它还吸引了一些辉格党人的到来，他们聚在一起建立了一个继维尔咖啡馆之后新的咖啡馆精英圈。作为咖啡馆的主持者，艾迪生“通常每天早晨学习，然后在巴顿咖啡馆里与大家讨论，在那里吃完午饭后，他会待五到六个小时，甚至到晚上”[3]，巴顿咖啡馆成为英国文学公共领域开展活动的新兴且重要的文化地标与场所。

W. H. 达文波特 · 亚当斯曾说在安妮女王统治时期的英国出现了思想领域的重大发展，这一发展对英国文学的基调和特征影响深远。1688年

1. 罗杰 · 夏蒂埃. 法国大革命的文化起源，洪庆明译. 南京：译林出版社，2015：148.
2. Cowan, Brain. "Mr. Spectator and the Coffeehouse Public Sphere." *Eighteenth-Century Studies*, Vol. 37, No. 3, Critical Networkings (Spring, 2004): 359.
3. Ellis, Aytoun. *The Penny Universities: A History of the Coffee-houses*. London: Secker & Warburg, 1956, 161.

光荣革命后的历史巨变让政治家和文学家在咖啡馆的讨论中达成了更多的共识，在这里文学才子们通过对文学的讨论涉足政治文化生活，并围绕文学议题展开公共辩论训练，一个成熟的英国文学公共领域随之出现了。艾迪生和斯蒂尔为增进英国人对文学的理解，引导大众阅读群体学会基于自己的判断去思考，做出了贡献，他们通过“润物细无声”的方式培养了阅读公众。通过《闲谈者》、《旁观者》和《卫报》上的文学评论和文学作品，他们“有意识地将各种各样的公众培养成普遍具有理性、品位和道德的群体”[1]。

艾迪生和斯蒂尔的报纸对咖啡馆的发展方向也产生了巨大的影响，确立了它以文学公共领域来影响公众言行的重要功能，这种通过文学对社会进行改良的方式影响深远。正如特里·伊格尔顿所说：“英国18世纪初的资产阶级公共领域的确是由斯蒂尔的《闲谈者》和艾迪生的《旁观者》作为核心阵地，通过他们道德改正（moral correction）和对放荡的、倒退的贵族的辛辣讽刺得以实现。但更为重要的是，通过这样的阵地，他们实现了对各阶级的整合（class-consolidation），他们为资产阶级行为和实践制定规矩，通过这样做，英国资产阶级才可能与那些更高社会阶层的人结成历史性联盟（historic alliance）。”[2]

除斯蒂尔与艾迪生外，据王佐良先生研究所指出的：“报刊文学中最活跃的人物却不是艾狄生，也不是与他合作办报的斯梯尔，而是笛福。”[3]笛福从事过许多职业，做过小商人、编辑、记者和政治评论家，他

---

1. Eagleton, Terry. *The Function of Criticism: From the Spectator to Post-Structuralism.* London: Verso, 1984, 22-23.
2. Ibid. 10.
3. 王佐良．英国散文的流变．北京：商务印书馆，2011：59—60.

长期为报刊写作，发表了五百多篇长短不一的各类评论性文章。王佐良先生认为笛福的报刊写作具有以下四个特征：

> 1. 为不服从国教的商人、小市民说话。他们富于民主精神，讲求实际，注意工商业的发展。笛福以身为他们中的一员自傲，多次写文歌颂中产阶级的伟大，提出“自由与财产！”的口号。
>
> 2. 观察敏锐，注意细节，能把所见所闻准确、生动地记录下来。同时有丰富的想象力，能根据传闻和前人记载构想某些未曾亲历的事件，如在《大疫年日记》（1722）中所写的1664—1665年的伦敦瘟疫，就曾使不少读者信以为作者目睹过。
>
> 3. 会说故事，能够绘影绘声，娓娓动听。
>
> 4. 文字平易，句子短，口语化，速度快。特别善于模拟小市民、店员、家庭妇女、工匠、仆人、路途上的旅客等等的口吻、强调，许多段落读之如读二十世纪小说。[1]

笛福写作的这四个特征，尤其是前两个特征都是他运用文学写作引起公共舆论的典型方式，也是文学报刊参与英国文学公共领域建构的典型例证。

英国报刊的出现对英国文学公共领域的发展有着深远影响：首先，英国报纸新闻业推动了文学批评的发展，而文学批评又“培养了文化的民主

---

1. 王佐良．英国散文的流变．北京：商务印书馆，2011：59—60.

进程（the democratization of culture）”[1]。其次，新闻业为更多公众加入到公共问题的讨论提供了新平台，这个平台因为没有太多要求和限制从而较之咖啡馆更容易接近，这样就在更多公众心中唤起了“新的批评的价值意识（new critical values）”[2]。这对英国文学公共领域的影响更加深远。随着文学家、读者和出版商之间关系的建立，文学阅读者的构成更加复杂，他们对于文学经典的确立、文学作品接受历史和文学批评都产生了影响。再次，报刊的发展推动了“文化政治（politics of culture）”[3]的发展，掌握报刊的集团“开始渴望获得更高的政治地位”[4]，这一趋势促进了英国文学公共领域向政治公共领域的过渡。“据估计1713年英国每年销售250万份报纸，而到了1775年，这一数字已增加到1260万份，不论是地方的还是全国性的报纸都刊载政治信息和评论。”[5]这便是明证，尽管“从事新闻业，特别是报道关于政治的新闻，还被认为是最不体面的文学活动形式之一”[6]。

虽然开始介入政治，但依然存在大量文学报刊，据哈里斯研究称：“在18世纪20年代后期至30年代早期，伦敦出版了大量由书商掌控的周报，其中大量文章都是关于文学的议题。”[7]例如1729年出版的《梅德利周

1. Basker, James. "Criticism and the Rise of Periodical Literature." *The Cambridge History of Literary Criticism*, Vol. 4, *The Eighteenth Century*. Ed. H. B. Nisbet, Claude Rawson. Cambridge: Cambridge UP, 2006, 332.
2. Ibid. 322.
3. Ibid. 316.
4. 雷蒙德・威廉斯．漫长的革命，倪伟译．上海：上海人民出版社，2013：193.
5. Swann, Julian. "Politics and the State in Eighteenth-century Europe." *The Eighteenth Century Europe 1688-1815*. Ed. T. C. W. Blanning. Oxford: Oxford UP, 2000, 41.
6. Harris, Michael. *London Newspapers in the Age of Walpole: A Study of the Origins of the Modern English Press*. London: Associated UP, 1987, 111.
7. Ibid. 184.

刊》（*Weekly Medley*）以及1732年出版的《每周杂谈》都属于专门的文学期刊。即便是现在，“艾狄生所创导的报刊编法和文风也在英语国家的某些老资格的刊物中依稀可见。虽然经历了作者、读者、思想潮流、社会趣味、印刷技术、广告影响等等的巨大变化，伦敦、爱丁堡、都柏林、纽约、波士顿等等地方仍然在出版这一些周刊、月刊，它们愿意匀出篇幅，发表几篇个人观感式的随笔小品，刊载若干书评、剧评、乐评、艺评、影评，关心所谓‘生活质量’的提高，仍然注意文风，力求文章写得自然、亲切，而又有文采。这些情况说明报刊文学中有一个独特的英国传统，至今还有生命力”[1]。从公共领域的角度来看，这些在英国文学公共领域并未消失而只是转型，或者说是因为政治公共领域更为显性化造成了文学公共领域的相对隐形化发展。

四、英国文学公共领域与小说的兴起

哈弗来曾这样评价艾迪生和斯蒂尔，认为他们独创了一种文类——“在拉丁文学复兴时期的英国独创的、能反映这一时期时代特征的文类就是期刊散文”[2]，他认为他们的写作代表了安妮女王统治时期的全部文学、文化特征，是优雅文化最完美的表达。斯派克也指出：“艾迪生展示了在新闻业中有一个中产阶级读者群的存在，他们不仅报道或评论了时事或流言，还创造了一个反映现实世界的想象世界。”[3]也是在这一点报刊散文为后来小说的兴起提供了启示，而目前对这一问题的研究还不够深入。

1. 王佐良. 英国散文的流变. 北京：商务印书馆，2011：59.
2. Humphreys, A. R. *Steele, Addison and Their Periodical Essays*. London: Longmans, Green & CO LTD, 1966, 37.
3. Speck, W. A. *Literature and Society in Eighteenth-Century England: Ideology, Politics and Culture, 1680-1820*. London and New York: Longman, 1998, 103.

安德森也发现了这两种文学类型之间的关系，他表示："如果我们思考一下两种最初兴起于18世纪欧洲的想象形式——小说与报纸——的基本结构，就能够明白何以这个转型对于民族的想象共同体的诞生会是如此重要了。因为这两种形式为'重现'民族这种想象的共同体，提供了技术上的手段。"[1]也就是说作为18世纪最为重要的两种想象形式，他们对于英国民族主义的兴起都起着"技术性"的作用。报纸期刊的出现不仅创造了一个"礼貌中心"，更是缔造了小说这一新的文类。因为一方面，"期刊编辑经常使用信件的形式来强化于读者中形成的一种集体意识，《旁观者》的第一辑（从1711年3月到1712年12月）总共出版了250封信"[2]，这种书信写作启发文学家创造出了早期的小说类型——书信体小说；另一方面，"期刊在小说演变的过程中至关重要，艾迪生和斯蒂尔创造了一个虚构的世界——《旁观者》俱乐部，其中的成员评论现实世界中的礼仪。这种亦真亦假的混合写法体现在他的《自由人》中的'猎狐者'这个人物身上"[3]。在英国期刊发展的过程中，还有一本非常值得注意的杂志——《君子杂志》，因为"这份内容充实的月刊把政治新闻的功能与颇为丰富多样的文学精神食粮综合到了一块，涉及范围从'每周综述'中的公正的评论到'诗歌选粹'……《君子杂志》有两个与众不同的特征：有关家庭生活的实际资料；改良与娱乐相结合。这两个特征后来都在小

1. 本尼迪克特・安德森．想像的共同体：民族主义的起源与散布，吴叡人译．上海：上海人民出版社，2011：23.
2. Blanning, T. C. W. *The Culture of Power and the Power of Culture: Old Regime Europe 1660-1789.* Oxford and New York: Oxford UP, 2002, 159.
3. Speck, W. A. *Literature and Society in Eighteenth-Century England: Ideology, Politics and Culture, 1680-1820.* London and New York: Longman, 1998, 102.

说中体现了出来”[1]。

除此之外，纵观世界文学发展的历史，每一次科技的进步都会对文学变革产生影响，所以弗林特才说“类型和技术往往是相互构成的”[2]。毫无疑问印刷技术的飞速发展催生了小说的诞生，而小说的广泛流行反过来又吸引了更多的阅读大众，这一趋势促进了印刷品的生产和消费，进而要求印刷技术必须得到更大的改进，以满足文学市场上对小说的传播需求。如此看来瓦特所说的“直到新闻业兴起后，完全依赖于文字表现的新的写作样式才产生，而小说或许是本质上与印刷的媒介联系在一起的唯一的文学体裁”[3]是十分准确且客观的。瓦特还进一步指出：“小说之集中于个人经验和人际关系的倾向的发展，是与一系列的自相矛盾联系在一起的。读者与文学所设想的虚构人物之感情的最为强烈的共鸣，竟会由于利用了印刷这种最不为情感所影响、最客观、最社会化的交流媒介而产生，这是自相矛盾的。而郊区都市化的过程竟会导致一种比以往更僻静、社会化程度更低的生活方式，同时还有助于产生一种比以往任何一种文学样式更少涉及生活之社会性的一面，而更多地涉及生活之私人性的一面的文学样式，这就更自相矛盾了。最后，这两种倾向竟会结合起来，帮助这种显然是最现实的文学样式，可能比以往任何一种文学样式对心理和社会的现实，进行一种更彻底的颠覆，这也是自相矛盾的。”[4]这样奇妙的矛盾就在印刷与小说之间产生了，小说与以往“口述故

1. 伊恩・瓦特．小说的兴起，高原、董红钧译．北京：生活・读书・新知三联书店，1992：50.
2. Flint, Christopher. *The Appearance of Print in Eighteenth-Century Fiction*. Cambridge: Cambridge UP, 2011, 3.
3. 伊恩・瓦特．小说的兴起，高原、董红钧译．北京：生活・读书・新知三联书店，1992：220.
4. 同上：230.

事”（storytelling）最大的区别就在于“小说本质上对书非常依赖，只有印刷技术发明，小说才得以流行”[1]，以至于可以这样说，“小说是一种独特的手段，通过这种手段，印刷文化可以成为一种正常和普遍的交流媒介”[2]。

瓦特在《小说的兴起》中对小说兴起原因的分析非常全面，他认为小说成为文学新时尚主要依赖于三个物质和文化条件：一是随着英国社会中识字人口的不断增加，出现了一个能够读写的阶层，其中主要为中产阶级妇女；二是在许多中产阶级家庭中都建立了家庭私室，专供赋闲在家的妇女阅读和写作；三是随着城市化进程和交通的发展，英国的邮政能力得到快速发展，这便直接提升了信件的投递和信件往来的速度。与此同时，剧院正迅速丧失其传统的公共影响力，到了18世纪中期剧院对英国人公共生活的影响已经非常微弱了，因为“热爱戏剧的人的数量非常有限。加之英国清教徒对戏剧反映的社会风貌的不屑和对戏剧中大胆内容的畏惧，市民们不再去剧院看戏剧，或者说很少去”[3]，所以“人们不再完全满足于看戏剧、读剧本，自然而然新的文学表达方式的产生就成为必然”[4]。

小说的出现适时地迎合了英国读者的这种需要，因为小说具有格林布拉特（Stephen Greenblatt）所说的“自我塑造”（self-fashioning）的特征。

---

1. Benjamin, Walter. *Illuminations*. Ed. Hannah Arendt. Trans. Harry Zohn. London: Fontana, 1992, 87.
2. Flint, Christopher. *The Appearance of Print in Eighteenth-Century Fiction*. Cambridge: Cambridge UP, 2011, 19.
3. Beljame, Alexandre. *Men of Letters and the English Public in the Eighteenth Century: 1660-1744, Dryden, Addison, Pope*. Translated by Lorimer, E. O. London: Kegan Paul, Trench, Trubner & CO., LTD, 1948, 53-54.
4. Frank Singer, Godfrey. *The Epistolary Novel: Its Origin, Development, Decline, and Residuary Influence*. New York: Russell & Russell. Inc, 1963, 62.

“小说需要的世界观，其核心是个人之间的社会联系；这种世界观涉及世俗化倾向，也涉及个人主义，因为，直至十七世纪末，个人仍然未被想像成是完全独立的，而是被想像成一幅图画中的一小部分”[1]。另一方面，自文艺复兴以来“一种用个人经验取代集体的传统作为现实的最权威的仲裁者的趋势也在日益增长，这种转变似乎构成了小说兴起的总体文化背景的一个重要组成部分”[2]，这同时也表明个人主义已经开始在英国有所发展，因为小说的惯常写法是“通过使个人的行为和性格代表更大的社会问题，从而获得一般性的意义”[3]，这就使得小说讲述的是个体的故事，但却具有了公共的意义和价值。

斯蒂尔与艾迪生在《闲谈者》和《旁观者》上发表的许多读者来信，启发了英国书信写作，并为普通人进行书信写作制定了规范。这种私人书信某种程度上推动了英国书信体小说的发展，“私人化的个人（privatized individuals）从客厅步入了沙龙，他们用写给别人的信件来定义他们自己的内在意识，他们探索了主体性的新领域——从信件中延伸出小说，这个新的文类是18世纪精神的伟大反映”[4]。近代西方的书信体小说自产生之日起，就着力揭示主体的内心世界，它以亲切的口吻将内心的情感以通俗的文字表述出来，从而建立起一个记录个人私生活的新方式，这迎合了新兴中产阶级的文化趣味和文学需求。书信体小说最早产

1. 伊恩·瓦特．小说的兴起，高原、董红钧译．北京：生活·读书·新知三联书店，1992：88.
2. 同上：7.
3. 同上：182.
4. Baker, Keith Michael. “Defining the Public Sphere in Eighteenth-Century France: Variations on a Theme by Habermas.” *Habermas and the Public Sphere*. Ed. Craig Calhoun. Cambridge, Massachusetts, and London: The MIT Press, 1996, 184.

生于17世纪末，到18世纪早期成为流行的“讲故事”方式。此类故事通常都是围绕游记、丑闻、历史或野史、政治等话题，公共领域中的公众之所以能习得私人自律并获得“主体性”，就是通过在私人环境中阅读文学作品，尤其是反映私人经验的日记和书信体小说。

书信体小说虽然是用来集中反映私人经验的小说样式，但是这样的文学样式一旦被公众大量阅读，单个的私人性就会就公共问题集合成公共舆论，其公共性也随即体现了出来。另一方面，他们突出描写私人经验和主人公的心理活动，直接或间接地促进了资产阶级主体性的建构。书信体小说具有相对一致的文体特征，即无论书信体小说中有多少个人物，人物的叙述视角都是第一人称，而第一人称的“我”正是这种主体性的最直接体现。“它表明人对自我的关注程度开始超过了对外部世界的关注。书信体小说虚构了一个人称之‘我’，从而为读者提供了一个自我认同的镜子，每个人都可以在阅读小说时用自己的真实的自我去代替那个虚构的第一人称之‘我’，将另一个‘我’的生活认同为自己的生活，将其情感欲望认同为自己的情感欲望。”[1]通过作者运用第一人称叙事来建构主体意识和读者主体在阅读过程中对书信小说中主体的代入与替换，近代的自我概念在书信体小说写作和阅读过程中被逐渐建构起来。

严格来说，西方小说是从书信体小说中脱胎出来的，它也因为深切关注普通人的日常生活而被瓦特称为最充分反映个人主义和赋予革新性的文学形式。与书信体小说得到中产阶级关注的过程类似，小说的迅速发展也要具备一定的条件：一是社会开始重视个人存在的价值，并将其

1. 张德明．近代西方书信体小说与主体性话语的建构．浙江大学学报（人文社会科学版），2002（5）：39.

作为文学创作的严肃话题来考虑；二是小说中的话题必须有足够充分的多样性，得以引起普通读者的兴趣，而“一个各种因素相互依存的巨大复合体——个人主义——为其特征的社会的建立”[1]，恰恰满足了小说发展所必需的条件，因为个人主义对个体的尊重鼓励读者具有“多样性”的品位。

18世纪的小说，较之许多业已确立的、高雅的文学形式和文学批评，更接近新加入到读者大众队伍中的中产阶级的经济实力和文学品位，这同样是小说能够在英国取得飞速发展的重要原因，其已成为英国文学史上不可小觑的文学力量。另外，在英国生根发芽的商业性图书馆也为小说的发展推波助澜，“几乎无可怀疑，正是这些图书馆导致了那个世纪出现的虚构故事读者大众最显著的增多。无疑，它们引起了对阅读普及到下层社会的现象最大数量的当代评论”[2]。由于自身经济实力所限，大量中下层阶级开始选择从租赁书籍业务处获得消遣，尤其是小说的租赁和阅读。继1725年爱丁堡建立第一个这样的图书馆以来，短短五年间英国就出现了八十多个类似的图书馆。

还需补充的一点是，由于很多英国文学史专家（最具代表性的就是瓦特的《小说的兴起》）都不遗余力地将笛福、理查逊和菲尔丁确定为英国小说之父，从而直接抹杀了如阿芙拉·贝恩（Aphra Behn）、德拉里维耶尔·曼利（Delariviere Manley）以及伊丽莎·海伍德（Eliza Haywood）等女性文学家对英国小说发展乃至英国文学公共领域的转型所做出的贡献。正如女权主义者南茜·弗雷泽所指出的那样：“从历史学角度看很

1. 伊恩·瓦特. 小说的兴起，高原、董红钧译. 北京：生活·读书·新知三联书店，1992：62.
2. 同上：40.

难将依托于咖啡馆和绅士杂志的18世纪公共领域同挑战资产阶级‘文学共和国’特征和文化风貌的亚文化公共领域分割开来，尤其是在性别方面。”[1]对于女性作家如何参与英国文学公共领域建构的方式将在下边的章节进行补充。

当然，除上述条件外还有一些因素促进了小说在英国的发展，例如，在前文已交代的书商对文学资助人的取代。瓦特还指出在小说出现的过程中劳动分工同样发挥了巨大的作用：随着经济发展加速和经济结构的调整，人们的生活观念产生了很大的差异，而小说家呈现在小说中的世界包罗万象，容易吸引各个领域的读者。此外，相对于阅读小说，去剧院看戏并非普通人可以承受的，所以，小说更容易到达普通阅读公众手中。最后，随着社会分工的日益精细，更多的大众获得了闲暇时间，消费小说的读者也随即大量产生。

自哈贝马斯的《公共领域》于20世纪80年代末被翻译为英语，越来越多的英语学者将英国小说的兴起与资产阶级公共领域的出现关联在一起并进行研究，因为这两种现象几乎是在同一个时期出现的，当然李维屏教授在研究英国女性小说时对小说兴起的时间做出过修正，他指出“瓦特认为英国小说兴起于18世纪初期，大部分学者也持有类似的观点。严格地说，英国小说的兴起应该是在17世纪末（王政复辟后期）和18世纪初”[2]。由于小说具有莫里森所说的“将公共领域和私人生活明显分离的能

---

1. Fraser, Nancy. "Rethinking the Public Sphere: A Contribution to the Critique of Actually Existing Democracy." *Habermas and the Public Sphere*. Ed. Craig Calhoun. Cambridge, MA: The MIT Press, 1992, 109-142.
2. 李维屏等．英国女性小说史．上海：上海外语教育出版社，2011：8.

力"[1]，它才有可能成为继报刊之后文学公共领域新的载体。和报刊的作用类似，对于新兴中产阶级来说，小说是"中产阶级沟通的主要工具，它几乎只描述中产阶级的生活，更为重要的是它探讨了我们称之为资产阶级道德的东西"[2]，这就使得小说被视为将公众关注的美德通过对虚构个体的塑造在个体读者那里表现出来的最佳形式。

小说能够从私人空间中走出来的，得益于"自从文艺复兴以来，一种用个人经验取代集体的传统作为现实的最权威的仲裁者的趋势也在日益增长，这种转变似乎构成了小说兴起的总体文化背景的一个重要组成部分"[3]。但随着它所关心的话题从对"我"的认识转变到对公共事务的关心，小说开始呈现出越来越强的"公共性"。甚至，从某种程度上，小说部分地取代了咖啡馆作为英国公共领域文化机构的功能和作用。正如陶东风所指出的："我们不能认为那些描写私人经验、情感和心理的小说必然缺乏公共性。文学的经验虽然是私人的，但是读者是公众，讨论是公共化的，讨论的机构——报纸杂志——也是公共化的。"[4]

由于小说这种文类自身的特点，使得它产生之初便具有极强的"对话性"和"公共性"："阅读——包括小说阅读——在这一时期往往是一项高度社交的活动，即使这样的阅读是沉默和孤独的，个人也会警惕他

---

1. Morrison, Jago and Susan Watkins. "Introduction: The Twentieth-Century Novel in the Public Sphere." *Scandalous Fictions: The Twentieth-Century Novel in the Public Sphere*. Ed. Jago Morrison and Susan Watkins. New York: Palgrave Macmillan, 2006, 3.
2. Dobrée, Bonamy. *English Literature in the Early Eighteenth Century 1700-1740*. Oxford: Oxford UP, 1959, 13.
3. 伊恩·瓦特．小说的兴起，高原、董红钧译．北京：生活·读书·新知三联书店，1992：7.
4. 陶东风．文学公共领域的理想类型与应然品格．东方丛刊，2008（4）：19.

们的阐释可能产生的社会后果以及可能会奏效的社会作用。”[1]这使得它比起其他文学样式具有更强的对话性和文本的开放性。

巴赫金认为，不论在哪一个领域中，只要运用语言就必然渗透着对话关系，通过对小说的仔细研究和论述，巴赫金探讨了艺术的对话性特征。他认为同其他艺术样式一样，小说也是对生活的反映，而这种对话关系是发生在作者和主人公之间、主人公相互之间，以及作者与读者之间、读者与主人公之间。故而文学创作与阅读、小说的接受过程都是一个不断对话和交流的过程，是一个诉说与倾听的过程。通过小说创作，作家实现了与前辈作家、同时代作家和后代作家的对话；而通过日渐普及的小说阅读的过程，读者与作家、与书中的主人公构成了更大范围的对话关系。在笔者看来，这种对话关系有助于英国文学公共领域的成熟，当咖啡馆内的对话由于咖啡馆机制的日渐消失而重新选择新的物理机制时，小说这种新的文类的出现不能不说是文学公共领域转型的使然和历史的必然。

在对小说的研究中，巴赫金还提出了“复调”的概念，他在《小说的话语》（*Discourse in the Novel*）一书中主张小说世界与其他文学世界的不同之处在于，小说文本的论述之中充满着各种阶级、不同性别的人物的声音，它们在你来我往的小说世界中交织和对话。因此，小说这种处于开放、发展中的新文类，可以在主体间开展对话和交流，而不是停留在封闭、独白式的结构中。而且小说中各种信仰和权力关系彼此交织形成错综复杂的脉络，并通过聆听与互动来构成新的世界观，巴赫金将这些都归功于平民、节庆、戏谑、嘲讽式的话语形式。“复调”这个概念和

1. Loveman, Kate. *Reading Fictions, 1660-1740: Deception in English Literary and Political Culture*. Hampshire: Ashgate, 2008, 6.

巴赫金所提的另一个词“异质声音”（Heteroglossia）彼此互动，他利用这两种概念来描述相对于专断与统一的史诗意识形态，“小说这种新兴的再现形式可以让开放而具有解放性的对话得以在新的社会秩序中形成互动、流通与对话的可能性。利用这个方式，传统一言堂式的主流概念被宣告太过于独断与僵化而面临死亡，进而利用身体排泄、生殖繁衍的手法来粉碎霸权与主流文化的封闭性系统”[1]。

除了对话性和开放性以外，“政治性”也绝对是小说的另一重要特点，“政治，是小说世界的重要内容。公共性，是小说的重要特质”[2]，这一点尤其体现在小说与意识形态之间的关系上。小说无法脱离特定的政治语境而存在，小说文本与政治语境本身就构成“文本间性”或“互文性”，因此小说也必然会呈现出一定的公共性。从政治美学的角度看，文学家在创作小说的过程中，对情节的安排和对小说人物关系的排兵布阵，也都充满了政治性，“小说之中的对立、冲突，又是人类公共生活的基本矛盾的展示”[3]。不论是巴赫金作为作家与主角之间的“对话关系”，还是小说中主人公之间的关系都是文学家的现实世界、小说世界与读者所处的现实世界中的权力和利益关系的再现。而在小说的情节设置中，不管是人物内心世界的变化、行动的变化，还是主人公与所处环境之间的冲突与紧张关系都构成了情节发展的动力。小说情节的安排就是小说中内在力量的安排和博弈，所以，小说情节中必然包含权力结构和政治结构的制衡关系，小说文本从而与政治文本构成了“互文性”关系，因此可以说小说本身就具有很强的意识形态性。虽然“小说本身并不等同

1. 廖炳惠．关键词200：文学与批评研究的通用词汇编．南京：江苏教育出版社，2006：187—188.
2. 骆冬青．小说叙事的公共性与政治美学意蕴．江苏社会科学，2008（6）：151.
3. 同上：152.

于意识形态，但它绝对是在体现或者是反抗某种意识形态，这样说的原因在于，小说只有通过与读者分享相同的意识形态表达系统（signifying system）才可能被读者所理解，但同时小说又需要反抗这样的系统才能揭示更多的意义”[1]。

奥赫曼通过强调文学的批判精神，试图研究读者在文学言语行为过程中的作用，笔者认为这样虽然认识到文学言语行为实施的主体是读者，但是，正如巴赫金的研究所揭示的，小说本身是一个作者和读者进行交流的场域，如果想让小说的言语转变为一种具体的行为需要借助另外一个场域，即小说通过进入文学公共领域，引发读者（普通人、批评家、政治家等）的争论，形成公共舆论，从而将“小说言语”转化成为具体“行为”。

有别于普通的日常言语，文学是作家用文字形式、文学样式记录下来的言语，因此文学创作本身就是作家在实施言内行为。当作家的创作中讨论了真实的公众关心的问题，这样的作品就具有了言外行为。一旦这部作品引发公众讨论和辩论，改变了社会、文化或政策中的固有体制，该文学作品便实施了文学的言后行为。萨特曾在《什么是文学》一书中将这种以行动为指向的文学称为“介入文学”（literature engage，英译为committed literature），其实就是指文学的言外行为。但这些学者都忽略了文学言语在转化为行为的过程中尚需要非常重要的一个环节——即文学作品要首先进入文学公共领域的讨论和辩论中，才能使得公共舆论成为可能，文学也才可能转化为具体的行动。小说在进入文学公共领域后，引发公众关注，进而引起了公共舆论，由此小说便有可能发挥文学

1. Lennard, J. Davis. *Factual Fictions: The Origin of the English Novel*. New York: Columbia UP, 1983, 222.

的言语行为力量，从而成为改变政治、文化的具体行为。

小说兴起对文学公共领域最大的影响在于，首先，通过这种新的文学样式，“将一种亲密的感伤主义传达给参与文学公共领域的人们，教会他们如何理解私人生活的要义”[1]，通过阅读小说，资本主义的价值观念、生活方式等都传达给了更多的读者大众，“哈贝马斯认为，这些小说在巩固公共领域的同时，也验证了关于隐私、家庭和夫妻关系的规范，这些规范共同构成了资产阶级主体性的基石”[2]。其次，小说的“对话性”和“公共性”又为咖啡馆衰落后的英国公共领域提供了新的平台，通过对小说的阅读和讨论，文学公共领域与政治话题结合得更加密切，也为其向政治公共领域过渡提供了必要条件。“哈贝马斯通过他的批判性经验方法暗示了在私人领域内针对小说的讨论有助于形成一种基于公众的主体性——人们会更乐于参与在沙龙和咖啡馆中的理性的、具有批判性的辩论，这方面的研究已经非常丰富，事实上，人们从批评文学公共领域的观点开始转向批评资产阶级公共领域中的国家行为。”[3]

1726年“长期反对派”文学前奏响起，拉开了英国文学公共领域向政治公共领域转型的序幕。

五、俱乐部与英国文学公共领域

费尔德曾在研究中称：“到18世纪头10年，英国出版了近21,000本书，远超欧洲其他国家，而且大概在同一时间，参加俱乐部活动也成为

1. Calhoun, Craig. “Introduction: Habermas and the Public Sphere.” *Habermas and the Public Sphere*. Ed. Craig Calhoun. Cambridge, MA: The MIT Press, 1996, 10.
2. McCann, Andrew. *Cultural Politics in the 1790s: Literature, Radicalism and the Public Sphere*. London: Macmillan Press, 1999, 8.
3. Eberly, Rosa A. *Citizen Critics: Literary Public Sphere*. Chicago: U of Illinois P, 2000, 8.

了典型的英国人的活动。”[1]麦基（Alan McKee）也注意到这一现象的出现，几乎每个教区都有独立的俱乐部，市民们在商铺、交易所结束了一天的辛苦工作在上床睡觉前，可以找到一个释放他们想法的地方。这都说明了一个事实——到18世纪初，英国俱乐部已经开始流行起来。

俱乐部这种社交形式的最原始形态大概可以追溯至《圣经》中亚当和夏娃结成的关系，可考证的最早的俱乐部雏形出现在雅典。在雅典除了经常举办的“论坛”外，希腊人还会定期召开一种“友好会见”，举办费用通常按一定比例均摊给参与者。对于英国俱乐部源头的研究还存在颇多争议，但1700年前后英国最著名的俱乐部是由出版商雅各布·汤森（Jacob Tonson）在克里斯托弗猫咖啡馆（Christopher Cat’s Coffeehouse）中创办的半身画像俱乐部（Kit-Cat Club）。该俱乐部是一个带有强烈政治色彩的文化社团，旨在宣传辉格党人的政治理念。该俱乐部最早的聚会发生在克里斯托弗·肯特（Christopher Catt）所经营的咖啡馆中，该酒馆有一道羊肉招牌菜以老板的名字命名为“Kit Cats”（Kit Cats为Christopher Catt的简称），俱乐部也借此得名。据历史学家的考察，该俱乐部的历史最早可追溯至光荣革命前，威廉·康格里夫（William Congreve）、约翰·洛克（John Locke）、约翰·范布勒（Sir John Vanbrugh）、约瑟夫·艾迪生（Joseph Addison）都曾是该俱乐部的常客。

虽然在半身画像俱乐部之前英国就曾有过类似的俱乐部，但这个俱乐部是“第一个有如此广泛兴趣和影响力，将文化、政治和专业目的结合在一起的俱乐部”[2]，他成立的时间正处在对公共舆论明显放松的时期。

---

1. Field, Ophelia. *The Kit-Cat Club: Friends Who Imagined a Nation*. London: Harper Press, 2008, 41.
2. Ibid. 34.

与德莱顿常驻的维尔咖啡馆中的文学公共活动不同，半身画像俱乐部的活动议题虽然也围绕文学和高雅文化开展，却又试图摆脱以往俱乐部的运作范式。这个俱乐部延续了17世纪“男人俱乐部”的传统，吸纳的会员并不是基于其出身和财富多少，而是基于共同的价值观。他们坚持“从国家中划出消极自由（negative freedoms），其中最重要的就是有举行会面和自由讨论观点的权力。在未来的几十年中，半身画像俱乐部成员帮助塑造了国家的品位、读者的性格和英国的国际形象，在大众的想象中种下了‘英国性’的理念，为塑造一个更加繁荣、礼貌和自信的社会做出了贡献”[1]。

半身画像俱乐部的成员“积极参与了其时代的文化、宪法和社会革命。因此这个俱乐部见证了17世纪90年代的斗争，并在斗争中幸存，也见证了18世纪20年代之后英国的稳定”[2]。由于该俱乐部开展公共活动的时间正好处在英国文学公共领域鼎盛和向政治公共领域转型的时期，所以与维尔咖啡馆的文学公共活动不同，它“处于贵族写作和专业写作的转型期，它发展出了一种适应两者需求的集体赞助文学创作形式（collective patronage for literary production）”[3]。这种公开的赞助保证了半身画像俱乐部中对话的水准，这就与维尔咖啡馆中的对话有所不同，在那里人们只能得到德莱顿的赞许，得到“智慧的交换”，而“通过订阅和合作的方式，半身画像俱乐部承担了他们认为的爱国重任——引导和培养本土之才，这是空前绝后的，因为没有一个团体致力于实现如此雄心勃勃的国家改

1. Field, Ophelia. *The Kit-Cat Club: Friends Who Imagined a Nation*. London: Harper Press, 2008, 7.
2. Ibid. xv.
3. Ibid. xvi.

革愿景，这涵盖了所有高雅艺术形式，并试图主宰英国社会和知识生活的方方面面”[1]。

半身画像俱乐部的成员有很多是当时已经成名的文学家，比如艾迪生、斯蒂尔、康格里夫等，此外，在这个俱乐部中还有几个辉格党政客。在这样的俱乐部中作家与辉格党领袖混迹在一起，在轻松的环境下，他们可以毫无顾忌地自由谈论文学，议论政治。半身画像俱乐部也因为这种作家和政治家的组合被戏称为“辉格党人的社交空间”、“一个指引国家发展的俱乐部”[2]。而作为著名书商的汤森也可以在这里物色他欣赏的文学家，从而为自己谋取利益。1705年后，半身画像俱乐部的氛围和成员都变得更加政治化，使得这个俱乐部最终成为一个政治俱乐部，尤其是随着罗伯特·沃波尔（Robert Walpole）加入这家俱乐部后，从根本上改变了它的文学性质。

半身画像俱乐部对于英国文学公共领域发展的意义在于：首先，“为了重振英国文学的黄金时代，半身画像俱乐部试图教导同胞们要以伊丽莎白时期的作家为荣”，通过不断地挖掘经典作家作品，它和《旁观者》一起不断增强了英国人的民族认同感。其次，通过成功打造半身画像俱乐部，文学家向人们展现出个人可以组建自己的文化机构并重塑社会的想法，这比人们仅仅参与咖啡馆中的文学公共活动更进了一步，“在17世纪，‘俱乐部’一词容易引起暴力、阴谋的联想，但在半身画像俱乐部之后，人们开始将之视为更值得尊重、有建设性的、充满高雅文化和高尚

1. Field, Ophelia. *The Kit-Cat Club: Friends Who Imagined a Nation*. London: Harper Press, 2008, 6.
2. Timbs, John. *Clubs and Club Life in London*. London: John Camden Hotten, 74 & 75, Piccadilly, 1872, 50.

思想的地方”[1]。第三，半身画像俱乐部“以及之后虚构的‘《旁观者》俱乐部’引发大量当代和之后的模仿者，掀起了绅士俱乐部的长期热潮。到18世纪，英格兰大约有12,000个城镇俱乐部，苏格兰有3,000个，威尔士有750个。到18世纪30年代，这一风潮甚至蔓延到了美洲殖民地。到18世纪中叶，估计有2万名伦敦绅士每晚参加俱乐部”[2]，俱乐部所引发的热潮有助于加强“市民阶层”对自己身份的认同，有助于通过对文学作品的批评对资产阶级进行辩论和谈话技巧的训练，更有助于在俱乐部中通过讨论文学议题而引发公众的关注与公共舆论。

如果说半身画像俱乐部已经开始充斥政治议题的话，那么涂鸦俱乐部（Scriblerus Club）则较好地保留了自己的“文学性”。光荣革命结束后的十几年中，英国经历了一场非常激烈的“政党之争”（rage of party），杰弗里·霍姆斯（Geoffrey Holmes）将其称为“党派初期”（the First Age of Party），在14年中托利党和辉格党进行了11次大选。由于认识到英国文学公共领域的力量，认识到了文学家和读者的作用，为了赢得更多人的支持，政治家开始笼络文学家为他们提供服务。笛福、斯威夫特、斯蒂尔等都曾为不同政党的政客写作过，比如哈贝马斯就曾研究称：“哈利是第一个懂得如何利用这种新形势的政治家。他雇佣了像笛福这样的作家。笛福被称作第一位职业报刊撰稿人，他不仅像当时人们所做的那样利用传单，而且在新的杂志上为辉格党人的事业辩护。他第一次真正把‘党派精神’变成‘公众精神’。笛福的《评论》、塔钦（John Tutchin）的

1. Field, Ophelia. *The Kit-Cat Club: Friends Who Imagined a Nation*. London: Harper Press, 2008, 370.
2. Ibid. 370-371.

《观察家》和斯威夫特的《考察者》[1]都成为俱乐部、咖啡馆以及街谈巷议的话题。”[2]

这里提到的哈利正是涂鸦社俱乐部的资助人，也是这个俱乐部的重要成员，哈利雇佣了很多当时知名且有影响力的小册子作家，乔纳森·斯威夫特、丹尼尔·笛福、查尔斯·戴夫南特（Charles Davenant）、约翰·托兰（John Toland）、盖伊（John Gay）、蒲伯和阿巴斯诺特（John Arbuthnot）以及一些不知名的小册子作家都曾是他的座上宾。1714年春天这个俱乐部创社的时候，他们共同虚构了一个叫做“马提努斯·涂鸦”的主人公并围绕他进行创作，完成写作后再将这些文章汇编成册，他们出版了一系列的文学作品，包括《你如何称呼它》（*The What D'Ye Call It*）和《婚后三小时》（*Three Hours After Marriage*）两部舞台剧，以及《马提努斯·涂鸦先生备忘录》（*The Memoirs of Martinus Scriblerus*）等作品。很多学者认为斯威夫特、蒲伯和盖伊的很多杰出作品的灵感都来源于这个俱乐部中的文学讨论，“是他们伟大文学作品设计的一部分”[3]。

与咖啡馆中的文学讨论不同，文学俱乐部将文学与政治议题结合得更加紧密。加之它是相对封闭的机构，有组织的文学讨论就更加便利，通过制定一系列的规矩还约束了俱乐部成员的行为。而且，因为俱乐部中没有“主持人”，会使得这种文学讨论方式更加民主和自由，约翰逊就曾认为：“哈贝马斯强调早期资产阶级文学沙龙中独特的交往互动特性。与早期的贵族不同，新的沙龙通过揭示每个人在对方面前的主体性来扩

1. 即《观察者》。
2. 哈贝马斯．公共领域的结构转型，王晓珏等译．上海：学林出版社，1999：70.
3. Bruckmann, Patricia. *A Manner of Correspondence: A Study of the Scriblerus Club*. Montreal: McGill-Queen's UP, 1997, 8.

展原本的亲密原则，从而将私人与公共联系起来。沙龙社交的核心是对话，其规则比那些在宫廷的等级环境中盛行的规则更具对话性和平等性。”[1]在开展对话方面，俱乐部要比咖啡馆更有优势。这也是为什么随着英国文学公共领域进入繁荣期后，出现了大量俱乐部并逐渐取代咖啡馆的原因之一。

第三节 繁荣期英国文学公共领域的特征

有学者概括说：“私人领域中出现了‘公共性’（publicity in privacy）、明确性（explicitness）和虚拟性（virtuality）——如果这些是公共领域的关键特征，就不难发现它在18世纪初存在和运行的证据。”[2]如果说这三点是整个欧洲公共领域的特征的话，英国文学公共领域在进入繁荣期后也呈现出这些相同的特征，并在以下几个方面与众不同：

第一，英国文学公共领域能够进入发展高潮是借力于英国独特的历史发展规律，是锚定在英国历史之上的，也就是说英国文学公共领域首先具有“历史性锚定”的特征。

第二，英国城市化发展、审查制度解绑、职业作家和书商的出现以及英国独特的咖啡馆文化都为英国文学公共领域的成熟创造了独特的客观条件，因此，英国文学公共领域还具备“文化性独特”的特点。

第三，正如李丁赞所说“只有在商业经济兴起后，文化产品才真正

---

1. Johnson, Pauline. *Habermas: Rescuing the Public Sphere*. London and New York: Routledge, 2006, 23.
2. Mckeon, Michael. "Parsing Habermas's 'Bourgeous Public Sphere'". *Criticism*; Spring 2004, 46, 2: 276.

从赞助者的关系中解放出，也开始面对市场和大众。这时，作者、读者、批评者的平等关系才告确定，一种新的讨论关系逐渐萌生”[1]。英国文学公共领域进入高速发展时期的前提是文学的商品化，这不仅指文学作品的商业化，还指作家和出版商的职业化等因素。

第四，在这一时期英国文学还经历了一些更为深刻的变化，即“文化产品变成一种商品，它虽然因此而失去神圣性，却也因此变得可以质疑和批判。这种理性、质疑和批判的特征，正是后来（政治性）公共领域之所以能够诞生的基础条件，而文学公共领域正是生产这种理性和批判精神的重要基地”[2]。走下神坛的文学日趋“世俗化”，也更易于引发质疑和批判，文学批评诞生、小说开始流行、文学报刊创立、俱乐部开始取代咖啡馆作为新的文学公共领域，并为围绕文学展开的辩论与讨论提供了条件。

第五，“理性意味着存在自由且不受经济影响的围绕美学、哲学问题展开的讨论的存在，这些问题影响着作为‘人’的私人个体而非经济利益承载者。从这一角度看，公共领域的结构具有普遍性，而不由阶级减弱（attenuated）。”[3]这一时期的英国文学公共领域也开始呈现出这样的特点，参与该领域活动的主体构成越来越丰富，受经济和阶级地位的影响也越来越小。

第六，英国文学公共领域进入发展高潮时已经开始渐渐呈现出其“政

---

1. 李丁赞．市民社会与公共领域．许纪霖主编，公共空间中的知识分子．南京：江苏人民出版社，2007：89.
2. 同上。
3. McCann, Andrew. *Cultural Politics in the 1790s: Literature, Radicalism and the Public Sphere*. London: Macmillan Press, 1999, 9.

治性”的一面，从以上研究来看，哈贝马斯将公共领域分为文学公共领域和政治公共领域两个阶段本身也存在问题。政治公共领域脱胎自文学公共领域的论断是可证实的，但之后文学公共领域是否彻底转向政治公共领域却还有待考证，这一问题将在下一章得到解决。

第五章

英国文学公共领域的转型（1724—1726）

哈贝马斯认为英国具有政治功能的公共领域是在18世纪初出现的，布朗宁也认为到18世纪中叶英国政治公共领域已经成型，但笔者认为经过英国文学公共领域在内战之后（比哈贝马斯所说的17世纪末要早）到18世纪初的准备，政治话题开始在18世纪20年代前后大量进入到文学公共领域之中，至此文学公共领域开始全面向政治公共领域转型。虽然这个转型是一个渐进的过程，很难确定一个具体的时间，找出一个明显的标志，但本书依然遵从了哈贝马斯对此的时间划分。

资产阶级革命后的英国，具有批判意识的公众逐渐形成，英国政党中较弱的一方"已经把政治冲突引入公共领域"[1]，随着越来越多的公众参与到政治问题的讨论中，英国公共领域开始由文学公共领域向政治公共领域过渡。哈贝马斯指出有三个事件促成了这个过渡的开始：第一，英国银行的建立，标志着英国资本主义的发展由"此前单纯由商业维持着的制度将在经过资本主义改造的生产方式基础上得到巩固和加强"[2]；第二，检查制度的废除，使得理性批判精神借由报刊这个工具，把政治决

1. 哈贝马斯．公共领域的结构转型，王晓珏等译．上海：学林出版社，1999：69.
2. 同上。

策提交给新的公众论坛；最后，英国内阁政府的形成，“最终导致具有政治功能的公共领域本身成为国家机器的一个组成部分”[1]。资产阶级公共领域是针对政治权威建构起来的，因此它从文学公共领域向政治公共领域过渡时，就已经具有了极强的批判力量，在向政治公共领域过渡的过程中，“具有政治功能的公共领域不仅需要法治国家机制的保障，它也倚赖于文化传统和社会化模式的合拍，倚赖于习惯自由的民众的政治文化”[2]。

在这个转型过程中文化要素的变化非常值得细察和研究，在英国文学公共领域中英国公众的“主体”身份开始确立，在对文学及其他话题的讨论过程中公众学到了参与公共舆论和辩论的基本技巧。在英国政治公共领域于18世纪20年代左右登上历史舞台之前，“民族形象（national images）成为18世纪初文学话语（literary discourse）的主要构成部分”[3]。就其实质来说，这种民族形象是资产阶级通过文学作品想象出来的，并通过小说这种新型的文学样式得到有效表达。既然文学公共领域已经发展到了高潮，又为什么迅速向政治公共领域转型？这样的转型又需要哪些条件呢？

第一节　英国文学公共领域向政治公共领域转型的条件

哈贝马斯认为：“公共领域将经济市民（Wirtschaftsbürger）变为国家公民（Staatsbürger），均衡了他们的利益，使他们的利益获得普遍有效

1. 哈贝马斯．公共领域的结构转型，王晓珏等译．上海：学林出版社，1999：69.
2. 同上：29.
3. Hohendahl, Peter Uwe. "The Public Sphere: Models and Boundaries." *Habermas and the Public Sphere*. Ed. Craig Calhoun. Mass: The MTI Press, 1996, 108.

性，于是，国家消解成为社会自我组织（Selbstorganisation）的媒介。只有在这个时候，公共领域才获得了政治功能。”[1]在英国文学公共领域中围绕文学展开讨论的模式和机制为英国政治公共领域提供了可资借鉴的对谈模式。这些对谈将公共领域变成了一个意识形态竞胜的空间，公众从公共领域中寻求支持，而不再仰仗于传统的权威机构。那么，一旦在这个公共领域中探讨的话题由文学转向政治，由文学公共领域向政治公共领域的转型就不可逆转地发生了。文学公共领域为新兴资产阶级理性地批判政治辩论提供了一个“练兵场”，“‘文学竞胜者’（literary jousts）大量出现加之辩论方法的大量演练之后，这种方式被更多运用于政治文本之中，在文学公共领域时期形成的通过聚会开展辩论、展现修辞能力（rhetorical competence）、维持公共理性（public reason）的规矩和贯彻‘游戏规则’（rules of the game）的习惯却最终保留了下来”[2]。在由文学公共领域向政治公共领域过渡的过程中，首先呈现出的“文化症候”就是流行了长达近一个世纪的咖啡馆的衰落和作为新的文类的小说在功能上对咖啡馆的替代。

一、英国咖啡馆的衰落与茶馆的出现

徐贲认为：“哈贝马斯最关心的是人与人之间平等参与理性对话的条件，坚持有必要在不同的政治层次上建立各种‘对话群体’。”[3]在文学公共领域产生及发展的过程中，咖啡馆等文化机构为该领域提供了开展这

1. 哈贝马斯．公共领域的结构转型，王晓珏等译．上海：学林出版社，1999：11.
2. Crossley, Nick and Michael Roberts. *After Habermas: New Perspectives on the Public Sphere*. Oxford: Blackwell, 2004, 3-4.
3. 徐贲．通往尊严的公共生活．北京：中央编译出版社，2016：121.

些平等参与和理性对话的条件，那么在文学公共领域向政治公共领域转型的过程中，是否出现了此类客观条件上的变化？

1877年夏天，小说家亨利·詹姆斯（Henry James）在描写伦敦公共娱乐场所的时候，惊讶地发现那里居然没有任何形式的咖啡馆社团组织。然而，一个世纪之前的伦敦却拥有世界上最大的咖啡馆社交圈，各种各样的俱乐部和沙龙都在这里举办活动，各种围绕文学和时政的讨论都在这些场所开展。不过一个世纪，这些文化场所就纷纷走向了衰落，英国咖啡馆的集体退场成为一个奇特的“文化症候”——文学公共领域发生转型的重要症候。苏瑟（Keith Suter）认为“英国咖啡馆从大约1780年开始衰落，而到了1830年很多咖啡馆就都已经消失了”[1]，但以下关于1715—1723年英国进口咖啡和茶叶的相对价值的数据却显示，英国咖啡馆的真正衰落时间可能比苏瑟所说的时间要早一些。

表四：1715—1723年间，英国进口的咖啡和茶叶的相对价值

	咖啡	茶叶
1715—16	62%	38%
1716—17	50%	50%
1717—18	47%	53%
1718—19	45%	55%
1719—20	31%	69%
1720—21	33%	67%
1721—22	21%	79%
1722—23	12%	88%

Source：Schumpeter, Overseas English Trade Statistics, 60.

1. Suter, Keith. "The Rise and Fall of English Coffee Houses." *Contemporary Review*, 2005, 186: 109.

很多研究者把咖啡馆的没落归咎于茶叶的畅销，的确，到1717年，茶叶已经受到英国人的普遍欢迎，进口的茶叶数量前所未有地增加了。当英国咖啡馆逐渐走向衰落的时候，法国、意大利等欧洲国家的咖啡馆反倒发展得如火如荼，在那里波西米亚文化和文学家、知识分子的聚会正激发着欧洲公共领域的形成。

笔者认为，造成英国咖啡馆衰落的原因主要有以下几个：

第一，咖啡馆商人经营理念的变化。随着英国咖啡馆的发展，咖啡馆主人渐渐意识到如果能将咖啡馆的发展与一些特定的商业活动结合起来，他们就会更容易笼络到相对稳定的客户群体，因为不同兴趣的群体更愿意光顾与他们利益密切相关的咖啡馆。德莱顿在维尔咖啡馆开展自己的文学公共活动；艾迪生把控着巴顿咖啡馆；斯蒂尔则在维尔咖啡馆写作与文学相关的文章并发表在《闲谈者》上；圣詹姆斯咖啡馆里的学者写作与政治相关的报道；希腊咖啡馆里的学者书写关于“礼貌学习”的散文。也就是说到18世纪，英国咖啡馆的专业化水平提升了，同时也造成大量的知名咖啡馆不再是可以自由发表看法的地方，而逐渐变成了具有很强“排他性”的文化机构：只有具有相同利益关系或相同阶级属性的人才能聚在同一个的咖啡馆中，安妮女王统治时期形成的对所有公众开放的咖啡馆社交模式、辩论机制等也就随之土崩瓦解了。

第二，英国人饮食习惯的变化也是咖啡馆衰落的重要原因。茶叶取代咖啡成为家庭主要的饮品这是受到了社会文化变迁的影响，“作为家庭生活的重要元素，茶长期以来一直是家庭和公众的核心，经常（尽管并不总是）与礼貌和文明这种较为女性化的力量（feminizing force）和谐相处”[1]，即茶总是与女性、礼仪和家庭美德相联系。在18世纪的英国人看来“喝茶更像是绘制家庭肖像的场景，在家里有礼有节地饮茶深深地潜入更广泛的社会和文化观念中”[2]，通过喝茶体现出的家庭美德成为后来维多利亚时代文雅社会赖以建立的基础。

虽然茶叶和咖啡都与“对话”联系在一起（这一点在《旁观者》中有多处描写），茶桌却逐渐成为取代咖啡馆的新型“社交空间”（social space），这与女性所推崇的礼节密切相关。前文曾有过交代，咖啡馆的男性特征和排除女性在外的特点在其建立之初就已经露出了端倪，不同之处在于“咖啡馆总是与男性、政治和商业价值标准紧密相连”[3]。但随着时代的变迁与英国文化的不断发展，咖啡馆也移风易俗，公共领域开展具体活动的地点也随之转移。

第三，英国咖啡馆的产生得益于一个正在处于上升阶段的市民阶层的产生，它培养了市民阶层进行理性批判的能力，其中对文学话题的讨论和批评成为主要内容。一旦文学公共领域向政治公共领域过渡，咖啡馆中市民阶层讨论的议题会首先发生变化，俱乐部这样新的文化平台也就随之产生了，原有的咖啡馆无可避免地走向衰落。

在英国咖啡馆里，可以找到英国宪法一些根本原则的起源，特别是人生而平等、言论自由和宗教信仰自由等思想，它已经成为“英国政治领域的自由观念和普通理念的速记符号和象征符号”[4]，更为重要的是，作为英国文学公共领域存在的具体平台和实体，英国咖啡馆培养了大量具

1. Ellis, Markman, Richard Coulton, Matthew Mauger. *Empire of Tea: The Asian Leaf that Conquered the World*. London: Reaktion Books, 2015, 13.
2. Ibid. 139.
3. 马克曼·艾利斯．咖啡馆的文化史，孟丽译．桂林：广西师范大学出版社，2007：250.
4. 同上。

备“公共性”的文学家。他们在这里通过讨论文学话题，习得了文学批评的基本方法，并将这种批评的方法教给了越来越多的读者，从而提高了整个市民阶层批评的水准。一旦政治话题被引入这种具备理性思考和批判精神的文学公共领域中，它便立即以“星星之火，可以燎原”之势向资产阶级政治公共领域过渡。

对于英国而言，“茶叶”几乎成了它的同义词，它是如此重要，几乎渗透在每个英国人的生活中，所以有人说“茶叶在英国身份的文化想象中起着重要的作用”[1]。茶叶在英国流行的方式和咖啡如出一辙，“第一次接触茶叶是让好奇心和习惯都经受新奇和实验的过程”[2]，接受茶叶的味道同样也是一个“习得滋味的过程”。但与咖啡的不同之处在于，伴随饮茶习惯英国人发展出了一整套的饮茶仪式，“茶道”成为英国社会生活的一部分，也是风俗习惯的重要标志。

欧洲有关茶叶的最早记录出现在1559年，荷兰人威廉·坦恩·里安（William Ten Rhijne）于1678年首次将茶树引入西方。但相对于咖啡的盛行，茶在英国的流行速度非常慢，最初仅在城市精英阶层悄然流行，猎奇者仍然是茶叶推广的“急先锋”。但由于运输和物流等因素导致茶叶价格很高，所以“在整个17世纪以及18世纪早期，茶仍属于奢侈饮品”[3]。自17世纪末开始，茶叶的供应和需求都有了大幅增长，也从那时起茶叶取

1. Ellis, Markman, Richard Coulton, Matthew Mauger. *Empire of Tea: The Asian Leaf that Conquered the World*. London: Reaktion Books, 2015, 258.
2. Ibid. 8.
3. 艾伦·麦克法兰，艾丽斯·麦克法兰. 绿色黄金：茶叶帝国，扈喜林译. 北京：社会科学文献出版社，2016：92.

代了咖啡，并“注入英国文化之中”[1]。

自18世纪30年代开始，英国商人与中国茶商建立了贸易往来，英国进口的茶叶量开始持续增加，茶叶的价格也开始有了较大幅度的下降，饮茶的习惯迅速在英国普及。当然此时英国茶叶还完全依赖从中国和日本进口，直到1839年所谓属于英国自己的茶叶才在印度阿萨姆问世，据史料记载：“1734年在典型的中产家庭的标准食谱中，每周人均花费5.25便士购买面包，花费7便士购买茶叶和糖。在1749年零售店店主家庭的模范预算中，每周要花3先令给全家人买面包，花4先令买茶叶和糖。由此看来，很早的时候，至少对中产阶层来说，茶和糖就成了生活必需品。”[2]事实上开始普遍饮茶的不只是中产阶级，“在18世纪中期，苏格兰哲学家凯姆斯勋爵（Lord Kames）发现，即使是最穷困的群体，即那些靠救济金生活的人也会每天喝两次茶”[3]，而到了18世纪80年代，很明显“所有地区和所有社群都可以消费茶叶了”[4]。

茶叶之所以后来者居上超越咖啡成为英国“国民饮品”的原因主要在于：首先，茶叶的加工工序较为简单，不像咖啡，需要经过复杂的烘烤和研磨工序。其次，茶叶海运之路打通后运输成本开始不断下降，而且茶叶的分量轻且容易长期存放，便于海上长途运输，茶叶价格日益低廉，可被各个阶层广泛接受。第三，茶叶可以多次冲泡，且茶树的产叶

---

1. Ellis, Markman, Richard Coulton, Matthew Mauger. *Empire of Tea: The Asian Leaf that Conquered the World*. London: Reaktion Books, 2015, 162.
2. 艾伦・麦克法兰，艾丽斯・麦克法兰．绿色黄金：茶叶帝国，扈喜林译．北京：社会科学文献出版社，2016：93.
3. 同上。
4. Ellis, Markman, Richard Coulton, Matthew Mauger. *Empire of Tea: The Asian Leaf that Conquered the World*. London: Reaktion Books, 2015, 174.

量巨大，可以不断满足消费者的需求。第四，东印度公司因为可以从茶叶贸易中获得巨大利益，所以也竭尽全力地宣传饮茶的好处。第五，茶叶来自“遥远的东方”，容易受到猎奇者的青睐，加上同样来自中国的“瓷器”茶具的助力，茶叶迅速受到了英国人的青睐。第六，如果说咖啡、咖啡馆往往和男性联系在一起的话，茶叶则是一种更加温和的饮品，尤其适合女性饮用，“在英国，喝茶可以让男性和女性、成年人和孩子，一起出现在公共场所”[1]，这就使得茶叶可以触及到更大范围的公众之中。作为“花园学院”（garden universities）的休闲公园取代了作为“便士大学”的咖啡馆，成为文人墨客的新宠，蒲伯和亨德尔（George Frideric Handel）便经常出现在这些公园中交流文学创作。

卡尔霍恩曾指出“除了‘主体性’，文学公共领域对政治公共领域形成的最大贡献是为它提供了不同的平台（institutional bases），这些平台从聚会场所（meeting places）到期刊杂志再到社交关系网（webs of social relationships）”[2]，促进了英国咖啡馆的勃兴，此时它又促进了茶馆的发展。和咖啡馆类似，茶馆同样是“一个将阶层和等级暂时隐去的地方。是一个中立、空灵的地方。在这里，你可以用动作和手势来交流。茶馆也是一个非常亲密的私人空间，同时又是一个开放的空间，非家庭成员，甚至是陌生人都可以放心地融入其中。虽然茶馆是一个外部世界（相对于内部圈子、家庭圈子而言），但它安全、中立，可以进行一般只有在

---

1. 艾伦·麦克法兰，艾丽斯·麦克法兰．绿色黄金：茶叶帝国，扈喜林译．北京：社会科学文献出版社，2016：107.
2. Calhoun, Craig. “Introduction: Habermas and the Public Sphere.” *Habermas and the Public Sphere*. Ed. Craig Calhoun. Mass: The MTI Press, 1996, 12.

家里才可以进行的深入、亲密的交流”[1]。与咖啡馆不同，茶馆虽然也具有一定的公共性，但却表现出更强的私密性，这个新机构的出现必然会瓦解英国文学公共领域的一些具体活动，从而加速文学公共领域向政治公共领域的过渡。

二、生产、消费的变化与公共领域的转型

李佃来认为文学公共领域向政治公共领域过渡更加深层的原因在于“虽然作为文学公共领域之公众的私人首先是拥有财产的人即作为‘物主’的人，但在文学公共领域的公众交往中他却以作为‘人’的人之角色而在场。私人的批判意识并非受制于生产和消费的循环，受制于基本生活需求，毋宁说它从基本生活需求中解放了出来，以纯粹的文学形式从事推理、讨论和批判的文化活动。这些活动也就构成了公众之间的公共交往的内容，它们原则上要求摆脱市场规律的控制，以保证文学公共领域能够以其应有的机制运作，使它能够发挥其应当发挥的功能。”[2]如前文的研究所揭示的那样，文学公共领域的产生依赖于“有产”的城市中产阶级的诞生，这些具有了私人批判意识的公众保护了英国文学公共领域最初的发展。

但是随着作家、出版商的职业化，“文学公共领域存在的前提发生了改变。如果说先前人们是在业余时间内参加文学公共领域，而业余活动并不参与生产和消费的循环，那么现在业余时间仍旧是工作时间的补

1. 艾伦・麦克法兰，艾丽斯・麦克法兰．绿色黄金：茶叶帝国，扈喜林译．北京：社会科学文献出版社，2016：85.
2. 李佃来．公共领域与生活世界：哈贝马斯市民社会理论研究．北京：人民出版社，2006：142.

充，业余活动仍然参与生产和消费的循环。在这种情况下，业余时间内从事的私人事务就不可能变成私人之间的公共交往，私人领域内部事务与公共交往也就不再分离，因而公众自然就无法建构一个从直接生活需求中解放出来的世界。这样，文学公共领域便在消费领域内部发展起来，真正的文学公共领域消失了，取而代之的是伪公共领域。由于控制商品流通和社会劳动领域的市场规律渗透到作为公众的私人所操纵的领域，因此公众的批判意识就逐渐转化成了消费观念，形成'从文化批判的公众到文化消费的公众'的转化过程"[1]。文学公共领域之所以能够出现的前提是"公"与"私"的分离，但随着生产和消费的发展这种公私的界限反而再次走向消弭，文学公共领域赖以建立的基础开始瓦解，那么具有"公共性"的领域也就从文学性转向更具批判力的政治领域。

第二节　"长期反对派"的文学前奏

在谈到英国党派问题时哈贝马斯曾指出："自18世纪早期起，人们越来越习惯于把官方选举结果和当时人们所说的'民意'区分开来。郡级选举的平均结果被当做衡量'民意'的大致标准，从那时起，'民意'、'人民的普遍呼声'以及'公众精神'等可以说表示的是反对党可以诉诸的实体——反对党借助这些东西，不止一次地迫使沃波尔及其议会多数做出妥协。"[2]英国的反对党通过操纵"民意"和大众呼声来实现自己的政治意图，但他们实施的途径起初却是通过操纵文学和"第四等级"来进

1. 李佃来. 公共领域与生活世界：哈贝马斯市民社会理论研究. 北京：人民出版社，2006：142.
2. 哈贝马斯. 公共领域的结构转型，王晓珏等译. 上海：学林出版社，1999：75.

行的。但是，在英国政党政治开始前，反对党并没有掌握主流的报刊，当时唯一的官方报纸只有《伦敦报》。随着报刊审查制度的松绑，到安妮女王统治结束时，“辉格党及其《不列颠商人》（*British Merchant*）开始与1713年创办的《墨卡托》（*Mercator*）展开角逐”[1]，到1715年报刊发展出现了新的趋势——它们几乎都抛弃了文学性话题而成了专门的政治报刊。乔治一世统治期间，不同党派开始通过掌握报刊操纵公众，例如，以博林布鲁克（H. Bolingbroke）为首的反对派托利党人此时已经开始利用政治新闻事业公开表达自己的政见。

哈贝马斯在《公共领域》中援引了德国学者对这些反对派的研究：“反对派的革新是创造一种大众舆论。博林布鲁克及其朋友们懂得如何利用这样的一种大众舆论去形成公众舆论。这种舆论有着共同的目标，并且意气一致，能够被调动起来，用于政治目的。所谓革新，不是蛊惑民心和喊喊口号，也不是喧闹的民众场面——当时还没有固定的公众集会。……应该说，这种公众舆论是由另一种因素引导的，即一种独立的新闻业的建立。这种新闻业懂得如何确立自己与政府相对的立场，把针对政府的批评和公开反对立场提高到一种规范的高度。”[2]但是笔者在研究中发现，在博林布鲁克通过新闻业发表自己的政治看法前，他依然是通过一系列的文学作品实现他干预公共事务的目的的，这被哈贝马斯称为“长期反对派的文学前奏”[3]。

1726年夏季，在博林布鲁克的鼓动下，一下子出现了三部讽刺时事的作品：斯威夫特的《格列佛游记》（*Gulliver's Travels*，1726）、蒲伯的

---

1. 哈贝马斯．公共领域的结构转型，王晓珏等译．上海：学林出版社，1999：70—71.
2. 同上：71.
3. 同上。

《群愚史诗》（*Dunciad*，1726）和盖依的《寓言诗》（*Fables*，1726）。哈贝马斯将这几部作品的出现以及《匠人》（*Craftsman*，1726）杂志转变为"第四等级批评机构"视为英国文学公共领域向政治公共领域转型的标志。

一、博林布鲁克文人圈

从因为关注公共生活而闻名到晚年淡出政治领域，博林布鲁克吸引了一批他所处时代最优秀的作家，蒲伯、斯威夫特、盖伊以及利特尔顿（George Lyttelton）集合成了一个独特的文学圈子，他们围绕在博林布鲁克周围为其社会和政治理念而写作，同时他也为这些文学家实现个人政治抱负创造了条件。正如研究者所指出的那样："一方面，博林布鲁克、斯威夫特、盖伊和蒲伯对逝去的旧英国的腐朽和没落有着精确的把握。而另一方面，正如贺拉斯·沃波尔所暗示的那样，他们对权利的渴望则是他们对自己未完成改造的国家充满热情的明证。"[1]正是这种"双赢互利"的关系才将这个圈子的人聚集在一起。博林布鲁克运用《匠人》反对罗伯特·沃波尔的策略掀起了18世纪英国的"政治'批评文化'"[2]，围绕在博林布鲁克身边的英国文人们运用文学写作掀起了巨大的政治风浪，用他们的笔转化为现实的力量，并改变了政策的制定。

文人圈传统并非博林布鲁克首创，它在复辟时期曾一度风行，更早甚至可追溯至查理一世时期出现的、围绕在本·琼森身边的诗人们（他们也被戏称为"本之子"）。复辟之后，查理二世也笼络了一批文学家围

---

1. Kramnick, Isaac. *Bolingbroke and His Circle: The Politics of Nostalgia in the Age of Walpole*. Massachusetts: Harvard UP, 1968, 205.
2. Cowan, Brain. "Mr. Spectator and the Coffeehouse Public Sphere." *Eighteenth-Century Studies*, Vol. 37, No. 3, Critical Networkings (Spring, 2004): 360.

绕在他身边，他本人也成了判断文学作品质量的“法官”，但后来白金汉公爵也开始笼络自己身边的文学家，并带领他们公然挑战国王对文学的垄断，而且这个文学圈尤其喜欢解释“复辟时期文学与政治的密切联系”[1]，表现出一些文学公共领域的特征。此后，类似的文学圈层出不穷，近年来一些学者的研究发现，女性也早在17世纪初便开始建立自己的文学圈，并通过参与文学圈的活动参加一些公共活动。

以博林布鲁克为首的托利党人笼络了大量如艾迪生、斯蒂尔、笛福以及斯威夫特等知识界精英，并于1711年成立了兄弟俱乐部（Brothers Club），虽然这个俱乐部在1713年便宣布解散，但围绕在博林布鲁克身边的文学家的数量却从未减少，他们对政治有着浓厚的兴趣，并积极运用文学写作来表达自己的政治观点。这个文人圈对于权利的渴望和对政治的关切主要体现在他们在1726年到1728年间对英国历史上第一位首相罗伯特·沃波尔持续的文学攻击上。也正是在这一时期博林布鲁克的《匠人》、斯威夫特的《格列佛游记》、盖伊的《乞丐歌剧》（*Beggar's Opera*）与蒲伯的《群愚史诗》集中出现，并成为英国文学史上的经典作品。作为英国近现代政治体制主要奠基人的沃波尔认识到英国公共领域的巨大价值，所以不仅没有对博林布鲁克文人圈采取必要的打击，还允许他的政敌博林布鲁克子爵回国，对于文学家们的攻击，他也只是运用文字进行必要的反击，却并没有限制这些作家的文学创作。

博林布鲁克文人圈参与公众舆论的主要文学工具是政治讽刺文学，这一文体因“旨在引起读者关注他所处社会，或一般意义的社会，或人

1. Dustin, Griffin. "The Social World of Authorship 1660-1714." *The Cambridge History of English Literature, 1660-1780*. Ed. John Richetti. Cambridge: Cambridge UP, 2005, 45.

类的陷阱”[1]而具有典型的“公共性”特征，这种文类最重要的写作者是斯威夫特。政治讽刺文学通常都会像《大洋国》和《格列佛游记》那样将故事安排在一个虚幻的世界里，但无论是从时间的选择还是到空间的布景和文化的相似度上来看，这个世界都与讽刺小说家所处的世界异常相像。与别的文学类型截然不同的是，讽刺文学通常是一种公共知识分子的写作，“这种类型只有独立的公共知识分子方能贡献。它是一种文学类型，而不是学术流派”[2]。这种被波斯纳誉为“卓越超群的类型”的小说样式，往往通过“迷人陶醉、魅力无限”的语言竭力回避早期小说中对读者严厉苛责的教导和启迪，却又明确地提出对未来的某种预言，从而传递出他们批判社会的信息。他们通过写作政治讽刺文学干预公共政策制定的热情，就像班扬《天路历程》中的“扒粪者”一样，他们只顾拿着粪耙埋头清粪，对天国赐予的花冠却视而不见。

二、从“长期反对派”文学到政治的宣言

18世纪初的英国，政党之间的竞争已经非常激烈，不管是托利党还是辉格党的政治家普遍认为政治领域内的争论会对人们的思维方式和行为处事的方式产生极大的影响，所以当时的政治宣传大多都通过表达不同政见的“小册子”来开展争论，从而对读者进行政治上的引导。成功的小册子作家通常都会通过运用他们独特的写作来操纵目标读者，进而通过公共舆论直接影响公共政策的制定。诚如哈贝马斯所说：“沃波尔和博林布鲁克本人也诉诸公共领域。蒲柏、盖伊、阿巴斯诺特和斯威夫特

1. 波斯纳. 公共知识分子：衰落之研究，徐昕译. 北京：中国政法大学出版社，2002：324.
2. 同上：325.

等人则以一种特殊的方式把文学和政治结合起来，他们这样做可以同艾迪和斯蒂尔把文学和新闻结合起来相提并论。”[1]

罗伯特·哈利（Robert Harley）在安妮女王统治早年与财政大臣戈多尔芬（Sidney Godolphin）、马尔伯勒公爵（Duke Marlborough）交好，在当时三人被称为“三巨头”（triumvirate）。哈利认识到公众的重要以及他们对政治的影响，所以他不遗余力地“建立了为政府写作的作家团队，包括这个时代的另一位独具匠心的小册子作家乔纳森·斯威夫特”[2]。1702年笛福的资助人威廉三世（William III）死后，他为了谋求生计不得已找到哈利并开始为其效力。哈利如虎添翼，通过斯威夫特和笛福的写作，将自己的政见诉诸公共领域，使文学和政治走向了更加紧密的合作。俱乐部文化也并未因咖啡馆的势衰而受到影响，斯威夫特、盖伊等人创立了“涂鸦社”（Scriblerus Club），并经常在俱乐部中聚会，讨论文学创作、针砭时事。

英国光荣革命之后，党派斗争日趋激烈，斯威夫特更是深陷其中，从1688年开始他追随坦普尔爵士，并担任其私人秘书，直到1699年爵士去世。坦普尔是辉格党外交家，斯威夫特深受其影响，在政治上同样拥护辉格党，所以从1699年至1709年的10年中，他一直在为辉格党撰文发声。而1709年后因为辉格党拒绝给予爱尔兰国教教会支持和帮助，并同情清教，作为英国国教教徒的斯威夫特因此转投托利党，并先后成为托利党党报《考察报》（*The Examiner*）的记者和主编，1710年至1713年间，他与蒲伯流连于伦敦的主要文学俱乐部中，创作了大量讽刺类作品，并

---

1. 哈贝马斯．公共领域的结构转型，王晓珏等译．上海：学林出版社，1999：70.
2. Downie, J. A. "Public Opinion and the Political Pamphlet." *The Cambridge History of English Literature, 1660-1780*. Ed. John Richetti. Cambridge: Cambridge UP, 2005, 555.

从俱乐部的公共活动中获得了《格列佛游记》的创作灵感。

爱德华·萨义德（Edward Said）在《人文主义与民主批评》一书中惊叹："我想把乔纳森·斯威夫特在18世纪早期的有效的公共干预的意识跟我们做一个比较。斯威夫特无疑是他那个时代最具破坏力的小册子文章作者，在1713年、1714年对抗马尔伯勒公爵期间，他能在几天之内把15,000份小册子《同盟守则》（'The Conduct of the Allies'）散发到街头，这把公爵从高高在上的显赫地位拉了下来。"[1]萨义德所讲的事件发生在1711年，当时针对西班牙王位继承战英国是否要参与的问题引发英国朝野的大争论，托利党人并不愿出兵，但辉格党政府却坚持要参与其中。斯威夫特便就此问题写作了《同盟守则》，并在文中提出了自己的停战主张。小册子一经出版便立即引起了反战派的响应，形成了强大的社会舆论。1713年参战各国在荷兰乌德勒支签署了《乌德勒支和约》，这标志着西班牙王位战争的结束。出现这样的结果，斯威夫特的《同盟守则》功不可没。

通过这个典型的例子，我们便可以看到18世纪初小册子文学的巨大公共力量和文学家参与公共事务的深入程度。从1710年到1714年斯威夫特进入了其文学创作的中期，这一时期斯威夫特创作了更多的小册子作品，这些作品都围绕当时读者所关注的"公共话题"展开。即便是在斯威夫特的后半生，他定居在爱尔兰时依然写作了多篇讽刺文章来捍卫爱尔兰民众的权利、反对英国对爱尔兰人的剥削和压迫，他先后在1720年发表了《关于普遍使用爱尔兰纺织品、用具、制品的建议》（"A Proposal for the Universal Use of Irish Manufacture"），1724年发表了《布商的信》

---

1. 萨义德．人文主义与民主批评，朱生坚译．北京：新星出版社，2006：151.

（“Drapier’s Letters”），后者甚至令英国统治者恼怒异常，他们悬赏300英镑通缉这本小册子的作者。虽然爱尔兰民众都知道它的作者是斯威夫特，却没人去告发这位爱尔兰人民英雄，“一部著作既可以作为文学作品，同时亦可以成为一部公共知识分子作品，一种对政治思想的贡献。这种结合在政治讽刺作品中尤为普遍”[1]，斯威夫特及其作品就是典型的例子。

除此之外，斯威夫特最为著名的小册子还有《书战》（“The Battle of the Books”），刘意青教授在其《英国18世纪文学史》中对这本小册子进行过研究：“《书战》是一部戏仿英雄史诗的作品，全称为《上周五在圣詹姆士图书馆里古代和现代书籍交战的详尽及真实报道》（*A Full and True Account of the Battle Fought Last Friday, Between the Ancient and the Modern Books in St James's Library*）。斯威夫特的主人邓波尔在议论古代和现代学问的文章中不加鉴别地表扬了伯伊尔编注的《法拉利斯的书信》，引来渥顿和本特利的批评。斯威夫特受邓波尔之命予以还击，写成了《书战》。《书战》一开始，主张现代学问优越的一派意见要求古典著作让出它们一直占据着的文坛顶端地位。在这种舆论影响下，图书馆书架上的现代书籍就要着手来抢占地盘。但在一场混乱真正到来之前，图书馆一角内的一只蜘蛛与被它网住的一只蜜蜂争执起来。伊索为它们作了结论，他指出蜘蛛就像现代派，他们从五脏六腑里往外抽丝，编织他们的学问，因此造出的都是粪土和毒素；而蜜蜂就像古典大师，他们走向自然，取花中的蜜和腊，为人类带来甜蜜和光明。伊索的话激怒了现代书籍，于是

1. 波斯纳. 公共知识分子：衰落之研究，徐昕译. 北京：中国政法大学出版社，2002：307.

一场激战开始了：一边是荷马、品达、亚里士多德、柏拉图率部，邓波尔统领盟军；另一方则由弥尔顿、德莱顿、笛卡尔、霍布斯等为首，他们的盟军是爱挑错的'嘲弄之神'墨莫斯和持自然神论的'恶毒批评先生'。斯威夫特以初出茅庐的热情把这场战斗描写得绘声绘色、滑稽不堪。比如双方激战中，亚里士多德瞄准培根射出一支箭，却射中了笛卡尔；荷马把龚狄伯尔打翻在地；维吉尔与翻译他诗歌的德莱顿交手，后者迎战不迭，因为头上戴了顶九倍大的头盔十分碍事。当然斯威夫特没有忘记他的辩护任务，批评邓波尔的渥顿和本特利败在伯伊尔手下。该书停在休战会谈上，对争执双方谁胜谁负没有得出结论。"[1]从这些研究中我们可以看到，文学公共领域内讨论的内容本身已经发生了质的变化。虽然斯威夫特依旧采取文学创作的方式进行政治斗争，而他的意图却已经是为了实现他所代表的党派的政治目的，而非仅仅进行文学话题的讨论和辩论，这便是文学公共领域向政治公共领域转型的本质性变化的标志，文学家将在文学公共领域中习得的辩论和讨论技能通过对政治话题的介入付诸实践。

和博林布鲁克一样，斯威夫特对上升中的英国充满了悲观情绪，他认为"这个时代完全堕落，不论是社会、政治还是道德都在很大程度上退步了"[2]，他认为，英国人传统意义上的"爱国"都是基于道德，而现在的英国人都喜欢追名逐利，从来不会考虑公众利益，斯威夫特把这种悲观情绪生动地写进了《格列佛游记》。讽刺在斯威夫特手中发扬光大，他擅长将很小的事件夸大，却把重大的事件一笔带过，把本来没有关系的

---

1. 刘意青主编．英国18世纪文学史．北京：外语教学与研究出版社，2006：89—90.
2. Kramnick, Isaac. *Bolingbroke and His Circle: The Politics of Nostalgia in the Age of Walpole*. Massachusetts: Harvard UP, 1968, 212.

事件关联在一起，经斯威夫特之手，讽刺俨然成了政治攻击的利器。通过写作《格列佛游记》，“人们惊讶地发现，小说不仅是描绘现实和反映生活的文学工具，而且也是针砭时事，嘲弄愚昧和讽刺一切不良行为的有效途径”[1]。

在《格列佛游记》中斯威夫特隐喻地描写了英国政府一系列的财政改革措施，他的讽刺写作在这部作品中达到了炉火纯青的地步。作者虚构了一个被称作巴尔尼巴比（Balnibarbi）的地方：“这座城市面积约为伦敦城的一半，而房屋不仅破旧不堪，建构也很与众不同，看上去很零乱。走在大街上的人，双眼痴呆无神，衣着破破烂烂。”[2]在那里人们整日辛苦劳作，却一无所得，整日忙碌辛苦工作，却不见五谷生长：“在肥沃的耕地上，有许多人在干着一些让我莫名其妙的农活，那各式各样的农具在他们的手中，好像不相称似的，土地很肥沃，但没有长出什么好的庄稼，只有零星的杂草。”[3]而那些商人和有钱人，尽管每日纵情狂欢却对整个国家毫无贡献。后来，格列佛得知，这一切都是因为发生在巴尔尼巴比的一次改革造成的，人们从“飞岛”上访问回来后，就对自己的生活和政治制度进行了改革，改革的结果却是生活反不如前，可是即便如此“他不能违背众人的议员，他要遵循流行的样式建造房屋，他要按照现今的种植方法去管理农庄，而且他手下的佃农必须照办。因为如果不这样做，他就会遭到流言蜚语，说他是一个不守规矩、顽固不化、故作聪明、自高自傲、愚昧无知、爱出风头的人，这些话如果传到国王的耳

1. 李维屏．英国小说艺术史．上海：上海外语教育出版社，2003：67.
2. 乔纳森·斯威夫特．格列弗游记，李渊译．北京：北京大学出版社，2005：177—178.
3. 同上：178.

朵里，国王就对他会更加不满意”[1]。通过孟若迪老爷和格列佛的对话，我们听到的是斯威夫特借这个故事对英国财政改革的不满之情，通过对这个虚构的国家中发生的不可思议的变革的描写，他讽刺了英国的财政改革。他认为这样的革新精神只能将人们现在的生活现状作为冒险改革的代价，并可能导致英国的毁灭，而英国人民其实像孟若迪老爷一样："天生没有什么创新精神，也就只好沉醉在祖先留下的产业里，住先祖们建造的房屋，生活得循规蹈矩，从来没有干过什么出格的事。跟他相同做法的贵族和绅士整天生活在众人的白眼和挖苦中，他们被宣布为不受欢迎的人，是艺学道路上的绊脚石，改革是大势所趋，人心所向，可是他们却畏畏缩缩，不思上进。”[2]

通过这些辛辣的讽刺，斯威夫特表达了他对英国改革的看法，也表现了一个具备了“公共性”的作家对公共事务的关心。在写给蒲伯的一封信中，斯威夫特抱怨说他们这个时代诗人的重要性已经大不如前，奥古斯都黄金时代的诗人，如维吉尔、贺拉斯和奥维德等都可以“始终推动世界走在前列”[3]。而在博林布鲁克文人圈中，最大程度上继承了奥古斯都文学时期诗人风骨的便是蒲伯了。如果说布鲁克林和斯威夫特通过讽刺文学和政论散文表达自己对公共事务的关切的话，蒲伯则通过其创作的讽刺诗“借古讽今”地发挥其文学家的“公共性”作用，但他们都将自己与奥古斯都时期的诗人相提并论，并刻意地模仿他们的文学创作形式和主题，并密切关注公共问题。

蒲伯的《群愚史诗》前三卷发表于1728年，该书是其在涂鸦俱乐部

---

1. 乔纳森・斯威夫特．格列弗游记，李渊译．北京：北京大学出版社，2005：179.
2. 同上：180.
3. Swift, Jonathan. *The Correspondence of Jonathan Swift*. Ed. F. E. Ball. (London: 1910-1914) II：175.

中经过与别人的不断讨论中创作出来的作品，在作品中他塑造了一个由“愚王”（Great Dunce）统治，遍是傻子和恶棍，毫无德行、智慧和常识的地方。最初，史诗通过对人物和情节艺术化的处理和大量反讽手法的使用，来讥讽保守的莎学学者刘易斯·蒂博德（Lewis Theobald）等人。基于这样的创作背景，有学者认为“蒲伯以‘群愚’来影射格拉布街的那些庸俗批评家、蹩脚诗人和不法书商。诗歌中，与人们开展了声势浩大的‘英雄竞赛’活动，而他们在竞技场上的低级、卑劣表演象征着艺术的全面沉沦”[1]。这些评论是不无道理的。

1743年，《群愚史诗》以四卷本再次结集出版，作品的主角也换成了朝廷御封的桂冠诗人考莱·锡伯（Colly Cibber），通过这部四卷本史诗蒲伯无情地讥讽了罗伯特·沃波尔治下英国政治、议会和宗教的方方面面，对英国现代社会和文化进行了首次重要的批判，例如，蒲伯通过愚昧女神（Dulness）这个代表了“混沌与永恒黑暗的女儿”[2]，嘲弄和批评了以艺术领域沉沦为代表的整个英国的腐朽和黑暗，担心读者无法理解他的深意，在1743版的订正版卷首蒲伯还加注说：“此处‘沉闷’一词不可仅仅狭窄地理解为愚笨，而应扩大其意义，包括一切理解迟钝、短视，对事物了解不全。根据诗人自言，它也包括用功、下力，以及一定程度的活跃和大胆；作为一个传统性的原则，它不是消极无力的，而是能把理解力颠倒，造成一种混乱和糊涂的心境。这一点读者应在读此全诗时始终记住，否则他会低估许多人物的重要性，弄错人的意图。”[3]而愚昧女

1. 马弦．“打造一个迟钝、污浊的新世界”——《群愚史诗》对初现的英国现代社会的批判．外国文学评论．2011（3）：95—96.
2. Pope, Alexander. "The Dunciad." *The Poems of Alexander Pope*. Ed. John Butt. London: Methuen & Co Ltd, 1963. 31.
3. 刘意青主编．英国18世纪文学史．北京：外语教学与研究出版社，2006：83.

神的居住地被称为格拉布街："在愚昧女神四周，是无边无际的黑暗与深渊般的混沌一气，似一堆沉睡中叫不出名字的、不成形状的东西，慢慢从胚芽中苏醒。里面，粪堆一般的诗歌、戏剧作品正像蛆虫和昆虫一样不断滋生，这些不成形、不成调的诗歌就像一堆堆艺术垃圾，从他们昏沉沉的睡梦中产生出来。"[1]通过这样的描写蒲伯实际是在讽刺格拉布街产生的质量低劣的文学作品。蒲伯通过这样的写作向英国人预警，这种沉闷可能会成为反文明和理性的力量，吞没英国人的良知。蒲伯以深切的忧患意识看待英国的未来发展，他认为在沃波尔的治下，英国将会转瞬间走向灭亡，等待英国的只有像罗马那样的命运：

> 唉！你可怕的帝国啊，一片混乱！是不是，具有修复力的；
> 光芒在你不具再生力的言语发出前就已死亡：
> 伟大的叛军首领，您的手！拉下帷幕吧；
> 用黑暗埋葬所有。[2]

安德鲁·桑德斯（Andrew Sanders）曾这样评价《群愚史诗》："这首诗提供了一种由格拉布街代表的庸俗文学馆、伦敦城区代表的金钱观和王室及朝臣的腐败、沆瀣一气所导致的末世景象。如果说蒲伯在其他诗作中曾坚持理智平衡的理想，《群愚史诗》表现的则是理想幻灭，群愚横行。他既不是简单地攻击文敌，也不是借人性的弱点取乐，而是严肃思

1. Pope, Alexander. "The Dunciad." *The Poems of Alexander Pope*. Ed. John Butt. London: Methuen & Co. Ltd., 1963, 31.
2. Ibid.

考人的无知和懒惰将引向混乱这一实际威胁。”[1]这部作品并不单纯是为了泄私愤而写作，蒲伯很早便看到了资本主义所带来的消费文化对文学和艺术的伤害，他通过文学写作警告公众要留意“整个英国社会与文化正在走向衰亡，正在遭受根本性的摧残”[2]。

在博林布鲁克文人圈中的约翰·盖伊同样擅长通过讽刺文学表达自己对公共事务的意见。盖伊在《乞丐歌剧》中不仅像斯威夫特一样辛辣地讽刺了沃波尔，而且在盖伊“生动但却粗俗的幽默作品中寄托了博林布鲁克文人圈沉重的怀旧情绪”[3]。他在1727年至1732年间创作的《寓言诗》（*Fables*）借一群动物之口，暗讽沃波尔及其党人不是人类，他们在寓言诗中毫无人性，他的统治都是借助了有钱阶层的帮助：

攫取钱财在他脑中盘旋，
贪欲在他心底不断膨胀；
奸诈的经纪人巧布耳部
只为来年挣个盆满钵溢；
……[4]

这些所谓的文学长期反对派通过集中的文学创作，更加广泛地介入到英国公众生活的方方面面，它们探讨的话题不再局限于文学，而是更

1. 安德鲁·桑德斯．牛津简明英国文学史，谷启楠、韩加明等译．北京：人民文学出版社，2000：429—430.
2. Novak, Maximilian E. *Eighteenth-Century English Literature*. UK： Palgrave, 1983 , 96.
3. Kramnick, Isaac. *Bolingbroke and His Circle: The Politics of Nostalgia in the Age of Walpole*. Massachusetts: Harvard UP, 1968, 224.
4. Gay, John. *Fables*. Ed. A. Dobson. New York: D. Appleton and Company, 1884, 142-143.

多地转向政治议题，这就标志着文学公共领域在“第四等级”批评机构的推动下全面向政治公共领域阶段过渡了。

第三节　《匠人》、“第四等级”批评机构的出现及转型期文学公共领域的特征

除了长期反对派的三部讽刺作品外，哈贝马斯还将1726年11月5日[1]博林布鲁克出版的《匠人》杂志，以及之后发行的《绅士杂志》作为资产阶级政治公共领域萌芽的标志。因为哈氏认为，这之后“报刊才真正成为具有政治批判意识的公众，即第四等级的批评机制”[2]。

一、《匠人》周刊与博林布鲁克

从17世纪末开始，杂志作为报纸的补充已经开始大量出现，《匠人》杂志在18世纪是极为重要的文学和政治刊物之一，主要是因为博林布鲁克文人圈对英国公共政治生活的参与。这一时期此类以文学评论为主的杂志也逐渐摆脱了单纯对文学问题的讨论，开始探讨一些政治性话题。《匠人》于1726年12月5日在伦敦发行，第一期为免费赠阅，一共发行了42份，每份3页。自问世以来，“《匠人》就把自己定位为一份反政府刊物”[3]，故它经常大胆批评首相沃波尔，为避免政治迫害，作者一般以笔名发表文章。这份刊物采取的是集体创作的方式，所以在研究它时，最大的难

1. 在《公共领域的结构转型》中哈贝马斯指出《匠人》杂志的第一期于11月发行，但经查阅相关历史文献后确定该杂志的第一期发行于1726年12月5日，特此说明。
2. 哈贝马斯．公共领域的结构转型，王晓珏等译．上海：学林出版社，1999：71.
3. 吴伟．格拉布街：英国新闻业往事．北京：北京大学出版社，2010：151.

度就是确定具体文章的作者。

在1726年12月5日这份刊物的第一期，它就开宗明义地提出了他们与众不同的办刊宗旨："我，作为这个国家的一员，与他任何成员一样，明白国家的利益与我自身的利益休戚相关，我，与其他人一同，关注在这个国家中存在的各种各样的恶行与腐败；原则的堕落与风俗的退化；它使美德与荣耀不再受到尊崇……这就是我们的办刊宗旨，揭露所有行业中的欺诈、腐化不公正（包括我们自身在内）。"[1]这样的办刊宗旨与政治公共领域的需要不谋而合——关注公共事务，并为公共讨论提供平台。透过发刊词我们也不难看到，博林布鲁克认为政府不为人知的秘密和骗局是所有的腐败中最严重的一种，因此《匠人》就是要揭露这些秘密和骗局，让公众知晓与自己密切相关的公共事务，并对公众负责。

自1727年起，在《匠人》的影响下，一个有组织的文学"反对派"形成了，"《匠人》攻击辉格党寡头政府，并发表文章为反对派的反政府活动辩护"[2]，因而它吸引了博林布鲁克、蒲特尼、亨利·菲尔丁和格拉布街文人阿默斯特等人为其撰稿，阿默斯特还曾一度担任过《匠人》的主编。直到1742年，博林布鲁克文人圈通过他们的文学作品和报刊上的文章开始向公众报告议会中的各种政治争论。《匠人》期刊上围绕公众关心的话题对权力中心最有力的批评工具就是讽刺文学，"《匠人》超越了仅是伤人的智慧和'咬人'的反讽这样的形式，而之前这样的形式却可以满足阅读大众的口味"[3]。

1. 张妤玟．第四等级：一个关于英国报刊观念的历史．上海：复旦大学新闻学院，2010.
2. 吴伟．格拉布街：英国新闻业往事．北京：北京大学出版社，2010：151.
3. Kramnick, Isaac. *Bolingbroke and His Circle: The Politics of Nostalgia in the Age of Walpole*. Massachusetts: Harvard UP, 1968, 19.

这种对权力中心的讽刺在斯威夫特和柏林布鲁克那里有着充分的体现，他们创造出各种各样的怪兽和巨人来贬低沃波尔，在1727年7月22日的《匠人》中，他们描写了在英国议会附近展出的一个怪物："这个怪物体积至少一英亩，身体上一些部位被涂上颜色，看起来像是肿胀了一样，正如同这个国家的腐败。它的几只爪子像鹰身女妖的爪子，它的翅膀像羊皮纸做成的，它大约有五百张嘴，每张嘴里都有条舌头……它最喜爱的食物是金银。它体重惊人，我得知二十万人可以同时骑在它的身上……它能够用300条舌头舔舐它的脚，或身体的其它部分。"[1]

据张妤玟博士的考证，《匠人》使用讽喻攻击沃波尔，实现公共舆论的典型事例是在1732年到1733年反对沃波尔的税收计划一事上，《匠人》也承认"沃波尔税收改革的失败大部分应归因于本报所刊发的文章"。自1732年10月至1733年4月，在沃波尔撤回他的税收改革提议前，几乎每期《匠人》都有文章反对沃波尔的提议，并时刻提醒贵族们：所有税收都将不可避免地伤及土地所有者的利益。此外，《匠人》还鼓动伦敦工商界共同反对税收改革计划。最终，公众舆论被广泛调动，改变了权力机构相关政策的制定，充分发挥了英国公共领域的职能。

《匠人》杂志很快便成为反对派的主要刊物和18世纪最重要的政治周刊，根据西蒙的研究，这份刊物周发行量可达到10,000份，到1731年时每周甚至多达13,000份。通过《匠人》等报刊的推动，越来越多的英国文学家、政治家以及知识分子开始关注王室的行动，并越来越关注议会的各种决议，许多报刊甚至辟专栏讨论这些公共议题。《匠人》使得报刊成为执政党与反对党的新战场，反对派以报刊为阵地来批评"宫廷党"，而以

1. 张妤玟．第四等级：一个关于英国报刊观念的历史．上海：复旦大学新闻学院，2010.

沃波尔为代表的“宫廷党”则奋起反抗——通过雇佣作家来撰写并公开发表文章，沃波尔动用一切资源与手段反驳《匠人》的抨击。在沃波尔执政时期，政党斗争变得愈发激烈，刊登在报刊上的政治类话题也越来越多。

正如哈贝马斯所说：“由于上升为一种制度，对王室行动和议会决定的不断评论和批评改变了被召唤到公共论坛面前的公共权力机关。因此，公共权力机关具有双重‘公共意义’。整个18世纪公共领域的发展水平可以用政府和出版界之间的对抗程度来加以衡量。从1768年11月21日到1772年5月12日陆续刊登在《公共广告人》（*Public Advertiser*）上的《朱利厄斯书简》（就其形式而言是政治性重头文章的先导）标志着政府和出版界之间的对抗程度。人们称这一系列文章是‘现代舆论的先锋’，因为它们公开指责国王、文武政要和大法官从事政治阴谋，并且揭示了错综复杂的政治关系，从而成为了后来舆论批评的样板。”[1]当新闻业变成了“现代舆论的先锋”，英国文学公共领域就被政治公共领域抢了风头，当新闻业最终成为议会中的“第四等级”时，英国政治公共领域也就在文学公共领域的基础上变得愈加成熟。

二、“第四等级”批评机构与公共领域

王佐良先生在对英国新闻业做过研究后指出：“近代报刊的出现说明一种新的传播工具已经进入社会生活。用语言或文字传播新闻当然是古已有之，但要等到十八世纪之初，才有定期出版、专人编辑、面向一般读者的刊物。这些刊物不仅传播时事和社会新闻，而且还发表议论。这

1. 哈贝马斯．公共领域的结构转型，王晓珏等译．上海：学林出版社，1999：71—72.

后者是一个新因素，由于有这个因素，刊物就不只是宫廷公报或街头传单的重演，而变成现代的舆论工具，能够对社会施加强大影响。当时英国已经出现托雷与辉格两大政党之争，促进了报刊的发展，而广大中产阶级读者群的存在又使得报刊能有市场，于是从世纪之初，各种明目的报刊相继出现，而当时文坛上的领军人物无不与这家或那家报刊发生关系，或主笔，或撰文稿：艾迪生、斯蒂尔、笛福、斯威夫特、菲尔丁、约翰逊、哥尔德斯密等都是。”[1]18世纪是报刊的时代，越来越专业化的报刊为公共舆论提供了平台，加上政党斗争的开始，报刊所带动的新闻业开始被称为“第四等级”。

“第四等级”源于“国民等级”的概念，这种等级观念产生于13世纪的欧洲，前三级分别指神职议员、贵族议员和下议院议员，18世纪中期，亨利·菲尔丁也曾提及过“第四等级”，不过在他那里这个术语仅用来指普通民众。而经过英国新闻记者的不懈斗争，他们最终在18世纪末获得了议会旁听权，成为议会三个等级之外的“第四等级”。整个新闻业便被称为“第四等级”或“第四阶级”，以描述新闻界特殊的社会地位和舆论监督职能，西方一些学者开始用它指新闻记者的特殊地位。英国报刊史专家普遍认为18世纪是英国报刊发展的关键时期，报刊与政治以及公共关心的话题密切关联，并逐渐摆脱政治权力中心对它的控制，变成了公共领域的一部分。政治家埃德蒙·伯克（Edmund Burke）、苏格兰历史学家托马斯·卡莱尔（Thomas Carlyle）以及辉格派政治家托马斯·麦考莱（Thomas Macaulay）等人都对“第四等级”的历史开展过相关研究。

“第四等级”的出现改变了英国文学公共领域的基本形态，公共领域

---

1. 王佐良．英国散文的流变．北京：商务印书馆，2011：53—54.

自身在西方社会一体化过程中完成了结构转型，报刊取代小册子便是一个重要表征。哈贝马斯指出“书籍生产面对新的读者群，趋向扩大化和专业化，报刊杂志的内容也变化了，随着书籍和报刊杂志生产的组织、销售和消费形式的变化，公共领域的基本结构也发生了变化”[1]，换句话说书籍报刊出版发行的专业化也改变了公共领域的基本结构。传媒力量的提升并未就此止步，“随着商业化和交往网络的密集，资本的不断投入和宣传机构组织程度的提高，交往渠道增强了，进入公共交往的机会则面临着日趋加强的选择压力。这样，一种新的影响范畴产生了，即传媒力量。具有操纵力量的传媒褫夺了公共性原则的中立特征。大众传媒影响了公共领域的结构，同时又统领了公共领域”[2]。“第四等级”批评机构的产生使得新闻界担任了独一无二的角色——一个非官方的“中心”角色，它的建立有助于公众了解公共事务，并通过这样的平台及时发表公共见解而不受戕害，这使得这个机构成为政治公共领域的重要组成部分，这也是英国文学公共领域开始让位于政治公共领域的重要标志。

哈贝马斯说：“参与讨论的公众占有受上层控制的公共领域并将它建成一个公共权力的批判领域，这样一个过程表现为已经具备公众和论坛的文学公共领域的功能转换。以文学公共领域为中介，与公众相关的私人性的经验关系也进入了政治公共领域。”[3]因为就资产阶级所渴求的批判力量来说，文学公共领域显然还不够强大和直接，为了更有力地对抗公共权力领域，它必须上升为政治公共领域来放大其批判力量。具体来说，公共领域中围绕着文学和艺术作品所展开的批评很快就扩大为关于

1. 哈贝马斯. 公共领域的结构转型，王晓珏等译. 上海：学林出版社，1999：15.
2. 同上。
3. 同上：55.

经济和政治的争论。在这个过程中，“私人个体以文学公共领域为中介获得了自律基础与主体性，与公众相关的私人性的经验关系也进入了政治公共领域，这就导致了政治公共领域的产生”[1]，但正是在文学公共领域中参与公共活动的私人个体才习得了基本的批判性技巧，获得了在政治公共领域中需要的批判性力量。

但是，本专著需要重点强调的是：根据前几章的研究，文学公共领域与政治公共领域并非明显的前后相继的两个历史阶段，并非像哈贝马斯所认为的那样，即文学公共领域是作为政治公共领域前身而存在。这两个领域拥有资产阶级公众这个同样的参与者，他们其实是融合在一起的一个历史阶段，他们水乳交融，像音乐中的两个声部，此起彼伏、此消彼长。当然，对于这样一个对抗公共权力的领域而言，不可能只有资产阶级男性发声，事实上还存在其他阶级、性别的声音，他们同样增强了资产阶级公共领域的力量，这些都将在下一章进行论述。

通过以上研究可以发现英国文学公共领域在向政治公共领域转型的过程中，开始呈现出以下特征：

第一，在此阶段英国文学公共领域赖以存在的文化机构——咖啡馆已开始逐渐走向衰落，并被更趋于私人化的饮茶习惯所代替，很难说是单纯的贸易造成的，还是英国文化的变化造成的。但人类历史的发展经验告诉我们，一旦人们进行信息交流的物理性平台发生变化（例如互联网平台的出现），必定会导致公共领域的相应变化，尤其是当文学作品日渐被纳入市场体系中时，从咖啡馆中诞生的文学公共领域也必然会发生质的变化。

1.　杨仁忠．公共领域论．北京：人民出版社，2009：103.

第二，笔者虽然沿用了哈贝马斯对文学公共领域向政治公共领域过渡的研究框架，但根据之前的研究已经可以看出，从文学公共领域诞生开始其中便不乏关于政治话题的讨论。因此很难将文学公共领域与政治公共领域彻底分割开来，在公共领域诞生之初也许可以说它的主要性质是文学性的，但很快它和政治公共领域开始融合在一起，构成了公共领域整体乐章的不同声部。

第三，在《公共领域》中，哈贝马斯在交代完文学公共领域向政治公共领域的转型后，便彻底抛弃了文学公共领域这一概念，再未对英国文学公共领域之后的走向有过更多交代。但纵观英国文学发展历史便会发现英国文学自17世纪之后开始具备很强的“公共性”，并将这一文学特征作为英国文学的重要传统保留了下来，英国文学公共领域不仅没有因为政治公共领域的出现而消失，反而与政治公共领域一同构成了公共领域的多个声部。

第六章

英国女性文学公共领域

哈贝马斯的《公共领域》出版50年后，吸引了越来越多专家和学者的注意，但他在这部著作中对女性和除资产阶级之外的阶级的漠视也渐渐为学者们所发现与诟病。威廉斯曾在《漫长的革命》中说："即使在一个非常简单的社会里，个人也不会只能碰到一种'社会性格'或是'文化模式'。在诸如我们这样的复杂社会里，显然存在着多种变数，所以我们可以称之为存在于'社会'内部的可供选择的诸系统。"[1]威廉斯在这里指出在同一社会中存在多种"文化模式"，而且这种多元文化模式与主导阶级并无直接关系，因为"即使在一个特定阶级占主导地位的社会中也是如此：其他阶级的成员显然也有可能对共同文化做出贡献，而且这些贡献有可能并未受到主导阶级的观念和价值的影响，甚至可能与主导观念和价值相对立"[2]，这个道理对于公共领域的研究亦是如此。虽然现代意义上的公共领域是伴随资产阶级这个主导阶级产生的，但绝不意味着只存在由白人资产阶级男性构成的单一文学公共领域，事实上"自现代公

1. 雷蒙德·威廉斯．漫长的革命，倪伟译．上海：上海人民出版社，2013：94.
2. 雷蒙·威廉斯．文化与社会：1780—1950，高晓玲译．长春：吉林出版集团有限责任公司，2011：333.

共领域出现以来就存在不同阶级和性别的公共文化”[1]。

也正是在这一点上，哈贝马斯的“公共领域”理论存在很大的问题：为了凸显资产阶级公共领域的发展，哈贝马斯有意地忽视了17、18和19世纪欧洲存在的、其他形式的公共话语和公共活动的重要性（这在《公共领域》的后半部分尤为明显）。杰夫·埃莱和卡尔霍恩都曾就这一点对哈贝马斯进行过批评，而且越来越多的学者也对此进行了修正，例如E. P. 汤普森（E. P. Thompson）、克里斯托弗·希尔（Christopher Hill）都对除资产阶级之外的社会和政治公共活动进行过研究，他们甚至指出这些非资产阶级公共活动并非资产阶级公共领域的衍生物。埃莱更是极具创建地提出资产阶级公共领域与大众社会运动之间相互冲突的关系，新兴的资产阶级在反对权力机关的同时，也在遏制大众公共运动的兴起，“资产阶级公共领域从一开始就植根于冲突社会关系领域，并在这种关系中形成和发展”[2]。弗雷泽揭示了种族、性别和阶级身份不同的群体是如何被排除在资产阶级公共领域之外的，她进一步提出，他们虽然从属于资产阶级这个占统治地位的公众集团，但为了能够发展出代表其身份、利益和需要的话语空间，他们形成了属于自己的公共领域。她创造性地提出了“反公共”（counterpublics）的概念，从而挑战了哈贝马斯的公共领域论，并且“调整了公共领域的研究方向”[3]。弗雷泽的观点在罗伯特·阿森（Robert Asen）和丹尼尔·布劳尔（Daniel Brouwer）的《反公众与国家》一书中得到了更加具体和深入的发展，他们指出：“学者们对资产阶

1. McKee, Alan. *The Public Sphere: An Introduction*. Cambridge: Cambridge UP, 2005, 142.
2. Thompson, John B. "The Theory of the Public Sphere." *Theory, Culture & Society* 10.3 (1993): 180.
3. Loehwing, Melanie and Jeff Motter. "Publics, Counterpulics, and the Promise of Democracy." *Philosophy & Rhetoric*, Vol. 42, No. 3 (2009): 224.

级公共领域和公共领域理论中的‘公众’的批评进行了三种‘重新思考’（reconfigurations）。首先，学者们已经认识到了多个公共领域的存在和相互作用。其次，他们承认多个公共领域之间存在可穿越的边界。第三，学者们已经认识到国家在塑造公共话语中的动态作用。”[1]费尔斯基（Rita Felski）则将反公共领域定位为多元和异质的社会力量，“这些社会力量不会汇聚成单一、协调的革命运动。反公共领域的解放并非旨在迎合普遍性的理想（an ideal of universality），而是预先肯定了性别、种族、性、族裔以及其他差异”[2]。

哈贝马斯并非对这些学术变化视若无睹，在1990年版的《公共领域》中，哈氏特意针对自己旧作中的一些问题进行了补充性研究和说明，其中最重要的一点就是他在“序言”中提出的第二个问题，即：“对于某一公共领域的构成来说，遭到排挤的群体具有建设性的作用，那么，此处谈及的‘排挤’可以从福柯意义上来理解。在同一个交往结构中，如果同时形成了几个竞技场，在居于统治地位的资产阶级公共领域之外，如果还存在着其他**亚文化公共领域**或者某一阶级的公共领域，而且能够相互妥协，那么，‘排挤’也就获得了另外一层不太激进的意义。在写此书时，我根本没有考虑到亚文化公共领域。有关某一阶级的公共领域，我在前言中虽然有所提及，但没有进行深入研究。”[3]他承认了自己以往对亚文化公共领域的忽视并进一步论述道：“将文化和政治方面业已动员起来的下层阶级排除在外，这本身即已表明，公共领域一开始就是多元的。

1. Stob, Paul. "Kenneth Burke, John Dewey, and the Pursuit of the Public." *Philosophy & Rhetoric*, Vol. 38, No. 3 (2005): 227.
2. Asen, Robert. "Seeking the 'Counter' in Counterpublics." *Communication Theory*, Ten: Four, November (2000): 428-429.
3. 哈贝马斯．公共领域的结构转型，王晓珏等译．上海：学林出版社，1999：5.

在居统治地位的公共领域之外，还有一种平民公共领域，和它唇齿相依。”[1] 从以上表述我们可以看出哈贝马斯实际上对他早期作品中的这一概念做出了较大幅度的修正，他本人承认资产阶级公共领域是“公共领域”中的一个构成要素，承认“设想中的公共领域应是由所有群体的交际互动（communicative interaction）形成的一个整体”[2]，换言之公共领域不仅由不同阶级、性别的人构成，这些不同的公共领域之间实际上也存在着交际活动。

这之后，学者们开始将“公共领域”研究放入更加宏大的理论语境中，尤其是从阶级和性别等角度展开更加深入的研究，这些研究对本专著研究英国文学公共领域很具启发。作为政治公共领域前期的文学公共领域中同样绝不可能只存在一种单一的资产阶级代表的声音，别的阶级和女性也都通过自己的文学创作参与到文学公共领域的建构中。文学公共领域不是少数资产阶级精英获得发言权的场所，而是一个充满对话和竞争的话语场，它是一个由多个声部构成的文学场域。在这个开放的场域中，宗教文学公共领域、女性文学公共领域和平民文学公共领域等同占有明显优势的资产阶级（男性）文学公共领域竞争与对话，由此构成了一个完整的英国文学公共领域，而且有学者指出：“在哈贝马斯认识到自己构建的经典公共领域模式呈现出碎片化倾向时，他意识到竞争性公共领域不仅仅存在于19世纪末，因为在公共领域发展的每一个阶段，

---

1. 哈贝马斯. 公共领域的结构转型，王晓珏等译. 上海：学林出版社，1999：6.
2. Hill, Mike and Warren Montag. "Introduction: What Was, What Is, the Public Sphere? Post-Cold War Reflections." *Masses, Classes, and the Public Sphere*. Ed. Mike Hill and Warren Montag. London and New York: Verso, 2000, 3.

甚至是在初始阶段就已经存在了。”[1]那么在对英国文学公共领域进行研究时，也不应该承认只存在一个单一的资产阶级男性文学公共领域，因为只有出现若干个文学公共领域，观念的交流才会更加自由和开放，这个领域才能存活并进入到良性的发展中。我们判定这些“亚文学公共领域”[2]存在的依据主要是显性的“社会活动”[3]（social movement），或者说是文学公共活动。

此外，随着全球化理论的发展，政治理论与传统批判理论也开始被席卷进“全球化”的视野中。从全球化的视野反观“公共领域”理论，就会发现哈贝马斯公共理论中还存在另外一套不同的排挤法则，即便在哈贝马斯最后对公共领域理论的修正作品《事实与规范之间》中，这种法则也依然存在，这被弗雷泽称之为“威斯特伐利亚政治想象”（Westphalian political imaginary），或曰“默认公共领域的相关框架为‘存在边界’的政治共同体”，在全球化的今天这种框架已经无法存在，也使得“公共领域已经而且仍然在进行一种新的结构性变革”[4]。换句话说，哈贝马斯的“公共领域”理论除存在上述问题外，还“忽视了国家公共领域（national public sphere）发展中随时间和跨国性发展所发生的巨大差异”[5]。虽然哈贝马斯在《公共领域》中确实将英法德三国的公共领域

1. Eley, Geoff. "Nations, Publics, and Political Cultures". *Habermas and the Public Sphere*. Ed. Craig Calhoun. Mass: The MTI Press, 1996, 213.
2. Calhoun, Craig. "Introduction: Habermas and the Public Sphere". *Habermas and the Public Sphere*. Ed. Craig Calhoun. Mass: The MTI Press, 1996, 37.
3. Ibid.
4. Allen, Amy. "The Public Sphere: Ideology and/or Ideal?" *Political Theory*, Vol. 40, No. 6 (December 2012): 825.
5. Benson, Rodney. "Shaping the Public Sphere: Habermas and Beyond." *The American Sociologist*, Vol. 40, No. 3 (Sep, 2009): 178.

进行了梳理，但却没有从更宏观的全球视野对文学公共领域之间的对话与互促展开研究。可喜的是，近来一些学者已经开始将公共领域的研究视野扩大到“跨国公共领域”上来，他们认为“存在一个国际性公共领域（international public sphere），它的全球整体性不仅仅由不同国家的公共领域组成，而是一种跨国性的公共领域（transnational public spheres）”[1]，这对于未来研究不同国家之间的文学公共领域的交流与发展也同样有启发性。

笔者专辟此章，一方面是为了丰富英国文学公共领域的研究，另一方面是为了凸显来自不同阶级、社会阶层和女性文学家对英国文学公共领域建构的巨大作用。

在细读哈贝马斯的《公共领域》时，不难发现哈贝马斯虽然坚持资产阶级公共领域的普遍开放性原则，但在实际参与过程中只有接受过教育和具有一定财产的人才被允许进入其中，这类人主要限于男性精英阶层。哈贝马斯本人也许并未意识到女性在资产阶级公共领域中被边缘化，但很难理解的是他在随后的补充性研究中，承认了自己在研究资产阶级公共领域过程中对无产者（平民）的粗暴排除，可依然没有对女性（文学）公共领域做出相应的补充与说明，也没有将其纳入研究范畴中来。

然而，家庭这个“私人空间”中的最重要成员——女性对“公私”分离发挥着重要作用，哈贝马斯的公共领域理论却将其排除在外，所以很多学者都批评哈贝马斯：“并非年轻的哈贝马斯没有考虑到同样与资产阶级公共领域形成有密切关系的处于从属地位的女性，也并非他无视女

1. Hill, Mike and Warren Montag. “Introduction: What Was, What Is, the Public Sphere? Post-Cold War Reflections.” *Masses, Classes, and the Public Sphere*. Ed. Mike Hill and Warren Montag. London and New York: Verso. 2000. 4.

性在意识形态层面的功能。他这样做毋宁说是对从属性别的选择性'失明'（selective blind）。"[1]在这样的情况下，大批女权主义学者对近代早期公共领域和政治话语中的性别特征开始进行专门研究，琼·兰德斯（Joan Landes）在1988年出版的《法国大革命时期的妇女与公共领域》一书中研究了1750年至1850年期间法国妇女与法国公共领域形成之间的关系，她的核心观点是女性被排除在公共领域之外不仅仅是一个历史偶然，因为公共领域的一个基本特征就是男性主导，这是"由一套根深蒂固的性别差异假设塑造的"。之后包括爱丽丝·克拉克（Alice Clarke）、夏洛特·卡迈克尔·斯托普斯（Charlotte Carmichael Stopes）、希尔达·史密斯（Hilda L. Smith）以及卡萝尔·皮特曼（Carole Pateman）在内的越来越多的女权主义学者开始挑战哈贝马斯所建构的以男性为主体的公共领域理论。

但发出批评最强音的依旧是女权主义者弗雷泽，据艾伦的总结，弗雷泽曾对哈贝马斯的资产阶级公共领域做过四点重要补充，旨在将哈贝马斯公共领域的研究应用于女性主义批评实践中。她指出："第一，资产阶级公共领域模式基于这样一个错误的假设，即人们在公共领域中讨论他们共同关切的问题时，可以将他们所处的社会地位和其他参与者的身份地位抛之脑后。为了修正这个错误，弗雷泽综合哈贝马斯在《公共领域》末尾的反思坚称社会平等才是政治民主的必要条件。第二，在《公共领域》中，哈贝马斯似乎想说对于一个健全的民主社会而言，一个单一的普世的公共领域是必要的，而弗雷泽则认为在社会等级观念无处不在的社会中，多个'反公共领域'的存在才是更可取的。第三，弗雷泽质疑公共话语应该局限于公共关注的问题，那些设定并捍卫'公'与'私'

1. Allen, Amy. "The Public Sphere: Ideology and/or Ideal?" *Political Theory*, 2012. 40. 822.

界限的人也要参与到公众辩论中，也就是说无论怎样，我们都无法划出这样一条‘公私界限’。第四，弗雷泽还质疑了一个运作良好的公共领域依赖于市民阶层与国家的分离这样的假设。他认为，我们需要在弱势公共和强势公共领域之间做出明显的区分，前者是形成意见和意志的场所，而后者则是政府决议制定和理论化两者关系的所在地。”[1]就弗雷泽对哈贝马斯公共领域理论的猛烈批评，麦基的评价最为客观，他指出：“哈贝马斯的理想化公共领域不仅排除女性，也排斥女性化的话题。公平地讲在探讨哈贝马斯的公共领域问题时也要始终记得这部著作写于20世纪50年代末和60年代初，彼时公众对女性的态度还不像今日如此平等。”[2]在看待哈贝马斯所建构的公共领域理论时，这样的表述也许才够客观。

通过以上学者对公共领域中女性及女性议题“缺席”现象的简单研究，不难发现在哈贝马斯对文学公共领域的研究过程中确实存在问题，其中最显而易见的就是“认为女性被排除在阅读公众之外的假设令人生疑，至少在英国，女性作为小说生产者的关键作用愈发明显”[3]。如果将玛丽·沃斯通克拉夫特（Mary Wollstonecraft）1792年出版的《女权辩护》（*A Vindication of the Rights of Woman*）一书视为英国妇女进入政治公共领域斗争的标志的话，很难找到英国女性文学公共领域出现的典型标志。

但事实上较之女性在政治领域的长期“从属性”表现，女性文学家在文学公共领域内发挥的公共作用更早而且也更积极，这一点在英国文学公共领域中表现得尤为明显。这些女性文学家和资产阶级男性作家一

1. Allen, Amy. "The Public Sphere: Ideology and/or Ideal?" *Political Theory*, 2012. 40, 823-824.
2. McKee, Alan. *The Public Sphere: An Introduction*. Cambridge: Cambridge UP, 2005, 63.
3. Barry, Jonathan. "A Historical Postscript." *Shifting the Boundaries: Transformation of the Languages of Public and Private in the Eighteenth Century*. Ed. Dario Castiglione and Lesley Sharpe. Exeter: U of Exeter P, 1995, 231.

起构建了英国文学公共领域的靓丽风景。在接下去的章节中将通过对以“蓝袜社”为代表的英国女性作家对英国文学公共领域建构作用的研究，有效地补充哈贝马斯所建构的极具父权特征的文学公共领域论，还原一个更为完整和全面的英国文学公共领域。

第一节　哈贝马斯文学公共领域的男权特征

哈贝马斯的《公共领域》经翻译后在英语世界迅速引发广泛争论，他对于一个“单数的”、排除其他阶级以及性别的资产阶级公共领域的过度迷恋和“理想化”的建构是批评的重点。有学者就曾指出：“他（哈贝马斯）忽略了一点，即公共领域是在矛盾中建构而成。资产阶级公共领域的出现绝非仅仅是同专制主义和传统权威抗衡的过程中形成的。”[1]或者说阶级抗衡只是公共领域得以出现的因素之一。随着公共领域研究的不断深入，越来越多的学者注意到，性别也是其中的要素之一。作为一个典型的男权主义概念，哈贝马斯公共领域论最遭后人诟病的就是他将女性排除在资产阶级公共领域建构之外的做法，而“妇女被排除在公共领域之外的观点本身就是意识形态性的，这种公共性的概念建立在阶级和性别偏见的基础上，即从表面来看它接受资产阶级公众才是唯一公众的主张”[2]，这就使得资产阶级（文学）公共领域从一开始就具有典型的男权特征。

1. Eley, Geoff. "Nations, Publics, and Political Cultures." *Habermas and the Public Sphere*. Ed. Craig Calhoun. Mass: The MTI Press, 1996, 306.
2. Frazer, Nancy. "Rethinking the Public Sphere: A Contribution to the Critique of Actually Existing Democracy." *Habermas and the Public Sphere*. Ed. Craig Calhoun. Mass: The MTI Press, 1996, 116.

哈氏显然认识到了这个严重的不足，所以在1990年《公共领域》的再版序言中，他对性别问题做出了正面回应："与阶级斗争的机制不同，性别关系的改变不仅深入经济制度，而且涉及私人领域的核心，即小家庭内部空间。由此可见，政治公共领域并不是偶然由男性统治的，性别决定了政治公共领域的结构以及它与私人领域的关系，从这个意义上来说，排挤女性这一行为对政治公共领域具有建设性影响。与排挤没有平等权的男性不同，排挤女性影响了公共领域的结构。"[1]当然，哈贝马斯的这一判定只是对原有理论的简单补充，因为其在研究过程中忽视女性作用的做法不仅仅影响了公共领域的结构，更重要的是如果忽略女性的作用就无法科学地认识公共领域的起源问题，也无法全面认识公共领域的运行机制。即便如此，他也没有再在之后的研究中对女性（文学）公共领域进行过系统的研究和论述。

据哈贝马斯本人说他对女性及平民公共领域重新认识和评价的灵感来源于巴赫金的杰作《拉伯雷和他的世界》。在这本书中巴赫金的研究表明大众文化不是主流文化的背景或消极框架，而是一种定期出现的、颠覆和反抗等级世界的力量。哈贝马斯把这一认识运用到审视资产阶级公共领域上，从而认识到女性从这个又一次被男性统治的世界中排挤出去的行为对建构完整的公共领域所带来的巨大消极影响。但是，哈贝马斯对于来自女性主义学者的批评的反应不够重视，他没有给予女性主义者支持，依然坚持了其公共领域研究的父权特征。

弗雷泽一针见血地指出哈氏公共领域父权特征产生的原因，"我们再也不能假设，资产阶级对公共领域的概念只是一种未实现的乌托邦理

1. 哈贝马斯．公共领域的结构转型，王晓珏等译．上海：学林出版社，1999：8.

想，**它同样是一个男权主义的思想观念**，其作用是使一种新型的阶级统治形式合法化”[1]，资产阶级公共领域存在的现实是“因为性别地位的不等，将所有阶层和族裔的妇女排除在官方政治参与之外，而平民男子则因为财产资格被正式排除在外。此外，在许多情况下，所有阶层的少数族裔妇女和男子都因种族原因被排斥在外”[2]。弗雷泽将这些被排除之外的人形成的公共领域称为“反公共领域”——“一个与公共领域平行存在的话语场，在其中上述阶层的成员发明并传播出一套反话语（counter discourse）以构建对其身份、利益和需求的对立解释”[3]。这些反公共领域因遭受排挤而出现，并且存在很多这样的反公共领域，他们与资产阶级公共领域存在矛盾与对立，弗雷泽等人主要研究的就是这些反公共领域是如何遭受排挤的。

由于公共领域本身的“多声部性”，反公共领域最初也作为公共领域的一分子产生，“这种披露和揭示表明，‘反公共’作为一个批判性术语是有用的，它在公共领域话语的概念模式和批评中发挥着作用，凸显了公共之间的竞争、公共话语实践中的排斥以及某些公共为克服这些排斥所做的尝试”[4]。而且，从一开始这些反公众“就对资产阶级公众的排他性规范产生质疑，并阐释了政治行为的替代风格和公共言论的替代性规范。资产阶级公众反过来又谴责这些风格和规范，并蓄意阻挠这些反公

---

1. Frazer, Nancy. "Rethinking the Public Sphere: A Contribution to the Critique of Actually Existing Democracy." *Habermas and the Public Sphere*. Ed. Craig Calhoun. Mass: The MTI Press, 1996, 116.
2. Ibid. 118.
3. Ibid. 123.
4. Asen, Robert. "Seeking the 'Counter' in Counterpublics." *Communication Theory*, Ten: Four, November (2000): 425-426.

众的广泛参与”[1]。换言之资产阶级公共领域从一开始就不是只属于资产阶级（男性）的舞台，其中存在很多的“反公众”，而其中由女性“反公众”构成的女性公共领域是众多反公共领域中最为重要的一个。

通过对《公共领域》的仔细研读，可以发现在哈贝马斯对文学公共领域的叙述中，从来没有出现过女性作家、报刊、文学社团对文学公共领域建构的只言片语。即便是在“1990年版序言”中，哈贝马斯依然不遗余力地为公共领域父权特征进行合理性辩护：“小家庭具有父权特征，这一点毋庸置疑。小家庭是市民社会私人领域的核心，同时也是自我指涉的主体性所具有的新型心理经验的源泉。其间成长起来的女性主义研究文献使我们更加清楚地认识到，公共领域本身就带有父权特征。公共领域很快地超出了女性参与建构的阅读公众，获得了政治功能。”[2]换言之，“文学主体性并没有将家庭亲密关系的纯粹人类价值观转化为公共规范；相反，它通过公共‘文本化’过程将妇女降低到私人（因此政治上无能为力）的领域”[3]。通过这些叙述，哈贝马斯不断强化了公共领域的父权特征。

虽然哈贝马斯的公共领域以及文学公共领域都充满了父权主义的特征，却无法抹杀英国女性文学家对这个公共领域建构的深远影响和巨大作用，“女性不仅为参与公共生活而挑战将她们排除在外的势力，还投身于具有‘公共性’的意义以及公私界限性质的斗争之中”[4]。她们通过自己对文学的独特感悟和对公共事务的敏感，推动了英国文学公共领域向前

1. Frazer, Nancy. "Rethinking the Public Sphere: A Contribution to the Critique of Actually Existing Democracy." *Habermas and the Public Sphere*. Ed. Craig Calhoun. Mass: The MTI Press, 1996, 116.
2. 哈贝马斯．公共领域的结构转型，王晓珏等译．上海：学林出版社，1999：7.
3. Vopa, Anthony J. La. "Conceiving a Public and Society in Eighteenth-Century Europe." *The Journal of Modern History*, Vol. 64, No. 1 (Mar., 1992): 115.
4. Goode, Luke. *Jürgen Habermas: Democracy and the Public Sphere*. London: Pluto Press, 2005, 33.

发展，也通过女性期刊报纸助推了英国文学公共领域在更大范围内向政治公共领域的过渡。

客观来讲，此时女性文学公共领域在发挥公共作用的时候还处处受阻，其所发挥的作用也受到各种各样的限制，最典型的例子是在研究18世纪女性作家所写作的书信小说时，最大的难点在于对作者的判定上。这一方面说明女性文学公共领域确实存在，而另一方面也说明这个领域遭受了男性资产阶级文学公共领域的压制，所以她们才无法像男性那样光明正大地运用文学来探讨公共问题。较之政治公共领域，虽然文学公共领域没有那么强烈的排他性，可以看到女性在私人家庭延伸出的沙龙中扮演着有限的"公共"角色，但在诸如咖啡馆和俱乐部这样的典型男性公共空间中却很少能发现女性的踪影。咖啡馆历史研究专家埃利斯（Aytoun Ellis）甚至认为"女性不被允许进入咖啡馆成了历史上第一次性别分裂"[1]。当然，历史学家品卡斯（Steve Pincus）的研究则反映出了另外一种事实："完全有理由相信，女性经常参加这些新潮的咖啡馆，这些地方欢迎清醒的话语，而不是醉酒后的嬉闹，欢迎文化交流而非社会地位的不平等。"[2]，甚至"越来越多的证据表明在伦敦、牛津、多切斯特等地有的女性拥有或者自己经营咖啡馆"[3]。

无论如何，至少在哈贝马斯所建构的公共领域理论中，女性是被排挤在外的，他认为这个领域主要由资产阶级男性（更准确说是精英阶层）构成，所以哈贝马斯所建构的公共领域带有非常典型的男权特征，但是

1. Ellis, Aytoun. *The Penny Universities: A History of the Coffee Houses*. London: Secker and Warburg, 1956, 88.
2. Pincus, Steve. "'Coffee Politician Does Create': Coffeehouses and Restoration Political Culture". *The Journal of Modern History*, Vol. 67, NO. 4 (Dec., 1995), 815.
3. Ibid. 816.

英国文学公共领域的实际发展情况与政治公共领域大有不同，“蓝袜社”与女性期刊文学的发展等可以有力地驳斥哈贝马斯的上述观点，这些都将在下一节中尝试探讨。

第二节　英国女性文学家的“公共写作”

哈贝马斯将由家庭组成的领域称之为“私密领域”（intimate sphere），他认为这个领域并不属于资产阶级公共领域，其“原本归入后封建时期家庭，现在则成为私人领域；但是这个私密领域却为公共舞台提供动力”[1]，也就是说哈氏认为公共领域是从私密领域中脱胎而来。虽然哈贝马斯的公共领域理论极力将这个主要由女性组成的私密领域排除在外，但是资产阶级的“主体性”却恰恰是从中脱胎而来，甚至女性作家以及女性读者也都参与到这个资产阶级“主体性”的建构过程中，因为“国家和市场越来越多地渗透到家庭生活领域——传统的女性影响领域——迫使女性带着自己的关切走进公共领域，从而重新激发了批评”[2]。对于这些女性作家为何集体“隐身”以致被哈贝马斯所忽略，诺布鲁克的解释不无几分道理，他认为：“从古代到现代，一部庞大的女作家百科全书出现在17世纪，但由于许多是用拉丁文撰写的，她们往往被当今的文学史所遗忘，因为这些文学史所强调的是民族认同和英国本土语言。”[3]这也许

1. Eagleton, Terry. *The Function of Criticism: From The Spectator to Post-Structuralism*. London: Verso, 1984, 115.
2. Walhout, M. D. "Introduction: The Public Muse." *Literature and the Renewal of the Public Sphere*. London: Macmillan Press, 2000, 7.
3. Norbrook, David. "Women, the Republic of Letters, and the Public Sphere." *Criticism*; Spring 2004; 46, 2: 226-227.

就是17世纪女性文学家在公共领域中集体隐身的一个原因，也是这个原因造成哈贝马斯在研究过程中忽视了女性文学家所建构的女性文学公共领域。

“女性文学家主体意识”是指女性作家作为主体在认识客观世界时的态度和其地位的自觉意识，它可以促进女性追求自由独立，发挥女性作家的主观能动性和艺术创造力。而这种对女性作家主体性的建构与女性文学家的“公共性”是无法剥离开的，因为女性作家主体意识与她们自觉地践行女性的历史使命、社会责任，以及女性以其独有的身份参与社会生活之间的关系非常密切。正如在上一章论及英国文学公共领域与小说兴起之间的关系时所说的那样，哈贝马斯注意到小说——这一新的文学样式的源头之一就是书信。这种书信最早仅限于个人与个人之间，随后才扩大到家庭与家庭之间，直至变成了为读者所普遍接受和大量消费的书信小说。在这个过程中并不是文学采用被大众普遍接受的消费形式来反映“私人领域”这么简单，实质上书信体文学通过文学公共领域这样的平台，教会了新兴资产阶级如何表达内心的感受和与家人相处的方式，而这一点对于资产阶级在上升时期的“主体性”的培养至关重要。布鲁尔（John Brewer）在研究英国书信时说：“17、18世纪英国的信件写作指南非常重视写信者需具备以透明、自然和对话式的风格来表达情感的能力，这种能力通常被视为是女性化的。”[1]因为信件书写最早是在女性之间流行起来的，他据此才做出了上述判断。

---

1. Brewer, John. "This, That and the Other: Public, Social and Private in the Seventeenth and Eighteenth Centuries." *Shifting the Boundaries: Transformation of the Languages of Public and Private in the Eighteenth Century*. Ed. Dario Castiglione and Lesley Sharpe. Exeter: U of Exeter P, 1995, 11.

在17世纪英国文学作品中，无论是巴洛克戏剧、世俗文学、宗教文学、古典文学还是诗歌都是属于男性的。根据铃木所做的相关研究，英国内战前的戏剧但凡涉及女性参政通常都会采用悲剧而非喜剧的文学形式来表达，在对女性叛逆的言论和行为进行戏剧化呈现的同时，用悲剧来惩罚这些“越界”的女性，这就使得文类本身也具有了性别区隔的作用。但他也指出：“英国革命使一个平等的政治幻想得以表述出来，为妇女参与政治公共领域提供了理由。”[1]正是从英国革命后，女性利用除请愿书之外的各种文学类型作为武器，开始参与到政治活动中。女性处于政治边缘的地位和她们被认为不可能提出有建设性政见的偏见反而为她们参与公共活动、发表自己看法带来了便利，因为男性可能因暴力抗议而被监禁，妇女却仅被定性为滋扰。所以，虽然女性参政受到严格限制，却巧借“作者”的身份首先进入文学公共领域中，并尝试书写没有明显政治态度的文学作品，从而隐蔽地进入政治公共领域中。正是因为她们表达政治诉求是在文学外衣的包裹下进行的，所以才不符合哈贝马斯所建构的公共领域模式，因而被排除在外。但“在17世纪四五十年代，我们发现许多女性先知在争取让她们的声音被别人听到”[2]，其中埃米利亚·兰耶（Aemilia Lanyer）所创作出的大量宗教诗歌就是这样的典型例子。

研究17世纪女性文学家的公共活动时，玛格丽特·卡文迪什（Margaret Cavendish）无疑是绕不开的，她的短篇散文体罗曼司《契约》（*Contract*）在17世纪英国政治辩论中，“因将罗曼司与契约精神相结合而

---

1. Suzuki, Mihoko. *Subordinate Subjects: Gender, the Political Nation, and Literary Form in England, 1588-1688*. Burlington: Ashgate, 2003, 165.
2. Norbrook, David. "Women, the Republic of Letters, and the Public Sphere." *Criticism*; Spring 2004; 46, 2: 233.

成为典范”[1]，同时她“将文学与政治作品相结合，关注文学的政治层面”[2]使得她成为英国女性文学公共领域中的杰出代表。卡文迪什的罗曼司主要关注她所处时代的两性关系与政治义务之间的关系，她巧妙地将这两个话题结合在一起进行深入的探讨，类似的讨论在前文论述弥尔顿的文学公共活动时也有所探讨，由于17世纪的婚姻关系被自然地纳入到政治关系的一部分，丈夫对妻子的主权事实上也是一种政治隐喻，婚姻契约是斯图亚特王朝强化君主专制的重要思想武器，对丈夫权力的浪漫化写作实际上是强化了君主的绝对权力，而且两种关系都是通过契约来绑定的。卡文迪什通过运用罗曼司所特有的语言，主张夫妻之间应该建立更为公平的契约关系，同时主张政治义务也应建立在爱的基础上，而非以顺从、妻子的从属和霍布斯所倡导的自我利益为基础，她从女性所特有的视角为婚姻和政治契约做出了新的解释。卡文迪什使用罗曼司这种文学形式来讨论政治义务问题是迫于当时的政治形势和历史原因，事实上17世纪中叶的很多田园戏剧以及散文叙事都或多或少涉及具有政治色彩的胁迫和同意、武力迫使等主题。

另外，还有一种文学样式——书信体小说的产生与女性作家有着密不可分的关系，书信小说也因此成为欧洲文学历史上第一种由女性创造出的文类。这一文类之所以由女性作家来大量实践，原因在于“女性经常操纵形式意识形态（the ideology of form）并以之作为挑战主流意识形态的手段，这种干预手段使得她们能够抵制父权话语的消极结构”[3]。小

---

1. Kahn, Victoria. "Margaret Cavendish and the Romance of Contract." *Renaissance Quarterly*, Vol. 50, No.2 (Summer, 1997): 528.
2. Ibid.
3. Suzuki, Mihoko. *Subordinate Subjects: Gender, the Political Nation, and Literary Form in England, 1588-1688*. Burlington: Ashgate, 2003, 14.

说关注“真实世界”，尤其关注家庭世界，这“使得女性成为关注焦点的同时也赋予她们写作自己经历的方式”[1]。17、18世纪涌现出了一大批女性文学家，例如阿芙拉·贝恩、伊丽莎·海伍德、莎拉·菲尔丁（Sarah Fielding）、弗朗西斯·布鲁克（Frances Brooke）、玛丽·埃斯代尔（Mary Astell）等，她们都积极地拿起手中的笔，关心公共事务，并通过写作来发表自己对这些事务的看法。玛丽·埃斯代尔同样也是众多被忽视的从事公共写作的女性作家之一，她的小册子主要围绕女性教育这一公共问题展开讨论，也对洛克等哲学家的作品进行过专门研究和探讨。

1680年汤森出版了奥维德的《女杰书简》（*Heroides*），这本译著的前言由德莱顿和英国文学史上第一位职业女性作家阿芙拉·贝恩共同撰写。三年之后贝恩出版了《一个贵公子和妻妹之间的情书》（*Love Letters Between a Nobleman and His Sister*），这本小说“标志英国书信体小说的诞生”[2]，她也因此被视为英国第一位女小说家。贝恩在17世纪的创作主要是戏剧、小说和诗歌，她还被认为是英国文学史上第一个依靠文学创作谋生的职业女性作家，她的墓志铭客观地评价了她的文学贡献：

> 这里躺着的人足以证明
> 才智可以超越死亡。[3]

---

1. Blanning, T. *The Pursuit of Glory: Europe 1648-1815*. London: Penguin Books, 2007, 482.
2. Pask, Kevin. "The Bourgeois Public Sphere and the Concept of Literature." *Criticism*, Spring 2004, 46, 2: 244.
3. Adburgham, Alison. *Women in Print: Writing Women and Women's Magazines from the Restoration to the Accession of Victoria*. London: George Allen and Unwin Ltd, 1972, 19.

虽然贝恩的戏剧中包含很多露骨的性描写，但她遭到同时代男性作家诋毁的根本原因却不是这些戏剧过于“淫乱”（实际上很多男性作家在这方面有过之而无不及），而是因为它们是由一位女性作家创作出来的，这也从一个侧面印证了铃木的观点：“女性进入公共领域更加困难，因为这种运用文字和修辞参与家庭生活之外事务的行为被认为是不恰当甚至是可耻的。”[1]

贝恩的文学创作并不是对英国男性作家的简单模仿，她的小说对早期英国党派政治进行了大量的辛辣讽刺，如借用法国野史中的主人公讽刺挖苦当时的英国贵族，借用反映宫廷阴谋的西班牙戏剧或中篇小说中的主人公讽喻时事，从而达到干预公共事务的目的。她的小说表面读起来是在描写女性的爱情故事，但在整个故事的描写过程中，却借由主人公之口描写政治上的争吵，从而将有关爱情的故事变成一种围绕公众关注的政治话题而展开的小说，“许多批评家认为贝恩的《一个贵公子和妻妹之间的情书》以及她的著名小说《奥鲁诺克》（*Oroonoko, or the History of the Royal Slave*）都应解读为描写人民背弃君主的政治寓言”[2]。

《奥鲁诺克》以第一人称叙述了发生在西非的黑人奥鲁诺克和妻子的传奇经历，对英国早期殖民地生活进行了详细的描写，并超前地批判了种族主义的存在和贩奴行为的罪恶。贝恩的作品多以女性作为主人公，围绕女性在家庭教育和财产等方面的问题展开讨论，正因如此同为

1. Suzuki, Mihoko. *Subordinate Subjects: Gender, the Political Nation, and Literary Form in England, 1588-1688*. Burlington: Ashgate, 2003, 13.
2. B. Warner, William. "Novels on the market." *The Cambridge History of English Literature, 1660-1780*. Ed. John Richetti. Cambridge: Cambridge UP, 2005, 90-91.

女作家的弗吉尼亚·沃尔夫（Virginia Woolf）在《自己的房子》里才说全部女性都应到贝恩墓前献花，因为正是她为女性争得了表达思想的权力。

伊丽莎·海伍德是贝恩之后最重要的女性作家之一，她是作家、演员，同时也是职业出版商，她在世时并未得到读者和批评家的青睐，直到20世纪80年代才再次被文学界重新发掘。海伍德一生创作成果颇丰，共留下了70多部作品，涵盖了小说、诗歌和杂志文章等多种文学类型。她和贝恩一起被认为是英国小说的缔造者，也是第一位为女性设立的专门期刊《女性旁观者》（*The Female Spectator*）的主编，这本刊物是海伍德为女性写作所做的最大贡献。虽然她的很多作品都是匿名写就，但18世纪20年代她的小说几乎垄断了伦敦小说市场。她的第一部小说《过度的爱》（*Love in Excess*）便探讨了教育以及婚姻等公共议题，属于典型的“爱情小说”（amatory fiction）。虽然是女性，海伍德却有着非常鲜明的政治立场，她支持辉格党反对托利党，并将她的政治立场写进了她的作品之中，在其所处的时代是典型的“女性公共知识分子”。

贝恩代表了英国文学公共领域成熟时期的女性文学家，而她之后的曼莉（Delarivier Manley）和海伍德等女性文学家更是推动了小说这种为娱乐读者而生的文学样式的发展，她们为18世纪40年代理查逊和菲尔丁的小说提供了创作灵感，“从贝恩到菲尔丁，这些早期小说家为资产阶级公共领域的形成发挥了关键作用”[1]。再者，她们也见证了英国文学公共领域向政治公共领域的平稳过渡，并通过自己的文学创作投身于对公共事

1. B. Warner, William. "Novels on the market." *The Cambridge History of English Literature, 1660-1780*. Ed. John Richetti. Cambridge: Cambridge UP, 2005, 94.

务的讨论和对英国公共领域的建构。女性作家加入到文学公共领域的建构中，也为男性作家提供了新的创作灵感。因为伴随出版业的发展还带来了一个好处，作家与读者不需要见面，这样一来男性可以像笛福在小说《摩尔·弗兰德斯》（*Moll Flanders*）那样用女性的视角来写作，而女性也可以冒充男性作家，这在17、18世纪的英国文学中是非常普遍的现象，也是女性积极构建文学公共领域的明证。

就女性作家在公共领域各种文化实体中的文学实践来看，与在法国的情况不同，英国文学公共领域的建构主要依靠咖啡馆这样的具体平台，而非以沙龙的形式开展，其中一个重要的原因是当沙龙在法国走向巅峰时，英国内战阻止了其在英国的连续发展。而复辟时期直到18世纪，沙龙又遭遇了咖啡馆这样的强劲对手，所以"在英国是咖啡馆，而不是沙龙，成为复辟时期和18世纪早期英格兰文学全盛时期文学社交的中心"[1]。很多当代文化学者的研究表明，咖啡馆内的文学讨论并非对所有的公众开放，咖啡馆主人通常要收取一定的费用才能够让大众参加其中的讨论。而且正如在本论文第三章所论述的那样，这样的咖啡馆文学俱乐部通常都由一个文学"巨人"主持，正如德莱顿在维尔咖啡馆所扮演的角色那样，专门负责调停参与讨论的各方的争议，这就造成英国文学公共领域的"公共性"的发挥受到了影响。需要指出的是文学公共领域并非只是男性文学家的世界，不同文学公共领域的具体平台内有着不同性别的参与者，诸如咖啡馆和其中的文学俱乐部通常都是男性的天下，所以"咖啡馆社团中最缺乏英国女性社会精英"[2]，因为对于普通女性而

---

1. 王峰岑．十八世纪英国城市公共性研究．上海：华东师范大学历史学系，2006：54.
2. Cowan, Brian. *The Social Life of Coffee*. New Haven & London: Yale UP, 2005, 246.

言，她们进行文学创作和阅读的最大障碍还是“识字”，尽管“有一些零碎的证据证明妇女的识字率在增加”[1]，有统计显示在1714年，女性识字率约为25%，而男性识字率却为45%。

但并不是说沙龙在英国就不存在，它只是没有像咖啡馆那样受公众欢迎。对女性来说，沙龙变成了家庭的延伸，从而帮助女性走向公众，成为女性讨论公共问题的合法“公共文化机构”。虽然无法和咖啡馆相提并论，但沙龙至少在某些群体中悄然兴起，并参与了英国文学公共领域的建构。如前文所述，当英国咖啡馆为公共领域中的理性辩论提供平台的时候，女性是被排除在外的，咖啡馆有着“明确的性别规定：女性尤其被排除在外”[2]，甚至女性进入咖啡馆会被视为行为不检，“与早期现代社会秩序的大多数方面一样，对咖啡馆行为正当性的焦虑也是基于性别的”[3]，从这个角度看俱乐部恰恰弥补了咖啡馆的这一不足，其成为女性文学家从事文学公共活动的重要场所。

这些俱乐部中的文学辩论团体和集会常常是男女混合的，例如蒲伯和斯威夫特都曾积极地参与到“蓝袜社”的文学创作和讨论中，但一定要清醒地认识到这一点：“不能把妇女在咖啡馆的存在视为她们平等参与英国公共领域的明证。”[4]俱乐部中的文学创作和阅读为男性和女性提供了同样的开放空间和公共领域，而且“印刷文化的一些形式，特别是小说及某些形式的行为指南书在其写作或感染力上都表现出非常女性化

1. Blanning, T. *The Pursuit of Glory: Europe 1648-1815*. London: Penguin Books, 2007, 74.
2. Pincus, Steve. "Coffee Politicians Does Create: Coffeehouses and Restoration Political Culture." *The Journal of Modern History*, 1995, 67(4): 809.
3. Cowan, Brian. *The Social Life of Coffee*. New Haven & London: Yale UP, 2005, 228.
4. Cowan, Brian. "What Was Masculine about the Public Sphere? Gender and the Coffeehouse Milieu in Post-Restoration England." *History Workshop Journal*, No. 51 (Spring, 2001): 128.

的特征”[1]。虽然女性作家在咖啡馆文学俱乐部这样的具体平台中遭到排斥，但这不能阻碍女性作家通过文学俱乐部参与构建英国文学公共领域。从17世纪开始，一些参与艺术创作、文学写作的女性大量出现，她们的创作时常见诸报纸和各种印刷品中，她们本身也成为艺术家创作的对象，出现在绘画和戏剧中，而且很奇特的是对于此类女性的描写一般都以群体为主，“蓝袜社”便是其中最为有名的一个。

虽然“蓝袜社”中的文学活动未能形成英国的女权主义传统，但她们的写作明显受到了当时英国文学公共领域的影响，女性开始接触到一些探讨她们自身问题的出版物，例如《闲谈者》、《旁观者》和《绅士杂志》等，所以英国女性的文学“公共”参与还体现在她们公开为各种杂志和书籍写作，专门讨论妇女感兴趣的家庭问题。从安妮女王统治时期开始，英国出现了一定数量的、关注女性话题的报纸，越来越多的女性读者成为伦敦报刊业所重视的群体，这些报刊甚至被麦基称之为是“私人公共领域”[2]（private public sphere），报纸中出现了越来越多与女性礼仪、妇德、婚姻和家庭相关的内容。斯蒂尔是18世纪少有的承认女性与男性拥有同样智慧的男性作家之一，这位作家发行的每一种报纸和期刊都有大量的女性模仿者，正因为此理查德·斯蒂尔也被视为“女性杂志的鼻祖之一”[3]，甚至在他的报纸和期刊中有很大一部分文章都是为女性读者写的。斯蒂尔在1709年4月曾在《闲谈者》的第一期就指明这份报纸的主要读者群体为女性。在这份报纸发行的21个月中，它也一直致力于迎

1. 汉娜·芭克．十八世纪英国的性别：地位、表象和责任，王峰岑译，李宏图选编．表象的叙述——新社会文化史．上海：上海三联书店，2003：266.
2. McKee, Alan. *The Public Sphere: An Introduction*. Cambridge: Cambridge UP, 2005, 41.
3. White, Cynthia L. *Women's Magazines 1693-1968*. London: Michael Joseph, 1970, 26.

合女性读者的阅读兴趣。因为在此时，除了女性文学家集中产生以外，"女性读者数量的显著增加始于17、18世纪之交"[1]，这一群体的增长主要得益于伴随经济、印刷技术等方面的发展带来的更多有闲和有钱的中产阶级女性。但客观来讲与中产阶级男性读者的数量相比，英国女性读者的数量直到19世纪才会有长足发展。

《闲谈者》发行后不久，市面上便开始出现一些模仿者，这些写作通常都假借女性之口来进行叙述，但背后的作者是否真的是女性则不可查证，而且这些模仿者的出版物虽不是每天出版但也有很大的发行量，有些甚至达到每周三期之多。由于作者来源复杂，这些模仿期刊所涉及的对性别、公私体验的描写远比《闲谈者》要复杂得多。《女闲谈者》（*Female Tatler*）是早期众多模仿者中最为成功的一个，《闲谈者》每周二、四、六出版发行，而《女闲谈者》则每周一、三、五出版发行，这显然不是以与《闲谈者》竞争的姿态出现，而是试图从女性的角度对《闲谈者》所涉话题的补充，这两份期刊的主要区别在于，《闲谈者》突出强调个人美德，并试图将这种私人美德推广到公共生活中，反过来改善私人幸福，而《女闲谈者》等期刊更多关注不良行为的后果及其对公众的影响。与之类似，《绅士杂志》之所以能够赢得男性和女性读者的欢迎本身就意味着这本杂志成为一个可以为女性发表声音的平台。

英国历史上第一份专门为女性量身定制的期刊则是由伦敦书商杜顿发行的《淑女杂志》（*The Ladies' Mercury*），这份刊物与男性读者阅读的《雅典信使》同期发行。这份刊物起初每月一期，而且专为女性（Fair Sex）发声，这本刊物发行后便迅速受到女性读者的欢迎，遂变成了双周

1. White, Cynthia L. *Women's Magazines 1693-1968*. London: Michael Joseph, 1970, 24.

刊，而后又变成了周刊。专门为女性量身打造的女性期刊的出现标志着出版商对阅读大众中业已存在的女性读者的认可和重视，一支与男性读者审美情趣截然不同的独立的女性读者队伍也逐渐浮出水面。《淑女杂志》的出现还启发了更多女性报刊的出现，尤其是《女闲谈者》的出版。

虽然独立的女性期刊产生于18世纪初，此后却经历了大概两百多年的时间才以独立的文化产业大规模出现，而早期专门为女性打造的期刊除对男性报刊进行模仿外，还有两种类型：一类是18、19世纪后流行的口袋日记（pocket diaries）的早期形式，最典型的代表是《女性日记》（*The Ladies' Diary*）。这份出版物于1704年出版发行，此后每年一期，直到1841年《绅士日记》（*The Gentleman's Diary*）出现后才停刊。第二类是以周刊形式出版的女性期刊，其中1747年创刊的《女士周刊》（*The Lady's Weekly Magazine*）最具代表性。

这些早期的女性期刊为女性表达她们特有的公共关切和自我表达了之前所没有的渠道，这反映出女性不仅关心家庭内部的关系，关心她们作为家庭主妇的特殊感受的表述，也逐渐开始将视线转移到社会和经济等公共领域的问题上。借助早期英国女性报刊，女性的诉求得以被有效表达，这些刊物在一定程度上鼓励女性积极参与公共事务，这一现象被有些学者称之为“女性修辞”（rhetorical femininity）。这种女性修辞的出现表明“公共领域本身区分了人们的身体和公共角色”[1]，也表明到18世纪初“人”的概念已经不完全等同于“男人”，而是开始包含女性。这种女性修辞使得公共领域本身也具有了修辞的特征，它由“男女的集体想象产生”[2]。

---

1. Osell, Tedra. "Tatling Women in the Public Sphere: Rhetorical Femininity and the English Essay Periodical." *Eighteenth-Century Studies*, Vol. 38, No.2 (Winter, 2005): 297.
2. Ibid.

与咖啡馆的开放性特征类似，17世纪末的英国期刊中也开始具备了“公共性”的特征，女性通过期刊中的文章表达自己的理性思考，体现了英国文学公共领域更大程度的开放性。值得注意的是由男性创办的女性期刊存在着自身难以克服的矛盾：一方面，女性借由这些早期期刊公开、合理地围绕公共事务表达自己的理性思考；另一方面，女性的这些观点始终都是按照男权概念构建的，并没有从根本上形成自己独立的空间和领域。

第三节　女性文学公共领域与家庭教育

女性对英国文学公共领域的建构作用还深刻地反映在她们在家庭教育中所扮演的重要角色上，毕竟在当时“女人只有在完成属于本分的天职，亦即私人生活的职务之后，才获准进入公共空间”[1]。而事实上家庭教育本身也是英国文学公共领域的一个重要功能，而这一功能的主要践行者恰恰是女性，之所以这样说是基于以下几个原因：

首先，“家庭帮助‘人性’重新概念化（a reconceptualization of humanity）”，亦即通过资产阶级的家庭教育让人们自小便开始认识到经济地位是至关重要的和不可剥夺的。而完成这一概念化过程的主力便是女性，她们之所以能够理解资产阶级对“人性”变化的深刻影响，在很大程度上得益于小说、报刊等文学写作的灌输，文学公共领域为参与其中的文学家提供了平台与场所，而反过来这些具有了公共性的文学家通过文学写作培

---

1. 林・亨特. 法国大革命时期的家庭罗曼史，郑明萱等译. 北京：商务印书馆，2008：164.

养出更多具有公共意识的读者（或者说公众），女性读者也成为这个公众的一分子，而她们又恰恰是家庭教育的主力，她们把对资产阶级“人性”的理解、对公共事务的关注推行到了家庭教育中，将文学公共领域的功能扩展到更大范围的公众中去。

其次，哈贝马斯认为“在核心家庭的亲密关系中，人因此养成了爱和自由，也因此可以超越私人领域的经济或工具性的关系，而与亲人建立起一种纯粹的人类关系（purely human）。这种亲密关系正是私人得以会合而成为公众的关键所在”[1]。换言之家庭教育培养起的爱和自由可以帮助建立公众关系，因为“公共领域之所以不同于政治领域，最主要的原因是理解沟通，而不是权力操弄。如果说，文学公共领域促成了人类理性批判的能力，那么，亲密领域的爱与自由，就是让沟通成为可能的重要条件。真正的沟通，除了理性之外，更需要一种互相对焦、互相调整的同理心。如果我们不能超越权力和经济的逻辑，那我们的论点必然处处受到局限，也就是哈贝马斯所谓的不自由。如果我们不能真正地对待对方，以一个独特的个人来看待他／她，进入他／她的生活脉络，我们又怎么有足够的同理心来对焦和调整呢。换句话说，只有从爱与自由出发，我们才能真正沟通，也才能进入公共领域，进而形成公共意见”[2]，爱和自由培养出了理解和沟通，而这是公共领域发挥功用最重要的方式，进入公共领域后才能发表公共意见，而这种爱和自由的教育也首先是由家庭中的女性完成，她们对爱与自由的理解也是投身文学公共领域中的结果。

1. 李丁赞．市民社会与公共领域．许纪霖主编，公共空间中的知识分子．南京：江苏人民出版社，2007：74.
2. 同上：90.

再次，据瓦特对17、18世纪历史的考察，“下等和中等阶级的妇女几乎没有可能参加她们的男人的活动，无论是商业方面的，还是娱乐方面的。对她们来说，参与政治、商业活动或她们的财产管理都是偶尔为之，主要的男性业余活动，诸如狩猎、宴饮等，也都把她们排斥在外。因此，女人就有了充分的闲暇时间，这些闲暇通常都被博览群书占用了”[1]。正如上文所说，女性对爱与自由的理解越来越多地依靠文学作品，而小说的出现极大地迎合了女性读者的需要，“小说的兴起，与大众对儿童以及更具天伦爱的家庭开始发生兴趣的心理现象可谓相辅相成”[2]，这从另一个角度解释了小说兴起与资产阶级家庭教育之间的关系，通过阅读小说等文学作品，关心公共事务的种子在由女性开展的家庭教育中萌芽了。

1. 伊恩·瓦特．小说的兴起，高原、董红钧译．北京：生活·读书·新知三联书店，1992：42.
2. 林·亨特．法国大革命时期的家庭罗曼史，郑明萱等译．北京：商务印书馆，2008：26.

第七章

英国其他亚文学公共领域研究

艾莱曾批评哈贝马斯“把他的讨论过于局限于资产阶级”[1]，所以他的公共领域研究才不完整。批评者除了上文已经讨论过的女权主义者外，另外的两方批评一个来自宗教界，因为哈贝马斯坚称公共领域具有世俗性的特征，另一方则指责他对平民公共领域的忽视，而这两种力量在文学公共领域的建构中同样也发挥了不可忽视的作用。这些被艾莱称之为“竞争性的公众”（competing publics）并非直到19世纪才崭露头角，而是“从公共领域出现后便伴随始终”[2]，本章也将从公共领域的初始阶段——文学公共领域中的宗教文学公共领域和平民文学公共领域这两种亚文学公共领域展开研究。

---

1. Eley, Geoff. "Nations, Publics, and Political Cultures: Placing Habermas in the Nineteenth Century". *Habermas and the Public Sphere*. Ed. Craig Calhoun. Cambridge, Massachusetts, and London: The MTI Press, 1996, 303.
2. Ibid. 306.

第一节 英国宗教对文学公共领域的影响

克莱齐在1992年哈贝马斯“公共领域”研究国际会议上曾表示：“哈贝马斯隐晦地承认了很多哲学家对宗教和科学的看法，即两者呈现出此消彼长的关系（hydraulic relationship）。阿多诺和霍克海默关于启蒙时期的批评都认为随着启蒙运动的发展，宗教必然衰落。与理性批判语境的兴起密切相关的‘世俗化’（secularization）过程是现代性（modernity）的一部分。这些哲学家对哈贝马斯产生了巨大影响，也造成其无视宗教在早期公共领域中作为重要话题（thematic topic）以及持久制度基础（institutional bases）的角色。”[1]这一批评直指哈贝马斯公共领域理论的又一要害，很显然哈贝马斯的资产阶级公共领域理论除了存在“性别盲点”外，由于其试图彰显的“理性”、“现代性”与“世俗化”都与宗教格格不入，所以这一理论刻意地忽略了宗教对公共领域的建构作用，自然也不可能“分析文学和宗教在公共领域的相互作用”[2]，无法看到宗教文学对英国文学公共领域的建构作用。他甚至试图用公共领域中的“话语伦理”取代“宗教伦理”，他对斯蒂尔和艾迪生的推崇便是明证，扎雷特因此才批评哈贝马斯，称他的“叙述掩盖了宗教与政治公共领域出现之间的关联，而此时宗教话语是个人在政治公共领域中界定和辩论相关议题的主要手段之一，如果不是唯一手段的话”[3]。

---

1. Calhoun, Craig. “Introduction: Habermas and the Public Sphere”. *Habermas and the Public Sphere*. Ed. Craig Calhoun. Cambridge, Massachusetts, and London: The MTI Press, 1996, 36.
2. Walhout, M. D. *Literature and the Renewal of the Public Sphere*, London: Macmillan Press, 2000, 7.
3. Zaret, David. “Religion, Science, and Printing in the Public Spheres in Seventeenth-Century England.” *Habermas and the Public Sphere*. Ed. Craig Calhoun. Cambridge, Massachusetts, and London: The MTI Press, 1996, 213-214.

哈贝马斯将宗教排除在公共领域之外的另一原因也许在于，宗教强调个体，上帝又代表了权威领域，这与哈贝马斯所建构的基于“平等”、“商谈”的前提相背离。因此在哈贝马斯看来，宗教公共领域更接近他所说的代表型公共领域，所以哈贝马斯自然会将宗教排除在资产阶级公共领域之外。但正如泰勒（Charles Taylor）的研究所指出的那样，公共领域之于现代性在于它“根本的世俗性”，这种世俗性并不表明宗教在现代社会中的力量在衰减，而是指：“人们在现代性之处境中，对于自我了解以及共同行动的正当性论据，不再援引某种超越性的论据，如上帝的理念。”[1]这在英国文学公共领域中体现得更加明显，例如笛福小说中就表现出了“深刻的宗教世俗化倾向，这种世俗化倾向是他的时代的一个显著特征”[2]。

在形成资产阶级文学公共领域的众多因素中，宗教对文学公共领域形成的作用往往会被忽略，因为宗教的特殊性在于，该活动本身既是每个个体所从事的活动，同时又通过群体间发挥作用、施加影响，因此宗教本身先天便具有“公共性”的特征，也就是布朗宁所说的：“宗教在动员公共话语及其机构方面发挥了主要作用。”[3]因为“当宗教进入公共领域时，不仅要保护自己的宗教自由，还要保护所有现代自由和权利”[4]。而宗教活动对文学公共领域形成的作用却具有个人和群体的双重

---

1. 蔡英文．公共领域与民主共识的可能性．许纪霖主编，公共空间中的知识分子．南京：江苏人民出版社，2007：97.
2. 伊恩·瓦特．小说的兴起，高原、董红钧译．北京：生活·读书·新知三联书店，1992：85.
3. Blanning, T. C. W. *The Culture of Power and the Power of Culture: Old Regime Europe 1660-1789*. Oxford and New York: Oxford UP, 2002, 15.
4. Walhout, M. D. "Introduction: The Public Muse." *Literature and the Renewal of the Public Sphere*. London: Macmillan Press, 2000, 6.

意义：

第一，宗教活动以及宗教文学可以推动社会中个体的识字率，从而为文学公共领域培养所需要的读者群体（或曰文学公众）。1611年国王詹姆士版《圣经》问世，这是英国有史以来最具影响力的书，这本书的阅读群体是其他任何文学作品都无可比拟的，越来越多的信徒通过阅读语言更为简单的英语版《圣经》，获得了基本的识字能力，并且《圣经》的这种作用是持续性的，“它在英格兰的力量财富达到了顶峰的时代使用了英国的语言，并将它教给了以后三个世纪的读者们”[1]。《圣经》既确立了英语作为民族语言的地位，又为英国文学公共领域培养了更多读者及参与者，瓦特据此说：“许多读者，尤其是那些来自缺乏教育的社会阶层的读者，都是以宗教读物为其始，继而发展成更广泛的文学兴趣。”[2]宗教文学对很多人尤其是对社会底层读者的教化作用十分重要，也是文学公共领域向政治公共领域转型的基本保证。

第二，通过宗教文学领域，信徒能够更好地锚定自己在政治领域中的角色，正如王佐良先生所概括的那样：“《旧约》更多历史和预言成分，《新约》更多宗教训诫。而两者共有的则是对尘世生活的苦难感，对理想天国的憧憬，还掺杂着对民族兴亡的历史感，对压迫和奴役的反抗精神。”[3]因此《圣经》对培养信徒关注“此世”、民族和历史问题方面发挥了积极的作用，同时也鼓舞人们反抗权力中心的压迫和奴役。大卫·扎

1. 克莱顿·罗伯茨等．英国史（上册：史前—1714年），潘兴明等译．北京：商务印书馆，2013：394.
2. 伊恩·瓦特．小说的兴起，高原、董红钧译．北京：生活·读书·新知三联书店，1992：49.
3. 王佐良，何其莘．英国文艺复兴时期文学史．北京：外语教学与研究出版社，2006：262.

里德（David Zaret）就从这个角度分析了《圣经》的阅读、实验性科学的开始、印刷术等因素对17世纪英国公共领域形成的推动作用，这样的研究有助于突破哈贝马斯将公共领域的出现仅仅局限于经济因素影响这一简单理解的束缚。因为在英国“宗教辩论也许与文学话语一样重要，为政治公共领域铺平了道路”[1]，尤其是新教的发展形成了新的宗教公共领域，该领域“培养了哈贝马斯在政治和文学公共领域相同的批判性、理性和思维习惯”[2]，具体来说“对自然宗教公共理性（public reason in natural religion）的呼吁对政治公共领域的行程产生了直接影响”[3]。

实际上，细读《公共领域》便能发现哈贝马斯除了在个别章节和一些尾注中提及了宗教对英国文学公共领域的建构作用外，并未系统地对二者之间的关系进行细致的研究。但不可否认的是，通过阅读与宗教相关的文学作品，信众也加入到整体文学公共领域的建构，他们在自己的公共领域中“定义了这个公共领域，并在其中进行讨论”[4]。正如瓦尔霍（M. D. Walhout）所说的那样：“虽然哈贝马斯将宗教分配给文学公共领域，但这并不意味着宗教像艺术和文学一样，是一种专门的话语形式。相反，他认为宗教、教育和家庭，是社会生活的基础。”[5]宗教在建构公共领域的过程中所发挥的作用是基础性的。哈贝马斯在近年来也日渐意识

1. Calhoun, Craig. "Introduction: Habermas and the Public Sphere." *Habermas and the Public Sphere*. Ed. Craig Calhoun. Cambridge, Massachusetts, and London: The MTI Press, 1996, 36.
2. Zaret, David. "Religion, Science, and Printing in the Public Spheres in Seventeenth-Century England." *Habermas and the Public Sphere*. Ed. Craig Calhoun. Cambridge, Massachusetts, and London: The MTI Press, 1996, 221.
3. Ibid. 225-226.
4. Ibid. 213.
5. Walhout, M. D. "Introduction: The Public Muse." *Literature and the Renewal of the Public Sphere*. London: Macmillan Press, 2000, 5.

到过去在公共领域研究中对宗教问题的忽视，德莱耶曾总结哈贝马斯新近发表的《公共领域中的宗教》（“Religion in the Public Sphere”）一文：“通过它（公共神学）的作用，宗教为公共领域中的讨论带来激情、使命感，在它的努力下也维护了社会团结，关心了社会中弱势群体。这正是公共神学的核心所在。而哈贝马斯也正确地认识到了这一点。”[1]哈贝马斯还指出文学和宗教都属于“存在性语言”（existential language）——一种将个人经验通过公共领域表达出来的语言，这就使得文学和宗教都具有了“公共性”的特征。

第二节 平民文学公共领域

相对于宗教文学公共领域的研究，在1990版的序言中，哈贝马斯对平民公共领域的补充性研究则更显诚意。他指出：“君特·洛特斯以伦敦雅各宾党人为例，探讨了18世纪晚期英国的激进主义理论和实践，并对我的公共领域概念直接加以阐述。他阐明了，从传统民众文化中，在激进知识界的影响之下，在现代交往的背景之中，一种带有独特组织形式和行为方式的新政治文化是如何形成的。”[2]在这里他开始注意到所谓的“民众文化”的出现。资产阶级公共领域是一个历史范畴，同时也是一个阶级范畴，在哈贝马斯那里，便有了资产阶级公共领域和平民公共领域之分。公共领域既存在于社会等级之中，也存在于政党、社团、协会，诸种组织的内部空间之中。在这一领域内，“交织着意识形

1. Dryyer, J. S. and H. J. C. Pieterse. "Religion in the Public Sphere: What Can Public Theology Learn from Habermas's Latest Work?" *HTS Teologiese Studies/Theological Studies*, 66 (1): 6.
2. 哈贝马斯．公共领域的结构转型，王晓珏等译．上海：学林出版社，1999：5.

态活动与私人交往活动，前者使国家行为合法化，后者使自由和民主扩大化”[1]。

在分析了平民公共领域形成的社会条件后，哈贝马斯进一步分析了它与资产阶级公共领域的本质区别和其存在的价值：“平民公共领域的产生，标志着小市民和下层市民生活历史的一个特殊阶段。一方面，平民公共领域以资产阶级公共领域为参考，因而是资产阶级公共领域的一个变种。另一方面，平民公共领域在新的社会语境中展现了资产阶级公共领域的解放潜能，因为它不仅仅是资产阶级公共领域的一个变种。在某种程度上，平民公共领域也是一种不具备资产阶级公共领域社会前提的资产阶级公共领域。”[2]因此哈氏仅仅将平民公共领域视为资产阶级公共领域的变体，并没有将之视作独立的领域。但其实平民对公共领域建构的作用在代表型公共领域时期就有所体现，代表型公共领域对民众的排挤已经显现出民众作为统治阶级、贵族、教会显贵以及国王等展示自身及其地位的背景出现，“民众属于建构这一代表型公共领域的前提条件之一”[3]。后殖民主义的著名学者斯皮瓦克选择使用“底层人”来称呼这样的平民阶层，因为她认为这个词可以容纳社会身份和斗争（诸如妇女和被殖民的人们），而不至于落入“严格的阶级分析”的术语藩篱中，因此所谓的平民、“贱民”抑或是“庶民”在指称资产阶级公共领域的参与者时，主要是指下层市民阶层和无产者。霍夫曼也说，与资产阶级相比，“平民”公共领域的成员没有私人自主权（private autonomy），“一个由新的‘多元化’的不平等参与者构成的政治公共领域从一开始就被有产者的经

1. 林贤治．关于知识分子的札记：午夜的幽光．桂林：广西师范大学出版社，2005：51.
2. 哈贝马斯．公共领域的结构转型，王晓珏等译．上海：学林出版社，1999：5—6.
3. 同上：6.

济力量所颠覆”[1]。

就英国文学公共领域而言，平民阶层在这一领域初露端倪的时候便急于在咖啡馆、沙龙等公共领域的文化空间中发出自己的声音，以此在公共领域中获得一定的影响力。挖掘平民文学公共领域并认识它干预公共事务的方式，尤其是“草根”阶层通过文学方式干预公共事务的方式与固定机制，能够有效地修正和补充哈贝马斯公共领域理论。有学者称：“只有将哈贝马斯公共领域按这个维度——一个更广阔的公共领域的方向扩展，才能认识到权威不仅仅是通过理性和立法组成，而且还要经受社会中‘庶民’（subaltern）阶层的检验和修正（有时甚至是推翻），只有这样的公共领域才能容得下多样性。”[2]也即是说一个无法经受平民阶层检验及参与的公共领域是不具完整合法性的。

对哈贝马斯而言，在公共领域中干预公共事务最有效的方式是理性的辩论，而在文学公共领域中资产阶级却垄断了文学作品的创作、文学批评、文学话题的讨论和论战等。平民阶层同样希望被纳入到这样的公共领域中，他们获得自己权利则是通过“充分利用其他表述形式，例如仪式、节日、反讽、庆典以及狂欢”[3]。而这些形式，尤其是反讽这种文学形式，在哈贝马斯对资产阶级公共领域的研究中都被忽视了。在咖啡馆兴起之初，它们呈现出较大的社会交往的平等性，但随着咖啡馆内特定文学社团的形成，咖啡馆的排他性也就表现得愈加明显，不同党

---

1. Hofmann, Michael. *Habermas's Public Sphere: A Critique*. Madison: Fairleigh Dickinson UP, 2017, 237.
2. Eley, Geoff. "Nations, Publics, and Political Cultures: Placing Habermas in the Nineteenth Century." *Habermas and the Public Sphere*. Ed. Craig Calhoun. Cambridge, Massachusetts, and London: The MTI Press, 1996, 321.
3. Mah, Harold. "Phantasies of the Public Sphere: Rethinking the Habermas of Historians." *The Journal of Modern History*, Vol. 72, No.1. March 2000: 163-164.

派、阶级、利益群体都有自己专属的咖啡馆，而普通老百姓实际上是无法融入这样的咖啡馆社团的，他们逐渐成为咖啡馆文学活动的边缘群体，也就是说这些公共领域的实体性空间“造成了新的社会分隔（social division）。它将女性和儿童以及无产者排除在外”[1]。

英国学者约翰·凯里（John Carey）在《知识分子与大众：文学知识界的傲慢与偏见，1880—1939》一书中也注意到了类似的问题，他认为：“大众是知识分子虚构的概念，用来指不可知的众多人类生命。知识分子和大众实际上是一对相互依存的概念，他们两者构成了隐形的二元对立结构。”[2]资产阶级公共领域在建立伊始便开始发挥它的“排异机制”。文学公共领域也没能避免出现这样情况，因为资产阶级文学家同样认为“大众似乎不仅是堕落的、危险的，还是不完全有生命的。他们对大众有一种普遍的主观臆测，即大众缺少灵魂”[3]。资产阶级文学家的这种想法最生动地体现在斯蒂尔等人对“都市文化”普及的野心上。他们试图通过文学作品这个工具和文学公共领域这个平台向平民或大众普及资产阶级所倡导的价值观念，因为他们先入为主地认为“大众在文学和艺术上总是错误的。艺术上真正有价值的东西被看成是占人口少数的知识分子的突出才智”[4]，但是“知识分子实际上不能阻止大众学习文化。他们只能使文学变得让大众难以理解，以此阻碍大众阅读文学，他们所做的也不过如此”[5]。

1. Eder, Klaus. "The Public Sphere." *Theory Culture Society*. Vol. 23(2-3), 2006, 23: 608.
2. 约翰·凯里．知识分子与大众：文学知识界的傲慢与偏见，1880—1939，吴庆宏译．南京：译林出版社，2010：2—3.
3. 同上：11.
4. 约翰·凯里．知识分子与大众：文学知识界的傲慢与偏见，1880—1939，吴庆宏译．南京：译林出版社，2010：20.
5. 同上：11.

也正因为这个原因，平民文学公共领域中的大众挑战资产阶级文学公共领域的手段往往是通过“反智主义”的形式来实现的，只有这样才能从根本上解构“自大的”资产阶级文学家企图控制话语权的妄想。这种反智的意图在蒲伯的《群愚传》和斯威夫特的《格列佛游记》中均有所体现。在《群愚传》中，蒲伯“使讽刺的范围越出书商和文人圈，而进入政界、教育界、宗教界等，也就是以全社会为目标了”[1]。平民公共领域的这种反智做法在《格列佛游记》中的“慧骃国游记”中彰显出更大的力量。在这个由慧骃（Houyhnhnm）统治的国家中，马代表了理性的动物，与它们相反的是供其役使的雅虎（Yahoo），雅虎虽长成人形，却过着猪狗不如的生活。当然，资产阶级文学公共领域与平民文学公共领域之间的这种矛盾在之后英国现代派文学中集中爆发。

在整个英国文学公共领域的发展过程中，不管是女性文学公共领域、宗教文学公共领域抑或是平民文学公共领域都是公共领域这个大型交响乐的不同声部。虽然处于上升期的资产阶级文学公共领域占据了这个时代的最强音，但如果缺乏其他亚文学公共领域或者“反公共领域”的话，资产阶级文学公共领域就不会全面、健康地发展，因为这些公共领域之间构成了对话关系，这种对话关系推动英国文学公共领域向前发展，并成功向政治公共领域过渡，从而改变了欧洲的政治格局。哈贝马斯在对文学公共领域展开研究时对女性、宗教还有资产阶级以外阶级的忽视成为他研究的最大问题，而本章则尝试弥补这些研究中存在的问题，以期对哈贝马斯的文学公共领域理论进行补充和修正。

通过对英国文学公共领域从1640年至1726年的细致梳理与分析，能

1. 刘意青主编．英国18世纪文学史．北京：外语教学与研究出版社，2006：83.

够大概看出哈贝马斯对待文学的基本观点，这些观点不仅出现在《公共领域》中，还散见于他之后的很多著作中，所以有学者试图从这些零散的论述中整理出哈贝马斯的“文学观”，甚至有学者尝试性地提出了“哈贝马斯文学批评理论”，这些内容都将在本专著的最后一章展开讨论。

第八章

文学公共领域的多维审视

在本书的前几个章节，笔者对哈贝马斯文学公共领域理论的来源进行了梳理，对英国文学公共领域从开端到转型的全过程进行了细致的研究，并对除资产阶级文学公共领域之外的其他“多声部”文学公共领域进行了补充性研究。通过这些章节的研究可以看到，哈贝马斯对文学的观点始终渗透在他的著述之中，文学对他的公共领域理论、交往行为理论有着十分重要的意义。因此，基于之前历史性的、国别性的研究，本书的第八和第九章尝试在前人研究的基础之上，结合该领域最新的一些研究成果，对哈贝马斯的文学观，或曰哈贝马斯文学批评理论进行论述，使这一理论不仅能够用来研究与分析18世纪英国文学，还可以上升为一种对英国文学的其他时期乃至其他国家的文学进行研究的方法和视角，为文学研究提供新的视野和维度。

英国文学公共领域是哈贝马斯文学公共领域的样板，但是他的研究对象却没有局限于这一个国家，在《公共领域》中他同时也对法国、德国的文学公共领域进行研究。通过这样的研究，他其实是提出了资本主义国家普遍适用的“公共领域”理论。本章将基于前文对英国文学公共领域的集中研究，从大众心理学、巴赫金“多声部”理论及文学言语行为理论等几个角度对文学公共领域问题进行一些延伸性、补充性的论述，并尝试从哈贝马斯的其他理论著作中挖掘他对文学的基本观念，并在此基础之上尝试总结哈贝马斯文学批评。

第一节 群体心理角度下看文学公共领域中的“公众”

著名心理学家古斯塔夫·勒庞在对“群体心理”进行研究时，曾讨论过“公众”的问题，他首先认为社会公众并非一个“客观的、固定的存在”，这一点和哈贝马斯对欧洲公共领域的研究不谋而合，公众首先是现代性的产物，勒庞也指出“他们（公众）是被现代传媒和公共舆论建构起来的，是一群流动的、临时的、想象性的人群，比如阅读公众、戏剧公众、文学公众等”[1]，这跟本书在前面的研究不谋而合——公共领域中的公众是一个“想象的共同体”，在其中，一个跨越阶级、性别、职业的公众借助印刷产业的发展，通过在咖啡馆和俱乐部等公共文化机构讨论他们所关心的文学议题，引发公共舆论、发挥公共作用。

此外，勒庞还指出“参与公共舆论的知识精英在大多数时候，其实并不与大众直接接触，他们只是通过公众影响大众”[2]，这一点能够从德莱顿和艾迪生与公众文学交往的变化中看出来，在英国文学公共领域早期德莱顿还要依赖咖啡馆中的文学社团对大众进行有限的影响。而到了英国文学公共领域的成熟期，艾迪生与斯蒂尔等人已经摆脱了这种固有的范式，通过文学报刊对更大范围的公众施加影响，到这时这些文学家已

1. 古斯塔夫·勒庞．乌合之众：大众心理研究，冯克利译．北京：中央编译出版社，2005：6.
2. 同上。

经不需要与大众直接接触，他们开始通过公众这个想象的共同体对拥有更多数量的大众发挥作用，这一点对于现今利用新媒体发挥公共作用的文学家更是如此。

我们可以从集体心理的角度看文学公共领域在英国的首现问题。勒庞指出："在某些既定的条件下，并且只有在这些条件下，一群人会表现出一些新的特点，它非常不同于组成这一群体的个人所具有的特点。聚集成群的人，他们的感情和思想全都转到同一个方向，他们自觉的个性消失了，形成了一种集体心理。"[1]参与文学公共领域建构的人也同样具有这样的群体心理特征，单个作家并不能呈现并发挥出太多的公共作用，一旦文学家通过写作进入公众并引发辩论与讨论后，公众便帮助更大的社会群体建立起了一种"想象的共同体"，使之开始关注公共问题，于是**对公共问题的关注开始成为一种集体心理的症候**。为什么文学公共领域首先在英国产生，前文已经从社会、历史的角度进行了详细的阐述，但从集体心理学的角度看"自觉的个性的消失，以及感情和思想转向一个不同的方向，是就要变成组织化群体的人所表现出的首要特征，但这不一定总是需要一些个人同时出现在一个地点。有时，在某种狂暴的感情——譬如因为国家大事——的影响下，成千上万孤立的个人也会获得一个心理群体的特征"[2]，从这一角度来看，也许正是上文所呈现的英国17、18世纪独特的历史、文化、经济乃至政治状况塑造了文学公共领域中公众独特的"集体心理"，英国内战成为人们开始通过文学关注公共事务的契机，公众成为一个对话的集体，"构成这个群体的个人不管是谁，

1. 古斯塔夫·勒庞．乌合之众：大众心理研究，冯克利译．北京：中央编译出版社，2005：12.
2. 同上。

他们的生活方式、职业、性格或智力不管相同还是不同，他们变成了一个群体这个事实，便使他们获得了一种集体心理，这使他们的感情、思想和行为变得与他们单独一人时的感情、思想和行为颇为不同。若不是形成了一个群体，有些闪念或感情在个人身上根本就不会产生，或不可能变成行动。心理群体是一个由异质成分组成的暂时现象，当他们结合在一起时，就像因为结合成一种新的存在而构成一个生命体的细胞一样，会表现出一些特点，它们与单个细胞所具有的特点大不相同。”[1]在这一点上资产阶级公共领域与希腊古典公共领域其实有很多相似之处，只是资产阶级公共领域的参与程度更高，所形成的集体心理更强大，公众参与度也更高。

第二节　文学公共领域的多声部性与对话性

哈贝马斯自己也在《公共领域》“1990年版序言”中承认巴赫金对其后来更深入认识“资产阶级公共领域”本质具有的启发性意义，他表示：“真正使我认识到大众文化内在动力的是巴赫金的杰作《拉伯雷和他的世界》。大众文化显然绝不仅仅是背景，也就是说，绝不是主流文化的消极框架，而是定期出现、反抗等级世界的颠覆力量，具有自身的正式庆典和日常规范。这一惯常看法揭示出，排挤机制在进行分野和压制的同时，也唤起了无法抵消的对抗力量。如果我们带着这样的目光去审视资产阶级各个领域，那么，将女性从这个又一次被男性统治的世界中排挤

1. 古斯塔夫·勒庞. 乌合之众：大众心理研究，冯克利译. 北京：中央编译出版社，2005：14.

出去的行为，就呈现出另一副面貌，与我写作此书时截然不同。”[1]巴赫金对大众文化的重视显然是因为后来很多学者尤其是女权主义学者对他的批评，迫使他认识到将女性、平民排除在资产阶级公共领域之外是有失公允的，这一点已经在前文有所论述，但是哈贝马斯并没有认识到资产阶级公共领域（包括文学公共领域）其实具有更多个“声部”，本节将从巴赫金的“多声部”理论角度对英国文学公共领域进行补充性的研究。

首先，文学公共领域是由“多声部”构成的对话体系。巴赫金文化理论的核心是对话主义，他曾指出在任何领域，语言的运用都渗透着对话关系，这一理论的基本前提是承认差异性，强调自我与他者的对话与交流，从而实现主体的建构，从本质上讲他反对“文化上的一元权威论和‘独白主义’”[2]。以语言为主要武器来干预权力中心的文学公共领域自然也符合巴赫金的文化理论。通过对文学作品尤其是对小说的讨论，巴赫金探讨了文学的对话性特点。他认为小说中的对话发生在人物之间、作者与小说人物之间、读者与小说人物之间等，通过这样的分析巴赫金实际上是要呈现“语言杂多是各种社会利益集团、价值体系的话语所形成的离心力量，对语言单一的中心深化、中心意识形态的向心力量提出强有力的挑战。在这种众声喧哗、百家争鸣的局面中，文化呈现着勃勃生机和创造性。因为只有在语言杂多的局面中，各种话语才能最深刻地意识到自我的价值和他者的价值，从而把中心话语霸权所掩饰的文化冲突与紧张的本质予以还原，在话语与话语的互相对话、交流中，化解矛盾与冲突”[3]，这对于话语如此，对于文学公共领域这个主要建立在通过文

1. 哈贝马斯．公共领域的结构转型，王晓珏等译．上海：学林出版社，1999：2.
2. 刘康．对话的喧声——巴赫金的文化转型理论．北京：北京大学出版社，2011：6.
3. 同上。

学开展对话关系的领域更是如此，因此文学公共领域也是具有多声部特征的对话系统。

其次，哈贝马斯对主体间性的思考也直接来源于巴赫金的“对话”和“多声部”理论。巴赫金关注到人如何在认识自我的过程中建构自身主体的问题，他认为人的主体是在自我与他者的交流和对话过程中，通过对他者的认识而形成的，对巴赫金而言对话与交流至关重要，而这一点在哈贝马斯那里亦是如此，在思考主体性问题时哈贝马斯认同现象学中的“本质直观”，认为认识的过程不单纯是主体作用于客体的简单过程，而应该是主客体的相互作用，他更进一步消解了主客体的传统二元对立，指出认识的过程是某一认识主体与其他认识主体之间的关系，从而提出了“主体间性”的全新看法。“巴赫金重构了自我与他者的关系，认为主体性要在他者之中确立，主体间性的确立也是建立在交往对话之中的。”[1]正是在这一点上巴赫金对哈贝马斯的交往理论产生了深远影响。就文学公共领域而言，私人从家庭中走出来通过参与公共活动开始加深对自身主体性的认识，文学家亦是这其中的一员，但他们的特别之处在于，他们可以通过文学写作这种独特的对话方式与自己、文学作品中的人物、读者、批评家展开对话，与其他主体构成“主体间性”的交往与对话。

第三节　文学言语行为视角下的文学公共领域

除上述两个理论外，从奥斯汀的言语行为理论对哈贝马斯的公共领域、交往行为理论进行考量，也能够加深对文学公共领域及其作用的认识。

---

1. 周倩平．巴赫金“对话”理论初探．阴山学刊，2012年2月第25卷第1期：33.

在文学史中时常有这样一些文学作品，它们能够产生改变历史、政治和社会文化的具体行动，并改变了政策制定甚至是历史的走向，这一点非常值得研究者注意。很显然，与阅读新闻报道和历史书籍不同，阅读文学作品的读者的身份是双重的，即“作为现实的读者或观众——而且是真正的，不是装出来的；但是，作为叙述读者的一员，我却扮演得更为真实，甚至流下眼泪，我知道这眼泪是‘虚假的’，但却是真从我眼里流出来的”[1]，这就是文学作品的特殊力量，“这种看似指涉现实又非真正指涉现实的文学作品使得读者不仅能够观看和分享作品创造的新世界，而且能够通过阅读参与到这一世界的建构中来”[2]。

在《批评的剖析》中，弗莱提出了文学语言的“向心”和“离心”观点，他认为文学语言具有双重性，向内建构出一个文学虚构世界，让读者诗意地栖居于这个想象的虚构世界；同时，他向外又描述现实世界，针对社会现实的批判性就是这一功能的典型代表。弗莱看到了文学并非一种可以隔绝人类社会生活、自足和自在的符号系统，文学对于人类社会生活的影响是一个不可回避的论题。费什也曾发表过类似的论断，他认为读者的阅读活动并非工具性的、机械的认知活动，而是一种积极的、主动的述行行为。文学的意义通过读者的体验产生，换言之，文学言语具有“述行行为”，且这种行为主要体现在读者的阐释过程中——文学文本的“言语”通过读者转化为“行为”，并以此影响现实世界。

哈贝马斯后期提出的普遍语用学的研究对象究其本质也是建立在言语行为基础上的，因此，言语行为理论可以说是哈贝马斯交往行为理论

1. 韦恩·布斯．小说修辞学，付礼军译．南宁：广西人民教育出版社，1987：437.
2. 王建香．当代西方文论中的文学述行理论．北京：中国广播电视大学出版社，2009：134.

的先声，两者存在着某种继承关系。奥斯汀提出的“言语行为理论”对很多学科的发展影响深远，因为其他“语言学派都强调语言结构本身的研究”，而“言语行为理论则审视语言在社群中的力量”[1]，皮特瑞认为言语行为理论最大的价值在于这一理论“建立起了内在自我与外部世界的关联，建立起了个体与社群的关联”[2]，也就是说言语行为理论旨在揭示语言在群体中的作用与力量。奥斯汀将言语行为细分为“言内行为”（locutionary act）、“言外行为”（illocutionary act）和“取效行为”（perlocutionary act）三个层次。他把符合语法和言语习惯的说出某事的行为称之为“言内行为”，而这个话语行为按照一般社会规约所产生的行为就是“言外行为”，“取效行为”则是指说话者所说的话结束后依然会对听话者的情感、思想和行为产生影响。但是，值得注意的是“奥斯汀的述行论不仅没有将文学纳入研究之中，甚至非常明确地将文学排除在他的理论之外”[3]。因为文学话语确实有其独特之处：一方面，奥斯汀认为在文学作品中，作者仅仅是“假装”在发出论断，或者说是在“模仿”日常生活中的发出论断的方式；另一方面，奥斯丁注重文字在面对面的口头交流中的言语行为能力，而文学语言的情况较之日常语言则更为复杂，这使得他将文学文本中书面文字的述行能力的研究排除在他的理论之外。

奥斯汀之后的一些言语行为理论研究者并不认同他在研究中的这一做法，在他们看来“文学作为作家使用语言的结果，是作家的言语——

1. Petrey, Sandy. *Speech Acts and Literary Theory*. New York: Routledge , 1990, 3.
2. Ibid.
3. Culler, Jonathan. “Philosophy and Literature: The Fortunes of the Performative.” *Poetics Today* 21: 3 (Fall 2000): 507.

以文字形式记录的言语。文学创作则是作家使用语言说话或言语”[1]。在建立了文学与言语的关联之后，他们便得出以下结论，认为“创作是人类行为，是作家以语言创作做事。所以，文学创作时作家以言语做事，即奥斯汀所说的言语行为”[2]，更进一步讲“文学言语行为除了通过言内行为，传达用于言语行为的语言表层和深层的命题意义，还通过言外行为传达作品言语的又一深层信息——作家言语行为的意图”[3]。从操作层面上来讲，“文学作品既然是作家的言语行为，那么就可按其对作品进行切分和分析。一部作品的创作就是作家一个或若干具体言语行为组成的一个综合言语行为，作品即是一个或若干具体言语片段组成的言语综合体”[4]。

这些将言语行为理论推进到文学言语研究中最具代表性的理论家及代表观点有：皮特瑞曾举过这样一个例子来批驳奥斯汀，“即便沃尔特·惠特曼没有‘严肃地’煽动自由之鹰翱翔，在美国自由话语史（the history of American discourse on liberty）中惠特曼的诗歌的影响也是十足深远的，这个文学话语对美国人实实在在的生活这个现实的影响（to do things）是巨大的”[5]；本尼特认为“述行语言的观点对于我们思考文学是非常有帮助的，因为它能够让我们意识到文学文本不仅能够描述一个事物，而且能够执行它。文学文本不仅能够说而且能够做——它们在用语言做事情，并且是为我们做事情。更为确切地说，它们通过言说做事

1. 姜可立．文学言语行为的符号功能，王铭玉、宋尧编，符号语言学．上海：上海外语教育出版社，2005：459.
2. 同上。
3. 同上。
4. 同上：460.
5. Petrey, Sandy. *Speech Acts and Literary Theory*. New York: Routledge 1990, 52.

情”[1]，换言之，“历来被视作虚构的文学艺术世界的碎片，也参与了日常生活世界的构建”[2]。

在《言语行为和文学的定义》中，奥赫曼对奥斯汀的理论进行了微调，他首先将文学定义为一种“伪言语行为”，因为他认为“文学作品是一种从产生言外行为所必需的情境和条件中抽离出来的话语，因此也是一种缺乏言外之力的话语”[3]。但奥赫曼接着又说“文学作品是一种特殊的话语，在其中，通常意义上的言外行为规则被悬置了。你也可以说，它们是一些不产生常规意义的行为，而且其言说也不受社会契约和责任的羁绊”[4]。如此一来，文学作品不仅创造了自己的世界，而且还影响了人们看待现实世界的态度，也就是说，文学不仅具有言外行为，而且也产生言后行为，奥赫曼突破了奥斯汀将文学排除在外的藩篱，尝试性地研究文学话语的言语行为，无疑为丰富这一理论做出了贡献。

奥斯汀的学生塞尔（John R. Searle）在研究中同样留意到奥斯汀对文学话语的“简单粗暴”排除，并在他的研究中将文学言语行为的问题重新纳入进来，他指出，非虚构话语要求作者遵循真实性和真诚性等构成性原则，其实质就是词句与世界相关联的原则，塞尔把它视为在语言与实在（reality）之间建立联系的“纵向原则”（vertical rules）。只要作者遵循了纵向原则，其话语就和实在建立了关联，也就具有对现实世界的指涉能力。而虚构话语之所以可能，则是由于它模仿了非虚构话语，又借

1. 安德鲁・本尼特、尼古拉・罗伊尔．关键词：文学、批评与理论导论，汪正龙、李永新译．桂林：广西师范大学出版社，2007：231.
2. 马大康．现代、后现代视域中的文学虚构研究．北京：中国社会科学出版社，2014：179.
3. Ohmann, Richard. “Speech, Literature, and the Space Between.” *New Literary History*, 1972 (4): 13.
4. Petrey, Sandy. *Speech Acts and Literary Theory*. New York: Routledge, 1990, 53.

助于一系列超语言、非语义学的惯例，这些惯例打破了上述构成性原则建立起来的语词与世界的联系。

热奈特部分地接受了塞尔的看法，但他对此进行了修正："虚构话语在假装下断言的同时，其实完成了另一行为，即生产虚构作品的行为，并以其言外行为宣示这个生产虚构世界的行为，邀请读者共同参与其间。"[1]也就是说虚构的文学话语产生了两种行为：一方面它生产出了虚构的文学作品，另一方面文学话语具有邀请读者共同建构可能世界的言外行为，或者按张瑜所总结的，"文学话语是具有施为性功能的，而且它的语言力量和功能还是双重的，既对文学创造的世界发生作用，也同样能够对人们生活的世界和实践活动产生作用"[2]。

米勒在《文学中的言语行为》中指出："'文学言语行为'可以指文学作品中的言语行为话语，即小说中的人物或叙述者所说、所写的言语行为，如许诺、撒谎、找借口、宣称、祈求、宽恕、辩解、原谅别人等。它也可以指作为整体的文学作品的述行性。写小说本身可能就是一种以言行事的方式。"[3]在《文学行为：亨利·詹姆斯的言语行为》中他进一步指出文学述行可以指"一部文学作品中的言语行为"，也可以指"一部文学作品作为一个整体的述行功能"，还可以指"通过文学（虚构）来达成某事的行为"[4]。米勒还强调了读者阅读行为的述行性："一、作者的写作行为就是以某种表达方式来做事。詹姆斯说，这是生活行为的一部分。二、一部小说作品中的叙述者和人物角色也可能说出言语行为，

1. 马大康．现代、后现代视域中的文学虚构研究．北京：中国社会科学出版社，2014：47.
2. 张瑜．文学言语行为论研究．上海：学林出版社，2009：73.
3. Miller, J. Hillis. *Speech Acts in Literature*. Stanford: Stanford UP, 2001: 1-2.
4. Ibid

如许诺、宣称、辩解、否决，作证行为、撒谎或者一些决定的公正行为等。这些也都是以言行事，它们构成叙述者和人物生活行为的最重要的部分。三、读者也势必在教学、批评或者非正式评论行为中，通过把阅读转化为文字而行事。这样做可能在学生、读者或熟人身上产生效果。教学，或写批评，甚至只是谈论一本书都是行事，都可能因此而导致其他事情发生。”[1]换句话说，阅读一部文学作品意味着读者在表述阅读行为时被赋予了一种责任。即是说，阅读既是表述，它以尽量客观地理解文本为前提。

综上，文学言语行为（述行理论）揭示出文学不仅仅是对现实的反映，不仅仅是通过文学言语创造出了一个可能世界，它还能对现实世界产生直观的影响。通过邀请阅读者追随文学话语进入一个想象的可能世界中来，开启了读者的文学想象，在潜移默化中对读者行为施加影响，当读者从文学可能世界中抽身并再度进入“现实世界”中时，已经发生了变化的单个读者会运用日常言语改变整个社群，这也就是费什所说的“在这种言语行为中，文学文本的‘言语’通过读者‘行事’，并以此影响世界甚至建构历史”[2]，与普通的言语行为不同，张瑜认为文学交往是在作者与读者主体之间发生的行为，它的特点在于两者并不能同时在场，但却依然建立起了某种联系——“一种独特的承诺性的言语行为关系”[3]。

虽然以上文学言语行为理论关注到了文学作品所具有的施为性特征，认识到了文学作品对读者的影响，文学作品对社会发展的作用，但却没能有效地对文学言语转化为具体行为的过程进行细致研究。然而，

---

1. Miller, J. Hillis. *Literature as Conduct*. New York: Fordham UP, 2005: 2.
2. 王建香．当代西方文论中的文学述行理论．北京：中国广播电视大学出版社，2009：98.
3. 张瑜．文学言语行为论研究．上海：学林出版社，2009：105.

如前所述，文学言语行为的独特之处就在于作者与读者无法同时在场，作者写作所发出的“言语”无法即时转化为读者的“行为”，文学的述行行为必须借助一个“场域”方可施行，尤其是对“公众”产生影响的文学言语行为必然需要一个场域，才能弥合作者与读者不同时在场所形成的巨大鸿沟，笔者认为文学作品向行为转变的场域正是文学公共领域：具有公共性的文学家通过文学创作进入到文学公共领域之中，读者（普通人、批评家、政治家等）通过阅读行为实施了围绕文学作品的辩论与争论，并形成了某种公共舆论（public opinion），从而将“文学言语”转化成具体“行为”。

有别于普通的日常言语，文学是作家用文字形式、文学样式记录下来的言语，因此文学创作本身就是作家在实施言内行为，当作家在创作中讨论了实在的公众关心的问题，这样的作品就具有了言外行为。文学的公共性就是一种言外行为，这种行为得以实施与作为公众一分子的文学家密不可分。文学家首先是公众人物，他们能够有效地借助他们的公众影响力来干预公共决策。一旦他们的作品引发公众讨论和辩论，改变了社会、文化或政策中的固有体制，该文学作品便实施了文学的言后行为。这样的文学家选择文学一方面是出于审美或艺术的需要，但更重要的是他们可以通过文学与他人进行公共交流。与其他知识分子的不同之处在于，文学家具有更强的“可见性”，通过这种可见性他们能够在更大范围对公众施加影响，斯托夫人的《汤姆叔叔的小屋》间接地改变了美国历史的发展轨迹；辛克莱的《屠场》引起了罗斯福总统对食品安全问题的关注，1906年颁布了改变美国人民生活的法案——《1906年肉类检疫法》和《纯净食品和药品法》。这些文学作品先是对单个读者产生了影响，改变了他们看待真实生活的看法和情感，这种单个的“行为”一旦进入到公共领域中，很快引发“公共舆论”，并最终转化为改变历史或政治的具体行为。很显然，这些文学作品的述行性体现在它并不是被动地反映社会现实，而是主动地造成变革，使得文本行为或“虚构行为”变成了产生效果的真实行为。

那么如何衡量文学言语的公共性力量呢？段芸曾从认知语言学的角度对语力进行过专门的研究，她指出：“在言语交互活动中，讲话者通过使用话语向听话者实施的以试图克服听话者内在的力量趋势（多体现为听话者的心境、情绪、行为取向、习惯等）并在通常情况下因此而改变了听话者状态（包括思想、情感、行为等）的力量。”[1]如果确实存在文学言语行为的话，那么文学言语也应具有上述这种力量——这被弗雷格称之为“语力”（force）。

赵毅衡教授指出，“弗雷格最早使用语力这个术语，他认为语句有两个必须有的部分，一个部分可以称为‘含义’（sense），另一部分则是语力：含义关系到语句是否成真，而语力是语句在说出来时具有的某种特征，也就是语句在交流时的特定功能”[2]。也有人认为是奥斯汀在讨论言外行为时，提出了“语力”（illocutionary force）的概念，用来指说话者在特定环境中说出的话在产生言语行为时的力量。奥斯汀区分以言表意行为和以言行事行为的基础就是对意义与语力的区分，虽然后来塞尔、哈贝马斯等哲学家都对奥斯汀的这一区分有所诟病，他们认为语力与意义之间的界限并非泾渭分明，但是至少语力概念的引入丰富了意义概念，使得“话语的意义不再仅仅停留在陈述、表意的层面，同时也关注起话

1. 段芸．言语行为语力的认知语言学研究．北京：科学出版社，2014：97.
2. 赵毅衡．广义叙述学．成都：四川大学出版社，2013：28—29.

语实际的作用和实践效果。由于语力概念的介入，话语的意义概念添加了实践的含义，这就使语言有可能突破传统抽象的意义观，突破只抓住语言的命题内容和形式的抽象层面，而深入到话语的实际影响和作用的实践层面”[1]。这个概念同样使文学言语具有了实践性的特征，正如斯坦利·费什所说，在探讨文学意义时，“文本句子做了什么比直接问‘文本句子的意义是什么’更具趣味性，而在分析文学作品的时候，多问‘这个字、词、句子、段落、章节、小说、戏剧、诗歌做了什么会让分析随着词语的不断增多，使读者产生不同的反应’”[2]。除此之外，“因为语力在语句的纯语言意义上添加了语用功能，语力能够把语言与主观世界、客观世界以及交往世界联系起来”[3]。

作为众多话语形式之一，“文学话语同样具有语力，它使文学语言和文学作品具有了某种‘力量’，能对读者产生影响和作用，这就使文学的意义增加了实践的特征，同样拓宽了文学意义的内涵”[4]。对于文学公共领域研究来说，通过观察文学作品在公共领域中的语力便可以管窥该公共领域的发展状况。虽然不同于物理学中的“力”那样可以用“牛顿”这个单位来量化，但既然也是一种力量，语力就必然存在强弱之分。文学言语的语力在于它能够对读者产生影响和作用，它让文学作品具有感染读者的力量，但如果单纯从感情方面去理解文学的这种力量是不够的，毕竟文学是语言艺术，这种对读者造成的影响也应诉诸语言层面的研究。

---

1. 张瑜．文学言语行为论研究．上海：学林出版社，2009：125—126.
2. Fish, Stanley. *Is There a Text in This Class: The Authority of Interpretive Communities.* Cambridge: Harvard UP, 1980, 27.
3. Lafont, Re Christina. *The Linguistic Turnin Hermeneutic Philosophy*. Cambridge: The MIT Press, 1999, 167.
4. 张瑜．文学言语行为论研究．上海：学林出版社，2009：149.

如果说公共领域为行动与言语搭建了一个舞台的话，文学公共领域就将文学言语与具体的行动结合在了一起，“文学总是在影响读者和听众，对政治家和立法者产生影响，要求采取行动或者辩护”[1]，这便是言语行为最直接的呈现，所以伊格尔顿曾说“当我们认识到文学作品本身可以被看作言语行为或者它们的模仿时，所有这一切与文学的联系便显得十分清晰。文学可以表现为对世界的描写，而且有时也确实如此；但它的真正作用却是行为性的，它在某些传统习俗之内运用语言是为了在读者身上取得某些效果。它是在说话当中获得某些效果的，这就是语言本身作为一种物质实践，而叙说则作为社会行为。在考察‘证明性’的命题时，或者说在考察对真理或谬误的叙述时，我们倾向于按照它们本身的情况取消它们作为行为的现实性和有效性；而文学以最富戏剧性的方式对我们恢复了这种语言的行为感，因为它所断言存在的东西不论实际上是否存在都无关紧要”[2]。这也许就是对文学公共领域中文学言语行为的最好概括。

---

1. Forslid, Torbjörn and Anders Ohlsson. "Introduction: Literary Public Sphere." *Culture Unbound*, Volume 2 (2010): 431.
2. 特里・伊格尔顿．现象学，阐释学，接受理论——当代西方文艺理论，王逢振译．南京：江苏教育出版社，2006：115.

第九章

哈贝马斯文学批评理论

上一章从多个理论视角对文学公共领域理论进行了补充性的研究，基于以上，本章将主要讨论尼古拉斯·福克斯于2012年提出的哈贝马斯文学批评理论，并对该理论进行进一步的丰富与发展，以期对英国文学公共领域（1640—1726）的国别性研究提供一种独特的文学研究视角——文学的公共性研究，并从这一视角出发对不同国家、不同历史阶段的文学展开研究。

第一节　哈贝马斯文学批评理论的提出

哈贝马斯文学批评（Habermasian Literary Criticism）这一概念是由尼古拉斯·福克斯于2012年首先在著名文学期刊《新文学史》（*New Literary History*）上提出的。和许多学者一样，福克斯也认识到哈贝马斯在其研究中对美学和文学态度的变化，即呈现出明显的“高开低走”的态势。在其早期研究中尤其是在《公共领域》中对文学非常重视，尤其是他提出的公共领域这一重要概念首先是从文学领域中发端而来，但在其20世纪80年代之后的一些重要著作中，如《交际行为理论》中却逐渐抛弃了对美学和文学的偏爱，甚至在1985年出版的《现代性哲学话语》和论文《论语言的诗学与交际使用的区分》中提出要将文学排除在他最为重要的哲学概念——交际行为实践之外。

从上一章的研究中可以看出哈氏这样做明显是受到了语言哲学家奥斯汀的言语行为理论的影响，该学者同样将文学语言排除在其文学言语行为理论之外。哈贝马斯同样认为在诗歌或小说中，世界被标记为不真实，即使这些文学文本能够号召读者实施某种行为，但它的言后行为能力却十分有限，对现实世界的认同减弱了读者对文学文本的想象力，用他自己的话说诗学文本是"揭露世界"的，而不是"解决现实问题"的。在1992年出版的对交际行为理论进行更加深入探讨的著作《事实与规范》中，他几乎再没有谈论过美学和文学相关的问题。福克斯将哈贝马斯著作中对文学艺术作用和功能的讨论总结为两点——艺术是戏剧化的（dramaturgical），艺术具有理性化（rationalized）和殖民（colonizing）的作用，且这两种作用以重要的方式相互塑造。人们首先会对文学的变革潜力抱有一线希望，即认为读者可能被作者的话引导而产生革命性的思考和行动，而他的第二个观点则又将这种革命性力量彻底抹去，他认为虽然艺术可以传播革命思想和价值观，但这些价值观也受生命世界之外的力量控制，因此艺术只是参与内部殖民化（internal colonization）的系统性工具，即使艺术能有所作为，但很难通过公平、非胁迫性的交际行为发挥效果。

福克斯显然并不认同哈氏的说法，他指出这种文学观是建立在一种固有的偏见之上——即文学的目的是通过修辞的力量、通过语言的"诡计"来说服读者，但它却因为"虚构"这一形式被剥离了在现实生活中的交流潜力，因此，即使作者努力用文学文本来"解决问题"却依然无法达到这一目的，因此文学才被排除在交际行为的世界之外。当然，哈贝马斯并不认为文学对于现实世界毫无用处，他同时又指出文学在文学批评家的帮助下，有可能成为生活世界实践的一部分，文学批评家是沟通两个世界的“中间人”，文学批评充当了“桥梁”的作用。

福克斯认为哈贝马斯抛弃文学并非因为他对更宏大哲学议题尤其是对主体间性的关注，他反其道地认为恰恰可以从主体间性的角度来理解哈贝马斯文学、交际行为和协商民主之间的关系，他认为文学是促进主体间交流的重要手段，可以塑造公众舆论，改变市民社会，甚至对司法领域施加影响。从这个角度福克斯提出了“哈贝马斯文学批评”的说法，指出这种批评方法提供了一种思考政治与文学关系的方法论，是一种从根本上审视文学如何成为行动、从根本上塑造思想和实践的方法论，用他的话讲“读者与书籍的相遇，使一本书——通过多样化的读者和阅读条件——改变从社群组织到联邦立法等政治惯例”[1]，因此福克斯认为哈贝马斯基于法兰克福学派的“批判理论”（critical theory）为文学社会学（a sociology of literature）提供了一种方法框架。

福克斯显然也认识到了对哈贝马斯后期文学观产生极大影响的言语行为理论在阐述言语转化为行为的过程中，其理解过于简单化，他表示：“语言，甚至文学语言，都应该通过使用时刻的语境来理解。”[2]于是他尝试跳出言语行为理论的束缚从交际行为的角度指出“我们应该把（文学）文本看作是一个交流实践网络的纽带，它释放了它的教化力量”[3]，这种理

1. Fox, Nicholas Hengen. "A Habermasian Literary Criticism." *New Literary History*, Vol. 43, No. 5, Spring 2012: 236.
2. Ibid. 245.
3. Ibid. 247.

解可以将哈贝马斯文学批评置于他最为重要的哲学思想——主体间性的范畴下进行重新思考与认识，并能丰富哈氏的交际行为理论。

福克斯提出文学可以带来远离眼前生活的世界所关注的经验和想法，哈贝马斯文学批评理论可以"用于思考人们如何用书来改变政治——文学如何在塑造对话和建立民意方面发挥作用，书籍是如何改变司法的"[1]，这一理解显然尝试着为哈贝马斯文学批评理论指明方向，尝试着将文学置于文化、社会尤其是政治的全新视角下进行理解，但可惜的是福克斯在论文中并没有更进一步对哈贝马斯文学批评理论的本质、具体操作及其实践意义进行详细阐释，而只是对这一理论的框架进行了简单的描绘，"哈贝马斯批评家会用交际的方式阅读一篇文字——通过那些处于特定生活世界的人的阅读实践来阅读它"[2]。

福克斯的研究着眼点在哈贝马斯"交往理性"与文学批评的结合，这一做法可以有效地缓解哈贝马斯个人在其理论后期对文学地位的轻视，从而更好地挖掘哈贝马斯批判性理论对文学批评的实践意义。根据他的研究，虽然可以从"交往理性"、"主体间性"等视角更好地认识哈贝马斯的文学观，但不知为何福克斯并没有将其研究焦点放在哈贝马斯集中论述文学发挥社会和政治功能的文学公共领域上，更何况能够体现文学交往功能和主体间性的场域恰恰是文学公共领域。因此笔者认为福克斯抛开文学公共领域谈哈贝马斯文学批评是他的最大不足之处，而且哈贝马斯文学批评最重要的研究内容应该是对文学公共性其交往理性之间关系的研究。

1. Fox, Nicholas Hengen. "A Habermasian Literary Criticism." *New Literary History*, Vol. 43, No. 5, Spring 2012: 251.
2. Ibid.

虽然存在理论缺陷，但福克斯首先提出了哈贝马斯文学批评理论的说法，这具有一定的学术创造性，并且他对这一文学批评理论的本质及意义也进行了尝试性论述，这对于更好地认识哈贝马斯文学观、其文学观在法兰克福学派中的地位、推动文学与政治跨学科研究都具有重大理论意义，可惜的是除提出这个术语之外，福克斯自2012年以降再未对其进行更为系统的研究。

第二节　哈贝马斯文学批评理论初探

基于前文对英国文学公共领域的国别性研究，以及福克斯对哈贝马斯文学批评理论的提法进行的批评，本节尝试对这一批评理论的要点及其未来发展的可能进行初步的探讨和简单思考。

首先，哈贝马斯文学批评理论是一种关于文学交际行为能力的理论，而文学能够产生交际行为的场域是文学公共领域。这种交往行为是指“行动者个人之间以语言为媒介的互动，是两个或两个以上的具有语言能力和行动能力的主体的内部活动。行动者使用语言作为理解其相互状态和各自行动计划的工具，以期在行动上达成一致”[1]，交往行为理论与公共领域理论存在理论上的继承关系，交往行为是哈贝马斯最为重要、最为核心的概念，但却产生于他对资产阶级公共领域的研究之中。那么反过来讲，资产阶级公共领域以及文学公共领域都存在这种“交际行为性”，即强调文学作品从写作到阅读能够产生作者与作者、作者与读者、

1. 李佃来．公共领域与生活世界：哈贝马斯市民社会理论研究．北京：人民出版社，2006：228.

读者与读者之间的交际关系，并且通过这些交际，文学可以转化为一些具体的行为。

其次，哈贝马斯文学批评主要是处理文学与政治关系的批评理论，也就是福克斯所说的："哈贝马斯帮助批评家不仅将文学与文化联系起来，而且帮助批评家将文学与具有特定政治后果的实践联系起来。"[1]这在对英国文学公共领域的研究中就已经得到了充分的体现，文学所具有的交际行为指向非常明确，就是要带来变革政治政策制定的力量，所以在运用哈贝马斯文学批评理论分析具体文学文本时，主要适恰于文学与政治之间关系的研究上。

第三，哈贝马斯文学批评具有行为论的意义，特别是这一理论"把注意力集中在文学不仅仅是文化抵抗的空间，而是理性抵抗的手段：它不仅塑造了生活方式，而且塑造了法律，不仅只是改变了观念，而是改变了法律先例"[2]，也正因如此有人认为哈贝马斯提出了文学社会学的方法论，认为这种批评的最终指向是要落在"文学做了什么"上，也正是从这个角度上讲该理论具有行为论意义。

第四，哈贝马斯文学批评不仅关注文本之内，同时还关注文本之外——即"文学的公共生活"[3]（literature's public life），它提供了一种理解批判性实践的方式——霍克海默在《批判理论》中所说的批判性实践"并非自足且与斗争实践相分离"，而是具有实践意义的文学批评方式，这不仅仅是哈贝马斯文学批评的特质，更是法兰克福学派的特质。

---

1. Fox, Nicholas Hengen. "A Habermasian Literary Criticism." *New Literary History*, Vol. 43, No. 5, Spring 2012: 251.
2. Ibid.
3. Ibid.

在本论的最后一部分，笔者从大众心理、复调理论以及文学言语行为理论的角度对文学公共领域问题进行了补充性的思考，基于对英国文学公共领域从1640年到1726年的发展，并根据福克斯提出的哈贝马斯文学批评的概念，笔者提出了自己对这一批评理论的几点粗浅认识。对哈贝马斯文学批评理论的研究早已经超越了本书的研究范畴，但是哈贝马斯在探讨文学公共领域、交往理性等问题时，又确确实实经常表达自己对文学本质的认识，存在他自己对文学认识的一整套观点，这些都亟待梳理和总结，希望本书对英国文学公共领域的研究可以成为建立哈贝马斯文学批评理论的良好契机和开端。

结 语

虽然哈贝马斯在《公共领域》之后因为“另有关切”而没有再对公共领域、文学公共领域有过更加深入的探讨，但这本著作已经为我们从政治的角度思考文学提供了一个全新的视角。所以，即便这一理论提出后已经过去了三十多年，哈贝马斯在1998年8月回答中国社会科学院社会学研究所景天魁研究员关于公共领域的基本特征和历史特性等问题时依旧再次重申：“资产阶级公共领域是一种特殊的历史形态，它尽管与其在意大利文艺复兴时期城市中的前身具有某些相似之处，但它最先是在17、18世纪的英格兰和法国出现的，随后与民族国家一起传遍19世纪的欧洲和美国。其最突出的特征，是在阅读日报或周刊、月刊评论的私人当中，形成一个松散但开放和弹性的交往网络。通过私人社团和常常是学术协会、阅读小组（Lesegesellschaften）、共济会、宗教社团这种机构的核心，他们自发地聚集在一起。剧院、博物馆、音乐厅，以及咖啡馆、茶室、沙龙等对娱乐和对话提供了一种公共空间。这些早期的公共领域逐渐沿着社会的维度延伸，并且在话题方面也越来越无所不包：聚焦点由艺术和文艺转到了政治。”[1]哈贝马斯肯定了资产阶级公共领域的历史性存在，肯定了它在英国的肇始与勃兴，肯定了它和民族主义之间的关系，肯定了它是整个欧洲的文化大事件。最重要的是，他也始终坚持认为文学公共领域对资产阶级公共领域发展的重要作用，坚持认为咖啡馆、俱乐部等公共文化机构对欧洲资产阶级公共领域产生的巨大作用，也坚持认为文学公共领域是政治公共领域前身这一观点。

本专著基本上是按照哈贝马斯在《公共领域》中所勾勒的文学公共领域的发展路径来开展的，并将研究的焦点集中在英国一国的文学公共领域的研究上，全书按照以下框架开展了研究：

第一、二章主要梳理了哈贝马斯文学公共领域理论的来龙去脉。第一章整理了文学公共领域理论的理论渊源，将其放在整个西方哲学史中进行系统性考察；基于此第二章尝试性地定义了“文学公共领域”并对这一概念的内涵和外延进行了探讨，对这一概念近年来发生的新变化进行了补充性研究，对这一概念在翻译过程中发生的变异进行了修正，从而为之后进行英国国别性文学公共领域研究打下了深厚的理论基础。

本论的第三、四、五章是本著最核心的部分。这一部分对从1640年至1726年英国文学公共领域自肇始、高潮到转型的完整过程进行了考察，每一过程都按照发生条件、文学公共领域的呈现、不同发展阶段文学公共领域所呈现出的特征这样的框架进行。在研究过程中结合了大量文学文本、作家传记、一手史料和数据、最新研究成果等，对英国咖啡产业及茶叶贸易，印刷业的勃兴，审查制度与版权发展，作家和出版商

1. 哈贝马斯．关于公共领域问题的答问．梁光严译．社会学研究，1999（3）：35.

群体职业化，文学报刊的发展，小说兴起对文学公共领域的意义，第四等级的出现等历史、文化、文学因素对英国文学公共领域发展产生的影响等议题进行了深入研究，所涉及的作家有弥尔顿、马维尔、哈林顿、佩皮斯、伊夫林、德莱顿、斯蒂尔、艾迪生、蒲伯、斯威夫特、盖伊等，一方面从公共性角度对以上经典作家作品进行了重新考量，另一方面还挖掘了一大批鲜有研究的作家与作品。作为文学公共领域理论的最重要构成，本书的第六和第七章对英国文学公共领域的多声部性进行了探讨，通过对女性文学公共领域、宗教文学公共领域及平民文学公共领域的研究，完整地再现了17、18世纪英国文学公共领域的全貌。通过对英国文学公共领域的管窥，第八章从多个学科的视角对文学公共领域进行了一些补充性思考，第九章简要总结了哈贝马斯文学批评理论的特征，以及未来研究的可能领域与方向。

通过以上章节的研究本书认为：哈贝马斯的公共领域概念在本质上是一个对话性的概念（a dialogical concept），他理想化地建构了一个抽象的共享空间，参与者（主要是指资产阶级）在这个空间里开展理性的交流并平等地参与公共事务的讨论，公共领域概念最重要的价值在于“它对18世纪新体制的发展给予了有益的关注，这些新机构为国家与社会提供了一个互动和调节的区域。换句话说，它使我们重新关注启蒙思想家所说的市民社会的发展”[1]，就这一点来说，哈氏的公共领域概念依然带有阿伦特所描绘的古希腊城邦的“公共生活”的影子，“巴黎与伦敦的资产阶级沙龙、俱乐部、咖啡馆，在早期欧洲的背景中，都是

1. Cowan, Brian. "What Was Masculine about the Public Sphere? Gender and the Coffeehouse Milieu in Post-Restoration England." *History Workshop Journal*, No. 51 (Spring, 2001): 150.

与古希腊聚会与市场相同的东西。就像在古希腊一样，早期欧洲的公共领域首先是在演说（speech）中建构、在共享空间的口头争论中形成的”[1]。只是这种原始形态的公共领域逐渐演变成了18世纪由市民阶层的个体形成的与权力机关相抗衡的资产阶级公共领域，早期以文学界的公共机构（如各种沙龙、剧院、咖啡馆等）的实体形式存在，围绕文学和艺术展开理性与批判性的公共论辩（rational-critical public debate）的一个场域。

在这样一个理想化的场域中，文学交流不应存在主宰者（比如像维尔咖啡馆中的德莱顿），大家通过对文学话题的讨论交换见解，试图说服对方而不是控制对方对文学的看法；在这个场域中，更多的应该是像斯蒂尔和艾迪生那样，对公众进行和风细雨式的公民教育。这也是哈贝马斯建构文学公共领域的用意，通过建构资产阶级政治领域前身的文学公共领域来破除阶级差别的影响，建立起公共领域这样一个理想空间和领域，从而为资产阶级的发展铺平道路，为现代性的出现打下基础。

也正因如此，很多学者认为无论是文学公共领域还是政治公共领域都建立在一个相同的本质性的规范——“理性”的基础上：“在公共领域中根本不存在阶级的差异。在公共领域中发挥作用的是理智而非权力，它的基础是真理而非权威，它的日常活动是基于理性而非控制。”[2]因而本书对公共领域研究的重心也放在了它“对社会结构的整合”[3]作用和功能上。目前学界对哈贝马斯公共领域理论还存在很多误读与误解，对于其

1. 王峰岑．十八世纪英国城市公共性研究．上海：华东师范大学历史学系，2006：12.
2. Eagleton, Terry. *The Function of Criticism: From The Spectator to Post-Structuralism*. London: Verso, 1984, 17.
3. Calhoun, Craig. "Introduction: Habermas and the Public Sphere." *Habermas and the Public Sphere*. Ed. Craig Calhoun. Mass: The MTI Press, 1996, 6.

提出的文学公共领域的研究也很少，而且仅有的一些研究也并未将文学公共领域问题从政治公共领域的研究中剥离出来进行单独的、系统的、国别性的挖掘与研究。

本论研究英国文学公共领域的原因就在于：一方面，它是西方资产阶级公共领域的雏形，却最先在英国发展起来，对于解释为何它首先出现在这个国家的研究就很重要。另一方面，它是理解哈贝马斯整体批评理论的入口，对于认识哈贝马斯文学观也同样意义重大，对于能否提出、如何提出哈贝马斯文学批评也至关重要。通过将英国文学公共领域置于具体的历史、文化和文学语境下仔细梳理和研究，笔者得出了以下结论：

第一，哈贝马斯的文学公共领域理论是一个尚处于动态变化中的、具有新的阐释价值的理论，它继承了德国学术传统的血脉，并随后在英美发扬光大，但单就文学公共领域来说，威廉斯的文化理论、瓦特的小说理论、巴赫金对大众文化和小说的研究对他的影响也非常明显，这是在以往的研究中没有体现出来的。

第二，文学公共领域被定义为以文学为表征的介于代表型公共领域与新兴资产阶级公共领域之间的特殊公共领域发展阶段，在孕育了资产阶级公共领域后，文学公共领域成为公共领域多个声部中的重要组成部分。

第三，文学公共领域这一术语在从德语到英语再到汉语的译介时，概念的内涵与外延跟原有概念相比都已经发生了较大的偏离，文学公共领域不能等同于咖啡馆、俱乐部等这些实在的公共文化机构，在哈贝马斯那里它是更为抽象的概念和存在，是一种对话机制，是更接近于“公共性”的抽象概念。

第四，英国文学公共领域从诞生之初便具有很强的“对话性”、“启蒙性”、“规范性”还有“排他性”特征。进入繁荣期后，英国文学公共领域与英国独特历史发展密切相关，与英国独特的“斗争融合式”历史发展规律密不可分，因此，英国文学公共领域呈现出“历史性锚定”（historically-anchored）的特点。英国城市化发展、审查制度解绑、职业作家和书商的出现以及英国独特的咖啡馆文化和饮茶文化都为英国文学公共领域的成熟创造了条件，故英国文学公共领域还具备了“文化性独特”的特点。在英国文学公共领域的转型期，政治议题很早便渗透了进来，政治与文学的联姻也是英国文学公共领域的一大特征。

第五，阿伦特曾经指出，公共性的重要特点是差异性（distinctness）和共在性（togetherness）的统一，所谓“共在性”，是指人共同存在于同一个世界；所谓“差异性”，是说共在于这个世界的人是千差万别的。人们并不需要完全变得千篇一律（包括看待世界的视角、立场等）才能共处于公共世界；相反，差异性的消除必然导致公共世界的极权化，亦即公共世界的消亡[1]。文学公共领域内部同样存在这样的多元与差异，本书对宗教文学公共领域、平民文学公共领域和女性文学公共领域的发展情况也进行了研究与考察，通过这些补充性研究不难看出英国文学公共领域的另一个特征——“构成上的多声部性”（constitutively polyphonic），不过虽然他们表现出的表征各不相同，但其实质却都是为了夺取代表各自阶层的话语权。这不仅仅是文学公共领域的特征，也是资产阶级政治公共领域的特征，正是受这种“多声部”的启发，哈氏开始从公共领域理论转移到了交际行为理论的研究上，因为交际行为本身关注的就是多

1. 陶东风．文学公共领域的理想类型与应然品格．东方丛刊，2008（4）：11.

个声部之间的沟通与交流问题。

第六，文学公共领域必须要有文学家、批评家以及读者的广泛参与，通过这些实践与参与，他们对重大历史、社会、文化、政治等话题开展公开和理性的批评、讨论，这就是陶东风所说的，“文学公共领域不是文学作品，不是孤独的作家的创作活动，也不是单个读者的阅读行为，而是围绕文学展开的，由包括作家、评论家和一般公众参与的交往对话活动与主体间的互动—呈现空间。这样一个呈现空间只有在对话交往活动实际发生的时候才是真实存在的”[1]。如此一来，文学公共领域的参与者使英国文学公共领域更加健全，而健全的文学公共领域既激励了参与者表现出更强的“公共性”，也起到了保护文学家参与公共讨论的功能，在这个过程中文学公共领域对政治权力中心发挥了制衡作用，即英国文学公共领域呈现出“文学上互建”（literarily mutually constructed）的特点。

第七，英国文学公共领域的产生是英国文化“合力”的使然，“并非个人而是文化形式（cultural forms）将公共领域中的个人相联系”[2]，也就是说并非仅靠资产阶级一己之力创造出了资产阶级公共领域赖以生存的“公众”，而是综合的文化力量的使然，在英国这些文化力量应该包括版权法的出现、图书馆的流行、职业作家和出版商的产生、小说的出现等一系列的文化事件，没有英国独特文化就不可能有英国文学公共领域的出现，所以，英国文学公共领域还呈现出“文化上独有”（culturally unique）的特征。

1. 陶东风. 阿伦特式的公共领域概念及其对文学研究的启示. 四川大学学报，2010（1）：33.
2. Eder, Klaus. "The Public Sphere." *Theory Culture Society*. Vol. 23(2-3), 2006, 23: 607.

第八，与哈贝马斯对文学公共领域的认识不同，笔者认为虽然哈氏坚称文学公共领域是政治公共领域的前身，但对英国文学公共领域的国别研究却表明文学公共领域并不因为政治公共领域的出现而被取代，甚至走向消亡，虽然政治公共领域确实从文学公共领域中脱胎而来，但随后他们二者的关系却呈现出多声部关系，政治公共领域与文学公共领域共同构成了资产阶级公共领域，它一直存在于资产阶级公共领域中并未消失，两者呈现出“存在的共时性”。通过文学公共领域，作为个体的私人才能就其主体性的经验达成共识；通过政治公共领域，作为物主的私人才能就私人领域的管理达成共识[1]。不仅如此，文学和政治公共领域还与宗教公共领域、平民公共领域、女性公共领域等共同构成了一个完整的公共领域。最近的一些学者说这些公共领域是跨国界存在和交往的，文学公共领域甚至具有“跨国性”的特征，这在17、18世纪的欧洲便已经出现了端倪，这必将成为此领域未来研究的新热点。

第九，提出“哈贝马斯文学批评理论”的可能性。通过对英国文学公共领域的具体国别研究，本论还尝试对福克斯提出的哈贝马斯文学批评理论进行更加深入的研究，指出福克斯开了一个很好的学术研究起点，但后来的学者并没有对此进行更加深入的探讨，本书尝试性指出哈贝马斯文学批评理论是一种关于文学交际行为能力和公共生活的理论，是处理文学与政治关系的方法论，其具有行为论的意义，是典型的文学社会学研究，以此吸引更多研究者的注意，在未来能够对哈贝马斯文学批评理论进行更加深入和系统的研究。

当然正如在《市民社会和公共领域问题的争论——西方人对当代中

---

1. 王峰苓．十八世纪英国城市公共性研究．上海：华东师范大学历史学系，2006：37.

国政治文化的思考》中魏斐德（Frederic Wakeman）所说的那样，"'公共领域'之于哈贝马斯就如同'新教伦理'之于韦伯：它是一个社会哲学家的理想类型，而不是一个社会史家对现实的描述"[1]。这个认识可谓一针见血，它提醒我们在客观认识了英国公共领域（也包括文学公共领域）的同时，还应该注意到，哈贝马斯对文学公共领域的研究依然需要补充和修正，要认识到它过于理想的特质，要通过对历史的还原审视这一概念，要对它批判性地接受，而不应全盘照搬。

通过对英国文学公共领域的研究可以看到，虽然"知识分子"这个称谓直到18世纪才出现，但英国文学家投身英国文学公共领域建构的行为已经践行了文学家作为公共知识分子的社会功能，从而为英国文学的"公共性"特征打下了深厚的基础，不论是弥尔顿、马维尔、斯威夫特还是奥威尔、沃尔夫，这些作家都深受英国文学的这种公共性影响，并且在英国文学史上形成了一部"文学公共性历史"。马克思曾说："哲学家从来只是以各种不同的方式解释世界；但真正的关键是改变它。"[2]知识分子研究专家卡尔也说："从古希腊以来，知识分子的社会地位就是决定性的，甚至是普罗米修斯式的。作为政治参与者，他们能系统地阐释意识形态和话语，促进大规模团体的形成，使大众的信仰体系合法化。"[3]而余英时不同意这种看法，他指出："马克思在这里指出了西方知识人的两大类型。'解释世界'的哲学家是西方古代和中古的知识人；'改变世

1. 李慧芬．哈贝马斯《公共领域的结构转型》的理论局限性．重庆广播电视大学学报．2011（2）：38.
2. Marx, Carl. Theses on Feurerbach [EB/OL]. http://www.marxists.org/archive/marx/works/1845/theses/theses.htm, 2005-01.
3. 卡尔·博格斯．知识分子与现代性的危机．李俊、蔡海榕译．南京：江苏人民出版社，2006：1.

界’的则是西方近代和现代的知识人。”[1]作为知识分子的文学家其身份和地位也经历了类似的变化，文学家从被“神化”为真理的代言人到被“世俗化”为投身到改变世界的普通人的其中一个渠道就是公共领域，因为“一个批判性知识分子阶层的出现取决于扩大了的公共领域。在这一领域中，公共对话是可能的”[2]，通过公共领域文学家队伍得到了壮大，也变得更加“可见”（visible）。

文学家首先是公众人物，他们能够有效借助他们的公共性和公众影响力来干预公共决策。文学家选择文学一方面是出于审美或艺术的需要，但更重要的是他们可以通过文学与他人进行公共生活的交往。与其他知识分子的区别在于，文学家具有更强的可见性，通过这种可见性他们能够在更大范围对公众施加影响。但是，文学家的这种公共影响力正在受到威胁，理查德·波斯纳在《公共知识分子：衰落之研究》（*Public Intellectuals: A Study of Decline*）一书中曾喟叹美国知识界凋敝现象，批评如今有些所谓的“公共知识分子”哗众取宠，空发议论，不能实质性地帮助解决社会问题，还指出由于过于强调学术专业化，如今产生了大批缺乏全面培训而知识面狭隘的学者，不像过去的非学究式公共知识分子那样的“通才”，因为知识渊博、思想深刻而能为公众出色代言。

这样的担忧同样适用于文学家们，“整个一部人类史，知识分子同负载知识的媒体的形式是休戚与共的”[3]，这一点，对文学家的影响更为明

1. 余英时．中国知识人之史的考察．桂林：广西师范大学出版社．2004：10.
2. 卡尔·博格斯．知识分子与现代性的危机．李俊、蔡海榕译．南京：江苏人民出版社，2006：221.
3. 严锋．数码复制时代的知识分子命运．读书．1997（1）：1.

显。英国印刷技术的改变，就曾促进了作家的职业化发展，因为“有限的纸张资源、难以普及的印刷技术和被垄断的发行渠道保证了写作的特权地位，也保证了知识分子的特权地位”[1]，文学家恰恰是通过印刷出来的文学作品来干预公共事务的，通过文学所独有的“文学言语行为”产生的具体行动来干预世俗生活的，文学家也因此拥有了其作为公共知识分子的特权。按照哈贝马斯在《公共领域》中所说的：“随着电子传媒的兴起，广告获得了新的意义，娱乐和信息的不断交融，所有领域趋于集中化，以及自由主义协会和一目了然的地区公共领域的瓦解，公共领域的基本结构又一次发生了转型。本书准确地把握住了这些趋势，当然其间也出现了较为详尽的研究论著。随着商业化和交往网络的密集，随着资本的不断投入和宣传机构组织程度的提高，交往渠道增强了，进入公共交往的机会则面临着日趋加强的选择压力。这样，一种新的影响范畴产生了，即传媒力量。具有操纵力量的传媒褫夺了公共性原则的中立特征。大众传媒影响了公共领域的结构，同时又统领了公共领域。于是，公共领域发展成为一个失去了权力的竞技场，其意旨在于通过各种讨论主题和文集既赢得影响，也以尽可能隐秘的策略性意图控制各种交往渠道。”[2]也就是说随着资产阶级公共领域的消失，现代社会的公共生活重新带有了“准封建”的特征，先进的媒体技术为公共权力赢得了更多的关注，这就像代表公共领域时期皇家所获的光环与权威那样，“公众被排除在公共讨论和决策之外，被视为一种管理资源，政治领导人可以借助媒体技术，促使大众对其政纲合法化”[3]，政党政治和大资产阶级对大众媒

1. 严锋．数码复制时代的知识分子命运．读书．1997（1）：1.
2. 哈贝马斯．公共领域的结构转型，王晓珏等译．上海：学林出版社，1999：15.
3. Thompson, John B. "The Theory of the Public Sphere." *Theory, Culture & Society* 10.3 (1993): 178.

体的操纵使得资产阶级公共领域很快进入哈贝马斯所谓的“再封建化”（refeudalization）阶段，加之“公共领域必然随着公共领域和私人领域之间区别的日渐模糊而发生改变，私密领域和私人生活的平衡随着家庭和经济社会的两极化而打破，理性批评的辩论让位于文化消费”[1]，咖啡馆和沙龙这样原本用来理性辩论的场所也日渐被文化消费所侵蚀，资产阶级公共领域走向沦陷，所以哈贝马斯悲观地认为资产阶级公共领域又一次回到了原点——退回到“代表型功能大于理性争辩”[2]的形态。

也许更令哈贝马斯担忧的是一种他在写作《公共领域》时还未出现的新媒介——因特网的广泛应用对传统文学和文学家地位造成了新的强烈冲击，走下“神坛”的文学家，加入了文学公共领域，却又几乎要败北于这个新媒介创造的新的公共文学空间——赛博文学空间。在网络中的文学创作呈现出“随意性、个人性，未经把关人严格审读，导致网上作品良莠不齐。于是有人认为，将网络上的作品称之为‘文学’似乎不妥，只能称为网络写作”[3]。而读者对文学的阅读也发生了变化，“阅读不再是一种不可逆的线性的历史过程，而变成了交互指涉的快乐游戏。这种阅读具有一种非时间化的意识流的结构，仿佛电影里的蒙太奇镜头。这是一幅全面解构的图景”[4]。这些变化动摇了传统文学家的地位，因为在网络上任何人都可以进行文学创作，而文学作品的质量却无法得到保障，就如同本雅明所说的那样：“在机械复制时代萎缩的东西是艺术作品

1. Calhoun, Craig. “Introduction: Habermas and the Public Sphere”. *Habermas and the Public Sphere*. Ed. Craig Calhoun. Mass: The MTI Press, 1996, 21.
2. Holub, Robert C. *Jürgen Habermas: Critic in the Public Sphere*. London and New York: Routledge, 1991, 6.
3. 欧阳友权．网络文学概论．北京：北京大学出版社，2008：1.
4. 严锋．数码复制时代的知识分子命运．读书．1997（1）：1.

的韵味。”而进入到网络时代，“在数码复制时代萎谢的是什么呢？是价值。人从来都追求价值和无限，但是至少有一种无限会摧毁价值，那就是无限的复制”[1]。

面对赛博空间带来的新的社会交往空间的改变，文学创作开始面临强烈冲击，而文学家与文学公共领域之间的互动关系也开始动摇，文学家的公共性也需要选择新的表达方式和表达渠道，但这并不是说哈贝马斯的公共领域理论就失去了其理论活性，“哈贝马斯强调面对面的人际关系的公共领域理论对理解传媒时代的公众并没有如汤普森所说的那样失去了意义。哈贝马斯所说的‘面对面’应当理解为‘直接交流’，而不是‘直接照面’，交流的手段不一定是指口说耳听的直接交谈，而是可以通过各种书写形式来实现，如报刊、出版、网络等”[2]，这一认识在新的语境下为阐释哈贝马斯文学公共领域理论提供了新的可能，因为尽管《公共领域》写在互联网普及之前，但它的“规范性意义（和对威胁的语言）在现在都具有重大意义”[3]。

麦基曾总结自21世纪初以来西方公共领域出现的五大问题：（公共领域）关注的问题过于琐碎；过于商业化；过于依赖新奇事物，而不是理性的论证；过于支离破碎；已经导致公民对重要公共问题的漠视。[4]对于这些哈贝马斯其实早已有过论断和预言，这使得他的公共领域理论反而在今天变得更加有学术价值。因此，本书对英国文学公共领域的研究旨

1. 严锋．数码复制时代的知识分子命运．读书．1997（1）：4.
2. 徐贲．通往尊严的公共生活．北京：中央编译出版社，2016：232.
3. Bernstein, Richard J. "The Normative Core of the Public Sphere." *Political Theory*, 2012, 40 (6): 768.
4. McKee, Alan. *The Public Sphere: An Introduction*. Cambridge: Cambridge UP, 2005, 2.

在呼唤文学家在面对新的社会转型时，不应该也不能只是“诗意地栖居”在文学的黄金邦土中，不能忘记他们作为公共领域中摆渡者“卡隆”的角色，号召文学家与批评者以更加积极的姿态应对公共领域的又一次结构性转型，这也是本论最大的希望所在。

参考文献

中　文

艾尔文·古德纳. 知识分子的未来和新阶级的兴起，顾晓辉等译. 南京：江苏人民出版社，2006.

艾伦·麦克法兰，艾丽斯·麦克法兰. 绿色黄金：茶叶帝国，扈喜林译. 北京：社会科学文献出版社，2016.

爱德华·W. 萨义德. 人文主义与民主批评，朱生坚译. 北京：新星出版社，2006.

安德鲁·埃德加. 哈贝马斯：关键概念，杨礼银等译. 南京：江苏人民出版社，2009.

安德鲁·本尼特，尼古拉·罗伊尔. 关键词：文学、批评与理论导论，汪正龙、李永新译. 桂林：广西师范大学出版社，2007.

安德鲁·桑德斯. 牛津简明英国文学史，谷启楠、韩加明等译. 北京：人民文学出版社，2000.

本尼迪克特·安德森. 想象的共同体：民族主义的起源与散布（增订版），吴叡人译. 上海：上海人民出版社，2011.

彼得·布林布尔科姆. 大雾霾：中世纪以来的伦敦空气污染史. 上海：上海社会科学院出版社，2016.

蔡英文. 公共领域与民主共识的可能性. 许纪霖主编，公共空间中的知识分子. 南京：江苏人民出版社，2007.

查尔斯·泰勒. 现代社会想像. 许纪霖主编，公共空间中的知识分子. 南京：江苏人民出版社，2007.

陈安. 美国知识分子：影响美国社会发展的思想家. 北京：当代中国出版社，2010.

陈嘉明. 现代性与后现代性十五讲. 北京：北京大学出版社，2006.

陈勋武. 哈贝马斯：当代新思潮的引领者. 北京：九州出版社，2014.

陈勋武. 哈贝马斯评传. 广州：中山大学出版社，2008.

陈勇. 咖啡馆与近代早期英国的公共领域——哈贝马斯话题的历史管窥. 浙江学刊，2008（6）.

戴雪. 公共舆论的力量：19世纪英国的法律与公共舆论. 上海：上海人民出版社，2014.

德里克·基恩. 700—1700年的市镇和贸易. 钱乘旦、高岱主编，英国史新探：全球视野于文化转向. 北京：北京大学出版社，2011.

段芸. 言语行为语力的认知语言学研究. 北京：科学出版社，2014.

菲利普·汉舍尔. 一个十七世纪的现代[N]，丁骏译. 社会科学报，2003-08-07（008）.

古斯塔夫·勒庞. 乌合之众：大众心理研究，冯克利译. 北京：中央编译出版社，2005.

哈贝马斯. 公共领域的结构转型，王晓珏等译. 上海：学林出版社，1999.
哈林顿. 大洋国导读，陈玮导读. 天津：天津人民出版社，2010.
汉娜·阿伦特. 人的境况，王寅丽译. 上海：上海人民出版社，2009.
汉娜·芭克. 十八世纪英国的性别：地位、表象和责任，王峰岑译. 吴士余主编，表象的叙述——新社会文化史. 上海：上海三联书店，2003.
侯维瑞主编. 英国文学通史. 上海：上海外语教育出版社，1999.
黄梅. 推敲“自我”：小说在18世纪的英国. 北京：生活·读书·新知三联书店，2003.
黄月琴. 公共领域的观念嬗变与大众传媒的公共性——评阿伦特、哈贝马斯与泰勒的公共领域思想. 新闻与传播评论，2008（2）.
黄卓越等. 英国文化研究：事件与问题. 北京：生活·读书·新知三联书店，2011.
黄宗智. 中国的“公共领域”与“市民社会”？——国家与社会间的第三领域. 黄宗智主编，中国研究的范式问题讨论. 北京：社会科学文献出版社，2003.
J. L. 奥斯汀. 如何以言行事，杨玉成、赵京超译. 北京：商务印书馆，2013.
姜可立. 文学言语行为的符号功能，王铭玉、宋尧编，符号语言学. 上海：上海外语教育出版社，2005.
卡尔·博格斯. 知识分子与现代性的危机，李俊等译. 南京：江苏人民出版社，2006.

克莱顿·罗伯茨，戴维·罗伯茨等．英国史（上册）：史前—1714年，潘兴明等译．北京：商务印书馆，2013.

克里斯蒂娜·科顿．伦敦雾：一部演变史，张春晓译．北京：中信出版社，2017.

雷蒙·威廉斯．文化与社会：1780—1950，高晓玲译．长春：吉林出版集团，2011.

雷蒙德·威廉斯．漫长的革命，倪伟译．上海：上海人民出版社，2013.

李佃来．公共领域与生活世界：哈贝马斯市民社会理论研究．北京：人民出版社，2006.

李丁赞．市民社会与公共领域．许纪霖主编，公共空间中的知识分子．南京：江苏人民出版社，2007.

李慧芬．哈贝马斯《公共领域的结构转型》的理论局限性．重庆广播电视大学学报，2011（2）.

李维屏．英国女性小说史．上海：上海外语教育出版社，2011.

理查德·A. 波斯纳．公共知识分子——衰落之研究，徐昕译．北京：中国政法大学出版社，2002.

理查德·桑内特．公共人的衰落，李继宏译．上海：上海译文出版社，2014.

廖炳惠编著．关键词200：文学与批评研究的通用词汇编．南京：江苏教育出版社，2006.

林·亨特．法国大革命时期的家庭罗曼史，郑明萱等译．北京：商务印书馆，2008.

林贤治．午夜的幽光：关于知识分子的札记．桂林：广西师范大学出版社，2005.

刘景华. 英国城市现代化的准备阶段：1500—1750. 钱乘旦、高岱主编，英国史新探：全球视野于文化转向. 北京：北京大学出版社，2011.
刘康. 对话的喧声：巴赫金的文化转型理论. 北京：北京大学出版社，2011.
刘向阳. 环境问题的政治维度及其内在规定性——以伦敦空气污染治理为例的考察. 环境保护，2008（22）.
刘意青主编. 英国18世纪文学史（增补版）. 北京：外语教学与研究出版社，2006.
罗杰·夏蒂埃. 法国大革命的文化起源，洪庆明译. 南京：译林出版社，2015.
骆冬青. 小说叙事的公共性与政治美学意蕴. 江苏社会科学，2008（6）.
马大康. 现代、后现代视域中的文学虚构研究. 北京：中国社会科学出版社，2014.
马克曼·艾利斯. 咖啡馆的文化史，孟丽译. 广西：广西师范大学出版社，2007.
马克思，恩格斯. 马克思恩格斯全集：第23卷. 北京：人民出版社，1972年.
马弦. "打造一个迟钝、污浊的新世界"——《群愚史诗》对初现的英国现代社会的批判. 外国文学评论. 2011（3）.
迈克·费瑟斯通. 消解文化——全球化、后现代主义与认同，杨渝东译. 北京：北京大学出版社，2009.
欧阳友权. 网络文学概论. 北京：北京大学出版社，2008.

钱乘旦，陈晓律．在传统与变革之间：英国文化模式溯源．南京：江苏人民出版社，2010.

乔治·莱考夫，马克·约翰逊．我们赖以生存的隐喻，何文忠译．杭州：浙江大学出版社，2015.

莎士比亚．莎士比亚全集，朱生豪等译．北京：人民文学出版社，2010.

陶东风．阿伦特式的公共领域概念及其对文学研究的启示．四川大学学报，2010（1）.

陶东风．论文学公共领域与文学的公共性．文艺争鸣，2009（5）.

陶东风．文学公共领域的理想类型与应然品格．东方丛刊，2008（4）.

特里·伊格尔顿．现象学，阐释学，接受理论——当代西方文艺理论，王逢振译．南京：江苏教育出版社，2006.

特里·伊格尔顿．异端人物，刘超、陈叶译．南京：江苏人民出版社，2014.

汪海．行动：从身体的实践到文学的无为．北京：北大出版社，2013.

汪晖．公共领域．读书，1995（6）.

王峰岑．十八世纪英国城市公共性研究．上海：华东师范大学历史学系，2006.

王建香．当代西方文论中的文学述行理论．北京：中国广播电视出版社，2009.

王佐良．英国散文的流变．北京：商务印书馆，2011.

韦恩·布斯．小说修辞学，付礼军译．南宁：广西人民出版社，1987.

沃尔特·李普曼．幻影公众，林牧茵译．上海：复旦大学出版社，2013.

吴翰．哈林顿《大洋国》的理论价值与现实意义．南京大学学报（哲社版），2008（4）.

吴伟. 格拉布街：英国新闻业往事. 北京：北京大学出版社，2010.
向琳. 波西米亚：独立知识分子与公共空间. 四川大学学报（哲学社会科学版），2010（3）.
向琳. 从“公共领域”到“公共人”：美国知识分子的波西米亚传统. 求索，2010（10）.
徐贲. 通往尊严的公共生活. 北京：中央编译出版社，2016.
徐贲. 文学的公共性与作家的社会行动. 文艺理论研究，2009.
许纪霖. 导言：重建社会重心——现代中国知识分子与公共空间. 许纪霖主编，公共空间中的知识分子. 南京：江苏人民出版社，2007.
岩锋. 数码复制时代的知识分子命运. 读书. 1997（1）.
杨仁忠. 公共领域论. 北京：人民出版社，2009.
杨仁忠. 希腊城邦文明与古典公共领域——公共性的历史源头及其启示. 新乡学院学报（社会科学版），2013（2）.
伊恩·P. 瓦特. 小说的兴起，高原、董红钧译. 北京：生活·读书·新知三联出版社，1992.
伊丽莎白·诺尔—诺伊曼. 沉默的螺旋：舆论——我们社会的皮肤，董璐译. 北京：北京大学，2013.
尤尔根·哈贝马斯. 合法化危机，刘北成等译. 上海：上海人民出版社，2009.
余英时. 中国知识人之史的考察. 桂林：广西师范大学出版社，2004.
约翰·凯里. 知识分子与大众：文学知识界的傲慢与偏见，1880—1939，吴庆宏译. 南京：译林出版社，2010.
詹姆士·哈林顿. 大洋国，何新译. 北京：商务印书馆，1981.

张德明. 近代西方书信体小说与主体性话语的建构. 浙江大学学报（人文社会科学版），2002（5）.

张素江. 英国共和主义思想家詹姆斯·哈林顿. 内蒙古大学学报（哲学社会科学版），1990.

张妤玟. 第四等级：一个关于英国报刊观念的历史. 上海：复旦大学新闻学院，2010.

张瑜. 文学言语行为论研究. 上海：学林出版社，2009.

赵白生. 传记文学理论. 北京：北京大学出版社，2003.

赵毅衡. 广义叙述学. 成都：四川大学出版社，2013.

赵勇. 文学活动的转型与文学公共性的消失——中国当代文学公共领域的反思. 文艺研究，2009（1）.

郑万春. 咖啡的历史. 哈尔滨：哈尔滨出版社，2007.

周倩平. 巴赫金"对话"理论初探. 阴山学刊（社会科学版），2012年2月第25卷第1期.

朱利安·班达. 知识分子的背叛，佘碧平译. 上海：上海人民出版社，2005.

英 文

Adburgham, Alison. *Women in Print: Writing Women and Women's Magazines from the Restoration to the Accession of Victoria*. London: George Allen and Unwin Ltd., 1972.

Allen, Amy. "The Public Sphere: Ideology and/or Ideal?" *Political Theory*, Vol. 40, No. 6 (December 2012).

Allen, David. "Political Clubs in Restoration London." *The Historical Journal*, Vol. 19, No. 3 (Sep, 1976).

Anderson, Benedict. *Imagined Community: Reflections on the Origins and Spread of Nationalism*. London: Verso, 1991. 35.

Appelbaum, Robert. *Literature and Utopian Politics in Seventeenth-Century England*. UK: Cambridge UP, 2002.

Asen, Robert. "Seeking the 'Counter' in Counterpublics." *Communication Theory,* Ten: Four, November (2000).

B. Warner, William. "Novels on the Market." *The Cambridge History of English Literature, 1660-1780*. Ed. John Richetti. Cambridge: Cambridge UP, 2005.

Bacon, Francis. *Novum Organum*. Trans. G. W. Kitchin. Oxford: Oxford UP, 1855.

Baker, Keith Michael. "Defining the Public Sphere in Eighteenth-Century France: Variations on a Theme by Habermas." *Habermas and the Public Sphere*. Ed. Craig Calhoun. Cambridge, Massachusetts and London: The MIT Press, 1996.

Barnaby, Andrew. "The Politics of Garden Spaces: Andrew Marvell and the Anxieties of Public Speech." *Studies in Philology*, Vol. 97, No. 3 (Summer, 2000): 331.

Barry, Jonathan. "A Historical Postscript." *Shifting the Boundaries: Transformation of the Languages of Public and Private in the Eighteenth Century*. Eds. Dario Castiglione and Lesley Sharpe. Exeter: U of Exeter P, 1995.

Basker, James. "Criticism and the rise of periodical literature." *The Cambridge History of Literary Criticism vol 4, The Eighteenth Century*. Ed. H. B. Nisbet, Claude Rawson. Cambridge: Cambridge UP, 2006.

Beljame, A. J. *Men of Letters and the English Public in the Eighteenth Century*. Trans. E. O. Lorimer. London: Kegan Paul, Trench, Trubner, 1931.

Benhabib, Seyla. "Models of Public Space: Hannah Arendt, the Liberal Tradition, and Jürgen Habermas." *Habermas and the Public Sphere*. Ed. Craig Calhoun. Cambridge, Massachusetts, and London: The MIT Press, 1996.

Benjamin, Walter. *Illuminations*. Ed. Hannah Arendt. Trans. Harry Zohn. London: Fontana, 1992.

Benson, Rodney. "Shaping the Public Sphere: Habermas and Beyond." *The American Sociologist*, Vol. 40, No. 3 (Sep, 2009).

Bernstein, Richard J. "The Normative Core of the Public Sphere." *Political Theory*, 2012, 40 (6).

Black, Scott. "Social and Literary Form in the Spectator." *Eighteenth-Century Studies*, Vol. 33, No. 1, Eighteenth-Century Print Culture (Fall, 1999).

Blanning, T. C. W. *The Culture of Power and the Power of Culture: Old Regime Europe 1660-1789*. Oxford: Oxford UP, 2002.

Blanning, T. *The Pursuit of Glory: Europe 1648-1815*. London: Penguin Books, 2007.

Blitzer, Charles. "Introduction." *The Political Writings of James Harrington: Representative Selections*. New York: Liberal Arts Press, 1955.

Borsay, Peter. "The Culture of Improvement." *The Eighteenth Century 1688-1815*. Ed. Paul Langford. Oxford: Oxford UP, 2002.

Brewer, John. "This, that and the other: Public, Social and Private in the Seventeenth and Eighteenth Centuries." *Shifting the Boundaries: Transformation of the Languages of Public and Private in the Eighteenth Century*. Eds. Dario Castiglione and Lesley Sharpe. Exeter: U of Exeter Press, 1995.

Brimblecombe, Peter. *The Big Smoke: The History of Air Pollution in London since Medieval Times*. New York: Routledge, 2011.

Browne, Harry. *Public Sphere*. Ireland: Cork UP, 2018.

Bruckmann, Patricia. *A Manner of Correspondence: A Study of the Scriblerus Club*. Montreal: McGill-Queen's UP, 1997.

Calhoun, Craig. "Introduction: Habermas and the Public Sphere." *Habermas and the Public Sphere*. Ed. Craig Calhoun. Cambridge, Massachusetts and London: The MIT Press, 1996.

Calhoun, Craig. "Preface." *Habermas and the Public Sphere*. Ed. Craig Calhoun. Cambridge, Massachusetts and London: The MIT Press, 1996.

Claiborne Park, Clara. "An Entrancing Ego: Samuel Pepys." *The Hudson Review*, Summer 2004; 57, 2.

Clery, E. J. *The Feminization Debate in Eighteenth-Century England*. New York: Palgrave Macmillan, 2004.

Cohen, Jean L and Andrew Arato. *Civil Society and Political Theory*. Massachusetts: The MIT Press, 1992.

Colclasure, David L. *Habermas and Literary Rationality*. New York and London: Routledge, 2010.

Condren, Conal and A. D. Cousins. "Introduction." *The Political Identity of Andrew Marvell*. England: Scholar Press, 1990.

Corns, Thomas N. *A History of Seventeenth-Century English Literature*. Singapore: Blackwell Publishing, 2005.

Cowan, Brain. "Mr. Spectator and the Coffeehouse Public Sphere." *Eighteenth-Century Studies*, Vol. 37, No. 3, Critical Networkings (Spring, 2004).

Cowan, Brian William. *The Social Life of Coffee*. New Haven & London: Yale UP, 2005.

Cowan, Brian. "The Rise of the Coffeehouse Reconsidered." *The Historical Journal*, 47, 1 (2004).

Cowan, Brian. "What was Masculine about the Public Sphere? Gender and the Coffeehouse Milieu in Post-Restoration England." *History Workshop Journal,* No. 51 (Spring, 2001).

Crossley, Nick and John Michael Roberts. *After Habermas: New Perspectives on the Public Sphere*. Oxford: Blackwell, 2004.

Culler, Jonathan. "Philosophy and Literature: The Fortunes of the Performative." *Poetics Today* 21:3 (Fall 2000).

Dobrée, Bonamy. *English Literature in the Early Eighteenth Century 1700-1740*. Oxford: Oxford UP, 1959.

Douglas, M. and A. Wildavsky. *Risk and Culture*. Los Angeles: U of California P, 1982.

Downie, J. A. *Robert Harley and the Press: Propaganda and Public Opinion in the Age of Swift and Defoe*. Cambridge: Cambridge UP, 1979.

Dryden, John. "The Duke of Guise." The Works of John Dryden. Vol. 14. Ed. Vinton Dearing and Alan Roper. Berkeley and Los Angeles: U of California P, 1993.

Dryyer, J. S and H. J. C. Pieterse. "Religion in the Public Sphere: What Can Public Theology Learn from Habermas's Latest Work?" *HTS Teologiese Studies/ Theological Studies*, 66 (1).

Dustin, Griffin. "The Social World of Authorship 1660-1714." *The Cambridge History of English Literature, 1660-1780*. Ed. John Richetti. Cambridge: Cambridge UP, 2005.

Eagleton, Terry. *The Function of Criticism*. London: Verso, 2005.

Eberly, Rosa A. *Citizen Critics: Literary Public Sphere*. Chicago: U of Illinois P, 2000.

Eder, Klaus. "The Public Sphere." *Theory Culture Society*. Vol. 23(2-3), 2006, 23.

Ehrenberg, John. *Civil Society: The Critical History of an Idea*. New York: New York UP, 1999.

Eley, Geoff. "Nations, Publics, and Political Cultures: Placing Habermas in the Nineteenth Century." *Habermas and the Public Sphere*. Ed. Craig Calhoun. Cambridge, Massachusetts and London: The MIT Press, 1996.

Ellis, Aytoun. *The Penny Universities: A History of the Coffee-houses*. London: Secker & Warburg, 1956.

Ellis, Markman, Richard Coulton and Matthew Mauger. *Empire of Tea: The Asian Leaf that Conquered the World*. London: Reaktion Books, 2015.

Ellis, Markman. "An Introduction to the Coffee-house: A Discursive Model." *Language & Communication*, 2008, 28.

Ellis, Markman. "General Introduction." *Eighteenth-Century Coffee-House Culture* (Vol 1 Restoration Satire). Ed. Markman Ellis. London: Pickering & Chatto, 2006.

Emden, Christian J. and David Midgley. "Introduction: Changing Perceptions of the Public Sphere." *Changing Perceptions of the Public Sphere*. Eds. Christian J Emden and David Midgley. New York: Berghahn Books, 2012.

Evelyn, John. "Fumifugium." *Organization & Environment*, Vol. 12, No. 2, (Jun 1999).

Evelyn, John. *Diary and Correspondence of John Evelyn*. London: George Routledge & Sons, 1878.

Evelyn, John. *Sylva, or, a Discourse of Forest Trees*. New York: Cambridge UP, 1908.

Field, Ophelia. *The Kit-Cat Club: Friends Who Imagined a Nation*. London: Harper Press, 2008.

Fish, Stanley. *Is There a Text in This Class: The Authority of Interpretive Communities*. Cambridge: Harvard UP, 1980.

Flint, Christopher. *The Appearance of Print in Eighteenth-Century Fiction*. Cambridge: Cambridge UP, 2011.

Forslid, Torbjörn and Anders Ohlsson. "Introduction: Literary Public Sphere." *Culture Unbound*, Volume 2 (2010).

Fox, Nicholas Hengen. "A Habermasian Literary Criticism." *New Literary History*, Vol 43, No. 5, Spring 2012.

Frank Singer, Godfrey. *The Epistolary Novel: Its Origin, Development, Decline, and Residuary Influence*. New York: Russell & Russell, 1963.

Fraser, Nancy. "Rethinking the Public Sphere: A Contribution to the Critique of Actually Existing Democracy." *Habermas and the Public Sphere*. Ed. Craig Calhoun. Cambridge, Massachusetts, and London: The MIT Press, 1996.

Garnham, Nicholas. "The Media and the Public Sphere." *Habermas and the Public Sphere*. Ed. Craig Calhoun. Cambridge, Massachusetts and London: the MIT Press, 1996.

Gay, John. *Fables*. Ed. A. Dobson. New York: D. Appleton and Company, 1884.

Gestrich, Andreas. "The Public Sphere and the Habermas Debate." *German History*, Vol. 24 No. 3 (2006).

Goode, Luke. *Jurgen Habermas: Democracy and the Public Sphere*. London: Pluto Press, 2005.

Gordon, Scott Paul. *The Power of the Passive Self in English Literature, 1640-1770*. UK: Cambridge UP, 2002.

Greenblatt, Stephen. *Renaissance Self-Fashioning: From More to Shakespeare*. Chicago: U of Chicago P, 1980.

Griffin, Dustin. "Fictions of Eighteenth Century Authorship." *Essays in Criticism*, Vol. XLIII, No. 3 (July, 1993).

Griffin, Dustin. *Literary Patronage In England, 1650-1800*. Cambridge: Cambridge UP, 1996.

Habermas, Jürgen. “Concluding Remarks”. *Habermas and the Public Sphere*. Ed. Craig Calhoun. Cambridge, Massachusetts and London: The MIT Press, 1996.

Habermas, Jürgen. *Between Facts and Norms: Contribution to a Discourse Theory of Law and Democracy*. Trans. W. Rehg. Cambridge: The MIT Press, 1996.

Halasz, Alexandra. *The Marketplace of Print: Pamphlets and the Public Sphere in Early Modern England*. New York: Cambridge UP. 1997.

Harris, Bob. *Politics and the Rise of the Press, Britain and France 1620-1800*. London and New York: Routledge, 1996.

Harris, Michael. “Introduction to the Seventeenth and Eighteenth Centuries.” *The Press in English Society from the Seventeenth to Nineteenth Centuries*. Ed. Michael Harris, Alan Lee. London: Associated UP, 1986.

Harris, Michael. *London Newspapers in the Age of Walpole: A Study of the Origins of the Modern English Press*. London: Associated UP, 1987.

Hauser, Gerard A. “Features of the Public Sphere.” *Critical Studies in Mass Communication*, 4:4, (Dec, 1987).

Hill, Mike and Warren Montag. “Introduction: What Was, What Is, the Public Sphere? Post-Cold War Reflections.” *Masses, Classes and the Public Sphere*. Ed. Mike Hill and Warren Montag. London and New York: Verso, 2000.

Hofmann, Michael. *Habermas's Public Sphere: A Critique*. Madison: Fairleigh Dickinson UP, 2017.

Hohendahl, Peter Uwe and Marc Silberman. “Critical Theory, Public Sphere and Culture. Jürgen Habermas and His Critics.” *New German Critique* No. 16 (Winter, 1979).

Hohendahl, Peter Uwe. "Jürgen Habermas: 'The Public Sphere'." *New German Critique* No. 3 (Autumn, 1974).

Hohendahl, Peter Uwe. "Recasting the Public Sphere." *October* Vol. 73 (Summer, 1995).

Hohendahl, Peter Uwe. *The Institution of Criticism*. Ithaca and London: Cornell Up, 1982.

Holub, Robert C. *Jürgen Habermas: Critic in the Public Sphere*. London and New York: Routledge, 1991.

Howarth, David. *Lord Arundel and His Circle*. New Have & London: Yale UP, 1985. http://www.copyrighthistory.com/anne.html.

Humphreys, A. R. *Steele. Addison and Their Periodical Essays*. London: Longmans, Green & CO., 1966.

Hutton, Ronald. *The Restoration: A Political and Religious History of England and Wales, 1658-1667*. Oxford: Oxford UP, 1985.

James Raven, Helen Small and Naomi Tadmor. eds. "Introduction: The Practice and Representation of Reading in England." *The Practice and Representation of Reading in England*. Eds. James Raven, Helen Small and Naomi Tadmor. Cambridge: Cambridge UP, 1996.

Jenner, Mark. "The Politics of London Air John Evelyn's Fumifugium and the Restoration." *The Historical Journal*, 1995. 38, 3.

Johnson, Pauline. *Habermas: Rescuing the Public Sphere*. London and New York: Routledge, 2006.

Johnson, Samuel. *Lives of the English Poets*. Vol. I. Oxford: Clarendon Press, 1905.

Jones, E. L and M. E. Falkus. "Urban Improvement and the English Economy in the Seventeenth and Eighteenth Centuries." *The Eighteenth-Century Town: A Reader in English Urban History 1688-1820*. Ed. Peter Borsay. London and New York: Longman, 1990.

Kahn, Victoria. "Margaret Cavendish and the Romance of Contract." *Renaissance Quarterly,* Vol. 50, No. 2 (Summer, 1997).

Keith, Suter. "The Rise and Fall of English Coffee Houses." *Contemporary Review*, 2005, 186.

Klein, Lawrence E. "Coffeehouse Civility, 1660-1714: An Aspect of Post-Courtly Culture in England." *Huntington Library Quarterly*, Vol. 59, No. 1 (1996).

Knight, Charles A. "The 'Spectator's Moral Economy." *Modern Philology*, Vol. 91, No. 2 (Nov. 1993).

Kohlmann, Benjamin. " 'Men of Sobriety and Business': Pepys, Privacy and Public Duty." *The Review of English Studies*, New Series, Vol. 61, No. 251 (September 2010).

Korshin, Paul J. "Types of Eighteenth-Century Literary Patronage." *Eighteenth-Century Studies*, Vol. 7, No. 4 (Summer, 1974).

Kramer, Lloyd. "Habermas, History, and Critical Theory." *Habermas and the Public Sphere*. Ed. Craig Calhoun. Cambridge, Massachusetts and London: The MIT Press, 1996.

Kramnick, Isaac. *Bolingbroke and His Circle: The Politics of Nostalgia in the Age of Walpole*. Massachusetts: Harvard UP, 1968.

Kuzner, James. "Habermas Goes to Hell: Pleasure, Public Reason, and the Republicanism of 'Paradise Lost'." *Criticism*, Vol. 51, No. 1 (Winter 2009).

Lafont, Re Christina. *The Linguistic Turn in Hermeneutic Philosophy*. Cambridge: The MIT Press, 1999.

Lake, Peter and Steve Pincus, "Rethinking the Public Sphere in Early Modern England." *Journal of British Studies*, Vol. 45, NO. 2 (April 2006).

Lee, Benjamin. "Textuality, Mediation, and Public Discourse". *Habermas and the Public Sphere*. Ed. Craig Calhoun. Cambridge, Massachusetts and London: The MIT Press, 1996.

Lennard, J. Davis. *Factual Fictions: The Origin of the English Novel*. New York: Columbia UP, 1983.

Lewis, Jayne Elizabeth. *Air's Appearance: Literary Atmosphere in British Fiction, 1660-1794*. Chicago and London: The U of Chicago P, 2012.

Loehwing, Melanie, Jeff Motter. "Publics, Counterpulics, and the Promise of Democracy." *Philosophy & Rhetoric*, Vol. 42, No. 3 (2009).

Loewenstein, Joseph, Paul Stevens. "Introduction: Charting Habermas's 'Literary' or 'Precursor' Public Sphere." *Criticism*, Volume 46, No. 2 (Spring. 2004).

Loveman, Kate. *Reading Fictions, 1660-1740: Deception in English Literary and Political Culture*. Hampshire: Ashgate, 2008.

Macaulay, Thomas Babington. *The History of England from the Accession of James the Second*, 8 Vols. London: Longman, 1860-1862.

Mah, Harold. "Phantasies of the Public Sphere: Rethinking the Habermas of Historians." *The Journal of Modern History*, Vol. 72, No.1. March 2000.

MaKenzie, D. F. "Printing and Publishing 1557-1700: Constraints on the London Book Trades." *The Cambridge History of the Book in Britain*. Eds. John Barnard and D. F. Mckenzie. Cambridge: Cambridge UP, 2002.

Marotti, Arthur F. “Patronage, Poetry, and Print.” *The Yearbook of English Studies*, Vol. 21, *Politics, Patronage and Literature in England 1558-1658,* Special Number (1991).

Marvell, Andrew. “A Dialogue Between Two Horses.” *Andrew Marvell: Selected Poetry and Prose*. Ed. Dennis Davison. London: George G. Harap & Co. LTD., 1952.

Marx, Carl. Theses on Feurerbach [EB/OL]. http://www.marxists.org/archive/marx/works/1845/theses/theses.htm, 2005-01.

McCann, Andrew. *Cultural Politics in the 1790s: Literature, Radicalism and the Public Sphere*. London: Macmillan Press, 1999.

McCarthy, Thomas. “Practical Discourse: On the Relation of Morality to Politics.” *Habermas and the Public Sphere*. Ed. Craig Calhoun. Cambridge, Massachusetts and London: The MIT Press, 1996.

Mckee, Alan. *The Public Sphere: An Introduction*. Cambridge: Cambridge UP, 2005.

Mckeon, Michael. “Parsing Habermas’s ‘Bourgeous Public Sphere’”. *Criticism*, Spring 2004, 46, 2.

Miller, J. Hillis. *Speech Acts in Literature*. Stanford: Stanford UP, 2001.

Monkman, Kenneth. “The Bibliography of the Early Editions of Tristram Shand.” *The Library*, 1970 (5).

Morrison, Jago and Watkins, Susan. “Introduction: the Twentieth-Century Novel in the Public Sphere.” *Scandalous Fictions: The Twentieth-Century Novel in the Public Sphere.* Eds. Jago Morrison and Susan Watkins. New York: Palgrave Macmillan, 2006.

Myers, Sylvia Harcstark. *The Bluestocking Circle: Women, Friendship, and the Life of the Mind in Eighteenth-Century England*. Oxford: Clarendon Press, 1990.

Nash, Kate. "Towards Transnational Democratization?" *Transnationalizing the Public Sphere*. Ed. Kate Nash. Cambridge: Polity Press, 2014.

Nevo, Ruth. *The Dial of Virtue: A Study of Poems on Affairs of State in the Seventeenth Century*. Princeton: Princeton UP, 1963.

Norbrook, David. "Women, the Republic of Letters, and the Public Sphere." *Criticism*, Spring 2004; 46.

Norbrook, David. *Writing the English Republic: Poetry, Rhetoric and Politics, 1627-1660*. Cambridge: Cambridge UP, 1999.

Novak, Maximilian E. *Eighteenth-Century English Literature*. New York: Macmillan Press, 1983.

O'Sullivan, Tim, et al. *Key Concepts in Communication and Cultural Studies*. London: Routledge, 1994.

Ohmann, Richard. "Speech, Literature, and the Space Between." *New Literary History*, 1972 (4).

Osell, Tedra. "Tatling Women in the Public Sphere: Rhetorical Femininity and the English Essay Periodical." *Eighteenth-Century Studies*, Vol. 38, No.2 (Winter, 2005).

Owen, David. "Dilemmas of Inclusion: The All-Affected Principle, the All-Subjected Principle, and Transnational Public Sphere". *Transnationalizing the Public Sphere*. Ed. Kate Nash. Cambridge: Polity Press, 2014.

Park, Clara Claiborne. "An Entrancing Ego: Samuel Pepys." *The Hudson Review*, Summer 2004; 57.

Pask, Kevin. "The Bourgeois Public Sphere and the Concept of Literature." *Criticism*, Spring 2004, 46.

Patten, John. *English Towns 1500-1700*. England: Dawson Archon Books, 1978.

Patterson, Annabel M. *Marvell and the Civic Crown*. Princeton: Princeton UP, 1978.

Petrey, Sandy. *Speech Acts and Literary Theory*. New York: Routledge, 1990.

Pepys, Samuel. *Diary*. London: George Bell & Sons, 1893.

Pepys, Samuel. *Diary of Samuel Pepys*[EB/OL]. http://en.wikisource.org/wiki/Diary_of_Samuel_Pepys/1660/January, 2012-04-13.

Pincus, Steve. "Coffee Politicians Does Create: Coffeehouses and Restoration Political Culture." *The Journal of Modern History*, 1995, 67(4).

Pocock, J. G. A., ed. *The Commonwealth of Oceana and A System of Politics*. Cambridge: Cambridge UP, 1992.

Pope, Alexander. "The Dunciad." *The Poems of Alexander Pope*. Ed. John Butt. London: Methuen & Co. Ltd., 1963.

Postone, Moishe. "Political Theory and Historical Analysis." *Habermas and the Public Sphere*. Ed. Craig Calhoun. Cambridge, Massachusetts and London: The MIT Press, 1996.

R, Charles. A Proclamation for the Suppression of Coffee-Houses [EB/OL]. http://ett.arts.uwo.ca/printersdevil/site/texts/C3515/C3515.html, 2009.

Raven, James. "Publishing and Bookselling 1660-1780." *The Cambridge History of English Literature, 1660-1780*. Ed. John Richetti. Cambridge: Cambridge UP, 2005.

Roberts, John Michael. "Outline of a Marxist Commodity Theory of the Public Sphere." *Historical Materialism*, (2016).

Roberts, John Michael. *The Aesthetics of Free Speech: Rethinking the Public Sphere*. New York: Palgrave Macmillan, 2003.

Robinson, Edward Forbes. *The Early History of Coffee Houses in England*. London: Cambridge UP, 1893.

Ross, Trevor. *Writing in Public: Literature and the Liberty of the Press in Eighteenth-Century Britain*. Baltimore: Johns Hopkins UP, 2018.

Ryan, Mary P. "Gender and Public Access: Women's Politics in Nineteenth-Century America." *Habermas and the Public Sphere*. Ed. Craig Calhoun. Cambridge, Massachusetts and London: The MIT Press, 1996.

Salvatore, Armando. "Introduction: Rethinking the Public Sphere Through Transnationalizing Processes: Europe and Beyond." *Rethinking the Public Sphere Through Transnationalizing Porcesses: Europe and Beyond*. Eds. Armando Salvatore, Oliver Schmidtke and Hans-Jörg Trenz. Houndmills, Basingstoke, Hampshire: Palgrave Macmillan, 2013

Sandys, George. *Description of the Turkish Empire*. London: Da Capo Press, 1613.

Saunders, J. W. *The Profession of English Letters*. London: Routledge and Kegan Paul, 1964.

Seidman, Steven, ed. *Jürgen Habermas on Society and Politics: A Reader.* Boston: Beacon Press, 1989.

Selincourt Ernest de and Helen Darbishire. *The Poetical Works of William Wordsworth*. (Oxford, 1940-9), III.

Sherman, Stuart. "Diary and Autobiography." *The Cambridge History of English Literature, 1660-1780*. Ed. John Richetti. Cambridge: Cambridge UP, 2005.

Slaugher, Thomas P. *Ideology and Politics on the Eve of Restoration: Newcastle's Advice to Charles II*. Philadelphia: Amer Philosophical Society, 1984.

Speck, W. A. *Literature and Society in Eighteenth-Century England: Ideology, Politics and Culture, 1650-1820*. London and New York: Longman, 1998.

Stob, Paul. "Kenneth Burke, John Dewey, and the Pursuit of the Public." *Philosophy & Rhetoric*, Vol. 38, No. 3 (2005).

Sullivan, Alvin. *British Literary Magazines*. London: Greenwood Press, 1983.

Sussman, Charlotte. *Eighteenth-Century English Literature*. UK: Polity Press, 2012.

Suter, Keith. "The Rise and Fall of English Coffee Houses." *Contemporary Review*, 2005, Feb.

Sutherland, James. *The Oxford History of English Literature*. Oxford: Clarendon Press, 1969.

Suzuki, Mihoko. *Subordinate Subjects: Gender, the Political Nation, and Literary Form in England, 1588-1688*. Burlington: Ashgate, 2003.

Swann, Julian. "Politics and the State in Eighteenth-Century Europe." *The Eighteenth Century: Europe 1688-1815*. Ed. T. C. W. Blanning. Oxford: Oxford UP, 2000.

Swift, Jonathan. "On Poetry: A Rhapsody." *Complete Poems*. Ed. Pat Rogers. Lond: Penguin, 1983, 529.

Swift, Jonathan. *The Correspondence of Jonathan Swift*. Ed. F. E. Ball. (London: 1910-1914) II.

Taylor, Ivan E. *Samuel Pepys*. New York: Twayne Publishers, 1967.

Thompson, John B. "The Theory of the Public Sphere." *Theory, Culture & Society* 10.3 (1993).

Timbs, John. *Clubs and Club Life in London*. London: Detroit, Gale Research Co., 1967.

Tisdale, Hope Eldridge. "The process of urbanization." Social Forces 10 (1942).

Tortarolo, Edoardo. "Censorship and the Conception of the Public in Late Eighteenth-Century Germany: Or, Are Censorship and Public Opinion Mutually Exclusive?" *Shifting the Boundaries: Transformation of the Languages of Public and Private in the Eighteenth Century*. Eds. Dario Castiglione and Lesley Sharpe. Exeter: U of Exeter P, 1995.

Travis, Toby. "Belching it Forth their Sooty Jaws: John Evelyn's Vision of a 'Volcanic' City." *The London Journal*, Vol. 39 No. 1 (March 2014).

Underdown, David. "John Evelyn and Restoration Piety." *The Sewanee Review*, 1957 (65).

Vopa, Anthony J. La. "Conceiving a Public and Society in Eighteenth-Century Europe." *The Journal of Modern History*, Vol. 64, No. 1 (Mar., 1992).

Vries, Jan de. E*uropean Urbanization 1500-1800*. Cambridge, Massachusetts: Harvard UP, 1984.

Walhout, M. D. “Introduction: The Public Muse.” *Literature and the Renewal of the Public Sphere*. London: Macmillan Press, 2000.

Warner, Michael. “The Mass Public and the Mass Subject.” *Habermas and the Public Sphere*. Ed. Craig Calhoun. Cambridge, Massachusetts and London: The MIT Press, 1996.

Warner, Michael. *Publics and Counterpublics*. New York: Zone Books, 2005.

Wetters, Kirk. *The Opinion System: Impasses of the Public Sphere from Hobbes to Habermas*. New York: Fordham UP, 2008.

Whaley, Joachim. “A Public Sphere Before Kant? Habermas and the Historians of Early Modern Germany.” *Changing Perceptions of The Public Sphere*. Eds. Christian J. Emden and David Midgley. New York: Berghahn Books, 2012.

White, Cynthia L. *Women's Magazines 1693-1968*. London: Michael Joseph, 1970.

Willy, Margaret. *English Diarists: Evelyn & Pepys*. London: Longmans, Green & Co., 1963.

Woolf, Virginia. “Rambling Round Evelyn.” *The Common Reader*. New York: Harcourt & Brace, 1925.

Wrigley, E. Anthony. “Urban Growth and Agricultural Change: England and the Continent in the Early Modern Period.” *The Eighteenth-Century Town: A Reader in English Urban History, 1688-1820*. Ed. Peter Borsay. London and New York: Longman, 1990.

Zaret, David. “Religion, Science, and Printing in the Public Spheres in Seventeenth-Century England.” *Habermas and the Public Sphere*. Ed. Craig Calhoun. Cambridge, Massachusetts and London: The MIT Press, 1996.

Zaret, David. *Origins of Democratic Culture: Printing, Petitions, and the Public Sphere in Early-modern England*. New Jersey: Princeton UP, 2000.

Zwicker, Steven N.. "Dryden and the Poetic Career." *The Cambridge History of English Literature, 1660-1780*. Ed. John Richetti. Cambridge: Cambridge UP, 2005.